A LO LEJOS, EL MAR

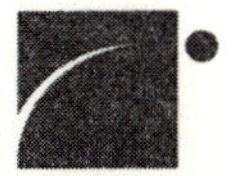

LAURA SPENCE-ASH

A LO LEJOS, EL MAR

Traducción de
Santiago del Rey Farrés

Rocaeditorial

Título original: *Beyond that, the Sea*

Primera edición: mayo de 2025

Printed in Spain – Impreso en España

ISBN: 978-84-19283-45-0
Depósito legal: B-4760-2025

Compuesto en Mirakel Studio, S. L. U.

Impreso en Romanyà Valls, S. A.
Capellades (Barcelona)

RE83450

Para M y D

«El presente raramente está; el futuro no existe. Solo el amor importa en los retazos de la vida de una persona».

William Trevor, *Two Lives*

«En el principio estaba el cuarto de los niños, con ventanas que daban al jardín, y a lo lejos, el mar».

Virginia Woolf, *Las olas*

Prólogo

Octubre de 1963

Beatrix

A Beatrix, en aquel entonces, le gustaba sentarse junto al señor G cuando él los llevaba remando a tierra firme. Contemplaba cómo se iba perfilando el pueblo, cómo aumentaban de tamaño las casas y se destacaba la torre blanca de la iglesia sobre un cielo de intenso color azul. Esto sucedía en Maine, adonde la familia iba cada verano, y en plena guerra, aunque eso era difícil recordarlo cuando estaban allí. La señora G solía ponerse un vestido de verano rosa o amarillo, con sus perlas ceñidas en torno al cuello, y daba grititos diciendo que se iba a mojar cuando William y Gerald se salpicaban mutuamente. El señor G, con las gafas manchadas de sal, ponía los ojos en blanco y les decía desganadamente que parasen, mientras movía los remos con sus brazos bronceados a un ritmo pausado. Cuando se acercaban, le pasaba un remo a Beatrix y los dos remaban juntos hasta la orilla.

Una vez al año, comían en el pequeño restaurante del pueblo que estaba al final del muelle. Ocupaban la misma mesa todos los años, una mesa situada en una esquina con las cinco sillas mirando al mar. Así, decía la señora G, todos podían contemplar cómo cambiaba el cielo del crepúsculo sobre la isla, sobre su isla, cuando las franjas rosadas y anaranjadas incendiaban las copas afiladas de los árboles perennes; después, al oscurecer, sus siluetas se iban difuminado. Ni una sola vez, en los años en los que Beatrix estuvo allí, el clima de esa noche había resultado decepcionante. Siempre que miraba la isla desde tierra firme, le sorprendía lo diferente que parecía vista de lejos. Era preciosa, una borrosa franja verde atrapada entre el océano y el cielo. Parecía muy pequeña, además, como si pudiera caberle en la palma de la mano. Cuando estaban en la isla, en cambio, era ella quien se sentía pequeña. Aquel era todo su mundo. Como si no existiera ningún otro lugar.

Pedían sopa de almejas, mazorcas de maíz y langosta y patatas asadas todavía envueltas en papel de plata, que dejaban escapar el calor por la ranura de la parte superior. El primer verano que Beatrix pasó allí, los chicos empezaron a resquebrajar el duro y rojo caparazón de las langostas en cuanto tuvieron los platos delante. Gerald estaba tan excitado que casi se puso en pie, en vez de permanecer sentado, y William, que fue el primero en encontrar algo de carne, echaba la cabeza atrás para que no se le escaparan las gotas de mantequilla. Beatrix se ató el babero lentamente, observando, y luego dio un trago de agua. El señor G le hizo una seña a la señora G, que se encontraba sentada junto a ella y le dio una palmadita en la pierna antes de empezar a atacar su langosta, haciendo pausas para que viera lo que hacía y pudiera imitarla.

Pero todo eso quedó atrás, en el pasado. Esta noche, sola en este restaurante de la costa, Beatrix pide langosta mientras la camarera enciende la vela votiva de la mesa. Cuando llega la langosta, se ata el babero alrededor del cuello, mirando su reflejo en la ventana oscura. En agosto cumplió treinta y cuatro. Han pasado veinte años. Con frecuencia le cuesta conciliar a la chica que era entonces con la adulta que es ahora. Le parecen dos personas distintas. Durante muchos años ha intentado olvidar. Huele la manga de su chaqueta; la fragancia del mar se le ha pegado a la ropa. Oye el rumor de las olas rompiendo en la orilla. Este sitio —un pueblo del estuario de Forth, justo en las afueras de Edimburgo— es llano y ventoso, con islas y promontorios rocosos esparcidos frente a la costa. Tiene algo salvaje que le recuerda a Maine. Si cierra los ojos, es casi como si estuviera allí.

Beatrix regresó de su viaje a América a principios de septiembre y se sumergió en el trabajo. El nuevo curso escolar empezó inmediatamente, y siempre había alguien que necesitaba algo de ella; eran días en los que podría haberse quedado a dormir en la oficina, apenas paraba en su piso. En octubre, cuando por fin pudo reducir la marcha, se dio cuenta de que se sentía desorientada. A la deriva. Volver a ver los Gregory en América, estar con ellos en el cementerio, le había hecho revivir todo: los cinco años que había pasado allí, la familia que había considerado suya durante aquel tiempo tan breve. El dolor de perderlos. Ese dolor que tanto se había esforzado en enterrar. Allí estaba, otra vez en aquella casa que tan bien conocía, en aquella cocina que olía a limón, a canela y mantequilla, sintiendo cómo la envolvía en sus brazos la señora G y le susurraba al oído. Una vez más, ella no quería irse y, una vez más, se había ido. Los había vuelto a perder.

Fue su madre quien le sugirió que se tomara unas pequeñas vacaciones, que rompiera la rutina y probara algo nuevo. Tal vez eso la ayudaría. Le recomendó este pueblo porque, de niña, ella había venido aquí con frecuencia y le encantaba. Le habló de las playas, de las aves, del relajante trayecto en tren desde Londres. El sitio estaba bien, pensaba Beatrix, aunque seguramente ya no era el pintoresco pueblecito victoriano que su madre había conocido. Se preguntó si esta habría visto la conexión con Maine; aunque, de hecho, nunca había estado allí. Ni siquiera ella misma lo había pensado de entrada.

Come un poco de langosta, pero descubre que gran parte de la diversión era hacerlo todos juntos. Se siente como una idiota, luchando con el crustáceo ella sola en este gastado y desierto comedor. Solo le ha servido para sentirse peor. Aparta el plato y pide un café. Ahora se ha vuelto visible el haz de luz del faro que barre regularmente el mar oscuro. Algunas noches, Gerald, William y ella dormían en una tienda de campaña en el bosque; nunca era muy lejos de la casa, pero ellos se sentían a sus anchas, como si estuvieran varados en una isla, como si fueran los únicos supervivientes de un naufragio. La oscuridad era casi sólida. Se alumbraban con sus linternas para bajar a la orilla y sentarse en una de las grandes rocas; enfocaban aquí y allá un rato y luego apagaban la luz para absorber la noche negra, el firmamento plagado de estrellas que relucían en el agua. Ella era más feliz que nunca cuando se sentaba en medio, cuando los sentía a cada lado.

La cena en el restaurante del pueblo culminaba siempre con una tarta de chocolate que la señora G había preparado y llevado allí con antelación; una tarta con bolas de helado de menta y tres gruesas velas: una para William, otra para Gerald y otra para Beatrix. Sus nombres estaban escritos con elegantes letras azules en el glaseado de vainilla. «El cumpleaños de agosto de mis niños —decía la señora G—. Ya ha pasado otro año». Todo el restaurante coreaba el *Happy Birthday* cuando sacaban la tarta de la cocina con las velas encendidas. Ellos tres se levantaban y se inclinaban sobre la tarta colocada en el centro de la mesa. La señora G le sujetaba el pelo a Beatrix para que no le cayera sobre las llamas. El restaurante estaba oscuro para entonces, el sol ya se había puesto, y las velas les iluminaban la cara. Gerald, con sus pecas, su pelo rojizo y su sonrisa contagiosa. William, con su pelo rizado, ahora aclarado por el sol, y la sonrisa apenas visible en su rostro. ¿Qué veían ellos cuando la miraban? No lo sabe; simplemente imagina que la felicidad que sentía debía reflejarse en su cara. Cuando piensa en ellos, en los tres juntos, siempre recuerda esto, el momento en el que soplaban las velas, inspirando hondo, decidiendo qué deseo pedir, mirándose a los ojos.

Aquel último verano, su deseo fue poder quedarse. Estar con ellos para siempre. Ahora se inclina, sopla la llama de la vela votiva y cierra los ojos.

Primera parte

1940-1945

Reginald

Esa noche, Reginald les dice en el pub a sus amigos lo orgulloso que se siente. Cuenta la historia de la marcha de Beatrix a todo el que entra; la cuenta una y otra vez. Ellos hacen preguntas, quieren conocer los detalles. Aquellos cuyos hijos se fueron antes ya conocen la historia, o una versión de esta historia. Que hacía una mañana de pegajoso bochorno. Que habían esperado en el salón de baile del hotel Grosvenor y que él se había arrodillado ante su hija cuando llegó la hora de separarse. Que Beatrix asintió ante las últimas palabras que le había dicho, con la cara ladeada hacia la suya y el pecho erguido. Que había mostrado entereza y no había llorado, aunque él vio que le asomaban lágrimas en los ojos.

Pero al día siguiente, Reginald no recuerda bien lo que le dijo mientras estaba arrodillado frente a ella. En su fuero interno, le inquieta haber olvidado decirle lo más importante. Sin embargo, esa noche en el pub le cuenta a todo el mundo que Beatrix se portó como una campeona. Mi valerosa niña de once años. Inventa lo que se dijeron el uno al otro. Y no explica que aunque él y Millie mantuvieron la compostura todo el tiempo posible, se alejaron de Beatrix y se abrieron paso entre la multitud antes de sentirse realmente preparados para ello. En realidad, no cree que hubiera estado nunca preparado para irse.

En el sueño que tiene una y otra vez, se interna completamente vestido en el mar, notando el peso de la ropa mojada. Aparta las olas a medida que avanza y vuelve a encontrarse en aquel salón de baile, saliendo de allí mientras otros llegan, rozándose con ellos, tratando de no mirar las caras de los padres que entran, consciente de que él debe tener en los ojos la misma expresión que ellos, la expresión de asombro por hallarse en este lugar, por haber tomado esta decisión de enviar lejos a sus hijos. Solos, al otro lado del océano. Únicamente cuando estuvieron fuera, en la calle frente al hotel, donde el aire era pesado bajo las nubes grises, Millie empezó a llorar, suplicándole que volvieran atrás y recogieran a su niña. Él la sujetó de la mano y se la llevó. En el sueño, Reginald extiende los brazos, queriendo atrapar el buque en el que ahora viaja su hija, deseando invertir su rumbo. Extiende otra vez los brazos, intentando tocar la tierra donde ahora vivirá.

Pero la historia que explica a sus amigos es solo verdad a medias. Beatrix lloraba, agarrándose a él, abrazándose a su cintura. La cría le echaba a Millie la culpa de que la mandaran lejos y se negó a despedirse de ella; estuvo furiosa con su madre durante las veinticuatro horas que transcurrieron entre el momento en que se lo dijeron y el momento de su marcha. En realidad, fue Reginald quien se empeñó en que se fuera, consciente de que las bombas caían cada vez más cerca y de que no había forma de mantenerla a salvo, a Beatrix o a cualquiera de ellos. Su hermano mayor combatió en la última guerra, así que él sabía lo que se avecinaba. Aquella otra guerra había arrojado una larga sombra sobre su infancia. Así había aprendido a conocer las aristas del miedo. Millie y él se enfrentaban a un dilema imposible. Mejor que se vaya a América, pensó, donde es menos probable que la alcancen los tentáculos de la guerra. Pero él no le dijo a su hija que había obligado a Millie a aceptarlo. Le dejó creer que había sido una decisión de Millie.

Millie

Millie no puede librarse de la rabia. Por un lado, estaba la rabia de Beatrix contra ella por obligarla a marcharse y, por el otro, la suya contra Reg por no vacilar cuando le suplicó. «Déjame ir con ella», le dijo. Y después, más tarde, en mitad de la noche, mientras los dos permanecían despiertos, sin tocarse, mirando el techo a oscuras: «Que se quede aquí. Tenemos el refugio y el metro. Podemos irnos al campo, a casa de mis padres. Yo puedo mantenerla a salvo —le susurró una y otra vez—. Yo la mantendré a salvo». Pero Reg ya lo tenía decidido.

Ella nunca se ha considerado una persona iracunda. Emotiva, sí. Testaruda, desde luego. Pero ahora está llena de pena y de rabia. No puede imaginar siquiera cuándo perdonará a Reg. Lo que sí sabe es que nunca se perdonará a sí misma. Una y otra vez rememora el salón de baile, los últimos momentos, el calor de la mejilla de su hija.

Ella le prendió en el pecho el rótulo que le había dado el hombre. Hacía calor ese día, pero Millie tenía las manos completamente heladas, así que se las frotó varias veces antes de introducir una por detrás de la parte superior del vestido de Beatrix para guiar el prendedor a través de la tela. El rótulo llevaba un número muy largo, además del nombre, y ella lo memorizó, pensando que debería recordarlo siempre. Creía que tal vez fuese la única forma de localizar a su niña. En el camino a casa desde el hotel, se puso histérica al ver que ya no recordaba si la última cifra era un tres o un seis.

La noche antes le había lavado y cortado el pelo a Beatrix en la pequeña cocina, con una toalla en el suelo. Beatrix estaba en ropa interior. Millie le cepilló el pelo antes de cortárselo, maravillándose de que la espesa cabellera casi le llegara a la cintura. Fue entonces, al darle la vuelta para peinarla por delante, cuando se dio cuenta de que sus pechos estaban empezando a crecer y de que, cuando la viera de nuevo, su hija habría cambiado. Ya no sería una niña. Entonces volvió a salirle la rabia, pero ahora estaba en sus manos, de tal modo que, sin pensarlo, empezó a cortarle el pelo justo por debajo de la barbilla. Las guedejas cayendo al suelo, las tijeras cortando, la toalla blanca volviéndose de color marrón, Beatrix llorando. Le cortó los tupidos mechones oscuros del flequillo en una inflexible línea recta a lo largo de la mitad de la frente. Era el corte que le hacía cada tres semanas cuando era pequeña.

Ahora ya no puede dormir. Se tiende en la cama de Beatrix y se acurruca, haciéndose un ovillo. Intenta imaginar dónde estará su niña, en mitad del Atlántico. ¿Tendrá hambre? ¿Estará sola? Se pregunta hasta qué punto la asustarán las aguas profundas que envuelven el buque, las olas oscilantes, el vasto océano. Millie huele un rizo de pelo que ha metido en un sobrecito transparente y escondido en mitad de su libro.

Beatrix

Odia su nuevo corte de pelo. Parece una cría. Se lleva la mano al pelo y se encuentra solo el cuello. Todas las niñas del camarote comparten un espejito de mano que ha traído una de ellas en su baúl. Beatrix se aparta el flequillo de la frente, usando agua y saliva, y maldice a su madre en voz alta, para deleite de las más pequeñas.

Las jornadas están repletas de actividades. Se visten, se ayudan unas a otras a ajustarse el salvavidas de corcho y van al desayuno, en el que les permiten tomar helado de chocolate. Corren en grupo de un extremo a otro del barco, Beatrix siempre sujetándose de las barandillas y manteniéndose en la parte de dentro cuando le es posible. El barco raramente sigue una línea recta; avanza sorteando los icebergs plateados que destellan al sol. También hay un grupo de chicos, pero ellos son más gamberros que las chicas y Beatrix los evita la mayor parte del tiempo. A la hora del té, hay unas galletas de azúcar más grandes que sus propias manos. Ahora ya no vomitan tanto. Los primeros días, todos devolvían en los lavamanos, en el cubo de basura, en latas de café. Algunas noches, cuando la más pequeña moquea en la cama de debajo, Beatrix no puede dormir y sale a la cubierta a mirar las estrellas. Se envuelve en su manta y se acomoda en una tumbona, lejos de la borda.

Hace frío y está oscuro y, sin embargo, es una de las cosas más bonitas que ha visto en su vida. Nunca había imaginado un cielo tan denso, tan vivo. Nunca se había dado cuenta de la profundidad del cielo. El aire es muy limpio. Se pregunta si llegarán algún día a América. Aquí se sienten como suspendidas en el vacío, aun cuando el barco sigue avanzando. Se preguntan unas a otras qué pasará si la guerra termina mientras ellas están navegando. ¿Darán media vuelta y regresarán? ¿Cómo se enterarán sus padres?

Al principio, Beatrix estuvo asustada. El tren oscuro lleno de niños. El acompañante cantando *There'll always be an England* y ella agitando una banderita británica. La hilera de catres en el almacén de pescado de Liverpool. El enorme buque cubierto con una lona negra. La pasarela oscilando bajo sus pies. Todos estaban callados, asustados, sin saber en quién confiar. Casi todas las niñas lloraban. Beatrix se negó a llorar. Papá había dicho que debía ser fuerte.

Solo han pasado unos días, pero cuando piensa en la partida, solo recuerda fragmentos. Se ve a sí misma sentada con las piernas cruzadas en el suelo de su habitación, negándose a ayudar, mirando cómo su madre llena su pequeña maleta marrón. Vestidos doblados en tercios, calcetines enrollados en una bola, y un pañuelo floreado y ondeante encima de todo (un regalo para la mujer de América). Beatrix se fija en las manos de su padre, con la alianza de boda bailándole en el dedo, mientras mete un puñado de fotos en un bolsillito lateral, mientras tensa las correas alrededor de la maleta. La alfombra floral bordada rosa y azul que ha estado siempre junto a su cama; la mancha de la esquina que parece la cabeza de un perro. El olor extraño a crepes, preparados con azúcar prestado por los vecinos para que el último desayuno sea especial.

Un mes antes de todo esto, su madre llegó a casa y se la encontró sin compañía en el piso, sentada en el suelo de la sala de estar, haciendo un solitario con la cara cubierta con la máscara de gas. Había empezado a ponérsela siempre que la dejaban sola. Detestaba su tacto y también su olor, parecido al del asfalto de la calle en verano. En el colegio, los chicos se las ponían en el recreo y se perseguían por el patio de esta guisa, de manera que sus gritos quedaban amortiguados. Pero Beatrix sabía que esa máscara podía salvarle la vida. Su tío se había abrasado en la primera guerra; sus brazos se habían cubierto de ríos de carne rosada oscura. Cuando la vio de aquel modo, su madre dejó caer las bolsas de la compra y un huevo precioso se espachurró sobre las tablas del suelo. Beatrix está segura de que fue en aquel momento cuando su madre decidió que no podía quedarse allí.

Sus recuerdos del salón de baile se están desvaneciendo. Solo le quedan algunos retazos que la asaltan ya muy entrada la noche: las grandes letras del alfabeto colocadas alrededor del salón, una oscura galería llena de adultos mirando desde lo alto y agitando los brazos, una mujer sollozando, extraños acentos americanos.

Sus padres, de espaldas, alejándose. Él, apoyando una mano en el hombro de su madre. Ella, con una carrera en la media.

Beatrix

Beatrix está sola en el muelle de Boston. A todos los demás han venido a recogerlos. Ya hace calor, aunque es temprano. La luna se dibuja como un trazo de tiza en el pálido cielo azul. Lleva su vestido preferido, uno de lana roja con cuello blanco y ribetes en las mangas. Lo ha escogido cuidadosamente, recordando que su madre le dijo que tuviera el mejor aspecto posible, pero no es el vestido adecuado para este día y le resbalan gotas de sudor por el cuello y la espalda.

La mujer que se ha encargado de reunir a los demás niños con sus familias de acogida no para de echar ojeadas al reloj y a su portapapeles. «Los Gregory —dice una y otra vez, con una voz cada vez más aguda—. Ese es el nombre de la familia, ¿no?». Beatrix asiente. El sol se eleva en el cielo, se oculta tras una nube y ella desplaza su peso de un pie a otro. Toca el rótulo que se ha prendido en la pechera cada mañana desde que salió de Londres. Sus bordes empiezan a desgastarse.

Tiene la sensación de haberse ido de casa hace años, como si la niña que era no fuese la misma que la que está aquí. Han sucedido muchas cosas, aunque solo hayan sido dos semanas de viaje; parece, en conjunto, algo sacado de un libro, como si todo esto le hubiera pasado a otra. Atracar en Canadá y despedirse de la mayoría de sus nuevas amigas. Otro tren y luego un pequeño ferry que avanzaba entre un revuelto oleaje. Finalmente, aguas tranquilas al entrar en el puerto de Boston. Desde el muelle de una islita, tres niños descalzados con cañas de pescar agitando las manos al pasar el ferry. Bienvenida a América, ha pensado Beatrix.

Baja la mirada, para asegurarse de que la maleta y la máscara de gas siguen a su lado y, cuando la alza de nuevo, hay un chico plantado frente a ella. Es casi como si lo hubiera convocado con su sola voluntad. Es más alto que ella, con un pelo rubio y ensortijado tan largo que casi le llega al cuello de la camisa. Tiene el brazo levantado para parapetarse del sol con la mano. Este es William, piensa ella; está segura. Les enviaron una carta en la que describían la casa y la familia, y Beatrix la ha leído cada noche en el barco. Algunas partes se las sabe de memoria. Gerald es el menor, acaba de cumplir nueve, y William tiene trece. «Es más listo de lo que le convendría —escribió la señora Gregory—. Quiere ser jugador de béisbol cuando sea mayor». Beatrix pensaba que tendría el pelo castaño. No sabía que sería tan alto ni tampoco que tendría los ojos verdes. Pero aun así tiene que ser William.

«Beatrix», dice él, y su voz es más grave de lo que esta se esperaba. Casi sonríe. Ella hace un gesto de saludo y entonces llega otro chico corriendo, con la cara arrebolada y una amplia sonrisa; su pelo, de tono dorado rojizo, reluce bajo el sol. Este es Gerald, sin la menor duda. «Tú eres Beatrix, ¿verdad? —dice—. Debes de serlo; lo sé». «Sí», dice ella, sonriendo por fin, porque él tiene un acento gracioso y pecas por todas partes, y es un chico decididamente americano.

Nancy

Una vez que los platos están lavados, Nancy prepara la masa para los muffins de la mañana siguiente, mezclando el azúcar con la mantequilla hasta que quedan del todo ligados. La casa se va aquietando lentamente. Ethan se ha retirado a su estudio. William está en su habitación. Incluso Gerald, al que han acostado después de bañarse, pero que ya ha bajado tres veces desde entonces, parece haberse tranquilizado. Esta es la hora del día preferida de Nancy, cuando todo está calmado, cuando se queda a solas para hornear, leer o tomarse una taza de té. Para respirar.

Ahora le toca bañarse a la niña, de todos modos. En el muelle, Nancy se ha quedado impactada por su aspecto: la tez tan pálida, los calcetines blancos sucios asomando de unas pesadas botas, los ojos negros, vigilantes. ¿Era a esto a lo que se comprometían cuando aceptaron acogerla? ¿Cómo debe sentirse ella en esta situación, sola y tan lejos de casa? Nancy se pregunta qué clase de padres pueden tomar una decisión semejante, aunque es consciente de no tener ni la menor idea de lo que ha de ser vivir una guerra. Aun así, no cree que ella fuese capaz de hacerlo; no se imagina a sí misma dejando solo a uno de sus hijos en un barco. Señor, ¿y qué pasará si Estados Unidos entra en esta guerra? Nancy reza cada noche para que eso no suceda o para que, si llega a suceder, sus hijos sean aún demasiado jóvenes.

Cuando la masa ya está preparada para el día siguiente, saca la caja que tiene guardada en el armario del fondo del pasillo. Se la trajo de la casa de su hermana la semana pasada, cuando volvieron de Maine, y está llena de cosas de chicas: muñecas, libros, juegos de té. Algunos de estos objetos habían sido suyos cuando era pequeña; otros, como esas muñecas de porcelana, habían pertenecido a sus sobrinas. Beatrix no parece una niña aficionada a las muñecas; ella misma tampoco lo fue. Saca cada uno de los objetos y los coloca sobre la mesa de la cocina. Las muñecas en miniatura de su madre, con sus vestidos victorianos. Una tacita de té rota que, según recuerda, formaba parte de todo un juego. Los libros de Katy Did, que eran sus preferidos. Están viejos y gastados, con las páginas sueltas, y no está segura de que le interesen a Beatrix. Aunque, a decir verdad, ella no tiene ni idea de cómo es esta niña. Vuelve a meter los objetos en la caja y la guarda otra vez en el armario. Todo eso parece demasiado infantil para alguien que ha vivido la guerra. A Nancy se le ha quedado grabada la primera carta de los padres: «Encontramos en su cuarto un montón de artículos de periódico sobre el gas nervioso. Beatrix había marcado con un círculo esta frase: "Las víctimas mueren a los dos minutos de estar expuestas al gas"».

Nancy recorre sin hacer ruido el pasillo del segundo piso. La puerta de la habitación de invitados tiene una rendija abierta. La niña está sentada en un rincón, con las rodillas pegadas al pecho, hablándole a una foto enmarcada. «Papá —dice—, ya he llegado. Estoy aquí». Nancy retrocede hacia la pared, secándose la cara con el delantal.

Beatrix

La bañera con patas de garra está situada en un rincón, con tres ventanas por encima que dan al jardín. Ahora es de noche, de todos modos, así que está todo oscuro y no hay nada que ver. La señora Gregory baja las persianas blancas, una a una. Mientras el agua va cayendo dentro, no para de poner la mano en el chorro y ajustar los grifos. Coge una toalla y la despliega, sacudiéndola, y luego la dobla por la mitad, pasando la mano por su mullida superficie. Su gran anillo de zafiro destella bajo la luz. Lleva un carmín de un intenso color rojo y se le ven unos dientes muy blancos cuando se muerde el labio inferior.

No se parece en nada a la madre de Beatrix, que es alta, morena y estilizada. Esta mujer es rolliza y huele a limón. En el muelle, apareció detrás de los chicos y la envolvió en sus brazos, besándola primero en una mejilla y a continuación en la otra. Ella permaneció inmóvil mientras la abrazaba. Al separarse, la mujer le desprendió el rótulo de la pechera y se lo guardó en el bolso. «Esto ya no lo necesitas, querida —dijo—. Ahora estás con nosotros».

«Beatrix —dice ahora, con la mano sumergida en el agua caliente—, no sé qué tengo que hacer. —La mira entornando los ojos, y Beatrix ve en su rostro la sonrisa de Gerald y el ceño de William—. ¿Quieres que te ayude o prefieres bañarte tú sola?

—Las arrugas de su cara se ahondan; después le remete a Beatrix el pelo detrás de la oreja, apoyándole en el hombro el peso de su gruesa mano—. Tendrás que enseñarme a comportarme con una chica —dice con una risita y un suspiro—. Llevo mucho tiempo rodeada de chicos». Hace una pausa y aguarda.

Beatrix no responde. No entiende realmente qué le está preguntando; lo único que tiene claro es que no quiere que se vaya, así que se quita la ropa hasta quedarse desnuda frente a esta mujer desconocida. Nota la suave alfombra bajo sus pies y una leve corriente que se cuela por las ventanas y sacude las persianas sobre los marcos. Se sube al taburete y se mete con cuidado en el agua caliente; luego, cuando se ha habituado a la temperatura, se sienta y se tumba boca arriba, sumergiendo todo su cuerpo salvo la cabeza. La sensación es maravillosa. La señora Gregory enjabona una toallita, le alza un brazo y se lo restriega con delicadeza. Beatrix cierra los ojos y casi se queda dormida. Levanta las piernas para que floten.

Más tarde, en una cama tan alta que necesita otro taburete para encaramarse sobre ella, se va oliendo, uno a uno, los dedos perfumados de jabón de limón.

Beatrix

La escalera describe un semicírculo a medida que desciende hacia el vestíbulo con suelo ajedrezado de mármol. Beatrix baja lentamente, con la mano en la barandilla de caoba. Sus zapatos no hacen ruido sobre la alfombra oriental que cubre los peldaños. En las paredes de la escalera hay enormes retratos al óleo con marco dorado. Así es como debe sentirse la princesa Margaret cada mañana cuando baja a desayunar, piensa. A punto está de reírse en voz alta. La casa está inundada de luz. En la mesita del vestíbulo hay un magnífico jarrón de cristal rebosante de flores rosadas y amarillas.

Beatrix oye voces —parecen el señor Gregory y Gerald—, y por un momento permanece en el vestíbulo. La sala de estar queda a la derecha, bajando unos escalones. Ella está segura de que su piso entero podría caber en esa estancia. Anoche, Gerald le enseñó una escalera de caracol secreta oculta tras una librería llena de libros falsos. Hay una tercera planta que ella ni siquiera ha visto aún. Echa un vistazo al jardín. King, el pastor alemán, está dormido en la terraza, con la cabeza apoyada en sus grandes pezuñas. Hay parterres de flores junto a la casa, un huerto más allá, y luego un prado verde que se extiende hacia la hilera de pinos que se divisa a lo lejos. Aquí todo es enorme. ¿A qué distancia —se pregunta— estará esto del mar? ¿En qué dirección está su casa?

Ethan

Ethan está sentado en su estudio, al fondo del pasillo, con la puerta casi cerrada, tratando de planificar las clases para los primeros días del curso, pero en vez de eso escucha el alboroto que viene de la cocina. La niña ha bajado a desayunar. Oye la voz excitada de Nancy, ese tono suyo más agudo, y deduce que está sirviendo un plato lleno a rebosar de huevos y beicon. Gerald bota una bola de goma una y otra vez, y él tiene que hacer un esfuerzo para no ponerse a gritar.

Ethan no quería acoger a esta niña. Está el coste de la manutención, para empezar. Nancy desechó sus inquietudes con un gesto. «¿Qué importa una boca más que alimentar? —dijo—. De veras, Ethan. Todos tenemos que poner de nuestra parte». Su otra inquietud es casi igual de apremiante: él no sabe gran cosa de chicas. Se crio aquí, en esta misma casa, sin ningún hermano. Su padre era el director del Departamento de Matemáticas en el colegio de chicos y él, después de pasar por Harvard, volvió aquí para trabajar a sus órdenes y, más adelante, para ocupar su puesto. Ethan se pasa el día con chicos, pensando cómo enseñarles, cómo convertirlos en jóvenes de provecho, cómo amonestarlos cuando se pasan de la raya. Curiosamente, desde que se convirtió en padre se ha sentido menos seguro de sí mismo. Él creía que sería la figura paterna principal, la que siempre sabe lo que hay que hacer, la que sus hijos seguirían. Pero las estrategias que funcionan en una clase no necesariamente funcionan en casa. Lo que funciona con Gerald no parece funcionar con William. Y ambos gravitan más bien hacia Nancy, cuyo estilo resulta a menudo demasiado blando. Las cosas en casa son más complicadas y él las controla menos, de manera que cada vez más se refugia en la confortable soledad de su estudio. Aun así, se siente cómodo con los chicos; sabe calmarlos, sabe convencerlos. Dejando aparte a Nancy, a su madre y a un par de primas, su vida ha estado siempre llena de chicos y hombres.

Pero Ethan sabe que para Nancy esta es la ocasión de tener por fin una niña. Ella se sintió decepcionada al nacer William y luego, de nuevo, con Gerald. Lo intentaron una y otra vez, pero el médico, tras el tercer aborto, le dijo que ya no lo intentara más. Nancy nunca ha dicho nada —sobre su decepción por tener un chico y a continuación otro, sobre los abortos, sobre las órdenes del médico— porque ha sido siempre una persona positiva. En todos los sentidos, a decir verdad. Eso fue lo que Ethan vio en ella desde el principio. Entonces concibió la esperanza de que esa actitud suya de ver el lado bueno de las cosas lo ayudaría a él a salir de sí mismo, a convertirse en una versión mejor de la persona que cree que es realmente.

Suena un leve golpe en la puerta. «Sí», dice Ethan, adoptando expresamente un tono suave porque sabe que no es Nancy ni uno de los chicos. La niña abre la puerta, pero permanece en el estrecho pasillo. «Hola —dice—. Perdone que lo moleste. —Ella capta su mirada apenas un instante; después ambos miran para otro lado—. La señora Gregory pregunta si podría ir, por favor, a la cocina para el desayuno». Ethan asiente, removiendo sus papeles. Debería preguntarle si ha dormido bien o si necesita alguna cosa, pero cuando levanta la vista, la niña ha desaparecido.

Millie

El telegrama está bajo la puerta y Millie lo pisa al entrar en casa. BEATRIX LLEGÓ BIEN STOP UNA NIÑA ENCANTADORA STOP ADAPTÁNDOSE DE MARAVILLA STOP. Ella no ha llorado desde la noche en que Beatrix partió, pero ahora, con el telegrama en la mano, se derrumba en el suelo de madera y yace de lado, con las rodillas dobladas hasta la barbilla. Las lágrimas ruedan por su rostro y mojan el suelo. Siente alivio, pero sobre todo remordimiento. Debería haberle dicho a Beatrix que ella quería que se quedara. Debería haber obligado a Reg a cambiar de idea. Ya ha oscurecido cuando se levanta para quitarse la ropa del trabajo y empezar a preparar la cena. Reg volverá pronto. Cada día, al llegar a casa por la noche, ha preguntado si habían recibido algún telegrama.

Esta noche, sin embargo, no lo pregunta; ni cuando examina el correo del vestíbulo. Y ella no se lo dice, aún no. Esconde el telegrama, cuidadosamente doblado, en el bolsillo con cremallera de su bolso.

Pasa una semana, y Millie lo lee una y otra vez cuando va al trabajo y cuando vuelve. Las esquinas empiezan a desgastarse. Las manchas de tinta de periódico de sus dedos ensucian el papel amarillo. Las letras mayúsculas empiezan a difuminarse. Ahora ya no está segura de si puede enseñárselo a Reg. Él sospechará que lo ha tenido guardado todo este tiempo.

Nancy

El primer día de colegio, amanece con un amplio cielo azul. Nancy les ha preparado el almuerzo a los niños, envuelto en bolsas de papel marrón: huevos duros, sándwiches de tomate y galletas de avena con pasas. Les saca una foto en el porche trasero y luego besa en la frente a William y Gerald y le da un apretón en el hombro a Beatrix. Sabe que a la niña no siempre le gusta que la toquen, pero no puede contenerse y finalmente rodea con los brazos su cuerpo flacucho. Aunque ella se pone rígida, Nancy nota con sorpresa en la mejilla el roce de un beso.

Desde que llegó hace dos semanas, Beatrix tiene la cara un poco más llena, pero sus ojos aún conservan una expresión de temor. Se muestra invariablemente educada —responde siempre a las preguntas y las peticiones, ayuda en la cocina, mantiene ordenada su habitación—, pero nunca es la primera en hablar. Eso sí, se ríe de las payasadas de Gerald y parece sentirse cómoda con William. Nancy está orgullosa de sus hijos, de cómo han acogido a la niña. «Que tenga un buen día —dice Beatrix—. Y gracias por prepararme el almuerzo». Nancy le da un golpe en el brazo a Gerald. «Ya podrías aprender de los encantadores modales de Beatrix —dice—. Venga, marchaos». Está deseando que se vayan, aunque sabe que se pasará el día esperando su regreso.

Gerald

Iremos todos juntos al colegio, mamá —dice Gerald, saltando desde los escalones del porche al suelo. Le encanta imitar la forma de hablar de Beatrix. Ella siempre suena muy elegante. Así que ahora Gerald llama «mamá» a madre y saluda por la mañana con un «buen día»; y ayer, durante la cena, dijo que padre estaba armando «jaleo» por nada. Sabe que así irrita a William —un motivo más para hacerlo—, pero también que le arranca una sonrisa casi imperceptible a Beatrix. «No cruces la calle hasta que ella haya entrado», dice madre una vez más; William asiente y después le hace un gesto silencioso a Bea con la barbilla. Es exactamente igual que su padre, dicen todos de William. Gerald sabe que eso significa que él no.

Los tres caminan por el sendero que atraviesa el campo de detrás de la escuela. Un sendero natural, lo llama padre. La mejor manera de ir de aquí para allá. William va delante, abriendo la marcha, y Gerald ocupa la retaguardia. El pelo que les llegaba a los dos al cuello de la camisa ha desaparecido; la visita de ayer al barbero les ha dejado la nuca rapada y el cuero cabelludo reluciente. A Gerald le gusta pasarse la mano por los pelillos erizados. El sol ya aprieta a esta hora. Las hojas no han empezado a ponerse marrones y el campo es una explosión de flores silvestres. Gerald arranca una amarilla, a continuación otra y otra más, y las mantiene sujetas a su espalda. En la puerta de la escuela primaria, se paran los tres, en corrillo. Gerald abraza un instante a Beatrix por la cintura. Qué flaca que es. Le nota las costillas. «Que tengas un buen día», dice sonriendo, y le pone en las manos el ramito antes de desaparecer por la pesada puerta. «Idiota», oye que dice William. Cuando está seguro de que han seguido adelante, vuelve a asomarse por la puerta. Ve que se detienen en el colegio de chicas, ambos con la mirada en el suelo, y que luego Beatrix entra en el edificio, todavía sujetando las flores. Gerald observa cómo cruza su hermano la calle hacia su colegio. Al llegar a la otra acera, antes de entrar en el edificio, se vuelve a medias; es para comprobar que ella ha entrado. Gerald le dice adiós a William con la mano, pero este le da la espalda y desaparece.

En la clase de Gerald, todos deben escribir una carta explicándole al profesor lo más emocionante que les ha ocurrido durante el verano. Él escribe: «Querido Sr. Thatcher, Beatrix ha venido desde Londres a vivir con nosotros para huir de las bombas». Cuando deja el lápiz, se da cuenta de que tiene las palmas de las manos amarillas por el polen.

Beatrix

Las cartas no llegan de forma previsible, sino todas juntas. Algunos días, cuando vuelve del colegio, Beatrix encuentra dos o tres esperándola en la mesa de la cocina. Luego puede pasar semanas sin recibir ninguna. Ella nunca las lee allí, en la cocina; lo único que hace es acariciar el sobre entre el pulgar y el índice, maravillada por el hecho de estar tocando algo que sus padres tocaron no hace tanto tiempo; también por el hecho de hayan recorrido todo el trayecto desde allá. Luego, en su habitación, con la puerta casi cerrada, lee cada carta una y otra vez. El formato es siempre el mismo: mamá escribe primero y papá después; las palabras de este se apretujan con frecuencia en espacios más y más pequeños, a veces acumulándose en cascada en los márgenes, a palabra por renglón. La letra de papá es más difícil de descifrar; la de mamá está toda hecha de volutas. Le hablan de los vecinos, de sus abuelos, de lo que comen para cenar. Papá le cuenta chistes de «toc-toc-quién-es». Beatrix trata de oír sus voces mientras lee.

Al terminar de leer cada carta, despega con cuidado el sello para Gerald y la deja en el montón que guarda en el cajón de su escritorio. A veces, por la noche, las lee todas. Cuanto más las lee, más piensa en lo que ha dejado allí. No sabe si sus padres pasan cada noche en el refugio. Tampoco está segura de la frecuencia con la que caen las bombas. Se pregunta si han dejado su silla en la mesa de la cocina.

Beatrix les contesta cada semana, después de la iglesia y de la comida del domingo, sentada ante el pequeño escritorio de su habitación desde el que se domina el jardín. Ella quiere hablarles de los colores de aquí: de las hojas amarillas que cubren el suelo bajo los árboles; de las diminutas flores moradas del empapelado de su cuarto; de las frambuesas doradas del jardín que rezuman los muffins del desayuno. Pero nunca acierta a encontrar las palabras. O las encuentra, pero siente que está mal transmitírselas. Se los imagina a los dos sentados en el sofá del piso a oscuras, su padre hurgando en el agujero del brazo, sacando relleno con los dedos; o bien los ve dirigirse al refugio que hay bajo su edificio, al hueco que tienen asignado, a poco más de un metro de los inestables escalones de pino. El olor a orina, el corretear de las ratas. Ella se figura que allí está todo como amortiguado, con capas de color gris y marrón. Así que, en lugar de hablarles de los colores, les cuenta historias graciosas sobre Gerald. Les explica que va bien en latín; que William se metió en un aprieto por copiar en un examen. Les habla de su nueva amiga, que la ha invitado a ir a escuchar la sinfónica de Boston.

No les cuenta que, los sábados por la mañana, el señor Gregory se ata un viejo delantal manchado alrededor de la cintura y prepara panqueques. Que la señora Gregory la baña y la arropa en la cama cada noche. Que los domingos por la tarde son su momento preferido, cuando se sienta con toda la familia en la biblioteca y escuchan en la radio a la Filarmónica de Nueva York. Que algunas noches ya no recuerda sus caras. En esas ocasiones, vuelve a encender la luz y mira su foto, tratando de grabarse todos los detalles. Esas son las noches en las que sueña con ellos.

William

Beatrix no es como ninguna de las chicas que William conoce. Es inteligente, para empezar, y seria, excepto cuando se ríe de los estúpidos chistes de Gerald. Pero, aunque ella no debería darle alas a Gerald, William aguarda con expectación esos momentos, porque es como si algo se desprendiera de ella, igual que un pájaro alzando el vuelo. Su cara entonces se relaja y casi parece florecer. No es una niña mona, como Lucy Emery o Marian Smith, con sus rizos rubios y sus ojos relucientes. Beatrix tiene los ojos y el pelo oscuros y, cuando está preocupada, sus ojos se vuelven casi completamente negros. No hay modo de adivinar sus pensamientos. Cuando está particularmente angustiada, se pasa una y otra vez el pulgar por debajo de la nariz o se enrolla el pelo entre los dedos.

William cree que a él más bien le gustaría que lo enviaran al otro lado del océano a vivir con otra familia. Se pregunta qué piensa Beatrix de su «aventura», como su madre la llama. Ella nunca habla de esto en casa; William se pregunta qué les dice a sus nuevas amigas. Beatrix siempre responde a las preguntas que madre y padre le hacen, pero nunca se extiende, nunca cuenta más de lo que le han preguntado. Él se da cuenta de que ella lo encuentra todo diferente aquí, y eso es lo que más lo intriga. Diferente,

¿en qué sentido? ¿Y cómo era vivir en Londres con las bombas cayendo cada noche?

Intenta imaginar su piso en Londres. Ve unos ventanales que van desde el suelo hasta el techo y unas velas en la repisa de la chimenea, cuadros de tonos azules y morados en las paredes, cortinas de terciopelo oscuro. Cuando Beatrix no está en casa, estudia la foto de sus padres que tiene junto a la cama. Le gusta el aspecto del padre; da la impresión de ser capaz de entender las bromas a la primera, no como el suyo, que raramente tiene sentido del humor. La madre parece un poco fría, algo más distante. Y sin embargo, tiene una expresión —sin sonreír, sin fruncir el ceño— que William sorprende a menudo en Beatrix, cuando se queda ensimismada unos momentos, antes de volver de golpe al presente. Antes de recordar dónde está.

La semana antes de Acción de Gracias, madre los pone a todos a trabajar después del colegio. Hay que limpiar el jardín y la terraza, preparar tartas y pasteles, ordenar la casa. Celebran la fiesta de forma rotatoria entre su madre y las tres tías, y este año les toca a ellos. William siente un burbujeo de excitación que se esfuerza en disimular. Gerald está completamente fuera de sí. «Es divertidísimo —le dice a Beatrix mientras barren la terraza trasera—. Montones de comida». «Suena de maravilla», dice ella, asintiendo, pero William sabe que ella ya ha oído todo aquello otras veces y la observa mientras arroja otro montón de hojas sobre la lona negra. Él ha tenido que enseñarle a manejar el rastrillo. Gerald se lanza sobre el montón de hojas. «Me muero de impaciencia —grita al reluciente cielo azul—. Me encanta Acción de Gracias».

Beatrix lo mira meneando la cabeza y se vuelve hacia William. «¿Y a ti? —pregunta—. ¿También te encanta?». Cuando hace preguntas como esta, ladea un poco la cabeza, como queriendo escuchar la verdadera respuesta, lo que él piensa realmente. Él no cree conocer a nadie más que haga preguntas sin tener ya una respuesta preconcebida. «Está bien», contesta mientras rastrilla las hojas de los parterres y se las arroja encima a Gerald. «¿Qué es lo que más te gusta? —pregunta ella—. ¿Los primos? ¿La comida?

¿La gratitud?». La gratitud. Nunca lo había pensado así. El sentimiento de gratitud de la fiesta. Acción de Gracias siempre ha sido un día agradable para reunirse con todo el mundo. Un día en el que padre suele estar demasiado ocupado para enfadarse con él. Pero William no sabe muy bien si su familia siente gratitud. La familia de su madre ha vivido aquí siempre; sus antepasados se remontan al Mayflower. Algunos de ellos seguramente participaron en la primera celebración de Acción de Gracias. ¿Deberían sentir más gratitud de la que sienten? Nunca se lo había planteado. Pero ahora, con Beatrix, se lo pregunta. Quizá la idea que se ha hecho de su piso es completamente equivocada.

«Sí —dice—. Todo en conjunto. La separación del rollo británico. La gratitud por tener nuestro propio país». Le lanza una sonrisa a Beatrix y ella pone los ojos en blanco. «Me muero de ganas de ver lo que sucede el Cuatro de Julio —dice—. Seguramente me cubrirán de brea y plumas y me tirarán al agua en el puerto». «Ah, sí, ya lo estamos planeando», dice William, mientras cubre con más hojas a Gerald, que se retuerce en la lona.

Desde la puerta trasera, madre le dice a este que se levante y deje de hacer el burro y le pide a Beatrix que vaya a ayudarla a colocar las mesas. Ella le pasa su rastrillo a William, aunque no sin echarle antes un puñado de hojas a Gerald. Cuando pasa corriendo junto a William, le lanza una sonrisa inusual; él capta una oleada de su aroma y observa que tiene las mejillas rojas y relucientes.

Beatrix

En la mesa de la cocina, a la vuelta del colegio, hay dos invitaciones entregadas a mano. Dos crujientes sobres de color marfil con los nombres de Beatrix y William en elegante caligrafía. La señora G sonríe mientras Beatrix abre el suyo, cuidando de no desgarrarlo. Ella nunca había visto su nombre estampado en algo tan refinado. Gerald observa desde el otro lado de la mesa, sujetándose la barbilla con las manos. Una fiesta navideña en casa de Lucy Emery, el sábado antes de Navidad. «Hemos de buscarte un vestido, niña —advierte la señora G—. Iremos a la ciudad este fin de semana». Beatrix frunce el ceño. «Pero si ya tengo mi vestido rojo —dice—. Es mi preferido». Hay un silencio y luego la señora G se vuelve hacia ella. «No, querida —dice suavemente—. Los Emery son gente sofisticada. Necesitarás un vestido de fiesta como es debido».

El sábado, Beatrix y la señora G van a Downtown Crossing. Las calles están llenas de gente, y la señora G se abre paso entre la multitud agolpada frente a los almacenes, sujetando con fuerza la mano de Beatrix enguantada en un mitón. «Tienes que ver esto», dice. En los escaparates de Jordan Marsh, una familia celebra las Navidades. El padre, con una bata de cuadros escoceses, lee el periódico junto a la chimenea. La madre, con una bata a juego azul cielo y un camisón, aplaude una y otra vez mientras tres niños —dos chicos y una chica— abren sus regalos. El suelo está cubierto de juguetes y envoltorios. Los altavoces exteriores emiten villancicos a todo volumen. Beatrix no puede dejar de mirar. Nunca había visto nada parecido. Es como nuestra familia, piensa, con el padre leyendo, la madre entusiasmada, dos niños y una niña. Nota que la señora G la está mirando con esa expresión que pone cuando quiere abrazarla pero cree que no debe hacerlo.

Cuando entran en los almacenes bulliciosos y profusamente iluminados, la señora G, con una mano en la espalda de Beatrix, la guía hacia los ascensores. En la tercera planta, hay vestidos de colores brillantes alineados a lo largo de las paredes. «Ah, qué divertido —dice la señora G alegre, mientras palpa las telas de seda y satén—. A mí hace muchos años que no me cabe ningún vestido que me guste. Pero tú, con tu figura, puedes llevar cualquier cosa que te llame la atención». Beatrix asiente. Ella ya ha visto el vestido —un modelo de satén azul con una falda de tul de un tono más claro del mismo color— y lo señala tímidamente con el dedo. La princesa Margaret llevó algo así el año pasado. La señora G busca a una dependienta y enseguida el probador se llena de vestidos. Beatrix se prueba uno tras otro, a solas, y después sale al angosto pasillo para que la señora G le suba la cremallera y le enganche los corchetes. Acercándose y alejándose del espejo, escucha el frufrú que hace al darse la vuelta y aprende a producir ese sonido glorioso, mientras la falda se roza con sus piernas y con las paredes. Gira sobre sí misma y observa cómo ondea y destella cada vestido.

El que más le gusta a Beatrix es el vestido azul, aunque la señora G prefiera el verde esmeralda. «Entona con tu tez, querida, y es tremendamente navideño. Pero yo quiero que estés contenta y que te guste el vestido que lleves puesto, así que nos quedamos con el azul, ¿de acuerdo?».

Beatrix asiente sin decir nada; teme echarse a llorar si abre la boca. Nunca ha llevado algo tan elegante.

«Y también —prosigue la señora G, dirigiéndose a la dependienta— necesitaremos guantes y zapatos a juego. Por las joyas no te preocupes, querida —le dice a Beatrix—. Tengo un juego de perlas perfecto, de la medida justa para ese escote».

Mientras salen de los almacenes cargadas con las cajas, Beatrix ve moviéndose entre la multitud unas piernas que parecen las de su madre, con la costura perfectamente alineada a lo largo de la esbelta pantorrilla, y en el primer momento cree que debe de ser ella, y hace un gesto acompañado de un gemido, no de una palabra, y alarga la mano instintivamente para intentar agarrarla de la manga. «¿Qué pasa, querida?», le pregunta la señora G con inquietud, y entonces la mujer se vuelve y resulta que no es su madre. Claro que no lo es. Beatrix sacude la cabeza y nota el rubor que le sube a las mejillas mientras el gentío pasa junto a ellas, dejando atrás los mostradores de maquillaje y perfumería, los de bolsos y joyería, y dirigiéndose a las puertas principales. «Perdón —murmura—. Me ha parecido ver algo, pero me he equivocado. Perdón». Cae en la cuenta de que no ha pensado en mamá ni una sola vez durante las compras. ¿Qué habría opinado su madre de todo esto? ¿Le habría parecido bien el vestido? Y ella, ¿quizá debería ofrecerse a pagarlo, a pesar de que no tiene dinero? A lo mejor papá podría enviar un poco. La señora G se agita nerviosamente a su lado. «Ah, mira, Bea —dice, y Beatrix atisba ese punto de inquietud que asoma en su rostro cuando ve que ella se aísla en su propio mundo—, aquí tienen unos muffins de arándanos deliciosos. ¿Nos damos un capricho antes de irnos?». Beatrix vuelve a menear la cabeza, de repente furiosa con esta mujer que parece tenerlo todo. Se da cuenta de que ha herido sus sentimientos, pero no tiene forma de explicar lo que está pensando. La cara de la señora G vuelve a adoptar su expresión habitual de calma; un modo de protegerse, piensa Beatrix. A estas alturas ya ha aprendido que todo el mundo lleva una máscara. «Entonces vamos a buscar el coche, querida. Ha sido un largo día».

Durante el trayecto de vuelta, Beatrix mira por la ventanilla. Estuvo nevando hace dos días y ahora incluso la preciosa ciudad de Boston resulta gris, fría y sucia. Se pregunta si habrá nevado en Londres. ¿Cómo es posible siquiera que haya una guerra en marcha? Con mucha frecuencia le parece estar viviendo en un cuento de hadas, en una tierra en la que puedes comprar lujosos vestidos, asistir a fiestas y comer muffins de arándanos. La niña del cuento es distinta de la niña de allá. Es una simple apariencia, se dice a sí misma; pronto regresará a su verdadero hogar y todo esto será algo que le sucedió en un sueño. Qué estúpido de su parte haber pensado que la familia del escaparate era la suya; qué ridículo haber creído por un instante que este era el lugar que le corresponde. Mira su reloj, que sigue manteniendo en la hora de Londres. En casa son las ocho de la noche. Sus padres están sentados en la oscuridad; las velas gotean hasta quedar casi consumidas y luego se apagan por sí solas.

Reginald

En Navidad, Reginald ha arreglado las cosas para hacer una llamada usando el teléfono de la fábrica. Mientras espera a que suene el aparato, deambula por su helada y oscura oficina de supervisor; Millie está sentada junto al teléfono. «Se les ha olvidado», dice esta cuando han transcurrido cinco minutos. «Tonterías —responde Reginald—. Debe de ser algo de la conexión, nada más. Hay un montón de gente llamando a casa hoy». «Deberíamos haber hecho nosotros la llamada», dice Millie. Reginald cierra los ojos. No tiene sentido responder.

Cuando el teléfono suena, sin embargo, ambos se sobresaltan, y Reg mira a Millie casi con sorpresa. Ella descuelga el auricular antes de que suene por segunda vez. «Cielo —dice—, cielito mío». Reg distingue en la penumbra que su rostro se vuelve a endurecer. «Sí, hola, Nancy —dice Millie—. Igualmente». Millie habla igual que su madre, con ese tono frío y formal. Charlan unos minutos; Reg apenas escucha, está demasiado ansioso por oír la voz de su hija. Luego nota que la de Millie se ablanda de golpe. «Cielito —dice—, mi vida». Y enseguida se pone a llorar de tal modo que no puede hablar. Reg le coge el auricular de la mano y lo sostiene de manera que ambos puedan escuchar. «Beatrix —dice—, cuéntanos». Y ella empieza a hablar. Su amada voz elevándose en la oscuridad, con intervalos de silencio crepitante entre las palabras.

Durante el camino de vuelta, las calles, aunque conocidas, resultan extrañas en la oscuridad. Millie se mantiene en silencio, aislada, con las manos en los bolsillos y la boca cerrada.

Reg está seguro de que Beatrix sonaba distinta, pero le resulta difícil precisar en qué sentido. El acento, eso seguro. «Ay, jolines», ha dicho en un momento dado. Ha estado parloteando sobre una fiesta a la que fue con William... ¿o era con Gerald? A Reg le cuesta recordar cuál es cuál. Después, cuando ha hablado con Ethan, este la ha llamado Bea. Había una familiaridad en su tono que debería haberlo tranquilizado y hecho sentir que la niña está bien, a salvo, pero ese detalle se le ha quedado metido en el estómago, reconcomiéndole.

«Feliz Navidad», dice Millie más tarde, alzando una copa en el piso oscuro, solamente iluminado con unos cabos de vela. Reginald levanta su copa, pero no acierta a encontrar las palabras para responder.

Gerald

La nieve empezó a caer anoche, antes de acostarse, y cuando Gerald se despierta, descubre con excitación que los cristales de las ventanas están cubiertos de carámbanos que parecen ramas de abeto. No hay dos copos iguales. Gerald observa maravillado su variedad. La nieve sigue cayendo, arrastrada por el viento, y todo parece en silencio. No hay nadie más despierto. Cuando deja salir a King por la puerta trasera, el perro desaparece detrás de un montón de nieve, da un salto con las cuatro patas y luego sigue brincando sobre el prado nevado.

Gerald echa el aliento sobre el cristal de la puerta y escribe sus iniciales con el índice: GG, 9 años. No tiene interés en salir afuera. Lo bueno de un día como este no es saltarse las clases. A él más bien le gusta el colegio, aunque ha aprendido a no decirlo en voz alta. Pero en un día como este puede quedarse en casa y holgazanear. Puede dedicarse a su colección de sellos, o ayudar a su madre en la cocina, o jugar a un juego de mesa con Bea. Willie querrá salir para montar en trineo con sus amigos y deslizarse cuesta abajo.

Oye pasos en la escalera y se vuelve. Es Bea, bajando como siempre silenciosamente; y también como siempre, totalmente vestida. Él nunca la ha visto en camisón. ¿Llevará camisón igual que madre? Quizá se pone un pijama, como él. «Buenos días, G —dice ella, con la expresión despierta y los ojos muy abiertos—. Nunca había visto tanta nieve». Se acerca y se pone a su lado ante la ventana. Ambos permanecen allí, sin hablar, hombro con hombro, mirando cómo King salta y da brincos. «Mira —dice ella, señalando con el brazo—. ¿De qué crees que serán esas huellas?».

«Un conejo seguramente. O quizá un gato». Bea asiente. «El invierno es diferente en la ciudad —dice al fin—. Y nuestro piso está en la cuarta planta, o sea que nunca me he encontrado todo blanco al despertar». Gerald no dice nada. Ha descubierto que el mejor sistema para que ella se abra es no hacerle demasiadas preguntas, pero en realidad está deseando hacerlo, las preguntas se agolpan y chocan entre sí en su cabeza.

Le gusta tener a Bea aquí. Al principio fue algo excitante, pero ahora ella simplemente encaja en la casa, llena un espacio que él no sabía que estaba vacío hasta que Bea lo ocupó. Gerald adora a Willie, aunque sabe que Willie ya no está interesado en él; solo lo soporta, en el mejor de los casos, y Gerald nota que cada vez se va alejando más. Y ahí es donde encaja Bea. A él le encanta que lo llame G. Le gustaría mucho cogerla de la mano, o pasarle el brazo por los hombros, o darle un beso en la mejilla, ahora que están juntos, pero sabe que no debe hacerlo, así que se conforma con tenerla tan cerca. Beatrix echa el aliento sobre el cristal y, en esa neblina blanca, justo por encima de sus iniciales, escribe: BT, 11 años. Se quedan allí de pie, juntos, hasta que King reaparece, con el hocico cubierto de nieve, suplicando que lo dejen entrar otra vez.

Millie

Llega un día, esa primavera, en que Millie vacía el armario de Beatrix. A estas alturas, todo aquello debe ser demasiado pequeño para ella, se figura, y no parece que vaya a volver a casa pronto. ¿En qué estaba pensando al guardar toda esta ropa? Su secreta esperanza de que la niña regresara antes de un año se va disipando día a día. Beatrix ya no querría ninguna de estas prendas, de todos modos. Se ha vuelto muy refinada. Hace un tiempo llegó una fotografía, tomada en Navidades, en la que su hija aparecía frente a un enorme árbol espléndidamente decorado. El ángel de la copa rozaba el alto techo. Había velas de verdad encendidas en las ramas, con adornos de cristal que reflejaban la luz. El pelo, algo rizado en las puntas, le llegaba a Beatrix casi a los hombros; el flequillo había desaparecido, o por lo menos lo tenía recogido con una cinta. Millie no reconoció el vestido; era tremendamente elegante, y le pareció que resultaba un poquito demasiado adulto, un poquito demasiado ceñido en el pecho y con un pronunciado escote. ¿Y qué eran esas perlas?

«¿Crees que deberíamos mandarles dinero para la ropa?», le preguntó a Reg cuando vio la fotografía. «Eso no lo habíamos hablado —dijo él, encogiéndose de hombros—. Francamente, Mil, yo creo que ellos están encantados de comprarle cosas». «Pero

¿unas perlas? —preguntó ella—. ¿Le compran perlas?». Reg meneó la cabeza. «Si quieren, ¿qué tiene de malo? Parecen andar sobrados de dinero».

Eso es lo que inquieta a Millie. Lo estrecha que le parecerá la vida a Beatrix cuando vuelva. Aquí no habrá fiestas elegantes, ni partidos de béisbol, ni salidas a la sala de conciertos. Desde luego, se alegra de que parezca tan bien cuidada. Al parecer, tiene un buen grupito de amigas. Pero todo esto hará más difícil su retorno. Entonces ya no será una niña. Ya no es una niña. La enviaron lejos para que pudiera tener una infancia. No se dieron cuenta, sin embargo, de que esa decisión implicaba que ellos habrían de perderse su infancia. Millie se siente como si le hubieran robado algo que nunca recuperará.

Así pues, un precioso sábado por la mañana, cuando debería haber salido, ahora que el invierno por fin se acaba y que las calles y los parques están llenos de gente disfrutando de la sensación de libertad que flota en el aire, Millie se queda en casa. Reg se va a un pícnic con unos amigos. Los bombardeos han amainado últimamente, y todo el mundo prefiere olvidar que están en medio de una guerra, aunque solo sea durante unas horas. Millie llena una bolsa de basura tras otra para la beneficencia, dejando aparte algunas cosas para los vecinos.

Encuentra el perrito de peluche favorito de Beatrix, su preferido cuando era pequeña, en el rincón del fondo del armario. Un perrito Steiff, con una oreja tan gastada que casi ha desaparecido. A Beatrix le encantaban sus ojos; solía frotarle uno con el pulgar y después el otro, en un ritual balsámico que la ayudaba a calmarse. Millie tira el perrito —porque, francamente, ¿para qué va a querer una chica tan mayor un raído animal de peluche?—, pero más tarde, al volver del refugio cuando ya ha pasado la alarma, va a los cubos de basura, abre la bolsa y tantea en la oscuridad hasta encontrar el apelmazado perrito.

Lo deja en lo alto de su armario, pero la mirada del perrito le resulta insoportable. Reg también se queja. «Es posible que haya bichos en ese chucho, Mil. Además, es alemán. No lo quiero en esta casa». Cuando Reg sale, ella mete el perrito en el fondo del cajón de su mesita de noche, donde ahora guarda el sobrecito con el pelo de Beatrix y el primer telegrama.

El armario de su hija ahora está vacío. Millie lo limpia bien; incluso quita el polvo del estante superior.

Reginald

Reginald se está preparando para salir del pub y volver a casa cuando las bombas empiezan a caer, justo pasadas las once. Toda la gente del pub corre al refugio antiaéreo del jardín trasero y se apretuja allí dentro, algunos hombres sentados en el regazo de otros, todavía con una pinta en la mano. Las risas se aplacan cuando comprenden que esta no va a ser una noche normal. Los estallidos se suceden sin ningún intervalo. El ruido es ensordecedor. Se oyen pasar camiones de bomberos. Los caballos relinchan. Brian, uno de los compañeros de trabajo de Reg, está cada vez agitado. «Debemos salir de aquí y echar una mano, chicos. Hay luna llena esta noche. Los boches pueden ver la ciudad entera, iluminada como un espectáculo del West End».

Reginald dice que tendría que volver a casa, pero luego cae en la cuenta de que Millie probablemente estará en el refugio del edificio. Será mejor quedarse a colaborar. Así pues, Brian, él y algunos más salen afuera y se suben a los camiones cisterna que se dirigen al norte. «No tenemos mucha agua —le dice uno de los bomberos a Reg—. La marea está baja. No podemos arreglárnoslas con este volumen». El camión se detiene y todos los hombres se bajan. Reg oye un grito de socorro y corre hacia la casa bombardeada más cercana, donde las llamas ya envuelven las ventanas superiores, para ayudar a una mujer a sacar a su hijo de debajo de los escombros. «Aún está vivo, gracia a Dios —dice la mujer—. Madre mía, creía que este terror ya se había acabado».

Reg colabora toda la noche, haciendo lo que sea necesario. Entra en una casa incendiada para recuperar un álbum de boda. Levanta un escritorio bajo el que una mujer tenía atrapada la pierna. Se sienta en el bordillo para darse un respiro y un chico le ofrece una galleta. «¿Tú eres de por aquí?», pregunta Reg. El chico asiente. «Bombardearon nuestra casa hace unos meses —dice—. Estoy viviendo con mi tía un poco más abajo». «Tus padres…», dice Reg, pero mientras lo está diciendo deduce la respuesta. «Muertos —responde el chico—. Pero mi tía me cuida bien». Reg asiente, incapaz de pronunciar palabra. A menudo se siente culpable por el hecho de que Beatrix esté lejos, a salvo. Una mujer pasa corriendo hacia una casa incendiada. «¡Mi cartilla de racionamiento! —grita—. Se me ha olvidado llevármela hoy al trabajo. ¿Qué vamos a hacer?».

Al terminar la noche, toda la ciudad está en llamas. Más tarde, oyen que los bombarderos alemanes han realizado más de quinientas cincuenta misiones y que algunas escuadrillas han regresado dos y tres veces. Cuando Reginald se encamina finalmente hacia su casa, para ver qué ha pasado con Millie, observa el centro de la ciudad. Al principio cree que el sol está saliendo por detrás de la densa nube de humo y siente alivio al pensar que esta noche terrible ha terminado. Pero después comprende que ese resplandor anaranjado procede del palacio de Westminster, totalmente envuelto en llamas.

Bea

Cada verano, cuando el colegio termina a principios de junio, la familia se va a Maine y se queda allí hasta finales de agosto. Van a la isla, eso es lo que dicen. Bea tardó meses en comprender que la isla es suya y solo suya. La casa la construyó el padre de la señora G, ahora pertenece al matrimonio y un día será de William y Gerald. Ellos ya han discutido cómo se repartirán los meses de verano cuando sean mayores, cuando tengan su propia familia. Ambos quieren el mes de julio para organizar una gran fiesta con fuegos artificiales.

A los dos les encanta la isla. Bea desearía compartir su excitación, pero en lo único que piensa es en el agua. Los chicos no paran de hablar de nadar hasta el muelle, de rodear la isla a nado —«El año pasado lo hice en menos de una hora», proclama William—, de llegar al pueblo nadando. Bea no sabe nadar, pero no encuentra el modo de decírselo. Ellos parecen tan a sus anchas en el agua como en tierra firme. Se supone que ella debería saber. Quizá no sea tan difícil, piensa; quizá puedo fingirlo. Pero siente una opresión en el pecho al pensarlo.

Finalmente, la noche antes de partir, mientras está sentada en la bañera y la señora G le enjabona la espalda, se lo dice. «El caso es —empieza de modo vacilante, sin venir a cuento, abrazándose las rodillas— que no sé nadar». Y se echa a llorar, a llorar de verdad, jadeando para tomar aire. Se siente como una idiota. «Ay, querida. Mi cielo —dice la señora G, envolviendo el cuerpo mojado de Bea con sus brazos—. No es motivo para llorar. Nosotros lo dábamos por supuesto, simplemente. No se me habría ocurrido preguntártelo». Hace una pausa, mordiéndose el labio. Bea se acuerda de aquel primer baño, tantos meses atrás, y sabe que la señora G la está volviendo a juzgar sutilmente. No de forma malintencionada, eso le consta, pero sí con una cierta superioridad que Bea capta entre sus palabras, en las líneas que le rodean la boca. «Pero es lógico, claro, habiendo crecido en Londres y demás. Tú no te preocupes. Te tendremos nadando en un santiamén».

Bea no está tan segura. En el trayecto en coche, una vez que entran en New Hampshire, el océano está constantemente a la vista a su derecha. «Allí —grita Gerald cuando llegan al pueblo—, allí está la isla», apuntando con el dedo a un trocito de tierra verde frente al puerto. Un amigo, un hombre del pueblo con una gran lancha motora, los espera en el muelle y los traslada a todos, con los baúles, las provisiones y el perro. Bea es la única que se pone un chaleco salvavidas. Se sienta junto a King, que tiene las orejas pegadas a la cabeza y los ojos muy abiertos. Supone que debe tener el mismo aspecto que él. El señor G le tiende la mano para bajarse de la lancha oscilante. Esa noche le cuesta conciliar el sueño, con el persistente batir de las olas contra las rocas.

A la mañana siguiente, después del desayuno, los chicos ya no pueden esperar más y se van nadando hasta el dique flotante. Beatrix los mira desde la costa rocosa. Se agacha para pasar los dedos por el agua helada. Ese es el sitio preferido de los chicos, y ella cae en la cuenta de lo insólito que es que a ambos les guste lo mismo. Echan tres carreras de ida y vuelta hasta el dique, con el perro nadando junto a ellos, y William gana las tres veces. Bea los oye charlar mientras nadan, y luego cuando se tumban, rendidos, en el dique soleado, rodeados por el agua centelleante de color azul verdoso. Ella desearía con toda su alma estar allí también. Se siente como una intrusa, algo que no había sentido desde hace mucho.

Cuando baja la segunda mañana, se encuentra al señor G en la mesa de la cocina. «Hoy es el día», dice, sonriéndole. «Ah —responde ella, irguiéndose—, ¿el día para qué?». A Bea le cae bien el señor G, aunque la intimide, y con frecuencia prefiere su compañía a la de la señora G, que tiene siempre buenas intenciones, pero cuya energía puede resultar agotadora. «Vamos a nadar —dice él—. Solos tú y yo». Después del desayuno, emprenden la marcha hacia el otro extremo de la isla, siguiendo un sendero que cruza un bosque de abetos, cuyas agujas forman una mullida capa en el suelo. «El agua está un poco más caliente aquí», dice el señor G al llegar. Se quita los zapatos y, con el traje de baño y una camiseta, vadea sujetándola de la mano hasta que el agua le llega al estómago.

Después de atarle un gorro de natación bajo la barbilla, le enseña a poner la cara en el agua y a sacar el aire burbujeante mientras mueve la cabeza de derecha a izquierda. Le muestra cómo la sal del agua la ayudará a flotar. Bea casi se ríe al sentir con sorpresa las corrientes de agua templada. Él la arrastra cada vez más adentro, alejándose de la orilla, siempre sosteniéndola, siempre a su lado.

Hacen lo mismo cada mañana durante la primera semana. Bea se levanta temprano y encuentra al señor G esperando en la mesa de la cocina. Hace frío, pero ella se va acostumbrando y llega un momento en el que casi acoge con gusto la repentina impresión del agua helada que le hace inspirar de golpe. Al terminar la semana, el señor G ya no tiene que sujetarla.

Desde la ventana de su habitación, Bea ve la costa de tierra firme. Ellos tienen varios botes de remos —una «flota» dice William irónicamente, poniendo los ojos en blanco, y Gerald también lo repite, pero él sin ironía—, de manera que pueden llegar allí remando siempre que lo desean. En el pueblo hay un supermercado, un restaurante, la oficina de correos y varias tienditas; también pistas de tenis y algunos amigos, otras familias que viven por la zona o en otras islas. Bea se dice a sí misma que antes de que concluya el verano llegará al pueblo a nado.

Reginald

Reginald se incorpora a la Guardia Local diciéndole a Millie que necesita colaborar. «Lo que hago en la fábrica es importante, supongo —le dice—, pero tengo que hacer algo más. Es absurdo quedarse de brazos cruzados por la noche y durante el fin de semana, cuando podría estar en la calle ayudando».

La verdad es que Reg haría casi cualquier cosa para salir del piso. A menudo se toma una pinta después del trabajo para retrasar el momento de volver a casa. No sabe muy bien qué le espera al otro lado de la puerta. Algunos días está todo bien, y él vuelve a acordarse de la chica de la que se enamoró hace tantos años. Pero otros días Millie se enfada por cualquier cosa. Es como si él no hiciera nada a derechas. Reg sabe que es demasiado simplista pensar que la vida ha quedado dividida entre Beatrix y Después de Beatrix. Es esta maldita guerra, estas malditas bombas. Eso es lo que lo ha cambiado todo.

Ahora desearía haberse alistado desde el principio, en el 39. Pero él pasaba un año de la edad de alistamiento y, además, la experiencia de su hermano en la primera guerra lo había vuelto aprensivo, por mucho que deseara combatir por la causa. Había sentido un enorme alivio al comprobar que no debía alistarse. Tampoco quería separarse de Beatrix y de Millie y, sin embargo, aquí está: su hija al otro lado del Atlántico y su esposa absorta en sus tribulaciones.

Millie no es la única. Todos sus compañeros del trabajo se quejan de sus esposas, dicen que están obsesionadas con lo que les estará pasando a los hijos que enviaron lejos. Pero nadie que ellos conozcan envió a los suyos a América. Reg sigue creyendo que fue una decisión acertada. Es cada vez más probable que los americanos entren en la guerra, pero aun así aquello es más seguro. Si Beatrix estuviera en el campo, como muchos otros niños, él se sentiría inquieto constantemente. Le gusta el hecho de no tener que preocuparse. La niña come bien, saca buenas notas, está con una familia que la cuida.

Al volver un sábado de una sesión de entrenamiento, encuentra a Millie en el sofá, esgrimiendo una carta. «Una nueva —dice sonriente—. ¿Te la leo?». Pero le sale una voz estridente y Reg huele a alcohol incluso antes de ver la botella. Es algo que sucede con frecuencia los sábados. «Adelante», dice él, derrumbándose en su sillón, mientras se desata los cordones de las botas y se las quita de una patada. El entrenamiento es más complicado de lo que había imaginado, pero le gusta tener ocupada la mente y el cuerpo durante varias horas seguidas. Así resulta difícil pensar en otra cosa.

«Queridos mamá y papá —lee Millie—. ¡Hoy he pescado un pez azul! Hemos salido con una de las barcas grandes del vecino. Lo he pescado yo sola y luego la señora G lo ha preparado con limón y mantequilla. Estaba delicioso». Millie deja de leer y mira el techo, donde hay una grieta causada por una bomba al principio de la guerra que va de este a oeste. «Nunca he probado un *pez azul*», dice, pronunciando con acento americano y alargando las sílabas. «Me pregunto qué sabor tendrá».

Reg se sirve una copa de la botella que hay sobre la mesita de café. «Sabor a pescado seguramente», dice, y Millie se ríe a carcajadas. «Muy buena —dice—. A pescado, claro». Le sale una risa rasposa. Luego sigue leyendo la carta, que está llena de historias sobre la vida veraniega en América: comida, excursiones, tenis, puestas de sol. A Reg le encanta oír los detalles; lo ayudan a imaginarla en ese lugar desconocido. La herida en la pezuña del perro.

Beatrix ganándole a Gerald una carrera a nado. Enseñando a los chicos a hacer barquitos de papel, tal como Reg se lo enseñó a ella. «¿Tú crees —dice Millie— que esa gente sabe siquiera que hay una guerra?, ¿que mueren personas todos los días?».

«Por el amor de Dios —suspira Reg—. Ella es feliz. ¿No es eso lo que queríamos?». «Yo quería que se quedara aquí», dice Millie. Está harto de esta conversación. «Deja ya de remover el pasado, Mil. Ella tiene la oportunidad de vivir como una niña», dice. Nota que la bebida empieza a hacerle efecto, se siente impulsado a discutir. «Te voy a contar una cosa que oí el otro día. En el campo, a los niños les hacen dormir en los establos. A uno le dieron una paliza por romper un plato». Reg se interrumpe, preguntándose si debería contarle lo peor de todo. Sí, decide, tiene que saberlo. «También oí que a una chica, justo de la edad de Beatrix, la violó el padre en su casa».

Millie no parece impresionada. Probablemente también lo había oído por radio macuto. «¿Y cómo sabemos que esas cosas no le están pasando a nuestra niña? —pregunta—. No sabemos si ese hombre…, si esos dos chicos… ¿No se te ha ocurrido que eso podría pasarle por debajo y por detrás de esa vida idílica, de todas esas palabras tan bonitas? —Sacude la carta ante sus narices—. No tenemos ni idea. Ella nos presenta todo un mundo, el mundo que quiere que veamos. Y nosotros hacemos lo mismo. Ella no tiene ni la menor idea de lo mucho que hemos de esforzamos, de lo mal que me siento. Nadie sabe lo que pasa realmente detrás de una puerta cerrada».

Reginald se derrumba en su sillón y cierra los ojos. Supone que Millie no cree de verdad lo que está diciendo. Simplemente está borracha y quiere provocarlo. Él está convencido, en el fondo de su alma, de que Beatrix está a salvo. Cree las historias que cuenta. Y lo llenan de alegría. La ve salir del agua y encaramarse al dique con una sonrisa en la cara, con el pelo mojado cayéndole por la espalda. Sonríe al pensarlo.

«Tú —dice Millie con un bufido— siempre adulando a esos americanos. Ellos son tan repugnantes como nosotros».

Nancy

Tendida boca abajo sobre la hierba, fingiendo que lee un libro, Nancy se pregunta si deberían ir a cenar al pueblo este fin de semana. Se cumple un año desde que Bea está con la familia. Seguro que la niña es consciente de la fecha, y también seguro que sus hijos, siempre tan olvidadizos, no tienen ni idea. Nancy se da la vuelta y se cubre los ojos con la mano mientras observa a los tres en el dique flotante.

Gerald le ha estado enseñando a Bea a zambullirse. Al comienzo del verano ni siquiera sabía nadar. Menuda sorpresa se llevaron todos. Ella sabía que Bea se había criado en Londres y demás, pero, francamente, enseñar a tu hijo a nadar es una cosa necesaria. ¿Cómo pudieron meterla en un barco sin que supiera nadar? Ethan estuvo entrenándola cada día durante más de una semana y luego hicieron una espectacular demostración en la que Bea y King nadaron juntos hasta el dique, con William delante y Gerald detrás. Ethan estaba henchido de orgullo mientras les hacían señas a los tres desde la orilla. Cuando William quiso enseñarle a zambullirse, Bea se negó, contentándose con deslizarse desde el dique en el agua oscura con los pies por delante. Pero ahora sus brazadas son más potentes y Nancy nota que quiere aprender a lanzarse de cabeza para competir con William. No le ganará, claro, pero hará un buen papel. Mejor, sospecha Nancy, de lo que su hijo cree.

Ahora, mientras él está tendido boca arriba en el dique, Bea se zambulle una y otra vez. Gerald sostiene una tabla para que se lance por encima. A Nancy tampoco le gustaría que William le enseñara a hacer nada; el que tiene paciencia es Gerald. No oye lo que se dicen, pero sí le llega de vez en cuando el eco de sus carcajadas.

Qué cambio ha traído esta niña a sus vidas. Sobre todo en la isla. Antes, William y Gerald ya estarían como el perro y el gato a estas alturas del verano, hartos de verse todos los días. La verdad es que no podrían haber criado a dos chicos más diferentes. Ella siempre le dice a Ethan que si pudieran juntarlos a los dos, tendrían un chico ideal. El punto fuerte de uno es la debilidad del otro. Cuando eran pequeños se llevaban bien, aunque William se cansaba fácilmente de la energía inagotable y el buen humor de Gerald. A medida que han crecido, Nancy ha visto con tristeza que se iban alejando el uno del otro, sobre todo cuando William ha empezado a salir más. No es eso lo que ella esperaba. Sospecha —no, lo sabe, lo ha preguntado— que a Gerald le cuesta hacer amigos en el colegio. Es vergonzoso con los demás niños, demasiado sensible, se imagina. Muy poca distancia entre su cabeza y su corazón. William, en cambio, está siempre rodeado de una pandilla de chicos, y prefiere su compañía a la de cualquier miembro de la familia. Ahora se le ve inquieto con frecuencia, raramente está contento donde está. Su mal genio se dispara por cualquier cosa. Los años de la secundaria —que empezará cuando vuelvan, dentro de pocas semanas— la llenan de inquietud.

Pero Bea ha revolucionado las cosas, en gran parte sin saberlo. Es como si su presencia hubiera modificado los equilibrios de la familia. Incluso Ethan se ha encariñado con ella. Al principio, Nancy no estaba segura de que llegara a cambiar de opinión algún día. Ayer, después de cenar, Bea estuvo junto a él en el porche mirando la puesta de sol. No se dijeron una palabra; simplemente permanecieron allí, inmóviles, hasta que los colores del cielo empezaron a disolverse.

Sí, el sábado tienen que cenar en el restaurante, piensa. Para celebrar no solo el aniversario, sino también los cumpleaños de agosto de los tres. Cuesta creer que vayan a cumplir diez, doce y catorce. Langosta, mazorcas de maíz y una deliciosa tarta de chocolate, quizá con un poco de helado de menta para acabar de redondearlo.

Bea

A Bea le gustaría que el verano durase siempre. Llevan en Maine casi tres meses, y teme que llegue la hora de partir pasado mañana. Los chicos tienen el pelo largo y alborotado. La hora de acostarse está abolida. Las comidas no parecen tanto una extensión del colegio —en casa, las lecciones del señor G suelen coincidir con la cena— como una batalla campal. Bea va siempre con petos (prestados por William) encima del traje de baño. Cada día es una nueva aventura, aunque hagan cosas que hayan hecho muchas otras veces.

Con qué facilidad se despliegan los días. Una cosa lleva a la otra, sencillamente. Una excursión por el bosque puede terminar con William y Gerald lanzando cañonazos desde las rocas más altas. O bien, llenar los cubos —y las bocas— de bayas silvestres puede implicar una tarde preparando muffins o pasteles, con la cocina inundada de harina, huevos y azúcar. Recogen cosas para adornar las habitaciones: piñas, conchas, plumas de pájaro. Incluso los días de lluvia son maravillosos. La casa está llena de libros. A Bea le gusta leer en el descolorido sofá verde de la sala de estar y dejar el libro de vez en cuando para mirar cómo se alza la niebla del agua a ras del suelo y cómo se funde luego con el cielo blanco.

Los Gregory también están relajados. La señora G trabaja en sus jardines, desafía cada día el agua helada antes del almuerzo y se sienta al sol por las tardes, apartándose los tirantes del bañador de sus hombros pecosos. Hasta el señor G parece diferente aquí. No solo a la hora de la cena. Él le enseñó a nadar, pero también le ha enseñado a remar en un bote, a hacer bollos, a lanzar piedras por la superficie del agua. Con frecuencia desaparece durante la mitad del día —para pescar peces azules en su barca, caminar por el bosque o pintar acuarelas frente al antiguo establo— y, cuando vuelve, se sienta en el porche delantero, con un whisky en la mano y la pipa en la otra, y contempla cómo se tiñe el cielo de rosa.

Hoy Bea va ir a nado al pueblo. Ya ha rodeado la isla dos veces, lo cual supone una distancia mayor que llegar hasta el pueblo, aunque también es más fácil porque se va siempre bordeando la orilla. En el trayecto hasta el pueblo puede tropezarse con barcas, con olas o con la marea. Los chicos irán detrás en el bote, y el señor y la señora G ya habrán llegado al pueblo por anticipado, así que los esperarán con toallas y ropa seca. William le ha dicho que él tarda cuarenta y cinco minutos, así que ella supone que necesitará casi una hora.

Antes de salir para el pueblo, el señor G la lleva aparte. «Tú puedes —dice—. Estoy seguro de que puedes conseguirlo. Eres una nadadora excelente y me siento tremendamente orgulloso de ti. Nunca habría creído que llegaríamos a ver esto, teniendo en cuenta cómo empezaste al principio del verano. —Bea asiente, retorciéndose el pelo y mirándolo—. Pero si ves que tienes problemas, patalea para mantenerte a flote hasta que lleguen los chicos. Me lo prometes, ¿verdad?».

Cuando le da un rápido abrazo, ella se pregunta si es la primera vez que lo hace. «Patalearé si es necesario —responde, mirándolo a los ojos—, pero no me hará falta. Puedo hacerlo». Él le lanza un guiño. «Esa es mi chica», dice.

El agua está tranquila hoy, es una lámina azul que se extiende entre la isla y el pueblo. Bea distingue el campanario de la iglesia a la que acuden los domingos por la mañana, y la torre más pequeña de la biblioteca, donde ha pasado horas leyendo acuclillada en el suelo. Saluda a los chicos, que están apostados junto al bote, y se ata el gorro bajo la barbilla; luego camina en el agua, como si se fuera al pueblo andando. El frío le sube por el cuerpo mientras avanza. Cuando deja de hacer pie sobre el fondo rocoso, extiende las piernas hacia atrás y empieza a dar brazadas lentas y regulares, respirando y soltando burbujas como le enseñó el señor G. Nota que su cuerpo va entrando en calor a medida que avanza. De vez en cuando mira hacia delante para comprobar que está nadando en la dirección correcta, pero la mayor parte del tiempo se concentra en la respiración y en cada brazada, recordándose a sí misma en ocasiones que debe seguir moviendo los pies. Sabe que los chicos vienen detrás y que los G están en el pueblo: una línea que los conecta a todos, con ella en medio.

Se toma un respiro dándose la vuelta y poniéndose boca arriba y, en esa posición, alza la cabeza y saluda a los chicos. Gerald se levanta en el bote y agita los brazos tan frenéticamente que está a punto de perder el equilibrio. William la saluda y después sienta a Gerald de un tirón. Ella casi se ríe de ellos. Qué previsibles son y qué segura hacen que se sienta, siempre emparedada entre los dos. Dándose la vuelta otra vez, nada durante un rato estilo braza y después vuelve al crol.

¿Qué diría mamá si la viera? Papá se sentiría orgulloso, cree, pero mamá…, no está tan segura. Este océano en el que está nadando ahora, el océano que la separa de casa, se ha ensanchado a lo largo de este año. Aquella vida, aquella niña, han empezado a evaporarse. Todavía les escribe cada domingo, pero ahora le cuesta llenar la hoja. Las cartas de sus padres también parecen más breves e inconexas. Como si no supieran qué escribirle. Le hacen un montón de preguntas. Papá ya no le cuenta chistes. Ella se alegró al saber por su última carta que los bombardeos en Londres casi han cesado. Hitler ha pasado a otra cosa. Pero todavía no están a salvo allí. Papá dijo desde el primer momento que ella no regresaría hasta que hubiera terminado la guerra.

Cuando vuelve a levantar la cabeza, nota los brazos y las piernas pesados. Cada brazada le cuesta más que la anterior. Pero ahora está cerca. El señor y la señora G se han llevado el bote de remos azul, y ahora lo divisa amarrado en el muelle y deduce que deben estar por ahí. Empieza a pasar junto a los barcos anclados mar adentro, y desde los más grandes algunas personas se asoman y agitan la mano. «Ya casi llegas —grita un hombre—. ¡Te falta poco!». A ella le inquietaba pasar entre los barcos y la gente, pero ahora le gusta que la miren y, cuando puede, los saluda. Y de repente ve a la señora G dando saltos en el muelle y advierte, no por primera vez, que Gerald y su madre son calcados. Ahora no ve a los chicos, pero se imagina que Gerald debe estar haciendo lo mismo.

Al fin, nota que aparecen las plantas del fondo y, tras varios intentos, sus pies se tropiezan con las algas mullidas. Deja de nadar y camina durante el resto del trayecto hasta la orilla. Los señores G vienen a recibirla en la playa; la señora G la envuelve en una gran toalla amarilla y la besa en la mejilla una y otra vez. «Lo has conseguido. Sabía que lo conseguirías», dice. El señor G sonríe. «Mi chica», dice otra vez, y a Bea le gustaría que volviera a abrazarla, pero sobre todo le gustaría poder oírle a su padre esas palabras. Antes de abandonar todos la playa, ella se vuelve y mira al este, hacia la isla, y más allá, hacia el mar.

Millie

Esta separación, ha llegado a comprender Millie, viene a ser como sobrevivir a una pérdida. El dolor va y viene en oleadas, pero ahora que ya ha pasado más de un año, los bajones son menos frecuentes. En cierto sentido, es como si Beatrix se hubiera marchado para siempre. Millie ha oído que algunas madres han ido a ver a sus hijos al extranjero, pero ella sabe que eso no es posible en su caso. Reg ha sido muy claro al respecto, sobre todo después de conocer la historia de ese barco lleno de niños que fue torpedeado. La próxima vez que vea a Beatrix será cuando ella regrese a Londres, cuando la guerra haya terminado. De algún modo, saber esto es lo que le ha permitido seguir adelante. Ahora hay momentos en los que todo le parece muy lejano, como si el hecho de ser madre fuese algo que le sucedió a otra persona. Esa mujer americana parece estar haciéndolo muy bien. De vez en cuando, no obstante, Millie se deja llevar por la envidia. Quizá Nancy sea mejor madre de lo que ella lo ha sido nunca. Parece evidente que Beatrix se siente feliz con más frecuencia que cuando estaba aquí, cosa que ella no soporta pensar demasiado tiempo. Se siente mejor cuando no piensa en ello. Y ahora los ratos en los que deja de pensar son cada vez más largos.

Qué diferente parece Londres ahora que han cesado los bombardeos. Millie siente como si pudiera volver a respirar. El miedo constante de las noches ha desaparecido. Aún es obligatorio apagar las luces, pero ahora se quedan en el piso. Mejor dicho, ella se queda en el piso. Reg sale a menudo con su unidad. En la Guardia hay tantos viejos que a él lo consideran unos de los hombres más fuertes y en forma. Lo han ascendido, claro; por eso está de servicio constantemente.

Ella también está ocupada. Ahora, durante los fines de semana, lleva la contabilidad de varias tiendas del barrio. También se ha ofrecido voluntaria como conductora de ambulancia y se pasa el fin de semana y alguna que otra noche circulando por Londres. Es una de las pocas mujeres del cuerpo; aprendió a conducir en la granja de sus abuelos. En Londres, solo las mujeres de clase alta saben conducir, así que se ha encontrado entre un grupo de mujeres que se criaron en Eaton Square y veraneaban en el sur de Francia.

Una noche, cuando está de servicio, la emparejan con Julia Ainsley y, en la oscuridad de la ambulancia, le habla de Beatrix y del lugar de Massachusetts donde vive. «Ah, Boston es precioso —dice Julia—. Estoy segura de que la cuidan de maravilla». «Sí —responde Millie—. Seguro que tienes razón». «Pero debe de ser duro —dice Julia— tenerla tan lejos. Mi prometido está en alguna parte de Francia. Algunas noches me despierto porque oigo su voz. ¿A ti te pasa lo mismo?». «No —dice Millie—. Al principio sí, pero ahora ya no sé cómo suena su voz». Hace una pausa y mira por la ventanilla, pero solo ve su reflejo. Resulta fácil hablar con una desconocida. Ella raramente le cuenta estas cosas a Reg. Enciende un cigarrillo y baja la ventanilla para expulsar el humo. «No es solo que no recuerde su voz», añade. Pero no puede continuar. Su mayor temor es no reconocerla cuando vuelva. Ha oído hablar de madres que no fueron capaces de reconocer a sus hijos cuando regresaron. ¿Qué clase de madre, se pregunta, no reconocería a su propio hijo? Aplasta el cigarrillo en el cenicero. «Ya basta —le dice a Julia—. Hablemos de otra cosa».

Reginald

La mayoría de las noches de entre semana, Reg se queda en la fábrica. Los días que está de servicio, en cuanto termina su turno, se pone el uniforme y patrulla por el recinto. Mientras camina, practica el escaso alemán que conoce, el que le han enseñado por si alguna vez detuvieran a un soldado. Pero también se queda en la fábrica cuando no está de servicio y le dice a Millie que tiene guardia casi cada noche.

En esas noches, va al pub con sus compañeros y después vuelve a los barracones. Le gustar dormir en la litera superior y, con frecuencia, al volver del pub relajado y un poco bebido, le escribe cartas a su hija. «Querida Beatrix —escribe—. Qué ganas tengo de verte. Cómo me gustaría ver a la chica en la que te has convertido. ¿Te acuerdas de cuando te leía cuentos y te arropaba en la cama? Supongo que ahora ya eres muy mayor para eso». No puede imaginar cómo serán las cosas cuando Beatrix regrese a casa. A él le preocupaba cómo se adaptaría a la vida en América. Ahora está seguro de que nunca volverá a encajar con ellos.

No envía las cartas. A la luz de la mañana, mientras se toma un café, las relee y vislumbra una pobre versión de sí mismo reflejada en sus páginas. Una sombra de lo que fue. No quiere que Beatrix descubra la existencia de ese hombre. Así que quema las cartas y pisotea las cenizas en el suelo de cemento. Una mañana, envalentonado, enojado con el mundo, le escribe a Ethan Gregory, pidiéndole que le responda a la dirección de la fábrica. Le dice que Millie está preocupada por Beatrix. Le cuenta algunas de las historias que han oído sobre los niños enviados al campo. «Estamos ahorrando para pagar todos los gastos extra en los que hayan incurrido», escribe, aunque no es cierto. No tienen ningún dinero ahorrado. Casi espera que Ethan no le responda nunca.

Por el contrario, llega una carta mucho antes de lo que habría creído posible. En realidad, él no se ha hecho una idea muy clara de cómo es ese tipo. Las cartas que llegan semanalmente las escribe Nancy y son misivas alegres, llenas de signos de exclamación, a veces con un corazón o una flor. Ethan, descubre ahora, es un hombre más serio. No es posible saberlo, desde luego, pero parece un tipo íntegro, no alguien capaz de gritarle, de darle una paliza o, Dios nos libre, de abusar de su pequeña. Empiezan a cartearse, sobre Beatrix, por supuesto, pero también sobre Churchill y Roosevelt, sobre el avance constante de los alemanes, sobre Japón. Ethan le dice que no se preocupe por los gastos, aunque le da a entender que ellos tampoco son ricos. «Somos ricos en propiedades», escribe, «pero pobres en efectivo. Es Nancy la que procede de una familia adinerada».

Ethan menciona que dirige el club de ajedrez del colegio y que no ha conseguido interesar a Beatrix en el juego. «Nadie juega en casa —escribe—. Nancy es demasiado distraída. Gerald es como ella: rara vez piensan tres pasos por delante. William sería un jugador excelente si quisiera pasar más tiempo con su padre». Reg no ha jugado desde niño, pero le escribe de inmediato: «Estoy dispuesto a jugar una partida, si quieres». Así que empiezan a jugar por correo, enviando la postal a uno y otro lado del Atlántico. Cuando no tiene la postal en su poder, Reg revisa el buzón del trabajo todos los días. Encontrarla entre la correspondencia le da una alegría; es como si jugar con Ethan le acercara un poco a Beatrix.

Él no le cuenta a Millie que se escribe con Ethan y están jugando al ajedrez. En una ocasión, Nancy comenta en una carta que se alegra mucho de que los hombres hayan encontrado una afición común. «Cuando acabe este conflicto —escribe—, tenemos que reunirnos todos. Deberíais venir a la isla». Reg teme que Millie se fije en esa frase sobre la afición común. Pero ella se concentra en lo de la isla. «Supongo que pretende ser amable, pero, la verdad... Nosotros no viajaremos a América cuando Beatrix vuelva. Cuando termine la guerra, Beatrix vendrá a casa para siempre». Reg es consciente de que debería contarle lo del ajedrez, lo de la correspondencia con ese hombre. Pero no quiere hacerlo. Quiere guardárselo para él.

Gerald

Gerald ha convencido a Bea para jugar una partida al Monopoly. A ella le encanta ese juego, le consta, pero no soporta que se alargue durante tantas horas. Se trata de la versión Gregory, que madre hizo un año en Navidades, con la casa de Hillside Avenue, la Escuela de Chicos, la isla y el dique flotante. Y además, Willie ha salido con sus amigos, así que no será una partida competitiva, sino solo para divertirse. La última vez que jugaron los tres, Willie volcó el tablero, mandando por los aires las casitas y el dinero. Lo enviaron a la cama sin cenar.

A las tres horas, Bea está tirada en el sofá, gimiendo. «Por el amor de Dios, G, ¿no podemos terminar de una vez? Tú ganas». Él le sonríe. A ninguno de los dos le importa demasiado ganar. Madre trae una bandeja con galletas de avena y tazas de cacao. «Hace un tiempo horrible ahí fuera —dice—. Con esto entraréis en calor». Enciende la radio para oír música. Padre escucha el mismo programa en su estudio, al fondo del pasillo. «En estéreo —dice Willie siempre, poniendo los ojos en blanco; y luego, fingiendo la voz de un adulto, añade—: ¿A que somos una familia moderna?». Un domingo por la tarde, Gerald entró a hurtadillas en la cocina y encendió también esa radio. «Eh, Willie —gritó—. ¿Cómo se llama cuando hay tres altavoces a la vez?».

La música se interrumpe de golpe y las manos de madre se quedan paralizadas, con las agujas de tejer entrecruzadas. «Ay, Señor —dice—. ¿Será hoy?». Tiene una expresión afligida. ¿De qué está hablando?, se pregunta Gerald. «Ethan», dice ella, levantando la voz. En la radio, aparece un locutor y anuncia sin preámbulos: «Los japoneses han efectuado un ataque aéreo en Pearl Harbor, Hawái, acaba de anunciar el presidente Roosevelt». «Ay, Señor», vuelve a decir madre, y enseguida aparece padre en la puerta y se miran el uno al otro, y el locutor sigue hablando, y Beatrix se ha erguido y tiene la cara lívida.

Bea

Las chicas más populares se agolpan alrededor de Bea a la hora del almuerzo. Le hacen preguntas sobre cómo tapiar ventanas, sobre el racionamiento, sobre cómo se puede vivir sin comer carne. Bea intenta responder lo mejor que puede, pero como le ocurre siempre ahora, las cosas que pasaban en Londres y la niña que era allí le parecen muy lejanas.

Ella ha ansiado que esas chicas la incluyeran en su círculo. Aquellas de las que se ha hecho amiga hasta el momento han sido chica calladas, buenas chicas que no forman parte del grupo con el que quisiera estar, aunque sospecha que son las que le corresponden. Estas chicas son las divertidas, las que se ríen ruidosamente e intercambian miradas significativas. Las que solo la incluyen cuando necesitan entender los deberes de latín y cuando quieren saber algo sobre William. Un día, Lucy Emery se le acercó furtivamente después del almuerzo. «¿Tu habitación está junto a la de William? —preguntó—. ¿Lo ves alguna vez en calzoncillos?». Bea no supo qué responder. «Al fondo del pasillo —dijo, sintiéndose como una tonta—. Su habitación está al fondo del pasillo». Lo cual es cierto, pero ambas habitaciones tienen un tabique común. A veces, antes de acostarse, ella pone la mano sobre ese tabique, sabiendo que él está al otro lado.

Ahora todo el mundo se concentra en la guerra. El colegio construye apresuradamente una plataforma de vigilancia en lo alto de la capilla, que se halla en un lugar un poco elevado, y establece un sistema de turnos para que los profesores y los chicos mayores observen si se acercan aviones enemigos. Para sorpresa de Bea, William es uno de los primeros en ofrecerse voluntario, e incluso se apunta al turno de las seis y media de la mañana, antes de empezar las clases.

Cada mañana, oye cómo se levanta en la habitación contigua y baja estrepitosamente las escaleras. Al cabo de un rato, lo oye abrir la puerta trasera y caminar a toda prisa en dirección a la capilla. Durante dos semanas ella se queda en la cama después de escucharlo, pero finalmente, una mañana de enero, se viste y baja a la cocina a las seis y cuarto. Él entra disparado, envolviéndose el cuello con una bufanda. «¿Qué haces tú aquí?», pregunta, cogiendo un muffin y una manzana. «Voy contigo», dice ella. «No —replica William—. Ni hablar». Bea se encoge de hombros. «¿Por qué no?». «No se admiten chicas», dice él. «Eso es una idiotez —responde ella—. Yo conozco la guerra más que tú. ¿Por qué no puedo estar allí también?».

William menea la cabeza y sale corriendo por la puerta. «Voy a llegar tarde», dice por encima del hombro. Bea lo sigue por el sendero, sabiendo que él escucha sus pasos, aunque no se vuelva a mirar. William es más rápido que ella, pero tampoco mucho más, de manera que él está sacando todavía el instrumental del contenedor cuando ella emerge en la azotea por la estrecha escalera de caracol.

«Me voy a meter en un lío», dice, sin mirarla, mientras se pone un lápiz detrás de la oreja y, con un portapapeles en la mano, empieza a escrutar el cielo. «William Gregory —dice ella riendo—, ¿cuándo te ha importado a ti meterte en un lío? Lo que pasa es que no quieres que esté aquí». «Me tiene sin cuidado que estés aquí —responde él—, pero no me molestes. Este es un trabajo importante».

Hace un mes, ella se habría reído en su propia cara. Él también se habría burlado de quien hubiera dicho eso. «Trabajo importante», habría repetido con una mueca desdeñosa. Pero William ha cambiado. Bea conoce esa transformación. La vio en su padre en el 39, aunque entonces era demasiado pequeña para entenderlo. Pero ahora sí lo entiende. Es el miedo, el miedo hecho realidad. Antes de declararse la guerra, se cierne como una amenaza por todas partes, es un peso abrumador, una preocupación constante. Pero una vez que tu país está en guerra, es algo concreto que se abre paso y nunca desaparece. Aquello tendrá consecuencias. Morirán personas que conoces y que amas. Ella oyó a sus padres discutir la noche antes de partir de Londres. «No quiero que crezca tan deprisa —dijo papá—. Quiero que sea una niña todo el tiempo posible». Ella se escondió bajo las mantas, tapándose los oídos. Yo dejé de ser una niña el día que se declaró la guerra, deseaba gritar. Y vosotros dos desaparecisteis, aunque estuvierais a mi lado.

Ahora se sienta junto a William y escruta el cielo gris oscuro como hace él, recordando el aspecto que tenía el cielo visto desde el barco, hace ya tanto tiempo. «Cuesta distinguir algo, ¿no?», dice. «Ahora sí —responde él, asintiendo—. Pero el sol saldrá —mira su reloj— dentro de once minutos. Entonces se pone precioso». Ella asiente a su vez. «¿Qué estamos buscando?», pregunta. Él se lo explica y le enseña cómo rellenar el formulario.

Más tarde, cuando bajan las escaleras, William se detiene al final y la mira de frente. De repente, parece más alto y su cara resulta más angulosa. «No le cuentes a nadie que has estado aquí, ¿vale?». Ella se encoge de hombros. No se compromete a nada, aunque le parece bien que esto quede entre los dos. «No me importa que estés aquí», dice William, y ella sabe lo difícil que es para él decir algo semejante; le toca el brazo en señal de agradecimiento. Los dos bajan corriendo la cuesta, y Bea se separa al final para dirigirse al colegio de chicas. «Hasta luego, William», grita. Nunca desde que se declaró la guerra se había sentido tan contenta.

Millie

A Millie se le ocurre, mientras está en la iglesia el Domingo de Pascua, que Beatrix ahora podría volver a casa. Ya no hay bombardeos. América ha entrado en la guerra. ¿Acaso está más a salvo allí? Mientras le da vueltas a la idea, aspirando el olor a madera vieja y a devocionarios y cantando esos himnos tan familiares, se pregunta por qué no ha pensado esto hasta ahora. ¿Por qué no se lo ha planteado a Reg? Ellos nunca consideraron la posibilidad de que Londres pudiera volverse más seguro que América.

Cierra los ojos durante el sermón y se acuerda de una Pascua antes de la guerra. No en esta iglesia, sino en la iglesia que bombardearon al principio de la guerra. La iglesia donde bautizaron a Beatrix. Aquel día Beatrix llevaba un vestido monísimo, con un fruncido en la parte superior y un cuello Peter Pan. Como un capricho especial, habían comprado unos zapatos a juego, y Millie le dijo que no debía explicarle a su padre que habían gastado tanto dinero en unos zapatos de vestir. Qué preciosa estaba. Los zapatos tenían unas cintas de color azul lavanda a modo de cordones, y el color encajaba a la perfección con el vestido. Habían entrado los tres en la iglesia, con Beatrix en medio, cada uno cogiéndola de la mano, y ella oyó suspirar a una señora. «Ay, qué adorable —susurró la mujer—. Mira a esa criatura».

Después del servicio, hicieron a pie el largo trayecto a casa, pues hacía un día precioso, cosa rara en Londres, con un cielo de intenso color azul. Disfrutaron de un almuerzo de Pascua como es debido, con rosbif y pudin de Yorkshire, y una tarta de limón de postre. Eran solo ellos tres, en la pequeña cocina, pero Millie adornó la mesa con el mantel de encaje de su madre y unas velas nuevas con los candeleros de cristal que los padres de Reg les habían comprado como regalo de boda. Las velas eran algo especial entonces. Ahora, tras estos años de uso diario, esos candeleros están cubiertos de capas de cera.

¿Por qué se acuerda de aquella Pascua en particular? Supone que por muchas cosas: el día, el vestido, el pudin que se infló en su justa medida. El modo en que discurría la vida entonces, cuando podías concentrarte en esos pequeños momentos de alegría y prestarles la atención adecuada. Antes de que el miedo dejara a todos sin aliento.

Pero era también la época en la que ella y Beatrix tenían una relación muy estrecha. Al cabo de un año o dos, cuando cumplió nueve, la niña empezó a gravitar hacia Reg, pidiéndole que le leyera un cuento antes de acostarse o que jugaran una partida de cartas. Fue un cambio silencioso, sutil, que ella casi no advirtió hasta que se giraron las tornas por completo. Ella sabía que Reg era más divertido. Beatrix, no obstante, siempre había confiado en ella; le contaba lo que pasaba en el colegio, corría a su encuentro cuando iba a recogerla al patio y, rodeándole la cintura con los brazos, le explicaba cómo le había ido el día. Luego, repentinamente al parecer, surgió entre ellas un trato más formal. Y esa brecha, ese espacio pareció ensancharse. Así que era lógico que Beatrix creyera que había sido ella, Millie, la que se había empeñado en que se fuera a América.

Durante el camino de regreso desde la iglesia, con las calles abarrotadas de gente, se vuelve hacia Reg. «¿No crees —empieza— que sería buena idea traer a Beatrix a casa?». «No —dice él secamente, evitando mirarla a los ojos, con la vista fija hacia delante—. La guerra continua. Eso fue lo que acordamos al principio». Ella le coge la mano. «Aquí ya no —le responde, consciente de que está suplicando—. Aquí es muchísimo más seguro ahora. Ya lo viste en su última carta. Está haciendo tareas de vigilancia aérea con el hijo mayor. Parece más probable que caigan bombas allí que aquí». «No —se obceca Reg—. Ahora no va volver a casa. No volverá hasta que se firme la paz. Es más seguro que se quede». ¿Por qué, se pregunta Millie, es él quien establece las normas? ¿Por qué pudo decidir que ella se fuera y ahora puede decidir que se quede?

En una caja del armario del pasillo, encuentra aquel vestido de Pascua, con el fruncido y el cuello Peter Pan. Los zapatos desaparecieron hace mucho. Decide donar el vestido, junto con otras prendas, a la iglesia.

William

William expone su plan durante la cena, una vez que los platos están servidos, pero antes de que madre haya cogido el tenedor. «Una cosa —dice, jugueteando con la servilleta, más nervioso de lo que creía que iba a estar—. Quiero quedarme aquí este verano. Bobby Nelson y yo vamos a montar una empresa para cortar el césped. Así podré seguir con mis turnos de vigilancia, e incluso dedicar unas cuantas horas más al día». No se atreve a mirar a nadie a los ojos, así que mantiene la cabeza gacha, con la vista clavada en su puré de patatas.

«Pero ¿qué estás diciendo, Willie? —exclama Gerald—. Tú también vas a venir a Maine. Como siempre». William lo fulmina con la mirada desde el otro lado de la mesa. Ya sabía él que Gerald sería el primero en reaccionar. Los demás están asimilando sus palabras, sopesando cómo responder. Se pregunta qué pensará Bea. «Ah, no —dice madre, y William la atisba el tiempo justo para ver que ella está mirando a padre fijamente—. No te puedes quedar aquí en verano. —Extiende el brazo y le da unas palmaditas en la mano—. Francamente, William, ¿cómo se te ocurre? Nosotros vamos a Maine en familia. Son nuestras vacaciones. Unas vacaciones familiares. —Él la escudriña de nuevo, y ve que ella sigue mirando a padre—. Ethan —lo insta—, di algo. Haz entrar en razón a tu hijo».

William pasea la mirada de su madre a su padre. Este se quita las gafas y se las limpia con la servilleta; primero una lente y después la otra. El comedor está más silencioso que nunca. Padre parece decidido a dejar sus gafas impolutas antes de tomar la palabra. Humedece la servilleta en su vaso de agua y restriega una mancha invisible. «Padre —dice Gerald—, dile a William que no puede quedarse aquí. Ya hemos hablado de dormir la mayoría de las noches en el bosque en tiendas de campaña, ¿verdad, Bea? ¡Venga, apóyame!». Beatrix menea la cabeza, pero no dice nada. Mantiene la vista en el regazo.

Padre sigue aún con sus gafas. Todavía no ha dicho nada. William carraspea. «Bobby ya ha hablado con sus padres —dice—. La habitación de David está vacía desde que se fue a Europa. Ellos están dispuestos a acogerme en su casa».

Desde la cabecera de la mesa, padre mira primero a madre y luego se vuelve hacia William, mirándolo por encima de las gafas. «No —dice en voz baja—. Esa no es una opción». «Pero padre —replica William, con una voz más aguda de lo que él hubiese querido—. Yo quiero ganar dinero este verano. Quiero seguir colaborando en el esfuerzo de guerra. Ir a Maine es..., no sé, una frivolidad». «Ay, la verdad —dice madre—, tú eres solo un crío. No pretendas crecer tan deprisa». «Ya no soy un crío, madre. Cumpliré quince este verano. En tres años puedo alistarme. Irse a Maine es una frivolidad —repite—. Una pérdida de tiempo. —Se levanta y aparta la silla—. Vosotros no lo entendéis. Nunca entendéis nada. —Hace un esfuerzo para no llorar—. No tengo hambre. ¿Me excusáis, por favor?».

Madre lo mira. Mientras arrima la silla a la mesa, William ve en sus ojos que está agotada. «Sí», dice ella. «No —dice padre—. Siéntate y termina tu cena». «Deja que se vaya —dice madre—. Déjalo tranquilo». Hay una dureza en su voz que William raramente ha oído antes. Con el rabillo del ojo, ve que padre menea la cabeza, pero sin decir nada más. Gerald, por una vez, está callado. Bea levanta al fin la vista hacia él, que no consigue descifrar su expresión —¿es decepción quizá?— y, sin más, él sale del comedor y sube a su habitación.

Más tarde, madre le lleva la cena en la bandeja azul con patas desplegables. Es la bandeja que ella ha utilizado siempre cuando están enfermos. «Ay, cariño —le dice, sentándose en la otra cama—. Me gustaría que te contentaras con las cosas tal como son. Disfruta de lo que tienes». «Pero, madre —dice él—, ¿qué voy a hacer todo el verano en Maine?». «Allí también puedes cortar el césped de las casas —le responde—. Hay un montón de gente en el pueblo. Y yo puedo encontrarte tareas que te pagaré». Él asiente con expresión derrotada. «Seguro que en Maine también puedes hacer cosas para contribuir al esfuerzo de guerra. Hay mucho que hacer junto al océano, al fin y al cabo». Le da un beso en la coronilla y se levanta para marcharse. William ve que tiene lágrimas en los ojos.

Su madre ya casi está en la puerta cuando él dice, sin pensarlo siquiera: «¿Por qué padre siempre dice que no a todo lo que yo propongo? ¿Por qué siempre es tan duro conmigo?». Esta se vuelve y se encoge de hombros. «Él es así, William —dice—. Recuerda que os parecéis en muchas cosas. Por eso chocáis los dos, claro; pero intenta alguna vez ver las cosas desde su punto de vista. A él le encantaría ayudarte a hacer los deberes. Le encantaría jugar al ajedrez». William está a punto de poner los ojos en blanco. Jamás, piensa. «Lo sé —dice—. Gracias por traerme la cena». Ella sale y cierra la puerta con sigilo.

Bea

Bea está sentada en la cama, con sus deberes de inglés en el regazo, pero tratando de escuchar la conversación de la habitación contigua. La cena ha sido terrible. Rara vez hay discusiones en esta familia. Ahora ha caído en la cuenta de que sus padres, en comparación, discutían bastante. A veces intentaban ocultárselo, pero el piso era tan pequeño que lo oía todo. Con frecuencia se ha preguntado si el señor y la señora G se pelean alguna vez. Nunca los ha oído. Una vez le preguntó a Gerald: «¿Tus padres nunca gritan? ¿No discuten por nada?». «No —respondió él, sorprendido—. Casi siempre se llevan bien. Somos William y yo los que nos peleamos».

Durante el primer año que pasó aquí, Bea pensaba que eran perfectos. Pero después empezó a captar pequeños detalles: cómo se ignoraban, cómo se miraban el uno al otro de vez en cuando. Como esta noche en la cena, cuando la señora G ha excusado a William para levantarse de la mesa. En la mirada que ella le ha dirigido al señor G había una expresión de furia que le ha recordado a su propia madre, aunque la verdad es que casi nunca ha visto así a la señora G. Y el señor G no ha reaccionado. Si su madre hubiera mirado a su padre de ese modo, él seguramente habría explotado.

William debería haberle contado su plan. Ella le habría aconsejado sobre la mejor manera de enfocarlo, aunque está segura de que sus padres jamás le habrían permitido quedarse. ¿Cómo se le ha ocurrido abordar algo tan importante durante la cena, con todos delante? No es que William sea egocéntrico exactamente, pero rara vez piensa las cosas a fondo. No es de extrañar que todos hayan reaccionado de esa forma. Él debería haber previsto que hacer un anuncio semejante en la mesa jamás podría salir bien. Las cenas son el dominio del señor G. A él le gusta dirigir la conversación, saber cómo le ha ido el día a cada uno, hacer planes. En todo caso, Bea se siente aliviada por el hecho de que no le dejen quedarse. ¿Qué sería Maine sin él? Gerald es un buen chico y tal, está lleno de ideas y siempre resulta un consuelo, pero William es quien ocupa el centro, quien hace que pasen cosas.

Oye que la señora G sale de la habitación. Espera cinco minutos y llama en la pared con el código que Gerald inventó cuando estaban en Maine. Tres golpes dobles para preguntar si puede entrar. Una pausa y luego la respuesta: un solo golpe. Bea abre la puerta de la habitación de William, que está sentado en la cama, comiéndose la cena «Ya lo sé —dice—. No hace falta que me lo digas. Era una idea estúpida». «No —responde ella, sentándose en la silla del escritorio y girando sobre sí misma una y otra vez—. No era una idea estúpida, pero no deberías haberla planteado así. Además, yo creía que te encantaba Maine». «Y me encanta, Bea —dice—, pero ¿tú no tienes la sensación —y aquí se yergue y se inclina hacia ella, que deja de girar para escucharlo— de que estamos perdiendo el tiempo, de que simplemente estamos esperando a que pase algo? Yo quiero hacer alguna cosa importante, algo que tenga valor. Nadar hasta el pueblo, pescar, coger bayas silvestres…, ¿no te parece que está mal cuando hay una guerra en marcha?».

Bea asiente, bajando la mirada. Le encanta que William le haga confidencias. Pero es ella la que debería esforzarse más, la que no debería estar divirtiéndose. Ahora puede pasar un día entero sin pensar en sus padres. Se siente fatal cuando recuerda dónde están, lo que están haciendo. Incluso con el racionamiento, la guerra parece muy lejos. «¿Por qué no me lo contaste? —pregunta, girando en la silla de nuevo y rehuyendo su mirada; prefiere mirar las fotos del entrenador de béisbol Bobby Doerr y el jugador Ted Williams que él ha pegado en las paredes; todos van a ir la semana que viene al partido del Día Inaugural—. ¿Por qué no me explicaste siquiera que estabas dándole vueltas a esa idea?». Él se encoge de hombros. «Era simplemente algo que se nos ocurrió a Nelson y mí el otro día en su casa. Justo después de calcular los días que nos faltan para poder alistarnos. A mí me faltan —echa un vistazo a un papel que hay sobre su mesilla— 1.198 días. A él, 193 menos: 1.005 días».

Bea lo mira. Él se ha puesto rojo y parece desolado. A ella nunca le dura mucho el enfado. «Eso es una eternidad, William —dice—; en serio, tienes que pensar en otra cosa, en algo que puedas hacer ahora. Venga, hagamos planes para el verano. He oído que tu madre hablaba de la posibilidad de cortarle el césped a la gente del pueblo. Yo podría ayudarte; podemos hacerlo juntos». «Ni hablar —dice él, tirándole un cojín—. Tú eres una chica». Ahora, al fin, casi sonríe. A ella le encanta esa expresión; le recuerda el día que se conocieron.

Ethan

La noche antes de salir para Maine, hay un gran ajetreo en la casa. Es como si Nancy hubiera repartido su energía nerviosa entre los chicos. El vestíbulo de atrás y la despensa están llenos de bolsas y cajas amontonadas; Ethan sabe de antemano que algunas de esas cosas habrá que dejarlas. Tienen el combustible justo para el viaje, y no quiere llevar ningún peso extra. Cargar el coche por la mañana es tarea suya, desde luego, pero el proceso no terminará sin provocar las lágrimas de Gerald o la frustración de William. Bea no suele llevar tantas cosas como ellos, aunque Ethan se pregunta si será así este año. Ella ha cambiado; ahora forma parte de la familia más de lo que él habría creído posible jamás.

Ethan está en su estudio, tomándose una taza de té y leyendo el periódico vespertino cuando Nancy abre la puerta cargada de toallas. «No encuentro los trajes de baño de los chicos por ninguna parte —dice—. ¿Dónde pueden estar? ¿Nos los dejaríamos allí el verano pasado?». Ethan no responde. No hay motivo para hacerlo, en realidad. Ella misma llegará a una conclusión u otra, y los trajes de baño estarán allá o no, y después habrá un montón más de cosas que hacer. Así pues, asiente como si la escuchara, y vuelve a concentrarse en el periódico. Cuando se queda callada,

Ethan, sin alzar la mirada, le dice que quiere salir a las ocho de la mañana. «Lo cual significa que hay que empezar a cargar el coche a las seis y media —dice—. Así que diles a los niños que tiene que estar todo aquí abajo esta noche, antes de que se acuesten».

«Sí, sí, sí —responde Nancy, mientras da media vuelta—. Aún hay muchísimo que hacer. Y tengo que bañar a Gerald y Bea».

«No —dice Ethan, y él mismo no puede creer que esté empezando esta discusión justamente esta noche, pero allá va—. No tienes que bañarlos. Este verano cumplirán once y trece años. Ya no hace falta que los bañes».

Nancy se queda inmóvil. Está de espaldas, pero Ethan percibe su enojo en la rigidez de su cuello. Él ya sabía que esto la dejaría de piedra, pero es algo que lleva rumiando durante semanas, incluso meses. Primero empezó a inquietarle si era correcto que ella estuviera con Gerald de ese modo. Lo cierto es que con William dejó de hacerlo antes de que cumpliera diez años. Y después se puso a pensar en Bea.

Ha dudado en decirlo porque sabe que es algo que ambas disfrutan. A veces, cuando él cruza el pasillo hacia el dormitorio, las oye ahí dentro, murmurando. Incluso le llega el olor a jabón y, una vez, al apoyar la mano en el quicio de la puerta, notó la sensación del vapor. Sabe que es un placer para las dos. Y al principio, por supuesto, todo lo que pudieran hacer para que Bea se sintiera a gusto era importante. Pero él no creía que esos baños nocturnos fueran a perdurar. Hay algo francamente extraño en el hecho de que una mujer bañe a un niño mayor. Aunque sea suyo. Ese es un factor importante de la cuestión, piensa.

Lo que lo inquieta también es si Bea preferiría que dejaran de bañarla, pero no se anima a decirlo. Ahora ella se ha vuelto más atrevida, se defiende por sí misma, adopta su propia posición en tal o cual asunto. Pero Ethan piensa que lo del baño quizá no le resulte fácil de abordar. La cuestión le venía reconcomiendo por dentro y, aunque no planeaba sacarla a colación esta noche, precisamente esta noche frenética antes de la partida, al final lo ha hecho.

Nancy se gira en redondo, con la cara incluso más roja de lo habitual, y se aparta los rizos de la frente sudorosa. «No me digas cómo debo criar a mis hijos —dice en voz baja—. Tú, precisamente tú, que te quedas aquí sentado tomándote tu té y leyendo el periódico mientras arde Roma». Él sostiene su mirada furiosa y responde lentamente, también en voz baja. «No está bien, Nan. Ya se está haciendo muy mayor. Y no es hija tuya. ¿Qué crees que pensarían Reginald y Millie? ¿Crees que les parecería bien?». Ella deja las toallas en el sillón y deambula de aquí para allá, cogiendo una manopla y enrollándosela en la mano, para desenrollarla luego y sacudirla en el aire. «Es un baño, Ethan, solo un baño. No tiene nada de malo. ¿Quieres que deje de bañar a Gerald? Muy bien. Pero no voy dejar de bañar a Bea. Es un momento especial que pasamos juntas. —Se vuelve y lo mira de frente, bajando aún más la voz—. Lo espero con ilusión todos los días».

Ethan suspira y dobla el periódico. «¿Se lo has preguntado a ella? —dice, ahora alzando la voz—. ¿Sabes cómo se siente?». Tamborilea con los dedos sobre la mesa, esperando una respuesta. «Estoy segura de que le gusta —dice Nancy; pero él capta una vacilación en su tono y deduce que nunca se lo ha preguntado—. Igual que a mí —añade—. Si no, lo diría». Ethan alza una ceja. «No estoy tan seguro —dice, levantándose y dando el último sorbo de té; quiere poner fin a la conversación—. Bea tiene un carácter complaciente. Quizá intuye que es algo importante para ti y no desea contrariarte».

«Baja la voz —dice Nancy—. ¿Quieres que te oiga toda la casa? —Da unos pasos y se planta muy cerca de él, más cerca de lo que ha estado en mucho tiempo—. Mírame, Ethan Gregory —dice—. Mírame». Ethan baja la mirada a su rostro cansado. «Yo no te digo cómo dar clases, no te digo cómo arreglar el tejado, no te digo cómo pagar las facturas. Así que, a cambio, no me digas a mí cómo criar a los niños. Ese es mi trabajo. Y ser una madre es lo que soy. Lo es todo para mí». Cruza los brazos y lo mira a la cara, con la boca fruncida.

Ethan le devuelve la mirada y retrocede, tropezando con el lado de la mesa. Recoge el periódico y se dirige a la puerta, volviéndose antes de salir. «No es hija tuya, Nan. Un día se marchará y no volverá. Debes recordarlo». Acto seguido, sale al patio trasero —la puerta mosquitera se cierra violentamente a su espalda— y mira los árboles rodeados de sombras. Lo que ha dicho es cierto, por supuesto, la pura verdad, pero sabe que ha sido una crueldad. Aun así, ella se ha enamorado de esa niña, y eso es un error. Siempre es mejor proteger tu corazón. Piensa en sus padres, que reposan en el cementerio del otro lado de la calle. Nancy ha plantado unos bulbos allí, con la idea de que florezcan en primavera. ¿Para qué?, quisiera preguntar, aunque nunca lo hace. ¿Para quién van a florecer?

Reginald

La madre de Millie, Gertrude, se muestra insistente. Se inclina sobre la mesita de té hacia Reginald y Millie, con las manos extendidas. «Yo pagaré el viaje —dice—. He ido al banco y he sacado todos mis ahorros. Hay suficiente para el billete de ida y vuelta». Mira fijamente a Reginald, y él vislumbra en su rostro a la mujer en la que teme que Millie se convertirá. De hecho, a la mujer en la que se convierte en ciertos momentos del día, en ciertos días de la semana: una mujer enojada y triste, desconectada de su propia vida.

Millie mira a su madre, meneando la cabeza. «Madre —dice hablando despacio y con claridad—, no podemos ir a América ahora. No es seguro. Ella está allí porque queremos mantenerla a salvo. No tiene sentido que nos pongamos en peligro solo para verla. Ella está bien. Volverá antes de lo que te imaginas». «Pero yo tengo el dinero —dice Gertrude, alzando la voz. Va rápidamente a la sala de estar, donde se encuentra su escritorio, y regresa con un puñado de billetes—. Hay suficiente. He mirado el precio de los pasajes. Puedes ir allí, Millie; puedes ir a verla y comprobar que va todo bien». Reg trata de sentir un poco de compasión hacia ella. La muerte de Albert, hace tres meses, fue un trauma para todos; un cáncer de pulmón detectado demasiado tarde. Desde entonces, Millie pasa temporadas aquí, en el campo, para echar una mano. Ya le había dicho que las cosas iban mal, pero él no había comprendido hasta qué punto era cierto.

Gertrude se pasa las manos por el pelo. «Tú dijiste que estabas preocupada por ella. ¿Qué otra cosa mejor que ir allí para comprobar que está bien?». «Ella está perfectamente, madre —dice Millie—. Está bien. Déjalo ya, por favor». Gertrude empieza a contar el dinero, mascullando las cifras. No ha respondido a Millie, y esta empieza a recoger la mesa. «Vamos a dar un paseo, madre; podemos ir hasta el canal. Hace un día precioso, y quiero ver los jardines que hay por el camino».

Más tarde, tumbada en la cama de su infancia, Millie extiende el brazo y le toca la cara a Reg en la oscuridad. «Gracias por venir a vernos —dice—. No es fácil estar aquí con ella». Él se vuelve, sorprendido por su caricia, por sus palabras. «Ya lo sé —dice—. No me había hecho cargo realmente de la situación». Millie se pone de lado para mirarlo. «Ha sido culpa mía, por mi propia estupidez —dice—. Le expliqué que había oído hablar de alguien que fue a ver a su hija a Maryland».

«Me sorprende —dice Reg— que alguien esté dispuesto a correr ese riesgo, a subirse a un barco ahora mismo». «Lo sé —dice ella—, pero esa mujer lo hizo. Viajó hasta allí y, Reg, aquello era un desastre. Su hija compartía habitación con otras tres niñas de Londres. Dos por cama. Y no estaba muy claro si iban al colegio».

Reg la corta. «Vamos a ver, Millie —dice—. A nosotros nos consta que ese no es el caso de Beatrix. Sabemos que todo va bien. ¡Está sacando muy buenas notas!». «Lo sé —dice ella—. No estaba diciendo que no. Te estoy contando la experiencia de esa mujer. Me hizo pensar que tenemos mucha suerte. —Él asiente, aliviado por no tener que discutir—. Simplemente me siento muy lejos de ella, nada más. La semana que viene cumple trece años. Ya no es una niña».

Reg la abraza en la estrecha cama. Atrae su cuerpo hacia el suyo y suspira. Se quedan callados unos momentos. «He estado fantaseando con ello, de todos modos —dice Millie—. Con la idea de ir a verla. ¿No te gustaría ver esa casa espléndida donde vive? ¿Conocer a Nancy, a Ethan y a esos chicos? ¿Entender lo que quiere decir cuando nos habla de montar una empresa con William?». Él sonríe en la oscuridad. Eso lo contaba en su última carta: Beatrix y William han estado haciendo trabajos de jardinería para las familias de Maine. Cada mañana van a tierra firme en un bote de remos y se pasan gran parte del día cortando el césped y quitando las malas hierbas de los jardines. A veces venden arándanos y otros productos en el pueblo. Donan la mayor parte del dinero que sacan para el esfuerzo de guerra. Incluso le han puesto nombre a la empresa: Jardinería WB. Él está orgulloso de su hija. La niña que los dejó hace casi dos años ha cambiado. Por supuesto que sí. Se está valiendo por sí misma.

«Vamos a imaginarlo», dice. No habían hecho esto desde hace mucho. Al principio, cuando Beatrix acababa de partir, se la imaginaban los dos juntos: en el barco, en su nuevo hogar. Pero luego se volvió demasiado difícil hacerse una idea. «Nos bajamos del tren en Boston —dice Reg—, y ellos nos están esperando en la estación. Ethan es… ¿cómo?, ¿qué aspecto crees que tiene?». «Ah —dice Millie—, está un poquito gordo. Como suele pasarles a los hombres. Con la barriga abultando por encima del cinturón. Lleva bigote, pero no barba. Gafas, seguro». «Sí —dice Reg—, de acuerdo, y un poco calvo tal vez». «Seguro, medio calvo —responde Millie, pasando la mano por los rizos de Reg—. A diferencia de mi apuesto marido». Se sonríen en la oscuridad. ¿Cuánto tiempo hacía que no hablaban así? Lleva meses sin tocarlo. «¿Y Nancy? —dice él, deseando prolongar aquello lo máximo posible—. ¿Qué aspecto tiene?». «Bueno, sabemos que es rubia, ¿no? —dice Millie, con un tonillo burlón—. Beatrix lo ha comentado. Pero rubia teñida, una de esas mujeres que no soportan dejar de ser jóvenes». «Vale —dice él, riendo—, un poquito desagradable pero aceptable. Algo gordita también, creo yo. Con todas esas tartas que preparan continuamente». Ahora se están riendo los dos, y Millie se tapa la boca con las manos. «Ay, Reginald —dice—, somos terribles. No deberíamos burlarnos». «No importa —dice él—, nos está permitido».

Se imaginan a los dos chicos, la estación, el horizonte de edificios. Ninguno de los dos desea realmente ver a Beatrix en ese mundo. Se dirigen a los coches —han tenido que traer dos, porque son muchos— y ellos acaban en el que conduce Ethan. Reg se sienta delante, y Millie y Beatrix detrás. Solo entonces se vuelve Millie a mirar a Beatrix, dispuesta a verla de verdad. «Está preciosa —le dice a Reg—. Es una chica despampanante, con ese pelo oscuro lustroso recogido con horquillas y esos ojos encantadores, risueños. Tiene la cara más angulosa, los pómulos más prominentes. Lleva un vestido de lino rosa. Está bronceada, ¿sabes?, porque pasa mucho tiempo al aire libre. Y tiene pecas, Reg, en la nariz y en las mejillas. Y lo mejor de todo…, ¿sabes qué es lo mejor de todo? —Ahora Millie está llorando y él nota las lágrimas en su pecho—. Que parece muy muy feliz». Eso, piensa Reg, no es una fantasía. Es la verdad.

Gerald

Es el segundo aniversario de Bea en América, y madre está preparando un auténtico banquete. Mejillones, que Gerald ha recogido con su padre esta mañana y que le gustan más que ninguna otra cosa. Él cree que sería capaz de comérselos todos, si se lo permitieran. Mazorcas de maíz. Tarta de arándanos, hecha con las bayas silvestres del monte. Bea se ha pasado toda la mañana por el campo, llenando un tarro tras otro. Le ha dejado a madre la cantidad suficiente para dos tartas y luego se ha ido con el bote al pueblo para vender el resto en un puesto junto a la biblioteca. Gerald también quería ir, pero ella se lo ha quitado de encima. «Es mejor que lo haga yo sola, G —le ha dicho, sonriendo, mientras hundía los remos en el agua—. Volveré antes de la hora de cenar».

Gerald se queda en la orilla, mirando cómo el bote se va volviendo cada vez más pequeño. Repintaron la flota a principios de verano, y el bote blanco refleja la luz del sol mientras Bea se acerca poco a poco a la playa. Así han sido las cosas este verano. A él lo han abandonado aquí, en la isla, y Willie y Bea se han largado al pueblo a hacer un montón de cosas divertidas: cortar el césped, podar arbustos, vender bayas. Apenas han hecho carreras hasta el dique flotante. Su hermano le ha prometido una alrededor de la isla, pero tampoco lo han hecho todavía, a pesar de que Gerald se lo ha pedido cada día. Y ya se van antes de que termine la semana.

Ahora ya casi no ve el bote. Willie se ha marchado esta mañana para pintar una casa con su amigo Fred. Padre ha ido en coche a Portland para comprar fuegos artificiales. Madre está ocupada en la cocina. «Anda, vete —le ha dicho, señalando la puerta mosquitera con la cuchara de palo—. Lee un libro. Juega en el bosque. No vuelvas hasta la hora del té». Gerald coge una roca y la lanza contra las otras. «Jolines —dice en voz alta, mirando en derredor para comprobar que nadie lo oye—. Este sitio es un asco. Ya tengo once años, debería poder ir al pueblo». Tira una roca tras otra; algunas se parten por la mitad y él corre a recogerlas para mirar qué hay dentro. Muy de vez en cuando encuentra una repleta de cristales. Madre tiene una que utiliza como sujetalibros que es violeta por dentro. Viene a ser como un secreto: por fuera, gris y aburrida; por dentro, bonita y valiosa, con unos cristales que reflejan la luz.

Gerald deambula por el bosque sin rumbo fijo. Faltan horas para que llegue la cena, cuando regresará todo el mundo. Tiempo de sobra, piensa, para rodear la isla a nado. No es como nadar hasta el pueblo, porque entonces necesitas que alguien te vigile. En este caso siempre tienes la orilla a tu lado. Cuando se cuela en la casa para ponerse el traje de baño, sin embargo, lo hace con el máximo sigilo posible. Madre está en la cocina, con la radio sintonizada en ese tipo de música swing que tanto le gusta, y él la oye tararear. Sube sin hacer ruido a su habitación y baja con el mismo cuidado, evitando el tercer y el quinto peldaño, que crujen indefectiblemente.

Se dirige a través del bosque a la playa que mira al pueblo. La mayoría de las tardes, espera aquí el regreso de William y Bea. Observa el bote mientras avanza hacia él, y los oye charlar y reír. Ella agita la mano cuando se acercan y le pregunta siempre cómo le ha ido el día, pero luego caminan los dos hacia la casa dejándolo atrás, hablando de gente, de trabajos y planes para el día siguiente. Durante la cena, los sorprende mirándose y sonriéndose, y él desea que William no hubiera venido a Maine; así podría haber tenido a Bea para él solo.

Deja la toalla sobre las rocas y se mete en el agua. Está más cálida que durante todo el verano, pero sigue siendo fría. Vadea lentamente hasta que le llega a la altura del estómago y empieza a nadar. Respira de cara el pueblo, abriendo de vez en cuando los ojos para ver las barcas, el campanario, la gran mansión de la punta. Muy pronto, sin embargo, rodea la isla y, al abrir los ojos, ya no ve más que el agua y el cielo.

Hace un día precioso y despejado, y Gerald se siente fuerte. De tanto en tanto, se relaja adoptando el estilo braza o bien poniéndose boca arriba y flotando. Le encanta cómo asciende y desciende el agua bajo su cuerpo con las olas que se deslizan hacia la orilla. Se mantiene atento a la distancia que le separa de la isla, consciente de que no debe desviarse demasiado de su perímetro.

Al llegar al dique flotante, a mitad de trayecto, se sube encima y se tiende boca abajo, dejando que la plancha soleada le caliente el cuerpo. Espera que su madre no esté mirando por la ventana de la cocina. Pero él sabe de sobra cómo se pone ella cuando está preparando una gran cena. No piensa más que en la comida, en poner la mesa y tenerlo todo perfecto. No está mirando. Ni siquiera se dará hoy su baño diario, supone; estará demasiado ocupada arreglándose. Mira en la dirección opuesta a la isla. Hacia Inglaterra. Bea le enseñó una canción que dice que su padre cantaba siempre mientras lavaba los platos. Cada vez que la ponen en la radio, ella sube el volumen y empiezan a cantarla los dos juntos.

Le gusta la última estrofa.

Siempre existirá Inglaterra
e Inglaterra será libre
si significa tanto para ti
como significa para mí.

Se pone a cantar, escuchando en su cabeza la voz de Vera Lynn, y, antes de que pueda darse cuenta, se ha plantado sobre el dique flotante y patea el suelo con los pies mientras hace un saludo militar al país que queda al otro lado del océano. Canta la canción una y otra vez, tratando de que le salga una voz tan grave como la de William, y solamente al volver a sentarse sobre el dique —que, de tanto patearlo, oscila de aquí para allá— oye que alguien está llamándolo a gritos.

Gerald se vuelve hacia la isla y ve a su madre en la orilla, agitando un trapo de cocina. «Gerald Gregory —oye que le dice—, ven aquí ahora mismo. ¿Qué demonios haces?». Él la saluda con la mano, se zambulle en el agua fría y nada de vuelta hasta la orilla. Solo cuando trepa chorreante se da cuenta de lo enfadada que está. Ella raramente se pone furiosa con él. «Gerald Perkins Gregory —dice—, ya conoces las normas: no puedes nadar hasta el dique tú solo». «Lo sé —dice, con ganas de contarle que ha rodeado a nado la mitad de isla, pero aliviado por el hecho de que no lo sepa—. Es que estaba aburrido. No tengo nada que hacer». Nota que la expresión de su madre se ablanda, como tantas veces. «Ya lo sé —dice ella—. Debería haberte dicho que me ayudaras». Él se sacude el pelo mojado. «¿Puedo, por favor? ¿Qué hago? ¿Te ayudo con las tartas?». «Sí, venga», dice ella, dándole un golpe en el brazo con el trapo.

Mientras caminan hacia la casa, ella permanece callada unos instantes. «Ni una palabra de esto a tu padre —dice por fin—. ¿Me has oído?». «Sí, madre —dice Gerald—. Tus deseos son órdenes para mí». Ella pone los ojos en blanco. «Hablo en serio. Esto queda entre nosotros, ¿sí?». Él asiente. Un secreto que se solapa con otro. Él también puede tener secretos, como los demás. Ha conseguido rodear la mitad de la isla. Ahora sabe que puede rodearla entera. Ya solo tiene que convencer a Willie y Bea para hacerlo con él antes de que se marchen.

Millie

En una habitación situada por detrás de Millie, al fondo de un pasillo y luego de otro y otro más, Reg yace en coma. Ella está sola en la sala de espera. El timbre del piso ha sonado en mitad de la noche una y otra vez, y ella ha bajado corriendo las escaleras y se ha encontrado en la puerta a un hombre de uniforme, con los ojos desorbitados. «Soy Brian —ha dicho—. Tal vez Reg le haya mencionado mi nombre». «Ay, Dios mío —ha dicho ella—, ¿qué ha ocurrido?». «No una bomba —ha respondido él—. Un ataque al corazón». Un ataque al corazón. Claro. Igual que su hermano. ¿Cómo no había previsto que esto iba a suceder? ¿Por qué se preocupaba siquiera de las bombas? «Puedo llevarla al hospital», ha dicho Brian, señalando su motocicleta. Así que ella ha rodeado con sus brazos la blanda barriga de ese desconocido, de ese hombre al que Reg no había mencionado nunca, y ambos han recorrido bajo la lluvia las calles oscuras, frías y húmedas.

«No se puede hacer otra cosa que esperar», ha dicho la enfermera.

Millie permanece sentada en la sala de espera, deseando estar en cualquier otra parte. Quisiera estar con Beatrix. Quisiera estar con su madre. Quisiera estar con Reg, pero no aquí. No puede permanecer en aquella habitación con su cuerpo inmóvil. Quisiera huir lejos y no volver. Cómo es posible. Como va él a dejarla sola.

Nancy

El telegrama llega a mitad del día. El chico del reparto baja la cabeza cuando se lo entrega a Nancy en la puerta. Ella, mientras empieza a desgarrar el telegrama, mira cómo se aleja hacia su bicicleta y se compadece de él. Cuántas malas noticias debe estar entregando ahora, día tras día. Incluso en esta pequeña población, muchas familias han enviado a sus hijos al ejército. Los Swift, los que viven al final de la calle, tienen a sus cuatro chicos en ultramar. Lee el telegrama y se tapa la boca con la mano para sofocar un grito. No parece normal, piensa, mientras se apresura hacia la oficina de Ethan, olvidando quitarse el delantal, que el cielo esté tan azul y las hojas tan amarillas. «Es Reginald —dice, entrando sin esperar a que él responda a su llamada—, pero no lo que nos habríamos imaginado. Un ataque al corazón durante una guardia. Ha fallecido, Ethan; está muerto. ¿Cómo vamos a decírselo a Bea? ¿Deberíamos sacarla de clase? ¡Qué espanto!».

«No —dice Ethan—. No. —Coge el telegrama que ella esgrime ante su rostro y lo pone sobre el escritorio, quitándose las gafas para leerlo de cerca—. Calma, Nan», dice por fin. Vuelve a mirar el telegrama. «¿Quieres hacer el favor de sentarte? Me estás poniendo nervioso», le espeta.

Nancy se sienta en la silla donde tantos chicos se han sentado a lo largo de los años. Ella raramente entra en su oficina. Se siente como uno de esos chicos, esperando a que él hable. Además, las piernas no le llegan del todo al suelo en esa silla y siente la tentación de balancearlas adelante y atrás. Ethan se limpia las gafas con el pañuelo. Su técnica para ganar tiempo. «Qué triste —dice finalmente—. Tan inesperado. Pobre chica». Su voz se apaga.

«¿Cómo debo decírselo? —pregunta Nancy—. ¿Cuál es la manera adecuada de decirle a una niña que su padre ha muerto?». Ethan menea la cabeza. «No —dice. Se levanta y se sitúa delante del escritorio, mirando a Nancy—. Tú no tienes que decirle nada. Yo me ocuparé cuando vuelva a casa». «Ay, no, Ethan. No puedo pasar la tarde con ella sin decírselo. En ese caso tienes que volver a casa más temprano». «No —dice él—. No puedo. Solo has de esperar». Ella lo mira a la cara y tiene ganas de darle una bofetada. La trata como a una niña. Pero sabe que no puede hacer nada para que cambie de idea. «Muy bien —dice—, muy bien», y sale de la oficina dando un portazo.

De vuelta en casa, deambula por la cocina mirando el reloj. No se le ocurre qué hacer con el telegrama. Lo dobla por la mitad y a continuación en cuartos. Lo mete en el cajón superior de su escritorio, pero luego teme que Bea vaya a buscar sellos ahí, de modo que se lo guarda en el bolsillo del delantal y lo toca de vez en cuando mientras limpia la casa y empieza a preparar la cena. No consigue concentrarse en nada y arruina el pan de maíz al añadir un cuarto de taza de sal en lugar de azúcar. Le parece mal no decírselo a Bea. ¿De qué va a hablar con ella? Está segura de que se lo notará en la cara.

Antes de que los chicos lleguen a casa, saca el telegrama y vuelve a leerlo. REG EN HOSPITAL STOP ATAQUE AL CORAZÓN STOP MURIÓ ESTA MAÑANA A LAS 7 STOP MÁNDALE TODO MI AMOR A MI NIÑA STOP. Nancy sale al patio trasero y prende fuego al telegrama con una cerilla. Lo sujeta hasta que las llamas están a punto de tocarle la mano y entonces lo tira al suelo, pisotea las cenizas y las cubre de tierra.

Ella siempre hace lo que dice Ethan. La mayoría de las veces está de acuerdo con él. Pero con Bea han discrepado a menudo. Sospecha que está celoso de la relación que tienen. Nancy dejó de bañar a Bea el verano pasado, después de que él se lo pidiera, y echa de menos esos ratos que pasaban juntas. Ahora, en cambio, han adoptado la costumbre de pasar las tardes en la cocina, Bea haciendo los deberes y Nancy preparando la cena. Ethan probablemente tenía razón sobre el baño. Pero hoy está equivocado. No debería ser él quien le diga que Reg ha muerto. Eso no sería hacer lo que Millie pedía. No es mandarle todo su amor.

Cuando los chicos llegan a casa, Nancy a envía a sus hijos a su habitación después de merendar. Luego se sienta a la mesa de la cocina, le coge la mano a Bea y le cuenta la noticia.

William

En mitad de la noche, William oye sollozar a Bea. No ha llorado casi nada desde que se enteraron, hace una semana, de que su padre había muerto. Ella, sin embargo, no está presente. Parece como si estuviera en otra parte. Tarda unos momentos en responder, en reaccionar. Es como al principio, cuando llegó. Hay algo detrás de su mirada, algo indescifrable pero que él casi comprende. Dolor, soledad, pérdida. Así es como debe ser lo que llaman aflicción.

Él se ha quedado levantado hasta muy tarde esta semana, preguntándose si Bea querría hablar, pero nunca ha reunido el valor para entrar en su habitación. Ahora llama a su puerta; no utilizando el código, solo dando unos golpecitos. «Bea —susurra lo más audiblemente que puede—, ¿estás despierta?». Ella va a la puerta y abre. Lleva un camisón de franela y va descalza. William entra y cierra la puerta mientras ella vuelve a la cama y se tapa las piernas con la colcha. Él se queda de pie, con torpeza, entre la puerta y la cama.

«¿Estás bien? —le pregunta—. No sé qué decir. No sé cómo ayudarte». Ella esboza una especie de sonrisa. «No pongas esa cara», dice. «No hay nada que hacer. Mi padre ha muerto. Mi madre se ha quedado sola. Y yo estoy aquí, no allí. Ni siquiera puedo ir al funeral, William. ¿Qué clase de hija no va al funeral de su padre? —Luego empieza a reírse—. Quiero decir, ¿no es absurdo? Sobrevive al Blitz, rescata a gente de los edificios en llamas, monta guardia noche tras noche, esperando a que lleguen los alemanes… ¿y al final se muere porque su corazón deja de funcionar? Es completamente absurdo».

«Lo sé —dice él—. ¿Qué clase de Dios permite que eso suceda?». «Un Dios estúpido —dice ella; luego arruga la nariz y sacude la cabeza—. Que no me vaya a oír tu madre diciendo esto. —De repente, se inclina hacia él—. Eso es lo que podrías hacer, William. Interponerte entre nosotras. Ya sé que ella tiene buenas intenciones, pero yo no quiero hablar de esto. No quiero hablar de él. Quiero que todo continúe como antes».

«De acuerdo —dice él—. Eso puedo hacerlo».

Bea se queda callada unos momentos. «Se me ocurre una idea —dice William. Ella alza la mirada—. Tú no puedes ir allí para asistir al funeral, pero nosotros podríamos celebrar un funeral por él, ¿sabes? Solo nosotros dos». «¿Cómo podríamos hacer algo así?», pregunta ella. Él empieza a deambular entre la ventana y la puerta. «Lo podríamos hacer en el bosque. O en el cementerio. O quizá en la capilla. —William no sabe muy bien lo que está diciendo; solo sabe que quiere hacer algo para ayudarla, aunque sea un poco—. Ya te enseñé esa puerta lateral que está siempre abierta, ¿recuerdas?». Él nunca ha asistido a un funeral. Tiene muy poca idea de cómo es la ceremonia. Pero a ella parece gustarle la idea. «Sí —dice, mirándolo a los ojos—. Suena bien. Hagámoslo».

Más tarde, en su habitación, William permanece tumbado en la cama, mirando el techo. A veces le asusta lo mucho que anhela la aprobación de Bea. Simplemente su sonrisa.

Bea

Bea decide pedirle a Gerald que vaya también. Lo arrastra a la despensa después de cenar y cierra la puerta. «G —dice—. William y yo vamos a ir a la capilla esta noche». «¿Para qué?», pregunta él. «Para decirle adiós a mi padre. ¿Quieres venir?». «Claro», dice Gerald. Ella se lleva un dedo a los labios. «Ni una palabra a tus padres». Él la mira con los ojos muy abiertos. «Prometido», dice. «Saldremos a las once y media. Ni una palabra», repite Bea antes de abrir la puerta. William y ella han discutido por este motivo; él decía que Gerald lo estropearía todo. «Se lo contará a madre —ha dicho—. Se lo cuenta todo». «Yo quiero que esté —ha replicado ella—. Quiero que estéis los dos».

Resulta sorprendentemente fácil escabullirse en mitad de la noche. Los tres se detienen en el campo, apiñados, y se vuelven hacia la casa, comprobando que las luces del dormitorio del señor y de la señora G están apagadas. «Nada —dice William—, no han oído nada». Gerald permanece callado. Bea sabe que quisiera hacer millones de preguntas, pero él está aquí solo porque lo ha invitado ella, y William le pegará un corte si abre la boca. «Vamos», le dice, y los tres corren en fila india por el sendero. Hay una media luna, pero el cielo está despejado y las estrellas relucen. Hace frío para mediados de noviembre. Bea desearía haberse puestos los mitones.

En el interior de la capilla, esperan a que sus ojos se adapten a la penumbra y después recorren el pasillo central. Han discutido también sobre las velas. Ella quería encender una; en primer lugar para ver mejor, pero también porque le parecía lo correcto. «Alguien verá la luz —decía William—. Habrá alguien levantado paseando al perro, llegando tarde a casa, o lo que sea. No podemos correr ese riesgo». «De acuerdo», ha cedido ella, consciente de que tenía razón.

Se sitúan en la parte delantera, formando un estrecho círculo. «Papá», dice Bea, y nota que William y Gerald se apretujan a su lado, con la cabeza gacha. Mira la gran vidriera que hay detrás del altar. Durante los servicios dominicales, cuando el sol ilumina los cristales y los colores bailan en las paredes, el efecto es precioso. Ahora la vidriera está oscura y no puede ver ninguna de las imágenes ni recordar las historias que ilustran. «Papá —repite—, estamos aquí para decirte adiós».

Más tarde, los tres suben por las escaleras a la plataforma de vigilancia. Bea empieza a dar saltitos. «Tengo mucho frío —susurra—. ¿Quién iba a saber que haría este frío en noviembre?». William saca una botella de detrás del contenedor. «Tenemos esto —dice—. Así entraremos en calor». «¡William!», dice Gerald, sonando igual que la señora G. Es la primera vez que abre la boca en toda la noche. «¿Qué? —dice este sin mirarlo—. Un traguito o dos, ¿cuál es el problema? ¿Vas a ir corriendo a casa a decírselo a madre?». «No —responde Gerald—. Deja de tratarme así». «Chicos —dice Bea, dándose cuenta de que ella también suena como la señora G—. Esta noche, no, por favor... Un poquito de whisky parece apropiado, William». Ella no ha probado nunca el alcohol, pero el olor que percibe cuando él desenrosca el tapón le resulta familiar. Huele como el señor G. Huele como su padre.

William le ofrece la botella primero a ella, que se la pone en los labios y echa la cabeza atrás. El sabor es horrible, pero cuando el líquido se desliza por su garganta, siente un calorcillo en el pecho. Menea la cabeza, guiñando los ojos. «Vale. Ahora te toca a ti, G». Gerald la mira con los ojos muy abiertos. «¿No es asqueroso?», susurra, sin mirar a William. «Más bien —dice ella—, pero pruébalo». «De acuerdo», dice. Da un trago y luego le pasa la botella a su hermano.

William la alza en el aire antes de beber. «Por tu padre —dice—. Que descanse en paz». A Bea se le había olvidado por un instante por qué están aquí. «Por mi padre —dice—. Ojalá lo hubierais conocido». Pone la mano sobre la de William y, tras un momento, Gerald coloca la suya encima. «Por tu padre», repite Gerald. Una lágrima se desliza por su mejilla y Bea se la limpia con el dedo índice. Sujetando en alto la botella, los tres levantan la cabeza para contemplar el cielo.

Millie

Unos días después del funeral, Brian le lleva al piso una bolsa con las cosas de Reg. «Estaba en su taquilla en el trabajo —dice—. He pensado que querrías recuperarla». Millie no lo invita a una taza de té. «Muchas gracias —dice—. Te lo agradezco». Guarda la bolsa en el armario del pasillo, detrás de los productos de limpieza y de los abrigos. Durante meses la deja allí, sin abrirla. Pasa las Navidades y Año Nuevo en el campo, con su madre. Al volver a Londres, adopta una rutina diaria. Toma otro empleo de contabilidad y se ofrece voluntaria para hacer más turnos con la ambulancia: tres noches y un día entero durante el fin de semana. Es mejor no tener tiempo libre.

En los días que siguieron a la muerte de Reg, lo único que deseaba era que Beatrix volviera a casa. Escribió un borrador tras otro, pidiendo a los Gregory que la metieran en el próximo barco. Pero no se animaba a enviar el telegrama. Sabía que habían acordado que ella se quedaría en América hasta el final y que Reg se sentiría decepcionado con ella. También sabía que no estaba en condiciones de cuidarla. Beatrix es feliz allí. Duele reconocerlo, pero es la verdad. Atenerse al plan inicial es respetar a Reg. Es lo correcto.

Un domingo de mediados de febrero, Julia viene a tomar una copa cuando terminan su turno. Con toda desenvoltura, la mujer echa un vistazo por el piso y empieza abrir armarios. «¿Tienes unas cajas vacías? —pregunta—. Hemos de sacar todas estas cosas de aquí». Millie menea la cabeza. «No —dice—. Ya lo haré más adelante. En primavera». «No —dice Julia—. Lo vamos a hacer ahora. No te ayuda nada tener la ropa de Reg por todas partes. Guarda algunas cosas, por supuesto; algo para que tú y Beatrix podáis recordarlo, pero vamos a deshacernos de todo lo demás. —Millie vuelve a protestar—. Millie Thompson —dice Julia—, ¿sabes cuánta gente necesita ropa de abrigo? Y además, tú tienes que pasar página. Nunca me habría imaginado que eras de esas que se regodean en su dolor. No es bueno para ti». Millie asiente. Sabe que Julia tiene razón. Ella le soltó más o menos el mismo discurso cuando abatieron a su prometido de un disparo en Alemania.

Vacían el armario y el aparador de Reg, pero no sin antes servirse una copa cada una. Millie se queda un suéter que ella misma le había hecho antes de casarse y un gorro escocés a cuadros que él se compró un otoño en Edimburgo. No tiene ni idea de lo que le gustaría conservar a Beatrix. Luego encuentra su chaqueta de tweed con coderas de cuero y lo ve en el parque cogiendo a la niña en brazos, sentándola sobre sus hombros y dándole vueltas y más vueltas. Guarda la chaqueta en una caja para Beatrix, junto con algunos de sus libros.

En el cajón superior del escritorio de Reg encuentran un montón de fotos: Beatrix de bebé; al empezar a caminar; tal como era antes de marcharse. Luego fotos de América: en pie junto al árbol de Navidad con los chicos; en traje de baño en un muelle, con los brazos flexionados y una amplia sonrisa; con un abrigo de lana, sujetando un montón de libros. Y una colección de fotos de Millie también. «Ay, por Dios —exclama—. Me había olvidado de este vestido. Esto fue en Nochevieja, un año antes de que nos casáramos». «Qué precioso —dice Julia—. Hacíais una pareja impresionante». «Me parece que ha pasado tanto tiempo… —responde Millie—. Yo era otra persona entonces». «¿Acaso no lo éramos todas?», dice Julia.

Mientras trabajan, no han notado que el sol se ha puesto. Millie enciende las luces y sirve una copa para cada una. Las dos se derrumban en el sofá y se quitan los zapatos. Millie enciende un cigarrillo con el de Julia. «Cuántas cosas —dice, mirando todas las cajas apiladas—. Es lo único que queda al final, ¿no?». Julia sonríe. «Pero tú aún tienes a Beatrix —dice—. No lo olvides. Piensa en lo maravilloso que será volver a verla». Hablan del trabajo, de una de las chicas nuevas, que no sabía conducir pero se inscribió igualmente, y del hombre con el que Julia ha empezado a salir. Julia se queda dormida, y Millie la tapa con una manta y apaga la lámpara de la mesita.

Mientras está guardando la escoba, ve la bolsa que Brian le trajo unos meses antes. Ya basta, piensa. Ya no puedo más. Pero luego el impulso de terminar, de liquidar todo aquello, se impone. Coge la bolsa y la lleva al dormitorio. La vuelca sobre la cama y la sacude hasta que queda vacía.

Su uniforme de trabajo. Su uniforme de la Guardia Local, incluido el casco militar y una raída mochila. Un libro: *Las ideas ocultas de las aperturas de ajedrez*. Una bufanda que no reconoce. Un montón de cartas atadas con cordel. Deshace el nudo y encuentra una carta tras otra de Ethan. ¡De Ethan nada menos! Las cartas que ellos han recibido de América, una a la semana a lo largo de los años, son de Nancy, con una línea o dos de Ethan. Pero aquí hay páginas y páginas de noticias. La mayoría son sobre política y sobre la guerra. Hay, sin embargo, alguna frase aquí y allá sobre Beatrix, explicando cómo le ha ido en un examen o lo mucho que ha ayudado en alguna reunión familiar. Lee algunas cartas de cabo a rabo, sumida en una especie de estupor, con una furia creciente a medida que pasa de una a otra. Iban todas dirigidas al trabajo de Reg. Él le ocultó esto adrede. Se muerde el dedo hasta que le sangra. ¿Por qué lo hizo? ¿Por qué mantener algo así en secreto?

Va a la cocina y coge unas tijeras. Julia se ha despertado y la sigue al dormitorio. «¿Qué es todo esto?», pregunta. «Mi querido marido —dice Millie— le estaba mandando cartas de amor a otro hombre». «¿Qué? —exclama Julia—. ¿Qué estás diciendo?». Millie niega con la cabeza. «A Ethan, al hombre de la familia americana con la que vive Beatrix. Mantuvieron correspondencia durante más de un año. ¡Durante más de un año, Julia! Y nunca me habló de ello. Ni una sola vez».

Se planta en medio de la habitación esgrimiendo las tijeras. «Voy a destruir hasta la última carta —dice—. Lo odio. Él decidió que Beatrix se fuera, dejó que creyera que yo lo quería así y luego va y se muere. Y ahora descubro que me mantuvo todo esto oculto». Julia le quita las tijeras de las manos. «Millie —dice—, cálmate. Estás reaccionando de un modo desproporcionado. No las destruyas. Consérvalas de momento. Quizá más adelante quieras leerlas atentamente. Quizá Beatrix quiera verlas algún día». Millie suspira y se sienta en la cama. Sabe que Julia tiene razón. Se siente muy cansada. «Necesito otra copa», dice, secándose los ojos.

Más tarde, cuando Julia ya se ha ido y ella ha vuelto a meter casi todo en la bolsa, encuentra una postal amarilla con un tablero de ajedrez en el anverso y una serie de jugadas anotadas en el dorso. La postal la envió Ethan y está fechada dos semanas antes de la muerte de Reg. Millie hurga en la bolsa, saca el libro de ajedrez y guarda dentro la postal. Ella no sabe gran cosa de ajedrez. Su padre jugaba e intentó enseñarle, pero ella no tenía la paciencia necesaria. No tenía ni idea de que Reg supiera jugar. Ethan está esperando, en todo caso. Estaban a media partida.

Nancy

Para Pascua, Nancy decide llevar a los chicos a Nueva York. Han pasado un invierno largo y nevoso. Siente que todos necesitan un cambio. William ha estado ceñudo y de mal humor durante meses; lo único que desea en cuanto llega es salir otra vez de casa, mientras que Gerald no parece querer salir nunca. Y Bea ha cambiado también. Se ha convertido en otra persona. Se muestra siempre educada y solícita, sí, pero es como si se hubiera distanciado, como si la compañía reconfortante que ella le proporcionaba ya no le interesara. Es por la pérdida de Reg, claro, pero a eso se ha sumado el hecho de haber crecido y haberse vuelto más independiente. Nancy echa de menos a Bea, a la niña de antes. Ahora rara vez vuelve directa a casa después del colegio. Ella ya no recuerda cuándo fue la última vez que se sentaron a charlar en la cocina.

En el tren a Grand Central, Nancy está sentada junto a Bea; los chicos están en los asientos de enfrente, durmiendo y leyendo. Pero Bea permanece pegada a la ventanilla, mirando la costa, mientras el tren avanza a toda velocidad. Hace un día gris y la lluvia salpica de vez en cuando las mugrientas ventanillas. A Nancy no la entusiasma Nueva York, pero percibe la excitación que trasluce el lenguaje corporal de Bea. Entiende que conocer Nueva

York por primera vez resulte fascinante. En todo caso, es un sitio más parecido a Londres.

«Yo quiero pasar tiempo con mi hermana —le dice a Bea, tocándole el brazo—, pero vosotros tenéis que salir y explorar la ciudad». «Ya lo hemos hablado —dice Bea, con el rostro iluminado—. Gerald quiere enseñarme el Museo de Historia Natural. Y William ha hablado de Central Park y del Upper West Side». «Son buenas ideas —dice Nancy—. También has de visitar el Metropolitan, que queda a una manzana de la casa de mi hermana. Es un sitio precioso para pasar una tarde».

Esta sí parece la antigua Bea, una chica excitada por todo lo que la rodea. Nancy aprovecha la ocasión para sugerirle una visita a B. Altman. «Son mis almacenes favoritos en Nueva York —dice—, casi tan bonitos como Jordan Marsh». «Sí —dice Bea—, me encantaría. —Juguetea con un hilo suelto que tiene en la manga—. Señora G —dice—, algunas de las chicas...». Su voz se apaga; vuelve a mirar por la ventanilla y de inmediato a los chicos. Nancy los mira también. William está dormido, con la cabeza hacia atrás y la boca abierta. Gerald tiene en el regazo un montón de cómics y ambas ven que está concentrado y sonríe de vez en cuando, totalmente abstraído. «Algunas de las chicas —repite Bea, bajando la voz—, bueno, han empezado a llevar ropa interior distinta. Ya no usan camiseta».

«Ay, cielos», dice Nancy, notando que se le ponen rojas las mejillas y las orejas. ¿Cómo no se le había ocurrido? Ella la ha visto desarrollarse, pero desde que dejó de bañarla, y después con la ropa de invierno, los jerséis gruesos y los abrigos, sencillamente no ha pensado en el asunto. En realidad no es que tenga aún gran cosa, desde luego no lo suficiente para justificar un sujetador, pero ella ya sabe lo que sucede cuando hay otras chicas. Su propia madre se negó a comprarle uno, así que ella ahorró su paga semanal, se fue a Jordan's y se compró su primer sostén. Todo por su propia cuenta. «Sí —afirma—, claro. Allí tienen una sección de lencería encantadora».

«Gracias —dice Bea—. Ya sé que es obvio que no lo necesito, y que seguramente nunca lo necesitaré. Mi madre es plana como una tabla». «Yo no», dice Nancy, riendo. Ambas bajan la mirada a su pecho; Bea se vuelve enseguida para otro lado y Nancy nota que está avergonzada. Luego se hace ese silencio incómodo que suele producirse cuando Millie sale en la conversación. Nancy siente su presencia, como si estuviera escuchando y juzgando. Millie se habría dado cuenta hace meses de que debía llevar a Bea a comprar un sujetador. Habría sabido cómo ayudarla a sobrellevar el dolor. Nancy está habituada a tratar con chicos. Antes, cuando las hijas de sus amigas y sus hermanas eran pequeñas y ella las veía con las muñecas, los juegos de té y aquellos libros preciosos, sentía celos. Pero ahora que son mayores... Bueno, la verdad es que no atinaría con lo que hacer. Dios sabía lo que hacía al darle hijos varones.

Pero esta conversación lleva a otro asunto que ella no ha tenido el valor o la ocasión de abordar. Ignora si Bea ha empezado a tener la menstruación. ¿Qué sabe ella al respecto, en realidad? Nancy pensaba pedirle consejo a su hermana Sarah, que tiene cuatro chicas, todas casi crecidas, así que ella ya ha pasado por este trance. Su propia madre tampoco hizo ni dijo nada en su momento. Fue Sarah quien se encargó de explicarle lo más básico, seguramente cuando ella tenía más o menos la edad de Bea.

La vuelve a observar con disimulo. Está otra vez mirando por la ventanilla. La costa de Connecticut está espléndida, incluso bajo la niebla, con las ramas de los árboles envueltas en una preciosa aureola verde. Y con el estuario de Long Island, de intenso color azul, que se extiende desde la orilla. A Nancy le encanta el inicio de la primavera, incluso los días lluviosos como este. Los primeros bulbos: los azafranes, los tulipanes, los narcisos. Los jacintos, que son sus preferidos. «Querida —dice, hojeando la revista que tiene en el regazo—. ¿Has tenido ya tu visitante mensual?».

Bea se vuelve. Señor, qué chica más guapa ha llegado a ser. La tez morena; el pelo tupido, casi negro: las piernas largas y esbeltas. Nancy ya vislumbra la mujer adulta en la que se convertirá. Será igual que Millie. «No, todavía no —musita, volviendo a mirar de soslayo a los chicos—. Pero muchas chicas ya lo han tenido». «Sí

—dice Nancy—, seguro. Pero cada una es diferente. —Se hace un silencio y ambas miran para otro lado—. ¿Sabes qué? —dice Nancy—. Te compraré algunas cosas cuando volvamos. Un cinturón, unas compresas. Para que lo guardes todo, pero lo tengas a mano cuando lo necesites».

Por el modo que Bea tiene de asentir, Nancy comprende que debería haber hablado hace mucho. Pero ya no se anima a decir nada más. Resulta demasiado embarazoso, y si hay algo que ella detesta —pocas cosas, en realidad— es sentirse incómoda. Pasa las páginas de la revista. «Ah, mira esto —dice—. ¿A que es un suéter precioso? Me encanta cómo cae el trenzado a lo largo de cada brazo». «Es bonito», dice Bea, mirando más de cerca, con el pelo sobre la cara. «Yo podría hacerte algo así —dice Nancy, recogiéndole el pelo detrás de la oreja—. Para que lo puedas llevar este verano en Maine por las noches. ¿Qué te parece, querida?». «Claro —dice Bea—. O quizá podría hacerlo yo, si me ayuda con los trenzados…». «Me encantaría poder ayudarte —dice Nancy, apretándole la mano y haciendo un esfuerzo para no llorar—. En Altman's tienen un magnífico surtido de lanas. Acordémonos de ir allí mientras estamos en Nueva York». Le estrecha la mano a Bea, envolviéndola con sus dedos, durante más tiempo del que debería.

William

El viernes, toman el metro hasta el West Side y salen en la calle Ciento dieciséis. William sube con brío los escalones, dejando atrás a Bea y Gerald. «Aquí es —dice volviéndose—, la entrada está justo aquí». Acceden al campus de Columbia por un sendero flanqueado por árboles florecidos. Luego el campus se abre ante ellos, con edificios a cada lado. William gira sobre sí mismo con los brazos extendidos. Aquí es donde quiere estar. «Mirad todo esto —dice—. Es como un oasis en medio de la ciudad».

Los estudiantes pasan deprisa junto a ellos, de camino a las clases, cargando sus bicicletas por los grandes peldaños de piedra. William encuentra que hay un maravilloso ajetreo, aunque sabe que muchos jóvenes están en ultramar.

«Esa es la nueva biblioteca —dice, señalando una espléndida construcción en el lado sur—. ¿A que es magnífica?». «Magnífica —repite Bea con un deje irónico—. Madre mía, qué vocabulario. ¿Qué te ha pasado, William Gregory?». Él le hace una mueca. Esto es incluso más bonito de lo que había imaginado. A él siempre le ha encantado Nueva York. Los museos, la gente, la vida.

«Pero tú irás a Harvard, Willie —dice Gerald—. Es allí donde vamos nosotros». «Eso es lo más idiota que has dicho en tu vida», replica William. «Pues es la verdad —dice Gerald—. Padre fue a

Harvard. Y su padre también. Y todos los hombres de la familia de madre han ido a Harvard. Es prácticamente nuestra universidad». William no responde. Sube de dos en dos los peldaños de la Low Library y, al llegar al final, los saluda con la mano. Esa letanía que Gerald acaba de soltar, ese famoso legado... es precisamente la razón por la que no quiere ir a Harvard. Él desea con toda su alma desligarse de todo eso, hacer algo nuevo. Solo va a vivir dos años más en casa. Ya se muere de ganas de marcharse. Si la guerra continúa, se alistará por su cumpleaños, el 20 de agosto. Si no, bueno, empezará a estudiar en la universidad. Por supuesto, no en Harvard.

«Vamos a mirar por aquí detrás —les grita—. Y luego cruzaremos la calle y le echaremos un vistazo al Barnard College*. Para Bea». Los otros dos suben corriendo las escaleras y lo siguen por un sendero flanqueado de primorosos arbustos que rodea la biblioteca y lleva a otros grandes edificios. «Yo no voy a ir a la universidad», dice Bea cuando le da alcance. Al principio de la semana, madre la llevó a cortarse el pelo y se lo rizaron o algo así. William aún no se ha acostumbrado a su aspecto. Parece mayor, en cierto modo, como las compañeras de clase que él tiene en secundaria.

«¿Qué quieres decir? —pregunta, deteniéndose en seco para mirarla—. Claro que vas a ir a la universidad. Tú eres la más inteligente de los tres». Ella se ríe en su cara. «No, yo no iré. Tú sabes que esta guerra se va a acabar, ¿no? Yo entonces volveré a Londres». «No sabemos cuándo será eso», dice él, dándose cuenta de que nunca piensa en esa eventualidad; nunca se para a pensar en que Bea algún día se irá. Al principio, sí lo pensaba. «Pero ¿no podrías quedarte para estudiar?». «No —dice ella—. Mis padres no fueron a la universidad. No es ese el futuro que me espera. Regresaré a casa, terminaré la secundaria y luego buscaré un empleo».

Gerald se ha quedado aparte, escuchándolos a los dos con la cabeza ladeada. «Yo estoy de acuerdo con William —dice—, seguramente por primera y última vez en mi vida. Si alguien debería

* N. del T.: Universidad privada femenina.

ir a la universidad, eres tú. Eres muchísimo más lista que yo». «Ay, G —dice ella—, eres un cielo, pero la verdad es que los dos estáis equivocados. La universidad no es lo que está escrito en mi destino. La guerra concluirá y yo volveré a casa con mi madre».

Mientras rodean el campus, William comprende que Bea tiene razón. Por algún motivo, él no ha llegado a asimilar que ella tendrá que marcharse. No se había dado cuenta de que eso es algo en lo que ella está pensando, que acaso está deseando. Todo esto es provisional para Bea. Cuando pasen los años, echará la vista atrás y esta época será solo una historia que contarles a sus hijos. Cuando yo tenía vuestra edad, dirá tal vez, me fui a vivir unos años a América. Viví con una amable familia de las afueras de Boston. Tenían dos chicos. Uno mayor y otro más pequeño. ¿Qué dirá sobre él entonces?

Más tarde, encuentran una cafetería en la esquina de la calle Ciento dieciséis y Broadway. «Chock Full o'Nuts —dice Gerald, leyendo el rótulo—. Mira, William le han puesto el nombre en tu honor*». Piden pan de nueces y sándwiches de crema de queso, acompañados de una taza de café. Gerald vierte en la suya la mitad de la jarra de leche y añade tres terrones de azúcar. «Lo estás arruinando», dice William. Él ya se ve aquí, viniendo después de las clases a tomarse un café y estudiar con una amiga para un examen. Hasta hoy no era consciente de que él daba por supuesto que esa amiga sería Bea.

---

* N. del T.: Chock Full o'Nuts es una marca de café que surgió de una cadena de tiendas de frutos secos de Nueva York, luego convertidas en cafeterías. Pero *nuts* ('nueces') también significa 'chiflado'.

Ethan

Ethan no recuerda bien la última vez que tuvo la casa para él solo. Ha pasado casi una semana sin Nancy y los chicos. Dichosamente tranquilo. Terminó todas las correcciones en los primeros días para que no le quedaran pendientes durante el resto de la semana. Luego hizo todo tipo de cosas que sabe que Nancy no aprobaría: dejó la cama sin hacer cada mañana; amontonó los platos en el fregadero; comió sobras sacadas directamente de la nevera, cuchara en mano. La mañana que partieron, ella le enseñó el cuadro del menú para todos los días de la semana. Cada comida estaba preparada y etiquetada en una serie de recipientes de vidrio apilados uno sobre otro. Le había hecho pastel de chocolate —su preferido— y pudin de caramelo de mantequilla.

Esta mañana —su último día libre, porque volverán en tren esta noche— corta una gran porción de pastel y se sirve una generosa ración de pudin. Pone el plato en una bandeja, junto con su taza de café, y lo lleva todo al jardín trasero. Hace un precioso día de primavera. Cuesta creer que suceda nada malo en el mundo. Él sabe que la guerra se está librando en múltiples continentes, que algunos chicos que conoce —que han sido sus alumnos— agonizan en los campos de batalla. Aun así, incluso con el racionamiento en vigor, con frecuencia resulta difícil sentir aquí los efectos de la guerra. En ocasiones, sin embargo, cuando hace cola en la oficina de correos o en el banco, echa un vistazo en derredor y se da cuenta de que él es el único hombre que hay allí. Demasiado viejo para esta guerra, demasiado joven para la anterior. Es una suerte, supone. Imagina que él sería mejor soldado de lo que le gustaría serlo.

Algunos de los árboles empiezan a florecer. Este año van a ampliar el huerto, tomando una parte del prado para cultivar más cosas. Un Huerto de la Victoria, lo llaman. Ethan se reclina en la silla y contempla el cielo. A veces se siente muy provinciano, como fuera de este mundo. Chicago es lo más lejos que ha estado de Boston en toda su vida. Nunca ha ido Canadá. Tenían previsto viajar a París y Roma de luna de miel, pero el padre de Nancy se puso enfermo y decidieron ir a Maine. Da por supuesto que morirá aquí, en esta casa, cuando llegue el momento. En la misma casa donde nació.

Todavía lo asombra que Nancy se encaprichara de él en la facultad. Se conocieron en una fiesta en Wellesley. Él no tenía muchas ganas de asistir, pero sus amigos se empeñaron. Y bueno, él estaba allí sentado, con aire taciturno, en una mesa, calentando un vaso de whisky, cuando aquella rubia se sentó a su lado. Había algo peculiar en ella; el hecho mismo de que hiciera algo así, pensó él, o sea, desplomarse en el asiento contiguo sin más ni más. «Dime una cosa —dijo—, ¿cuánto mides? —Lo miró sonriendo—. Alguien me acaba de decir que mides un metro noventa y ocho. ¿Realmente es verdad?». Él no pudo evitar sonreírle a su vez. «Sí, señora —dijo—. Casi. Mido metro noventa y cinco». «Guau —respondió ella—. Bueno, caballero, pues mides cuarenta centímetros más que yo. —Y colocó la mano derecha junto a la suya—. Veamos la diferencia en el tamaño de nuestras manos. A ver, sostén la mano así. Vamos a compararlas». Él se quedó cautivado por su actitud abierta, por su tranquilidad, por su gran sonrisa.

Es curioso que sean este mismo tipo de cosas las que ahora le crispan los nervios. Ella se lo cuenta todo a todo el mundo. Ethan va a una reunión de la facultad y alguien le pregunta algo de los chicos, y queda claro que conoce cosas que son privadas. Nancy quiere ser la madre de todos; también la suya. Él echa de menos la época en la que había algo entre ellos, algo que no incluía a los niños. Y ahora, con Bea, la cosa resulta abrumadora. Se esfuerza demasiado, constantemente, en ser una madre para esa chica. Por ejemplo, cuando le comunicó a Bea la muerte de Reg, sin esperarlo a él, diciéndole enseguida que ella era la que sabía cómo manejar correctamente la situación. De vez en cuando, él le ha recordado que Bea tiene una madre con la que habrá de volver más pronto que tarde. Ethan está contento de tener a Bea aquí —más contento de lo que creía—, pero él por lo menos sí entiende que es algo temporal.

Se pasa la mañana lavando los platos y limpiando la cocina. Hace la cama. Revisa sus lecciones de la semana próxima. Finalmente, por la tarde, dos horas antes de ir a recoger a Nancy y los chicos a South Station, se sienta ante su escritorio y saca la postal que recibió hace diez días. Es la partida que Reg y él estaban jugando antes de su muerte. Ethan la guardó, pensando que la habían encontrado entre sus pertenencias y se la habían enviado por correo. No ha querido mirarla hasta ahora. ¿Acaso Reg hizo otro movimiento antes de morir? ¿O simplemente le han devuelto la postal tal como él la había enviado?

Al darle la vuelta, por el contrario, ve que hay una nueva jugada anotada con una letra que no conoce. No es que sea un gran movimiento tampoco. Hay jaque mate en dos jugadas. Al pie de la postal, lee: «Perdona mi pobre intento. Pero ¡estoy aprendiendo! Con mis mejores deseos para ti y Nancy. Millie». ¡Millie! ¿A quién se le habría ocurrido? Sonríe y estudia cuidadosamente su siguiente jugada. Desde luego no será una que lleve a la victoria. Aun así, le duele anotar un movimiento desatinado. Seguramente Millie adivinará sus intenciones, deducirá que está dándole cuerda. Pero supone que no importa. Nancy siempre le dice que es demasiado competitivo, que a veces basta con hacer lo correcto. Y esto, piensa, es lo correcto. Vuelve a mirar el tablero. El rey, piensa. El rey a f4.

Bea

Los chicos van a dejar la isla durante tres semanas: se van a un campamento en el norte de Maine. Ha sido algo repentino. Todo discurría como de costumbre y, de pronto, esta mañana la señora G ha anunciado durante el desayuno que saldrán dentro de cuatro días, tomando un autobús en Portland. Bea no está segura de lo que ha pasado, pero se lo imagina. Sabe que William ha estado saliendo con su amigo Fred, que ya está en la universidad. La señora G raramente deja que este venga a la isla, así que William cada vez pasaba más tiempo en el pueblo. Una noche de la semana pasada, Bea lo oyó volver tarde, casi a medianoche, y por el estrépito que hizo por toda la casa, dedujo que estaba borracho. Fue un milagro que pudiera remar hasta aquí y que aún siga de una pieza.

Los dos chicos están furiosos con la idea. William por motivos obvios. «Son mis vacaciones, maldita sea», ha mascullado entre dientes, y el señor G, reaccionando con su estilo calmado, lo ha mandado a su habitación. Y el pobre Gerald… Él nunca se siente cómodo en situaciones nuevas. Un rasgo extraño para un alma tan generosa. «Por favor, madre —ha dicho, inclinándose sobre la mesa—, por favor, no me obligues a ir. Ya he empezado a organizar otra recogida de chatarra para este fin de semana». «Bah, lo pasarás en grande», ha respondido ella, agitando su pañuelo en el aire. «Me han dicho que es preciosa aquella zona. Podrás dormir en el bosque, igual que aquí. Bea se ocupará de la chatarra, ¿verdad, querida?». Mientras asiente, ella se pregunta qué piensa realmente la señora G. ¿Se hace cargo de lo duro que será para él?

Bea no sabe bien qué pensar por su parte. En un sentido, está del lado de los señores G si esta idea es, en parte, por lo de Fred y sus amigos. A ella esos chicos la asustan. Una vez, en el mercado, uno de ellos pasó rozándola mientras estaba esperando para pagar. «Ey, Chuck —le gritó a su amigo—. Aquí está la chica británica de la que tanto hemos oído hablar». Le echó una larga mirada, de arriba abajo, y ella no supo cómo reaccionar, así que se quedó allí, muda y con cara de boba. Después, en el trayecto en bote a casa, se le ocurrieron un millón de respuestas agudas. Debería haberse defendido por sí misma. William se la quitó de encima cuando se lo contó. «Él no pretendía nada con eso», dijo. Bea no le explicó cómo la había mirado el chico. «¿Qué has contado sobre mí?», preguntó. Él meneó la cabeza. «¿Por qué iba a hablarles de ti?», dijo, respondiéndole tal como lo hacía con Gerald.

William siempre está diciendo de que quiere ir a algún sitio, hacer algo diferente. Ahora tiene la oportunidad de hacerlo. A ella le encantaría ir al norte de Maine. Pasar tres semanas de excursiones y acampadas. Pero en el caso de G, lo compadece. Sabe lo duro que eso es para él. Llama a su puerta con el código. «G —dice—, vamos al pueblo en el bote». No hay respuesta. «G —vuelve a decir, un poco más alto—. Venga, vamos». Cuando él abre la puerta, ella ve que ha estado llorando. «Qué asco —dice, volviendo a tumbarse en la cama y enrollando gomas elásticas alrededor de su pelota—. ¿Por qué me toca ir a mí cuando simplemente están furiosos con Willie?». «Lo sé —dice ella—, pero son solo unas semanas. —Se acerca a la ventana y aparta la cortina. El aire es tan nítido que casi se distinguen las tablillas de las casas del pueblo—. Deberías pensar en mí, aquí atrapada con tus padres».

Al volverse, lo ve sonreír y se acuerda de aquel día en el muelle, hace tanto tiempo, cuando la sonrisa de Gerald fue lo primero que la hizo sentir como en casa. «Vamos —vuelve a decir—. ¡Te echo una carrera hasta el embarcadero!».

Más tarde, se sientan en el muelle del pueblo antes de regresar a casa. «Antes estaba pensando —dice Bea—, en el día que os conocí a todos. En cómo viniste corriendo a saludarme. William estaba muy formalito, pero tú actuaste tal como eres». «A ti debía asustarte venir aquí», dice Gerald. «Supongo —dice ella—. Ya no lo recuerdo bien». «¿Es horrible —pregunta él, sin mirarla— tener a tu padre muerto?». Bea se encoge de hombros. «Creo que será peor cuando vuelva —dice—. Aquí casi no se nota la diferencia, ¿entiendes? —Echa una mirada hacia la isla—. No lo había visto desde hacía más de dos años. No ha formado parte de mi vida diaria. Cuesta creer que sea algo real». «Sí —responde él—. Lo entiendo».

«Lo que no consigo comprender —dice ella— es dónde está. Yo le hablo, G. ¿Te parece raro?». Con William no compartiría esto. A Gerald puede contarle cualquier cosa; sabe que él la entenderá. Nunca la juzga. «No —dice él riendo—. Yo hablo conmigo mismo. Eso es mucho más raro, me parece. Me digo: tienes que hacer esto, tienes que hacer lo otro. Es como si tuviera a madre en la cabeza». Los dos se ríen. «A veces —dice Bea—, siento como si mi padre estuviera aquí mismo, conmigo. Que él me ayuda a tomar decisiones». «Eso lo encuentro genial —dice Gerald—. Ojalá tuviera a alguien que me ayudara». Se vuelve hacia ella. Bajo la luz del sol, ella distingue motas verdes en sus ojos. Los de William son de ese mismo matiz del verde. «Pero ¿tú qué crees que pasa cuando la gente se muere? —dice él—. ¿Crees todas esas historias de la Iglesia, lo del cielo y el infierno y demás? ¿O simplemente se acaba todo? ¿Tu padre ha desaparecido y ya está?».

Bea no tiene ni idea. Incluso le ha hecho a su padre las mismas preguntas cuando habla con él por la noche, ya muy tarde, o cuando sale a nadar o remar un buen rato. «Ojalá lo supiera, G. Pero no lo sé. Hasta ahora no he visto muchas pruebas de ese Dios benevolente del que hablan. Me cuesta creer en esos rollos de la Iglesia, supongo». «Sí —dice él—. Cuesta imaginárselo. A mí me gustaría creer, de todos modos —continúa—; me gustaría de verdad. Yo quiero que vuelvas a ver a tu padre cuando te mueras. Quiero decir —añade, agitando las manos—, no quiero que te mueras, pero quiero que tengas la oportunidad de volver a estar con tu padre».

«Ay, G —dice ella—, qué pensamiento más bonito. La verdad, eres un cielo». Y se inclina y le da un beso en la mejilla. «No podría haber pedido un hermano mejor. Soy muy afortunada por haber venido a parar aquí, contigo». Gerald se ha puesto muy rojo y no la mira; mantiene la vista fija en el mar. «A mí me encanta Maine —dice tras una pausa—. Quiero seguir viniendo aquí cada verano. Quiero traer aquí a mí familia y a mis nietos. Quiero morir aquí y ser enterrado en la isla, para quedarme aquí para siempre. Es el mejor lugar del mundo». Bea está de acuerdo. Y pensar que podría haber pasado toda su vida sin haber visto esta isla. Este sitio que es como un hogar. Le encanta la vista desde aquí, además; poder contemplar la isla entera, con la casa oculta en el otro extremo. Una especie de secreto solo conocido por unos pocos.

Millie

En el primer aniversario de la muerte de Reg, Millie coge el día libre y va al cementerio. Aparta las hojas secas de la tumba y se arrodilla sobre la tierra fría. «No me puedo creer que haya pasado un año —dice, bajando la voz, aunque no hay nadie cerca—. Yo estoy bien. Me mantengo ocupada». Le habla del trabajo, de cómo conduce la ambulancia, del viaje que hizo a la costa con Julia. «Simplemente para salir de aquí —dice—, unas pequeñas vacaciones». No menciona a los dos tipos que conocieron allí, pilotos de combate, ni que ha quedado con uno de ellos este fin de semana para tomar una copa. Le pone al día sobre Beatrix, sobre lo bien que parecen irle las cosas. En la última carta, Nancy decía que ha encontrado un nuevo grupo de amigas, que ya no pasa tanto tiempo con William. «Ese chico —escribía Nancy— acabará conmigo. Gerald, en cambio, no da problemas. Con él, nunca tengo que preocuparme».

Millie no ha tenido noticias de Ethan desde hace bastante tiempo. En la última postal que él le mandó, sus jugadas estaban censuradas. Ella preguntó por ahí y se enteró de que a otros jugadores de ajedrez les estaba pasando lo mismo. Al parecer, los funcionarios creían que podía tratarse de mensajes codificados. Millie no sabía qué hacer y le envió una breve carta explicándole lo ocurrido y anotando cuidadosamente todos los movimientos que había hecho cada uno hasta entonces. Pero, por ahora, él no ha respondido. Se pregunta si habrán censurado la carta entera o la habrán destruido. Entiende que aquello pueda parecerle un código secreto a un observador no avezado. A ella, desde luego, se lo habría parecido hace menos de seis meses.

Inspira hondo y recorre con la vista el cementerio. Es un sitio bonito en cualquier estación, pero en otoño los árboles están incendiados de color. «Ah, Reg —dice—, me he mudado a otro piso. En el antiguo, tú estabas ahí constantemente en cierta forma, y yo necesitaba un espacio donde no sintiera tu presencia. A Beatrix no le ha gustado, me parece, pero espero que eso también la ayude cuando vuelva a casa. A un sitio distinto, no a uno cargado de recuerdos. Queda más cerca del trabajo, lo cual está bien, y solo hay que subir dos pisos, no cuatro».

El dolor es algo extraño, ha descubierto; con flujos y reflujos. Algunos días puede pensar en él con serenidad. Otros días, en cambio, alguien menciona su nombre de pasada y ella nota un cosquilleo en la nariz y sabe que debe volverse para otro lado. La rabia ha desaparecido en gran parte, aunque también parece recrudecerse en los momentos más inesperados. Una noche, después de varias copas, le escribió una carta a Beatrix contándole que fue Reg quien decidió mandarla lejos. Ella quería que se quedara, escribió, y le había suplicado que cambiara de idea. Pero no fue capaz de enviar la carta. Parecía algo injusto con Reg y, de todos modos, algún día —espera que pronto— podrá explicárselo todo a Bea en persona.

Se levanta, se besa los dedos y los pone sobre la lápida. «Adiós, amor», dice. «No tardaré en volver», aunque no sabe si es cierto. Es más fácil olvidar. Es mejor pasar página. Se dirige a la salida del cementerio. Ella y Julia van al intercambio de ropa para ver si encuentran algo un poco más elegante que llevar. Una nueva bufanda, quizá, o unos pendientes llamativos.

Bea

La casa de los Emery está iluminada con velas en todas las ventanas, y su luz amarilla se refleja en la nieve blanca. Hubo una enorme ventisca al día siguiente de Navidad y ahora, menos de una semana después, aún hay un palmo de nieve. Bea está preocupada por sus nuevos zapatos de vestir, que tienen cintas de terciopelo azul y un poquito de tacón. La señora G hace que el señor G saque el coche, a pesar de que los Emery viven a menos de un kilómetro. Gerald se ha quedado en casa y William irá a la fiesta más tarde, directamente desde la casa de un amigo. Hace mucho que no se habla de otra cosa que de esta fiesta de Fin de Año.

Los Emery han contratado una banda de swing y, en cuanto Bea entra en la casa, le cogen el abrigo, le ponen una bebida en la mano y Lucy la rodea con el brazo por la cintura y le dice: «Ven a ver la pista de baile». Bea descubre asombrada que han quitado las alfombras y retirado el mobiliario de la espléndida sala de estar. La banda está instalada en la esquina del fondo y ya hay gente bailando. Resulta raro ver bailar a los compañeros de su clase junto a los adultos, ver a su profesora de Francés bailando con el profesor de Ciencias de Gerald. «¿Quién se habría imaginado —le susurra Lucy al oído— que el señor Whitaker le pondría la mano en el culo a madame Broussard?». «Ay, Lucy —dice Bea—, eres terrible». Luego Lucy se la lleva a la biblioteca, donde están todos los de su clase. «¡Bea!», gritan todos, y ella saluda con la mano y con una inclinación.

«Por fin has llegado», le dice Nathan al oído, y ella se vuelve hacia él, engalanado con un esmoquin. Todos van de punta en blanco, pero son los chicos los que parecen más distintos, con el pelo engominado y peinado hacia atrás y los pies enfundados en zapatos relucientes. Nathan incluso calza zapatos de esmoquin, cosa que ella sabe porque el señor G también lleva un par. Delicadamente, toca uno con la punta de su zapato. «Qué elegante», dice, y él también toca el suyo. «Lo mismo digo». Tiene esa mirada peculiar en la cara, y a ella le gustaría sentir algo por él. Sabe que Nathan intentará besarla esta noche. Y le cae bien, pero no quiere salir con él. No quiere salir con nadie. Le suplicó a G que viniera para tener a alguien con quien estar a medianoche. «No me dejes sola —dijo—. No quiero besar a Nathan». «Vete al baño —dijo Gerald—. Es lo que hago yo cuando no quiero me encuentren. Mantén un ojo fijo en el reloj, simplemente». «Entonces seré como Cenicienta —dijo ella—. Y no quiero convertirme en calabaza».

Charla un poco con Nathan y luego se escapa a la sala de estar, donde baila con el señor G. «Mil novecientos cuarenta y cuatro», dice él mientras la lleva en sus brazos, no del todo al compás de la música, pero con una animación que ella encuentra insólita. El señor G, lleno de brío y entusiasmo. «Cuesta creerlo —prosigue él—. Cada año pasa más rápido que el anterior». Bea asiente como si estuviera de acuerdo, aunque no lo está. Un año es mucho tiempo. Ha pasado más de un año desde que murió papá y, no obstante, el hecho mismo todavía la sorprende algunos días. Piensa en algo de lo que quisiera hablarle —un libro, una nota, la belleza de una ventisca navideña— y se queda atónita al comprender que no puede. «¿Será este año cuando termine la guerra?», pregunta. «Ojalá lo supiera —contesta él—. Esperemos que sí. Aunque las oraciones de madre son más firmes que nuestras esperanzas». Ambos sonríen. La señora G pronuncia la misma oración cada noche en la cena: «Por favor, Señor —dice—, haz que la guerra termine antes de que William y Gerald cumplan los dieciocho». Es una súplica absurda, cosa que William ha señalado de vez en cuando. «Madre, si la guerra termina antes de que yo cumpla dieciocho, no cabe duda de que terminará antes de que Gerald cumpla dieciocho». «Bah —replica ella en cada ocasión—. Debo incluir a mis dos hijos cuando le pido un favor a Dios».

Entonces aparece Nathan, interrumpiéndolos. Bea se separa del señor G de mala gana. «Una canción», dice. «Aún no he comido nada». «Sí, claro —dice él, siempre complaciente—. ¡Ya verás qué postres hay!». William dice que es su perrito faldero. «Tú silba y verás cómo acude a tu lado», le dijo la semana pasada con una mueca. Él ha estado saliendo con una chica que vive varios pueblos más allá y estudia en un colegio rival. Bea se pregunta si la traerá a casa de los Emery. Ella aún no la conoce, pero Lucy le explicó que era rubia y pechugona. «Nada sorprendente en el caso de William —dijo Lucy—, porque cada una de las chicas con las que ha salido tenía tipazo». Todas se mondaron de risa, apiñadas en el gélido cementerio, mientras compartían un cigarrillo. Bea se sintió incómoda y no dijo nada, como hacía siempre que hablaban de él. Para ella, William es simplemente William. Es como si ellas creyeran que él se mueve por el mundo de un modo distinto al de los demás. Aun así, Bea bajó un momento la vista a su pecho plano y se preguntó si lo que Lucy decía era cierto.

Ahora se dirige con Nathan al comedor, pero enseguida se escabulle entre la gente. La señora G la llama desde donde está sentada con sus amigas. «Es una fiesta preciosa —dice, alisándole los pliegues del vestido—. Realmente preciosa. ¿Has visto a William? —pregunta—. Es típico de él hacer que me preocupe precisamente la noche de Fin de Año, cuando quiero relajarme y pasar un buen rato con mis amistades». «Vendrá, seguro», dice Bea, aunque no está convencida. «Bueno, más le vale —dice la señora G—. Padre se pondrá furioso si no se presenta».

A las once y media, Bea vuelve a deambular por las habitaciones, procurando despistar a Nathan, tratando de escabullirse de

Lucy, buscando algún refugio. Cerca de la puerta principal, encuentra un asiento junto a una ventana que está cubierta con una gruesa cortina de terciopelo. Se sienta y coloca la cortina de manera que la tape lo máximo posible. Esconde las piernas bajo el vestido y mira por la ventana. Mientras sus ojos se adaptan a la oscuridad, se pregunta qué estará haciendo su madre esta noche. ¿Habrá ido también a una fiesta? No sabe si ella está saliendo con otros hombres. Cierra los ojos, no quiere ni imaginárselo. Un extraño rodeándole los hombros con el brazo; su madre besándole en los labios.

Una figura oscura cruza el sendero cubierto de hielo hacia la casa; Bea se acerca al cristal, guiñando los ojos, para averiguar quién es. No parece William, piensa decepcionada, aunque no sabe bien por qué. Últimamente han estado juntos muy poco. Ya ni siquiera le cae demasiado bien. Está inquieto y nervioso. Casi siempre consigue lo que quiere, pero, a pesar de eso, raramente está satisfecho. La banda empieza a tocar una de sus canciones preferidas, una pieza rápida de Tommy Dorsey, y Bea se pone a tararearla y a seguir el ritmo con el pie. Le encantan estos zapatos. Últimamente ha comenzado a preguntarse si podrá llevarse su ropa a casa cuando se marche.

La gente pasa junto al asiento de la ventana y ella se acurruca aún más. Sabe que Nathan la está buscando. Oye pasar a Lucy, charlando con otra amiga. «Todo el mundo está en la sala de baile», grita alguien. Bea cierra los ojos y se apoya en el frío cristal. La gente no para de reír y de cantar. Una copa se hace añicos con estrépito. La banda empieza una nueva canción. Ella mira su reloj. Faltan diez minutos para la medianoche. Sonríe satisfecha. Casi lo ha logrado.

«Bea», la llama alguien en voz baja, y resulta que es Gerald. «¡G! —exclama ella, sorprendida, irguiéndose—. Estoy aquí». Él asoma la cabeza y se sienta a su lado. «¿Cómo es que has venido? —pregunta Bea, sonriendo—. Creía que no querías venir». Él se encoge de hombros. «Me aburría en casa. Y sabía que tú estarías ahora buscando una escapatoria. —Mira alrededor—. Pero parece que te las has arreglado muy bien».

«¿Cómo me has encontrado?». Él la mira con un suspiro. «¿Cuánto tiempo llevamos jugando al escondite? Eres muy previsible, ¿sabes? —Bea le saca la lengua—. Es la verdad —dice Gerald—. Pero también he buscado en todos los demás rincones. Madre, padre y William están en la sala de baile». Bea se yergue en el asiento. «¿William está aquí?». Él asiente. «Estaba con una chica. Y madre y padre estaban bailando». «Ah —dice Bea—, eso quiero verlo».

Gerald arruga la cara. «¿Para qué? —dice—. Solo están bailando». Bea se levanta del asiento de la ventana. «Pero ellos nunca están así. Raramente se tocan. Venga, G, vamos a mirar». «No —gruñe él—, quédate aquí conmigo, ¿quieres?». Bea lo coge de la mano. «Venga, G». Ambos corren a la sala de baile, justo a tiempo para sumarse a la gente en la cuenta atrás de los últimos segundos que faltan para medianoche. Se quedan en un lado, con la espalda pegada a la pared. Al dar las doce, todos gritan «¡Feliz Año Nuevo!». La banda empieza a tocar *Auld Lang Syne*. Bea se vuelve hacia Gerald y le aprieta la mano. «Feliz Año Nuevo, G», dice. Él le devuelve el apretón. «Igualmente» dice, y le da un breve abrazo.

Más tarde, Bea acaba en el coche de William para hacer el trayecto de vuelta a casa. «¿Qué pasa con tu chica? —pregunta mientras se sube delante—. ¿No tienes que llevarla a casa?». Ella ha accedido a bailar otra vez con Nathan, que la ha encontrado justo después de dar las doce, y ha visto a William bailando con esa chica rubia. Estaban los dos tan apretados que ha tenido que mirar para otro lado. «Se ha ido con sus amigos —dice él—. Viven todos en Wellesley». Ambos permanecen callados mientras William arranca y sale a la calle. «Te estaba buscando antes —dice él, con la vista fija en la calzada—. Creía que quizá te habías ido». «No —dice Bea—. Estaba escondiéndome de Nathan». William sonríe. «Ella no es mi chica —dice al cabo de un rato—. Solo nos divertimos juntos». «A mí me da igual una cosa que otra», dice ella. «Ya lo sé —responde él—. Solo quería que lo supieras». Ella asiente, y el resto del trayecto transcurre en silencio.

En la cocina caldeada, mientras cuelgan los abrigos y los gorros, Bea lo mira bien por primera vez. Está muy elegante con su esmoquin. Cumplirá diecisiete el próximo verano; ya casi es un adulto. «Tienes buen aspecto», le dice, casi a pesar de sí misma. «Tú también —dice él—. Quería decírtelo antes, pero no he encontrado el momento». Está a punto de añadir algo más cuando la señora G irrumpe en la cocina por la puerta trasera. «Ay, Señor, está todo congelado ahí fuera y las calles son muy traicioneras. Hemos venido patinando todo el rato. Suerte que padre es un magnífico conductor sobre el hielo. —Se vuelve hacia William, esgrimiendo un dedo—. William Gregory, has salido después que nosotros y ya estáis los dos aquí en casa. Conduces demasiado deprisa por esas calles. Y, por si fuera poco, con una carga tan preciosa». Él le da un beso en la mejilla. «Feliz Año Nuevo para ti también, madre».

Más tarde, mientras está desvistiéndose, Bea capta en su chal el olor de William y se lleva la tela de seda a la cara antes de doblarla y guardarla con cuidado en el cajón de su cómoda.

Nancy

Este año, es Nancy la que no está segura de querer ir a Maine. El esfuerzo de guerra ha ido acaparando cada vez más su tiempo: tejer calcetines, preparar conservas, enlatar vegetales, y ahora, en primavera, acaba de poner en marcha el Huerto de la Victoria. Si se van tres meses, el huerto quedará diezmado. Desde luego, podría contratar a un chico de la zona para que venga a cuidarlo, pero no será lo mismo. En conjunto, parece un exceso. Gastar todo ese combustible solo para tenderse al sol y pasarse el verano divirtiéndose… no parece correcto.

«Me maravilla tu madre —le dice a Beatrix una tarde, en la cocina, mientras prepara galletas para la cena. Bea está en la mesa, haciendo los deberes de francés—. Fíjate en ella —dice Nancy—, trabajando en varios empleos, además de conducir la ambulancia». Bea alza las cejas. «Supongo —dice—. Pero, señora G, ella no tiene que llevar toda una casa. Usted hace un montón de cosas: cocinar y limpiar para todos nosotros, organizar fiestas en la facultad. Su grupo de mujeres. El esfuerzo de guerra. Usted está en el centro de casi todo».

«Bah, tonterías —dice, aunque se la nota complacida. Ella sospecha que los chicos nunca reparan en lo mucho que trabaja—. Las mujeres somos siempre las que estamos en medio, las que cuidamos de todo. —Baja la voz—. No es donde yo creía que acabaría, y no digo más».

Bea ladea la cabeza, desconcertada.

«Yo me crie en una casa bastante elegante, con doncellas, mayordomos y demás —dice Nancy—. Bueno, ya lo viste, ¿no?, en la casa de tía Sarah en Nueva York». «Sí —dice Bea—, llevan una vida muy distinta de la nuestra». «Pues así fue como me criaron a mí también —dice Nancy—. Pero cuando me casé con padre, bueno, esa vida ya no era posible». «Pero esta casa...», dice Bea. «¿Este desastre de casa? —dice Nancy, meneando la cabeza—. Prácticamente se desmorona a nuestro alrededor. Es propiedad de la universidad, querida. Cuando nosotros ya no estemos, vivirá aquí otra familia de la facultad. Nosotros tenemos mucha suerte. Solamente vivimos aquí porque la familia de padre vivía antes en esta casa».

«No tenía ni idea», dice Bea. «Bueno, ¿por qué tendrías que saberlo? —responde Nancy—. Ahora bien, la casa de Maine la construyó mi padre. Ninguno de mis hermanos la quería, así que me la quedé yo después de su muerte. Esa fue toda mi herencia, además de algunas joyas. Pero la isla, bueno...», dice, mezclando los ingredientes. «Bueno... ¿qué?», pregunta Bea. Nancy siente que ha hablado más de la cuenta. ¿Debería contarle a la niña que ella y Ethan han hablado de venderla? Es demasiado cara de mantener, sencillamente. Ella no soporta pensarlo siquiera, por supuesto, y solo desea seguir tirando, llegar al final de esta maldita guerra y esperar a que William y Gerald crezcan y tengan trabajo; entonces podrán hacerse cargo ellos. La isla podría ser suya. Cada noche le ruega a Dios que se cumpla este deseo. Pero últimamente Ethan la ha llamado varias veces al estudio para enseñarle unas hojas llenas de números que ella no entiende.

Es consciente de que esa es, en parte, la razón de que no quiera ir a Maine. Le rompería el corazón estar allí, ver ese lugar que ama y que tal vez podría perder. «Todos mis recuerdos están allí», le dijo a Ethan una noche. Ella ya se había acostado; él estaba desnudándose. «Esa isla es mi hogar. Mi verdadero norte». «Seguirás conservando tus recuerdos —dijo él—. Eso nadie te lo va a quitar». «Ay, por el amor de Dios —dijo ella, arrojando su libro sobre la cama con tanta fuerza que el perro salió corriendo de la habitación—, ¿es que no tienes corazón? ¿No entiendes lo que significa la isla para mí?».

«Lo entiendo —dijo él con ese tono calmado que hace que a ella le entren ganas gritar—. Pero debes comprender que nos están comiendo los gastos. Y dentro de un año, tendremos que pagar la matrícula de William en Harvard, además de todo lo demás». Ella bajó la mirada a la colcha y alisó los pliegues, incapaz de mirarlo. Detesta su racionalidad.

Se vuelve hacia Bea. «Lo que me preocupa es qué será de mi pobre isla cuando William y Gerald se hagan cargo de ella. ¿Eres capaz de imaginártelo? ¿Cómo crees que podrán hacerlo juntos? Tú tendrás que mediar entre ellos». Se hace un silencio. Bea baja la mirada a su cuaderno y termina la frase que estaba escribiendo. Con esa letra preciosa y cuidada. Nancy se pregunta si recibirá cartas suyas cuando regrese a casa. ¿Seguirán en contacto o simplemente desaparecerá? No soporta pensarlo siquiera. «Qué tonta —dice al final, mientras Bea continúa con sus deberes, con la cabeza gacha—. Qué tonta soy. Claro, tú ya estarás en Inglaterra para entonces. Pero vendrás a vernos, ¿verdad?», añade, y se gira hacia el cuenco y empieza a mezclar la masa, dándole la espalda a Bea. Luego extiende el brazo, con la mano llena de harina, enciende la radio y se pone a tararear la canción de las Andrews Sisters que está sonando. Mientras tararea, despliega la masa, recorta las galletas usando un vaso y lava el cuenco. Cuando se vuelve hacia la mesa, Bea ha desaparecido.

Bea

Bea está sola en la casa. Acaban de regresar de una breve visita a Maine para celebrar sus cumpleaños. Todos han salido para hacer una cosa u otra, y Bea vaga por las habitaciones seguida por King.

Desde que la señora G le dijo que la casa no es de su propiedad, ella la mira de otro modo. No puede imaginarse a otra familia viviendo aquí, y se pregunta cómo se sentirá al pensarlo el señor G, que ha pasado su vida entera en esta casa. ¿Cómo debe ser haber vivido solo en un sitio? Ella ya ha vivido en dos casas diferentes y, cuando vuelva, lo hará en una tercera, pues su madre se ha mudado a otro piso. Se lo ha descrito en sus cartas. Tiene dos habitaciones. Mamá le ha encontrado algunos muebles nuevos para la suya, y le ha dicho que su ventana da a la calle. «Solo hay que subir dos pisos, cielo. Es mucho más fácil cuando vas cargada con la compra». Ella no consigue imaginarse el piso por su descripción, ni conoce ese edificio, aunque mamá dice que han pasado un millón de veces por delante.

Durante años, Bea se ha aferrado al recuerdo de su antiguo piso, de su padre lavando los platos, de su madre corriendo las cortinas, del olor a cebolla que subía del piso de abajo. La grieta del techo de la sala de estar que iba de una esquina a otra. El chirrido de la puerta de entrada cuando papá llegaba a casa. Por la noche, permanece despierta en la cama recordando, tratando de retener cada detalle. Aquel era su hogar. Hace unos años dibujó un plano del piso que tiene guardado en el cajón del escritorio, pero los contornos de su memoria empiezan a deshilacharse. ¿Había un sillón en su dormitorio? ¿De qué clase de madera era su aparador? Se pregunta qué habrá sido de sus pertenencias, de todo lo que había en su armario. Ella siempre había creído que regresaría allí, al lugar donde su padre sigue viviendo en su imaginación.

Bea sube al segundo piso con King. Las camas gemelas del dormitorio de los señores G están separadas por poco más de un palmo, con una mesita entre ambas, sobre la que hay una lamparilla y varios libros. Ella se pregunta si se cogen de la mano cuando están acostados. Una vez le preguntó a Gerald por qué no dormían en la misma cama. A él le sorprendió que lo encontrara raro. «Siempre ha sido así —dijo—. ¿No duermen en camas separadas todos los padres?». Luego, cada vez que estaban los dos en casa de alguien y Bea veía una cama de matrimonio, se la enseñaba. «Esto es lo normal», le susurró cuando estaban en la casa de tía Sarah en Nueva York. Gerald se negó a escucharla, algo que raramente hacía. «Te equivocas —dijo, sonrojándose—. No está bien que los padres duerman juntos cuando hay niños en la casa».

Ella deduce de quién es cada cama por los libros de la mesilla: una novela romántica en el lado de la señora G, un libro de historia en el del señor G, junto con unas gafas de lectura. Bea se tumba en la cama de la señora G, una cama mullida que está hundida en la zona donde yace cada noche. La del señor G huele exactamente igual que él y es mucho más dura. Se lo imagina tendido boca arriba, con los pies sobresaliendo un poco por el extremo. Extiende el brazo hacia la otra cama. «Buenas noches, Nancy», imagina que le dice con esa voz suya, típica de profesor. De pronto, todo aquello le parece terriblemente íntimo y se levanta de golpe y alisa las colchas. «Vamos, King —dice—. Ni una palabra de esto».

La habitación de Gerald le resulta más familiar. La cama, el escritorio de caoba. La bola siempre creciente de gomas elásticas que dona regularmente para el esfuerzo de guerra, empezando otra nueva el primero de cada mes. El baúl con el monograma de su padre en letras doradas donde guarda los juegos de mesa y sus juguetes. ¿Cuántas veces habrán jugado al Monopoly tumbados sobre esta alfombra? ¿Cuántos miles de partidas de cartas habrán jugado? Últimamente, Gerald se ha puesto a coleccionar soldaditos de metal y se gasta en ellos la mayor parte de su dinero. Cada sábado por la mañana, cuando el señor G le da su paga, baja corriendo a la tienda de baratijas para añadir más soldaditos a sus ejércitos. Ahora mismo hay una batalla en marcha en el asiento de la ventana: los aliados contra los alemanes. William se burla de él, y Bea ha observado que los guarda todos en el baúl cuando viene alguien a jugar. Cumplió trece años este verano, pero en muchos sentidos parece el mismo chico que cuando ella llegó. Hay en él una inocencia, una candidez que Bea no ha visto en nadie más. Es esta fragilidad lo que da munición a William contra él, y lo que ella desea proteger por encima de todo.

Se asoma a la habitación de William. Es un auténtico desbarajuste. Aún no ha deshecho el equipaje de Maine, y las maletas y las bolsas de lona están esparcidas por el suelo. Sobre la cama hay bates, guantes y cromos de béisbol. «Ay, William», murmura Bea. Otro aspecto en el que difieren los dos hermanos: la habitación de Gerald está siempre ordenada, con el escritorio pegado a la pared y la cama hecha. Él es el primero en terminar de arreglarla los domingos por la mañana. William lo mete todo de cualquier manera en el armario. King se ha subido a la cama y ella se acurruca a su lado y le rodea el cuello con el brazo.

La almohada huele igual que William. Abraza a King con más fuerza y ya se está adormilando cuando oye pasos en la escalera. William aparece en el umbral. Debe haber estado en las jaulas de bateo con Bobby Nelson. El sudor oscurece los rizos que le caen sobre la frente. «¿Qué haces aquí? —pregunta—. ¿Por qué estás en mi habitación? —Su cuello se ha puesto rojo—. ¿Por qué estás tirada sobre mi cama?». Bea se incorpora, azorada. «Es que pasaba por delante, he visto a King aquí y he entrado para acariciarlo. Nada más. Desde luego, no me gustaría acostarme en esta cama zarrapastrosa». «¿Quieres salir de mi habitación?», dice él y, una vez más, ella tiene la sensación de que le habla como a Gerald. «Jo —dice—, estás de muy mal humor». William suelta un suspiro. «No me esperaba llegar a casa y encontrarme a una chica en mi habitación». «¿A una chica? —dice Bea, alzando la cara para mirarlo, con los brazos en jarras—. Pero ¿qué demonios te pasa hoy?».

William se acerca a la ventana y contempla el jardín. Ha crecido casi diez centímetros durante el verano, y también ha ganado peso. Su cuerpo bloquea la luz que entra por la ventana. Inspira hondo y su espalda se relaja; después se vuelve de nuevo. «Perdona —dice—. No quería portarme como un cretino. Es que me has sorprendido, simplemente». Bea pone los ojos en blanco. «Creo que en cierto modo estabas diciendo lo que piensas en realidad». «¿Cómo?», dice él. «Olvídalo. No es nada. Vamos, King».

Obediente, el perro salta de la cama y la sigue fuera de la habitación. Ella cruza el pasillo hasta la suya, casi esperando que William la siga. Pero enseguida oye que su puerta se cierra ruidosamente y ella entra en su habitación y hace lo mismo. Se sienta ante su escritorio. Está nerviosa estos días, impaciente con todos y con todo. Es esta especie de limbo lo que resulta exasperante. No sabe cuál es su lugar. Algunos días quisiera quedarse aquí para siempre, pero otros días quiere regresar a casa. Quiere ver a su madre. Le produce curiosidad volver a ver Londres, comprobar los efectos que la guerra ha tenido sobre su ciudad, ver aquello con ojos más adultos. ¿Le resultará todo familiar? ¿O estará tan cambiado que será un sitio nuevo, totalmente distinto?

Bea coge una carta de correo aéreo. Escribe: «Querida mamá. Espero que estés bien. Por aquí, todo perfecto». Le cuenta que han vuelto de Maine y que está preparándose para el inicio del curso. Que se hizo ayer un nuevo corte de pelo. Que este año tendrá que hacer latín con los chicos porque ella es la única chica en el nivel seis. Concluye la carta con una petición: «Por favor, prométeme que mandarás a buscarme en cuanto puedas, en cuanto termine esta guerra horrible. Ya estoy preparada para volver a casa». Lleva la carta consigo durante días, sin animarse nunca a enviarla. ¿Realmente está preparada para marcharse?

Millie

Cuando Millie y Tommy salen de la capilla, Julia y otros amigos les tiran arroz y aplauden. Es una boda discreta, con un pequeño círculo de amistades y la familia inmediata de Tommy. Millie no se lo ha dicho a su madre. Tampoco a Beatrix.

Ella pensaba llevar un viejo vestido, uno que compró con Reg en París hace años, pero Julia la obligó a comprarse algo nuevo. En un intercambio de ropa encontraron un traje precioso de color crema con un ribete de satén. Parecía como nuevo. Julia consiguió unas medias en el mercado negro y se las dio como regalo. «Con costuras y todo —le dijo al dárselas—. Ya que tienes esas piernas, has de lucirlas».

La lluvia y el viento de primera hora han hecho que cayeran las últimas hojas de los árboles, y caminan con tiento por las calles húmedas y resbaladizas hasta el piso de Julia, donde se celebra la recepción. Millie va de un grupo a otro, procurando hablar con todos. Se pregunta si los invitados están más contentos incluso que ella. Eso es lo que ocurre al acercarse al final de la guerra: todo el mundo lleva años esperando para divertirse un poco. Las alegrías son mucho más alegres.

Cuando la fiesta empieza a calmarse, se derrumba en un sillón de una esquina de la sala de estar y se quita los zapatos. Tommy está al otro lado con su hermano, ambos rodeándose con el brazo y riéndose de algún chiste. A ella le gusta. No lo ama, de eso es consciente, y sospecha que él también lo sabe, a pesar de que ella le ha repetido dócilmente durante meses que lo ama. Pero Tommy es un hombre sólido, alguien que estará ahí pase lo que pase. Lo que más le gusta de él es que lo lleva todo escrito en la cara. Millie siempre sabe si está preocupado, enfadado o contento. Nunca hay nada oculto. En este sentido, y en muchos otros, es lo contrario de Reg. Lo cual es propio, y ella lo sabe, de alguien menos inteligente, menos complejo, menos interesante tal vez. Pero ya no quiere eso. Lo que quiere es sentirse protegida. Le gusta cómo se siente cuando él la estrecha entre sus brazos.

Se pregunta, aun así, hasta qué punto será una persona fácil. Tommy era piloto de combate y realizó las suficientes misiones sobre Alemania para ser relevado pronto. Le encanta contar historias de la guerra, y todo el mundo se reúne a su alrededor para escucharlo, como hacen ahora mismo. Ella sabe que solo escuchan la parte buena, las historias entretenidas. Él rara vez habla de otras cosas más oscuras, aunque seguro que deben existir. ¿Cómo no va a ser así? No tiene cicatrices físicas, como el hermano de Reg en la primera guerra, pero sospecha que hay mucho más bajo la superficie. Mucho más que ella probablemente nunca conocerá.

Es guapo, en cualquier caso, y joven. Muy joven. Tiene nueve años menos que ella. Millie se lo presentó a algunas de las chicas de su antiguo barrio y percibió la desaprobación de sus miradas. En parte, está segura, porque no es Reg, y ellas nunca serán capaces de verla con nadie distinto. Reg y ella empezaron a salir cuando Millie solo tenía quince años. Pero aun así… Sus amigas del cuerpo de ambulancias reaccionaron de forma más comprensiva y con más sentido del humor, preguntándose en voz alta lo maravilloso que debe ser el sexo con un hombre más joven. Ella se rio, tapándose la boca. «Chicas —dijo—, por favor».

Pero es maravilloso. Ahora entiende de qué hablaba la gente durante todos estos años. Ella amaba a Reg con pasión, incluso cuando discutían, incluso cuando parecía que la relación ya estaba deteriorada sin remedio. Pero el sexo nunca le había importado. Lo único que ella quería era terminar. Con Beatrix en la habitación contigua, resultaba fácil no hacer demasiado. Pero con Tommy, bueno, realmente es otra cosa. Millie se sumerge en la experiencia como nunca lo hizo con Reg. Él es un hombre seguro, aplomado. Después, se pasea desnudo por el piso, lo cual hacía que se sintiera horrorizada e incómoda al principio; pero ahora, cuando se ha tomado una copa o dos, ella hace lo mismo. Ya conoce el cuerpo de Tommy más íntimamente de lo que conoció jamás el de Reg. Se siente segura con un hombre que está tan centrado en lo físico, tan a gusto con su propio cuerpo. Él también conoce el suyo; a veces cuenta cada una de las pecas de su pecho y su estómago.

Aunque todo parece al revés, en cierto modo. ¿Acaso el sexo maravilloso no debería ir acompañado de un profundo amor?

Por eso no se lo ha contado a Beatrix. Bueno, sí le ha hablado de Tommy, de que han estado saliendo; incluso le ha explicado algunas de las historias que él relata sobre su experiencia como piloto de combate. Beatrix les leyó esa parte de la carta a los chicos. «Ahora William quiere ser piloto —le escribió—. Y a los dos les encantó la historia de los aviones regresando en Nochebuena, iluminados como un árbol de Navidad». Pero no le ha dicho que Tom solo tiene treinta y un años. Está segura de que Beatrix, igual que las mujeres del barrio, lo desaprobará y se sentirá incómoda. ¿Por qué está mal que una mujer se case con un hombre más joven? Reg le llevaba casi diez años y no había ningún problema; Millie conoce a cantidad de mujeres que se han casado con hombres mucho mayores que ellas. En la próxima carta, le explicará a Beatrix lo de la boda. También se lo dirá a su madre. Pero quizá mantenga en secreto lo de la edad durante un poco más de tiempo.

Tommy la mira desde el otro lado de la sala y le guiña un ojo. Ella lo saluda con la mano, alzando su copa de champán. Él la imita y le lanza un beso. Millie piensa en Reg y acaricia la perla que lleva colgada del cuello, dándole vueltas y vueltas.

Gerald

Gerald manda a King a buscar el periódico matutino. Ha estado siguiendo la batalla de las Ardenas, que empezó en diciembre, y ahora, a mediados de enero, parece que podrían estar cambiando las tornas. No quiere dejarse llevar por la esperanza, pero los aliados parecen estar ganando. Un editorial del periódico de ayer decía incluso que esta batalla bien podría conducir al final de la guerra.

A él le gusta visualizar en un mapa lo que lee para entender cómo funciona todo. Siempre comprende las cosas con más claridad cuando las ve con sus propios ojos. Ha estado trazando minuciosamente los mapas en su atlas y después usa lápices de colores para marcar el avance de los ejércitos: los aliados en azul, los alemanes en rojo. Le gusta estudiar la guerra así, mirándola desde lo alto, analizando la estrategia empleada. Este es el único modo en el que podría involucrarse en una guerra. Sabe que no querrá combatir jamás. Si ni siquiera es capaz de matar a una mosca, ¿cómo iba a matar a un hombre?

Gerald confía en que esto signifique en efecto el final de la guerra. Él desea ir a la universidad, estudiar, aprender cosas sobre el mundo. Piensa en mudarse lejos de aquí, a California tal vez, aunque nunca se lo ha dicho a nadie. Quiere estar cerca del océano y le gusta el aspecto del sur de California, con sus palmeras y sus kilométricas playas. ¿Cómo será contemplar la puesta del sol sobre el Pacífico? Pero luego le entran dudas sobre vivir tan lejos. Quizá sea mejor quedarse cerca.

Madre entra en la cocina y le da un beso en la coronilla. «Buenos días, cielo. ¿Qué dice el periódico?». Gerald le sonríe. «Creen que esto es el principio del fin», dice, observándola mientras se ata el delantal alrededor de la cintura. Ha deseado preguntarle algo desde hace días y quizá este sea el momento adecuado. «¿Qué significará esto para Bea? —dice—. ¿Tendrá que volverse pronto a casa?».

«Ay, no hace falta que pensemos aún en ello —dice madre, cascando un huevo tras otro en el gran cuenco azul—. La guerra no ha terminado. Los viajes estarán restringidos y no sé cómo serán las cosas incluso entonces. Habrá que traer a casa a todos los chicos que han ido al frente. E incluso si acaba la guerra en Europa, es probable que la del Pacífico continúe. No te preocupes, cariño». Madre empieza a batir los huevos, sujetando el cuenco bajo el brazo y golpeando las paredes con el tenedor una y otra vez.

Gerald sabe que intenta convencerse a sí misma, soslayar el hecho de que Bea tendrá que irse. Él la oyó hablar con la tía Sarah por teléfono la semana pasada. «De veras, Sarah —dijo—, no sé qué voy a hacer. Cada vez que pienso en su marcha me deshago en lágrimas. —Luego bajó la voz—. Me siento más unida a ella que a William. ¿Qué crees que dice eso de mí? ¿Qué clase de madre afirmaría una cosa así en voz alta?».

Gerald entiende lo que quiere decir. Cuando eran más pequeños, William siempre planteaba cuestiones morales durante la cena. «Si estuvieras atrapado en una isla desierta, ¿qué dos objetos te gustaría tener contigo? Si pudieras escoger a una persona, y solo una, para pasar el resto de tu vida, ¿a quién escogerías?». Y así sucesivamente. Gerald detestaba aquellas preguntas, porque en aquel entonces nunca tenía clara la respuesta. Él no quería llevarse dos objetos, quería llevarse seis. Y no podía escoger a una sola persona, aunque sabía que esa persona sería William, porque por supuesto también querría llevarse a madre y padre, y a algunos de sus primos, y al amigo que vivía en la misma calle.

Todo esto era antes de Bea. Ahora seguramente escogería a Bea y a madre, y quizá incluso a Bea antes que a madre, pero desde luego no escogería a William. Cuando William está presente, todo parece en tensión, inseguro, a punto de explotar. Aunque ahora casi nunca está. Gerald añora al William de antes. Sabe que Bea a menudo está enfadada con él, pero adivina que sencillamente también lo echa de menos.

Así que cuando Bea se marche, él se quedará totalmente solo. No puede desear que no termine la guerra, porque eso no es justo para el mundo y para todos los soldados que deberían poder volver a casa, pero, en secreto, en las oraciones que recita por la noche, le pide a Dios que deje que ella se quede.

William

La calurosa carta de aceptación llegó de Harvard en otoño, una misiva personal del jefe de admisiones dándole la bienvenida. Pero William también presentó solicitudes en otras universidades, utilizando la dirección de Bobby Nelson, y, en la asamblea matinal, este pasa unos sobres a través de las hileras de pupitres alzando los pulgares hacia él desde el otro extremo. William se guarda los sobres en la cartera y espera hasta el final de las clases para abrirlos. No quiere que lo moleste nadie, así que entra en el cementerio y va hasta el fondo de todo, donde los árboles reverdecen por encima de las ramas oscuras. Se acerca a su arce favorito, uno que se asoma por encima del estanque, tira al suelo la cartera y, apoyándose en el tronco, enciende un cigarrillo antes de abrir los sobres.

Le cuesta tomar conciencia de que irá a la universidad el próximo otoño. Durante mucho tiempo él ha tenido en la cabeza su dieciocho cumpleaños, porque el plan era irse derecho a Boston y alistarse ese mismo día para formarse como recluta y dirigirse a Europa o al Pacífico, adonde hiciera falta. Pero ahora parece, sin embargo, que la guerra va a terminar en Europa y que la cantidad de nuevas tropas disminuirá. Se enviará a los soldados de Europa al Pacífico.

Desliza el dedo bajo la solapa del primer sobre y saca la carta. Un rechazo de Columbia. La segunda: un rechazo de Yale. Cierra los ojos y oye aletear a los pájaros en el árbol, por encima de su cabeza. Él no quiere ir a Harvard. Es lo que todo el mundo espera. Él quiere explorar algo nuevo. Ahora que no irá a la guerra, siente con más fuerza que no quiere ir a esa universidad. Pero no tiene otra alternativa.

Antes de cenar, llama a la puerta de Bea con el código especial, el que inventó Gerald. «Adelante», dice ella. «Hola —dice él, entreabriendo una rendija—. ¿Tienes tiempo para charlar?». Ella pone una cara inexpresiva, sin mirarlo a los ojos, y se encoge de hombros. «Vale —dice—, pero tengo un montón de deberes». «No será mucho rato —dice William, y se sienta en la silla del escritorio que mira al patio trasero—. Hoy hace un día precioso. El cielo parece como el de Maine, ¿verdad?». Ella cierra un libro de texto y abre otro; tiene libros y cuadernos por toda la cama. «¿Qué quieres, William? Estoy ocupada».

Él se inclina en su dirección. «No he conseguido entrar en Columbia», dice en voz baja. Ella alza la mirada, sorprendida. «¿Presentaste una solicitud?». Él asiente. «Pero no se lo dije a mis padres. Tampoco lo he conseguido en Yale». Bea se vuelve a encoger de hombros. «Ellos se lo pierden», dice, pero su tono no resulta convincente. «Creía que lo conseguiría», dice él, y se gira hacia la ventana para que ella no vea sus lágrimas.

«Me sorprende —dice Bea—. Siempre he creído que podrías ir adonde quisieras». «Tengo malas notas —dice él—. Ya lo sabes». Se desliza por la silla hasta sentarse en el suelo, con la espalda contra el armario, y empieza a pasarse un calcetín de Bea de una mano a otra. «No sé qué hacer. No quiero ir a Harvard». «Eso es una estupidez —dice ella con aspereza. Las orejas se le ponen rojas—. Es absurdo. Tienes la oportunidad de estudiar en una de las mejores universidades... ¿y no vas a ir solo porque eres un chico consentido e irascible?».

«Déjame en paz —dice él, bruscamente enojado, negándose a mirarla—. Esa no es la razón de que no quiera ir a Harvard. Yo quiero hacer las cosas a mi manera por una vez. Y lo que te pido es que me digas cómo debo hablar con mis padres. No retuerzas las cosas solo porque tú también estás enfadada conmigo. —Se tumba en el suelo, con las manos en la nuca, y pone los pies sobre la cama. Él quiere irse lejos—. ¿No lo entiendes, Bea? Estoy decidido a hacer algo nuevo».

Ella deja el bolígrafo y lo mira con severidad, una mirada escrutadora que hace que él se acuerde de la antigua Bea, de lo unidos que estaban. Pero ahora la encuentra diferente. Tiene un grupo estable de amigas y siempre se las arregla para estar en el centro de ese grupo. Casi nunca la encuentra sola y, cuando lo consigue, ella se muestra displicente. Bea solía llamarlo a través de la pared por la noche y ambos comprobaban si estaban bien. Pero eso no lo ha hecho desde hace una eternidad.

Ella suspira. «Vale, a ver, ¿qué es lo que quieres hacer? ¿Quieres decir que no a Harvard?». Él se encoge de hombros y luego asiente. «¿Y qué harás?», pregunta Bea. «No lo sé —dice él—. Viajar, quizá. Tal vez encontrar un empleo en otra parte». Bea niega con la cabeza. «Los soldados están empezando a volver a casa —dice—. Todos esos trabajos que hemos estado haciendo, que han hecho hasta ahora los chicos y las mujeres de todo el país, van a desaparecer. Y viajar... ¿Cómo piensas hacerlo? ¿Con qué dinero?».

Él vuelve a encogerse de hombros. «Tengo algo ahorrado —dice él—. Ya se me ocurrirá alguna cosa». Bea ni siquiera intenta comprenderlo. Vuelve a mirar sus libros y a pasar páginas. «No estás siendo realista —le dice sin alzar la mirada—. No lo eres. El dinero que nosotros ahorramos no basta para vivir».

«¿Cómo lo sabes? —dice William, furioso—. ¿Qué sabes tú de todo eso?». Se levanta y se va hacia la puerta. Ella responde cuando ya la está abriendo. «Tus padres están pasando un momento difícil esta primavera —dice, todavía sin alzar la mirada hacia él—. Estoy segura de que no te has dado ni cuenta. No van a querer que hagas otra cosa que lo que ya está planeado. Así que haz como prefieras, pero tienes que saber que quizá no te salgas con la tuya». William no se da por enterado y cierra de un portazo.

Mientras permanece sentado durante la cena, sin decir palabra, observa a sus padres y piensa en lo que Bea ha dicho sobre ellos. A él le parecen igual que siempre. Madre, demasiado ocupada, demasiado animosa, demasiado hiperactiva. ¿Y padre? Quién sabe. William redactó hace unos años una lista enumerando todos los aspectos en los que él sería mejor padre. Recuerda que, una vez, en Maine, cuando era pequeño, se despertó temprano una mañana y, al mirar por la ventana, vio a sus padres en la playa, contemplando la salida del sol. Madre se volvió hacia padre y le hizo una reverencia; y entonces él la cogió y la hizo bailar, girando y girando. Ella se mondaba de risa cuando él la echaba hacia atrás, justo al borde del agua. Recuerda también que, a veces, al entrar en la cocina en esta casa, sorprendía a madre sentada en su regazo. Ella se levantaba de golpe, toda azorada, y empezaba a preparar masa, a cortar manzanas, a fregar una olla. Ahora ya no recuerda cuándo fue la última vez que vio a padre en la cocina.

Después de cenar, llama a la puerta de Bea y abre antes de que responda. «Jo, William —dice ella—. ¿Ahora qué pasa? Tengo examen de francés mañana. No te veo el pelo durante un año y ahora no me dejas en paz». Él baja la mirada al suelo, con las manos hundidas en los bolsillos del pantalón. «Te echo de menos», dice. Y cuando Bea alza la mirada hacia él, comprende que ha dicho por fin lo que debía decir.

Bea

Bea tiene un rincón favorito en el bosque de la parte trasera. Hay un árbol arrancado y cubierto de musgo atravesado en el sendero que, ahora, a finales de primavera, queda fuera de la vista de la casa. Cada vez tiene más tendencia a refugiarse allí. Se sienta apoyada en el tronco y, a través del nuevo follaje verde, mira al cielo azul.

William ocupa totalmente sus pensamientos. En las últimas semanas, mientras los días de primavera han empezado a dar paso al verano, han salido de la casa con sigilo cuando todo el mundo se había acostado para tumbarse juntos en la hamaca, con los brazos y las piernas pegados y una gruesa manta de algodón encima para abrigarse. No hablan mucho; contemplan las nubes que se deslizan lentamente sobre sus cabezas y las estrellas suspendidas en el firmamento. A veces se quedan dormidos. Ella ha deseado que la besara, que hiciera algo más que cogerle la mano, pero también siente que todo es muy precario, tremendamente inestable, y que ir más allá de lo que tienen quizá sea pedir demasiado. Quiere que cada momento se prolongue y no pasar de forma precipitada al siguiente.

Anoche, sin embargo, cuando terminaron de lavar los platos y todo el mundo había desaparecido —el señor G en el estudio, la señora G en su dormitorio, Gerald también arriba—, William la cogió de la mano y la arrastró a la despensa, donde la besó el tiempo suficiente como para dejarla con ganas de más. Y luego, esta mañana durante el desayuno, le ha deslizado una nota en el regazo pidiéndole que se reúna con él en el cementerio después del entrenamiento de béisbol de la tarde, y, cuando se ha levantado de la mesa y nadie estaba mirando, se ha inclinado y la ha besado en el cuello, apartándole el pelo con la mano. Ella es consciente de que ahora han cruzado una línea, y apenas puede pensar en otra cosa.

Ha llegado una nueva carta de su madre, sin embargo. Bea no respondió a la que recibió hace seis semanas, aquella en la que anunciaba que se había casado, y desde entonces han llegado otras cuatro. Es consciente de que debería escribirle, pero está furiosa. Se siente traicionada. No sabe qué es lo que más la enfurece de todo: que mamá se haya casado o que no se lo haya contado hasta después de la boda.

«Cariño —dice esta última carta—, Tommy tiene algunos contactos y hemos empezado a averiguar cómo traerte de vuelta a casa. No hay nada definitivo aún, pero el proceso está en marcha». Luego le describe el nuevo piso donde están viviendo y le explica que no solo cuenta con una habitación para ella, sino también con su propio baño. Está en una parte de Londres que Bea no conoce en absoluto. Una parte elegante. Duda que su madre recuerde la primera carta que recibieron de los Gregory, que también especificaba que ella dispondría de su propio baño. Hace mucho que no relee esa carta, pero está en la base del montón que guarda en su escritorio.

Cuesta creer que hayan pasado casi cinco años desde aquella carta. Qué distinto era todo entonces. Y ahora, ahora que todo el mundo aguarda a que llegue el final y que la vida vuelva a la normalidad, Bea desea que no sea así. Antes sabía adónde pertenecía. Pero ahora no quiere volver con su madre y su nuevo marido —qué clase de hombre adulto se llama Tommy—, ni mudarse a un nuevo piso y terminar sus estudios en un colegio nuevo. Ella quiere quedarse aquí, con sus amigas, y luego ir a la universidad. Muchas de las chicas esperan estudiar en Wellesley o Radcliffe para permanecer en la zona. Eso es. Seguir haciendo compras en Jordan's. Seguir yendo al estadio de Fenway. Seguir estando con William. Y sin embargo, sabe que no es posible. Todo esto ha sido temporal. La guerra termina y ella se marcha. Fin de la historia.

Hay tensión en la casa. William lleva semanas discutiendo con sus padres por lo de Harvard. Tanto el señor como la señora G parecen tensos y de mal humor. E incluso Gerald, que siempre ha permanecido a su lado, desaparece a menudo, enfrascado en sus misiones, sus mapas y sus otros mundos. Parece enfadado con ella, más distante que nunca.

Ayer, Bea vio por la ventana de la biblioteca que Gerald estaba pegando pósters por todo el campus sobre la recogida de chatarra de este mes. Ya ha llenado toda una plaza de garaje con desechos de metal y goma, y espera doblar esa cantidad con las donaciones del sábado. Ella oyó que algunos compañeros de Gerald se reían en otra mesa. «El pequeño Gregory —decía uno de ellos—. Aún recogiendo chatarra. ¿Nadie le ha dicho que la guerra se ha terminado en Europa?». Bea se fue directa a la mesa y se plantó frente a ellos con los brazos cruzados. «Dejadlo en paz —dijo con dureza, y ellos asintieron, mirándola con los ojos muy abiertos—. Él ha hecho más para el esfuerzo de guerra que todos vosotros juntos». Seguro que nunca les había hablado así una chica de las mayores. ¿Quién se encargará de protegerlo cuando ella se haya ido?

Vuelve a leer la carta de su madre. La dobla por la mitad y la rompe en pedacitos, dejándolos tirados en el suelo; después coge su mochila y echa a correr por el bosque con una sonrisa, sabiendo que William la está esperando junto al viejo arce.

Millie

En cuanto resulta factible, Tommy habla con alguien que, a su vez, habla con alguien y, de repente, todo está decidido. Beatrix tiene una plaza en un barco que sale de Nueva York el 26 de agosto y llega a Southampton el 31. Millie mira fijamente el papel que Tommy lleva a casa en el que se especifican las fechas en negro sobre blanco. El 31 de agosto. Dentro de menos de tres semanas estará esperando en el muelle y su pequeña bajará por la pasarela.

Tommy prepara unos martinis y se acomodan en las sillas del jardín. «Va a volver a casa —dice Millie—. Realmente va a volver». Tommy sonríe. «Estoy deseando conocer a tu chica. Quién me lo habría dicho. Yo con una esposa preciosa y una hija preciosa». Millie mira para otro lado y cierra los ojos. En todos sus sueños de estos años, cuando fantaseaba de todas las maneras posibles con este momento, ni una sola vez se lo ha imaginado con Tom a su lado. Con Reg, sí. Y con su madre. O ella sola. Se da cuenta de que eso es lo que quiere. Solo Beatrix y ella. Quiere introducirla en esta nueva vida poco a poco, sin que Tommy esté allí. Su presencia arruinaría el recibimiento con el que ha soñado durante tanto tiempo.

«¿Sabes? —dice sin mirarlo, procurando adoptar un tono informal—, quizá vaya a buscarla a Southampton yo sola». «Eso es absurdo —dice Tommy—. Estamos juntos en esto. Cuanto antes seamos una verdadera familia, mejor». Millie entiende lo que quiere decir, pero está equivocado. «Necesito hacerlo yo sola —dice, volviéndose hacia él—. Tienes que confiar en mí». Tommy hace una mueca cuyo significado ella conoce. Contrariedad. «Como tú quieras», dice, pero no lo dice de verdad y, cuando se levanta, ella se encoge en su silla. Tommy deja su vaso vacío sobre la mesa y se va adentro. Al cabo de unos minutos, Millie oye el portazo que da al salir y el ruido del coche arrancando. ¿Qué ha hecho? ¿Cómo se las arreglará para convertir esta casa en un hogar para Beatrix?

Ethan

Ethan descuelga al segundo timbrazo. «Hemos recibido un telegrama —dice Porter—. ¿Puede pasar alguien a recogerlo?». «Sí, de acuerdo», dice Ethan, y antes de salir para allá con el bote, solo le dice a Nan que tiene que hacer un recado en el pueblo. El cielo está oscuro mientras cruza el puerto. No lee el telegrama hasta que ha salido de la oficina de Western Union. Tras saludar distraídamente a unas amigas de Nancy, se apoya en la pared del edificio. PASAJE DE BEATRIX RESERVADO STOP SALIDA NUEVA YORK 26 DE AGOSTO STOP DETALLES PRONTO STOP SALUDOS MILLIE. Ethan cierra los ojos. Sabían que esto se avecinaba; era previsible desde hacía semanas, si no meses, pero francamente, ¿no podría Millie haber esperado a septiembre? Tendrán que marcharse de Maine más pronto, incluso mañana tal vez, para llegar a casa, hacerle el equipaje y llevarla a Nueva York. El 26 es dentro de seis días. Falta menos de una semana.

Mientras se dirige otra vez al bote, le gotea la nariz. Maldita sea, echará de menos a esa chica. Se seca furiosamente la nariz con el dorso de la mano y mantiene la cabeza gacha para evitar que lo vea algún conocido. Mientras rema de vuelta a la isla, con el telegrama estrujado en el bolsillo del pantalón, la lluvia no acaba de desatarse. Las nubes, por el contrario, hacen que el cielo vespertino cobre vida con matices del rosa y del púrpura. Para de remar y deja que el bote se mueva a la deriva. La corriente lo arrastra hacia el sudeste, lejos de la isla. Ojalá pudiera dejarse llevar así, mar adentro. No quiere tener que dar la noticia. Preferiría irse a todos esos sitios en los que nunca ha estado. Pero, tras un rato, vira para volver a casa.

Nancy

Ay, Señor —dice Nancy cuando Ethan la encuentra en el porche—. ¿El veintiséis de agosto? Eso es la semana que viene, Ethan». «Lo sé». Ella agita las manos en el aire. «¿Cómo vamos a llegar a ese barco? Tendremos que salir esta noche, sencillamente. Hemos de marcharnos ahora mismo. Bea tiene que hacer el equipaje y despedirse de sus amigos, y yo quiero comprarle algo de ropa nueva para el viaje y, la verdad, debería cortarse el pelo. Ay, Dios mío, hay demasiadas cosas que hacer». Ethan la sujeta del brazo para que deje de deambular. «Siéntate —dice—, siéntate, haz el favor». Y ella obedece, derrumbándose en la mecedora.

Nancy lo mira a los ojos, cosa que no ha hecho desde hace mucho. «¿Cómo se lo vamos a decir? —pregunta—. No creo que yo sea capaz. ¿Cómo se lo decimos a los chicos?». «Ya encontraremos la manera, Nan. Todos sabíamos que podía ser en cualquier momento». «Lo sé —dice ella—. Pero tienes que contárselo tú, ¿de acuerdo? Yo me desharía en lágrimas».

«Sí, está bien», dice él, extendiendo los brazos, y ella se acerca y se sienta en su regazo, con la cabeza apoyada en su pecho. Nancy cierra los ojos y escucha el rumor de las olas, que parecen seguir el mismo ritmo que la respiración pausada de Ethan.

Gerald

Gerald no quiere Bea se aleje de su vista ni un momento. Mientras pueda verla, no puede irse. «Monopoly —dice durante la cena, adoptando un tono lo más alegre posible—, ¿qué me dices?». «G —responde ella—. No creo que tengamos tiempo. He de guardarlo todo en las maletas para que podamos ponernos en marcha a primera hora». «De acuerdo —dice él—. Pero ¿y si te ayudo? Entonces quizá sí tengamos tiempo». «Quizá —responde ella, ahora riendo, dándose por vencida—. Vale, puedes ayudarme».

Pero él no la ayuda. Se tumba en el suelo, observándola. Incluso su manera de hacer las maletas parece perfecta. No da la impresión de estar triste por tener que irse, piensa, aunque no está del todo seguro. Él creía que al menos estaría triste por separarse de William. «¿Tú quieres volver? —pregunta finalmente, aunque en realidad no quiere oír la respuesta—. ¿Estás preparada para dejarnos?». «Ay, G —dice ella, volviéndose a mirarlo, pero sin dejar de doblar sus camisas—. Nunca estaré preparada para dejaros. Pero no tengo otro remedio, ¿verdad? Incluso creía que sería un poco antes, así que ya era algo casi esperado. En este sentido, es un alivio. Se acabó la espera». Gerald asiente. Eso lo comprende. Él no soporta estar en un compás de espera, sin saber lo que sucederá a continuación.

«Vendrás a vernos, ¿no?», pregunta, diciéndose que no debe llorar. «Sí —dice Bea—, claro». Y luego se sienta a su lado y le acaricia la espalda. Él apoya la cabeza en la alfombra y cierra los ojos. «Pero tienes que escribirme, G, ¿de acuerdo? Contarme todo lo que pasa. Y yo te prometo que te escribiré en cuando reciba cada carta». Él asiente. «Sí, lo haré», dice. Bea se levanta para vaciar otro cajón. Gerald se seca los ojos cuando ella le da la espalda; después, cuando se vuelve de nuevo, le señala una foto enmarcada que hay sobre la cómoda, una fotografía de los tres a la orilla del mar, tomada hace un par de veranos. Bea está entre él y William, con una gran sonrisa, rodeando a cada uno con un brazo. «¿Me la puedo quedar?», pregunta, y nota que ella vacila un instante. «Claro —dice—, te la puedes quedar por ahora. Pero la próxima vez que nos veamos, me dejarás quedármela un tiempo, ¿vale? Nos la podemos ir turnando. Ese fue el día que le gané a William una carrera a nado hasta el dique. No quiero olvidarlo nunca».

Él asiente y sujeta el marco con ambas manos. «La cuidaré muy bien —dice—, no te preocupes». No sabe si podrá desprenderse jamás de ella.

William

William pasa las páginas del libro que Bea compiló para él hace solo unas semanas. Es la historia de su vida. Cuándo nació, dónde vivió, cuándo vino a América. Fotos de los últimos cinco años, pero también otras de antes. Fotografías suyas, tomadas en Londres, con sus padres. Él las ha estudiado todas una y otra vez: el cambio en su manera de sonreír, la expresión de sus ojos, el perrito de peluche que sujetaba en brazos. No quiere olvidar ninguna de estas fotos, pero quiere que ella se quede el libro cuando se marche. Esta fue la forma de Bea de unirlos a ambos, de fundir el pasado con el presente.

Ahora Bea está en su habitación, preparando el equipaje con Gerald. Oye el runrún de su charla. Él se reunirá con ella más tarde en el bosque, tal como llevan haciendo todo el verano. Bea se lo ha hecho prometer: nadie debe saberlo jamás. A él le daría igual, pero para ella es importante. Y a medida que las cosas han progresado y se han sentido más cómodos el uno con el otro, Bea se ha vuelto más inflexible sobre las normas que deben seguir. «No vayas a tocarme delante de tus padres, William Gregory —le dijo, y luego lo besó con tal ímpetu que él tropezó y cayó hacia atrás sobre las agujas de pino—. Es nuestro secreto, ¿vale? —le dijo—. No puedes llorar, ni tocarme ni hacer nada el día que me vaya, sea cuando sea». «¿Llorar? —dijo él, atrayéndola sobre él y retorciendo sus espesos mechones con las manos—. ¿Por qué tendría que llorar?».

En primavera, ella lo convenció para que fuera a Harvard. Le dijo que era un don que debía aceptar. «Hazlo por mí», dijo. Incluso lo ayudó a escoger los cursos de este otoño. La otra noche él le dijo en el bosque: «Realmente me muero de ganas de empezar. Me sabe mal decírtelo, porque tú no estarás conmigo, pero ya no recuerdo la última vez que estuve tan decidido a empezar algo nuevo». Ella le sonrió y le dio un beso en la mejilla. «Estoy deseando que me lo cuentes —dijo—. Tienes que contármelo todo».

Le duele el estómago. Se siente físicamente unido a ella. De algún modo, cuando Bea se vaya, habrá una parte de él que se irá también. A ella puede decirle cosas que no puede decirle a nadie más. Nunca tiene que actuar. Bea es directa con él, sincera, y él intenta serlo igualmente con ella. Sobre todo, ella lo tranquiliza por dentro, en lo más profundo de sí. Anoche se tumbaron sobre las rocas y contemplaron el cielo oscuro. Esos son los momentos con ella que le encantan; estar a su lado, cogiéndole la mano, sin decir gran cosa ninguno de los dos.

Bea

Después de la cena, Bea sale a la cubierta y contempla el océano oscuro. Sabe que ya no hay ninguna costa a la vista. Han pasado tres días desde que el barco zarpó lentamente del puerto de Nueva York, desde que vio cómo su familia se iba volviendo cada vez más pequeña. Durante un instante, los sostuvo en la palma de sus manos; luego desaparecieron.

Lo único que desea es regresar. Que el barco invierta su rumbo. Quedarse en América. Ir a la universidad. Preparar tartas con la señora G. Jugar al ajedrez con el señor G. Explorar con Gerald. Besar a William. Casarse con William. Permanecer en su familia para siempre. Pero sabe que eso no es posible. El buque avanza en la dirección opuesta, hacia su madre, hacia su nuevo padrastro. Los Gregory no son su familia. No es así como va a acabar la historia. Nunca lo fue.

En su última noche juntos, en el bosque, ella le dijo a William que siguiese su camino. «No —dijo él—. No lo haré. Podemos escribirnos. Iré a Inglaterra». Ella lo interrumpió. «No —dijo—. Eso es un sueño, una fantasía. Yo sé lo que es vivir separada por un océano de tus seres queridos. Será peor si intentamos mantenernos en contacto tal como lo estamos ahora. Es demasiado difícil. Es mejor para los dos que cortemos por lo sano». «Pero…», empezó él, y ella negó con la cabeza y le tapó la boca con la mano. «Es la verdad», dijo, y él asintió y se quedó callado. Ni siquiera ella misma creía lo que estaba diciendo, desde luego, pero sabía que era la única manera.

Ahora hay tanta incertidumbre como cinco años atrás, cuando hizo la travesía en sentido contrario. Aun así, le gustaría poder retroceder y decirle a aquella niña que no se preocupara. Que la vida que iba a empezar en América eclipsaría su vida anterior. Que la familia de allá —la que solo conocía por aquellas primeras cartas— se convertiría en su mundo. En el camarote, saca el libro que confeccionó para William y que él deslizó en su baúl cuando ella no miraba. Él lo convirtió en un libro sobre ambos, no solo sobre ella. Extendió la cronología hasta 1927, el año en que él nació. Añadió fotos de cuando era pequeño junto a las primeras fotografías que le sacaron a ella. Un retrato de ella en la cuna, seguido de uno suyo en un cochecito. Ella en la playa de Brighton, él en la costa rocosa de Maine. Fotos de cada uno sonriendo sin un incisivo, con las caras a la misma altura, como si pudieran verse, como si estuvieran pensando lo mismo. William dibujó también algunas ilustraciones un tanto estrafalarias. La cama del hospital donde le quitaron las amígdalas. Los pinos de la isla. Una taza de café en Nueva York. En la fecha en que se conocieron, dibujó un sol, un bote y un dique.

El libro funde sus historias, haciendo que compartan un solo pasado. La infancia de William es su infancia. Es como si hubieran estado siempre juntos, como si no hubiera existido un tiempo anterior.

Segunda parte

Agosto de 1951

William

Ese domingo por la mañana, William alzó la mirada de su libro y contempló los tejados parisinos. El cielo azul empezaba a abrirse paso entre la niebla. Nelson y él pensaban salir de París al cabo de dos días para dirigirse a Roma, y aún tenían toda una lista de museos que visitar y de lugares que ver. Se habían movido a ritmo acelerado, viendo todo lo que podían durante el día y bebiendo hasta altas horas de la noche.

En poco más de una semana, cumpliría veinticuatro. Y aquí estaba, en un apartamento del distrito sexto, con un balcón que daba a los Jardines de Luxemburgo y hasta el que subían los ruidos de la calle y un olor a hojas quemadas. Nelson y él allí juntos, haciendo el viaje por Europa que llevaban planeando desde su adolescencia. Nelson estaba en el período de vacaciones de la facultad de Derecho; William había acumulado días libres en el banco donde había trabajado desde su graduación. Por la mañana, antes de que Nelson se despertara, William se había acostumbrado a sentarse en el balcón para tomarse un café y fumarse un cigarrillo, uno de esos franceses sin filtro, mientras el sol asomaba por detrás de los tejados ornamentados. Aquello se parecía mucho al París que se había imaginado tantas veces. No quería que el viaje terminara.

Sonó el teléfono y William derramó el café al volver adentro precipitadamente, pero Nelson se le adelantó y respondió en su perfecto francés. Escuchó un momento, volviéndose hacia William y arqueando una ceja de ese modo característico. «Tu madre», dijo solo con los labios; luego asintió, alzando un dedo cuando William le indicó que le pasara el teléfono. Él sabía que debía haber ocurrido algo; de lo contrario, su madre jamás llamaría, y menos aún tan temprano. ¿Una de sus tías? ¿Gerald?

Nelson le pasó el aparato.

«Madre —dijo William—, ¿qué sucede?».

Le dio la espalda a Nelson mientras la escuchaba, mirando de nuevo el horizonte de edificios de París. Antes de que ella lo dijera, supo que padre había muerto. Un ataque al corazón mientras trabajaba en el jardín. Ahora madre se había echado a llorar y él trataba de entender lo que estaba diciendo. Procuró armarse de paciencia. «Por favor, madre —dijo al fin—, dame simplemente la información básica. Volveré tan pronto como pueda arreglarlo».

Continuó asintiendo, tratando de seguir la conversación entrecortada, pero sobre todo estaba avergonzado por lo enojado que se sentía. Enojado con padre por arruinar su viaje. Él se había opuesto al viaje. Cómo lo había mirado cuando se lo dijo. Igual que si tuviera doce años.

Interrumpió a madre a media frase. «Te enviaré un telegrama con los datos del viaje de vuelta» dijo. Después de despedirse, colgó y se volvió hacia Nelson. «Mi padre —dijo—. Ha muerto».

«Mierda», dijo Nelson. Tenía lágrimas en los ojos. En los de William no había ninguna. Nelson conocía a padre desde hacía casi el mismo tiempo. William se sentía extrañamente entumecido. «¿Y ahora qué?», preguntó Nelson.

«Tengo que volver —dijo William—. Madre está deshecha».

Cruzó el canal en el ferry nocturno. Había tenido que discutir un poco, pero al final había convencido a Nelson para se fuera a Roma tal como habían planeado. «Escucha —le había dicho—, tú no tienes que volver hasta que empiecen las clases. Sigue adelante y pásatelo bien. Quién sabe cuándo podremos regresar aquí».

Había vuelto a tener noticias de casa, un telegrama de Gerald, y el funeral no iba a celebrarse hasta mediados de septiembre para que todo el mundo de la facultad pudiera asistir. Daba la impresión de que su hermano controlaba la situación. Gerald era el más adecuado para estar allí, para cuidar de madre y dar la cara por la afligida familia. Él era consciente de que habría hecho ese papel de forma decepcionante.

A la mañana siguiente, al bajarse del tren, se dirigió a la oficina de pasajes de Londres y preguntó si podían cambiarle el billete por una fecha lo más próxima posible.

«Está de suerte, caballero —dijo la empleada—. Acabamos de tener una cancelación. Hay una plaza libre en el barco que sale el miércoles».

Él le pasó su billete y su pasaporte, y la empleada le expidió otro nuevo y le devolvió sus documentos. Para eso había venido a Londres. Era esto lo que esperaba. Tenía dos días antes de que el barco zarpara. Quería estar con Bea.

Bea

Bea estaba en la escalera, con los dos brazos ocupados con las bolsas de la compra, cuando oyó sonar el teléfono. Corrió a la puerta y metió a tientas la llave en la cerradura.

«Cielo», dijo alguien al aparato. Era la señora G. Qué extraño oír su voz después de tanto tiempo. Tiró las bolsas al suelo y varios limones rodaron bajo el sofá. Esta era la última semana de sus vacaciones de verano, antes de que empezara el trimestre de otoño, y todas las profesoras del parvulario iban a cenar juntas el martes por la noche. Ella pensaba preparar una tarta de limón.

«Sí —dijo, tratando de recuperar el aliento y no sonar demasiado jadeante—. Hola. ¿Va todo bien?».

«Es Ethan —dijo la señora G, y Bea se sentó—. Es el señor G. Ha sufrido un ataque al corazón».

«¿Está en el hospital, entonces?», preguntó ella, sin querer entender, negándose a leer entre líneas, obligándola a decirlo con todas las letras.

«No, querida —dijo la señora G. Las pausas transatlánticas se interponían entre las palabras, demorando la verdad—. Ha fallecido».

Bea no pudo contenerse, y tuvo que taparse la boca con la mano para sofocar sus sollozos. Negó con la cabeza, incapaz de hablar. Primero papá y ahora el señor G.

«Querida —dijo la señora G. Cómo habría deseado Bea poder abrazarse a aquella amplia cintura—, ¿estás bien, querida? ¿Sigues ahí?».

«Sí —dijo Bea, clavándose las uñas en las palmas de las manos—. Lo siento muchísimo».

«Sí —respondió la señora G—. Estamos todos muy tristes».

Bea asintió, pero no podía responder.

«Los dos chicos están fuera —le dijo la señora G—. Pero volverán pronto a casa. Tengo a una de mis hermanas aquí. Las demás están en camino».

«Bien —dijo Bea—. Es bueno tener a todos en casa».

«Desde luego. —Hubo un silencio y después la señora G carraspeó—. Será mejor que cuelgue, querida. Solo quería avisarte».

«Muchas gracias, señora G».

«Escríbeme pronto, ¿sí? Quiero saber qué estás haciendo».

«Así lo haré —dijo Bea—. Y usted también, ¿de acuerdo? Gracias otra vez».

La comunicación se cortó y Bea pudo imaginársela, a tantos miles de kilómetros de distancia, al otro lado del mar, sentándose en la silla de respaldo rígido del vestíbulo, junto al soporte del teléfono. Allí es primera hora y el sol entra a raudales por las ventanas. Resulta raro verla quieta, sin moverse de un lado para otro. Lleva puesto el delantal azul descolorido y lentamente se vuelve a poner el pendiente que se ha quitado para hacer la llamada. Tachando el nombre de Bea de una lista, mira el resto de nombres y suspira; luego se agacha y acaricia a King, que está tumbado junto a ella. Piensa en sacarlo de paseo, ahora que ha salido el sol, ahora que ha comenzado el día.

Pero, por supuesto, aquello no era posible. King murió hace unos años. Lo enterraron en el bosque de detrás, y se reunieron todos para despedirse de él. Gerald le escribió para explicárselo. Ahora había muerto el señor G y ninguno de los chicos estaba en casa. Era curioso, ella suponía que los dos estarían allí. No soportaba pensar que la señora G tuviera que hacer todas esas llamadas para dar la noticia a todo el mundo.

Siempre que pensaba en la familia, se los imaginaba en la casa. La señora G trajinando, haciendo pan o redactando una lista. Gerald ocupado en algo —leyendo el periódico, revisando su colección de bonos de guerra, preparando una nueva recolecta de chatarra— en la mesa de la cocina. El señor G en su estudio, leyendo, corrigiendo exámenes, jugando al ajedrez. Bea era capaz de ver la casa con tanta claridad como cuando vivía allí: lo enorme que era, la luz, el juego de porcelana blanco y azul de las vitrinas rinconeras, las botas amontonadas junto a la puerta trasera, aquellos pasillos interminables.

Siempre le costaba más situar a William. A veces lo ve en un torbellino, cruzando a toda prisa la cocina hacia la puerta trasera. Otras veces, sentado con aire impaciente durante la cena, mirando su reloj, aguardando a que su madre se tome el último bocado del postre. O bien lo oye bajar por la escalera, con sus pasos pesados. Repitiendo verbos irregulares en voz alta para memorizarlos. Cerrando un cajón de golpe. Atrapando la pelota de béisbol con su guante una y otra vez.

Bea se sirvió un vaso de vino y se hundió en el sofá, repasando la correspondencia. Facturas, un postal de España de mamá, un folleto de las rebajas de unos almacenes del centro. «Estoy pasándomelo de maravilla, cariño», empezaba la postal. No parecía justo que estuviera disfrutando de unas estupendas vacaciones cuando el señor G acababa de morir. Dejó la postal y las facturas con el montón de correo de la mesita de café, para leerla después. Cuando mamá estaba fuera, ella lo dejaba todo de cualquier manera: los platos en el fregadero, la cama sin hacer, los frascos de maquillaje esparcidos sobre el lavamanos de pedestal. Ese era su patético modo de reafirmar su independencia, su libertad. Hizo una llamada y canceló sus planes para la cena del martes sin dar ningún motivo, diciendo simplemente que estaba hecha polvo tras un largo fin de semana. ¿Cómo podía explicar la muerte del señor G a alguien que no había vivido allí? ¿Cómo podía explicar que se sentía más unida a él que a su propio padre? Le habría gustado vivir en Estados Unidos para poder asistir al funeral. Al final, se quedó dormida con una foto del señor G en la mano.

William

William buscó el hotel más cercano y se dirigió a los cubículos telefónicos del fondo del vestíbulo. Quince personas en Londres con el nombre «B. Thompson». Empezó por la parte de arriba de la lista y fue avanzando, siempre con la esperanza de que el teléfono no estuviera a nombre de la madre de Bea, lo cual, sospechaba, no dejaba de ser una posibilidad. Pero él no tenía ni idea de cómo se llamaba la madre. Sin duda debía haber cambiado de nombre al casarse. Madre le había contado que se había divorciado recientemente. ¿Qué hacían en ese caso las mujeres con el nombre? No tenía la menor idea.

Colgaba casi en cuanto cada persona decía hola, porque lo que esperaba oír era la voz de Bea, o quizá la de su madre. No sabía cómo sonaría la madre, pero desde luego no podía ser la voz ronca y adormilada del número 2 de Wellington Mews, ni el susurro infantil del 14 de Kelross Road. Iba tachando cada nombre en la propia guía telefónica a medida que avanzaba, cada vez con más desesperación. Pensó que podía llamar a su madre y ver si ella tenía la dirección, pero no quería hacer eso. No quería que madre supiera que estaba aquí.

Y finalmente, bingo. «¿Hola?», dijo alguien, y era Bea, era su voz. Él siguió escuchando sin decidirse a colgar. Esa voz. «¿Hola?», dijo Bea de nuevo al no recibir respuesta, y él reconoció aquel deje peculiar, aquella nota de irritación. «¿Hay alguien ahí?», preguntó, y era Bea, no cabía duda, aunque sonaba más británica, especialmente a medida que se iba enojando. Y luego: «Ay, por el amor de Dios. No vuelva a llamar». Y le colgó bruscamente con estrépito. Pese a lo cual, William sonrió.

Rodeó la entrada con un círculo y arrancó la página de la guía telefónica, aunque en realidad ya había memorizado la dirección: el 283 de Liverpool Road. Al abrir la puerta del cubículo, reparó en la tienda de regalos del hotel que estaba a mano derecha. No estaría bien presentarse en su puerta sin llevar algo especial, oyó que le susurraba su madre, así que entró y echó un vistazo, barajando ideas, preguntándose qué podría gustarle a Bea y dándose cuenta poco a poco de que no tenía ni idea. Ciertamente, ella ya no era la chica que salió de Nueva York seis años atrás. Se había convertido en otra persona. Quizá tenía novio. Quizá estaba casada. Quizá él era un idiota.

Al final salió del hotel con las indicaciones que le dio el recepcionista y sin ningún regalo. Pero, de camino al metro, pasó frente a una floristería y le pidió al dependiente que le hiciera un bonito ramo. No demasiado grande, pues a estas alturas ya había decidido que Bea, por supuesto, tenía un novio formal y que, cuando llamara a su puerta, ella estaría allí con él. Ambos en el sofá: ella con las piernas sobre su regazo, él masajeándole los pies. El tipo estaría a sus anchas en el apartamento. ¿Le caería bien a la madre? Seguramente. Bea rara vez tomaba decisiones que los demás desaprobaran.

Pero aun así, quería llevarle unas flores. Él nunca le había regalado gran cosa, de hecho. La última noche que pasaron en Maine, cuando no regresaron a hurtadillas a la casa hasta que el sol asomó por la línea del mar, William recogió unas flores silvestres para ella; días después, cuando volvieron de despedirla en Nueva York, las encontró en su habitación, con el agua evaporada y un círculo amarillo de polen en torno al jarrón. Las cogió y las estrujó entre las páginas de un libro lleno de significado para un chico perdidamente enamorado como él —*Romeo y Julia*, quizá, o *Trabajos de amor perdidos*, no estaba seguro— y luego, dos años más tarde, cuando estaba siguiendo un curso de Shakespeare, había pasado las páginas y se había topado con las flores, y se había quedado allí sentado, en la Widener Library, mientras las lágrimas rodaban por sus mejillas.

Ahora, con las flores frescas en la mano, encontró la estación de metro, descendió en apariencia a las entrañas de la tierra y emergió en otra parte de la ciudad, una zona completamente distinta, un barrio con cochecitos de bebé y bicicletas y pubs en cada esquina, edificios cubiertos de hiedra, jardineras rebosantes de flores. Su barrio. Casi no podía creer que ayer mismo hubiera estado en París, contemplando el horizonte de tejados. Se equivocó de camino desde la estación, le pidió indicaciones a un tipo y al fin llegó al edificio. Y justo cuando iba a llamar a un timbre con el rótulo «Thompson, 3A», una mujer salió precipitadamente, con un gran pañuelo sobre los rulos, y le sostuvo la puerta sonriendo, y él entró en el vestíbulo y subió por una escalera oscura y angosta hasta su puerta.

Bea

En un momento dado de aquella larga y agitada noche, Bea sacó todas las fotos que tenía de América y las esparció sobre la mesa de la cocina. No las había mirado desde hacía años. En el viaje de regreso a Inglaterra, y durante los primeros meses en casa, las había repasado al menos una vez al día, hojeándolas como si fueran una baraja de cartas. Ahora todas tenían los bordes flácidos y resquebrajados, y algunas habían empezado a difuminarse. Una foto de ella, William y Gerald al principio, ¿quizá del primer día de colegio? Qué jóvenes estaban. Cuánto tiempo había pasado. Ahora ya llevaba más tiempo de vuelta en Inglaterra del que había pasado allá.

Por la mañana, cuando despertó y volvió a recordarlo todo, decidió ordenar las fotos de algún modo, pero en la mesa no había espacio suficiente, así que las fue poniendo en el suelo, y la hilera iba desde el vestíbulo hasta el fondo de la sala de estar. Y luego recordó que tenía otro alijo de fotos, las que el señor G había ido enviando desde que ella había regresado, y, al añadir también esas, la hilera se extendió hasta la cocina.

Bea nunca le había enseñado a su madre esas últimas fotografías; solo algunas de las primeras. Sabía que las más recientes no harían más que irritarla. Ella parecía querer olvidar a los Gregory, borrar su temporada en América. Y quería que su hija hiciera otro tanto. Una vez, años atrás, Bea le había enseñado una fotografía, quizá la de William en la ceremonia de graduación, en la que tanto él como Gerald y el señor G aparecían con aquellas ridículas pajaritas de color carmesí y la señora G con aquel sombrero granate con plumas, y mamá había arrugado la nariz. «Esa gente», masculló, y Bea se sintió como si la hubiera abofeteado. Esa gente era gente que ella amaba. Que echaba de menos. Así que comprendió que era mejor no hablar de ellos, guardárselos para sí misma.

Estaba deslizándose de rodillas por el piso, colocando cada foto en su sitio, cuando sonó el timbre. No iba vestida para recibir a nadie y, al incorporarse, se recogió el pelo en una cola suelta. «¿Hola?», dijo en voz baja. No quería abrir, temía que fuera la pesada que vivía abajo y que siempre venía a pedir algo. Nadie respondió, así que se acercó con sigilo a la puerta, con la esperanza de que quien había llamado se marchara; pero entonces sonó un golpe peculiar; un solo golpe seguido de otro. Sonaba como el viejo código, como la serie de golpes que habían inventado tantos años atrás. Estaba pegada a la puerta, así que abrió súbitamente. Y allí estaba. William. Con el mismo aspecto, claro, pero hecho un hombre. Extenuado y triste, pero con un atisbo de alegría. Con una curiosa mezcla de pena y felicidad.

«Ay, William —dijo—. Eres tú».

William

Antes de llamar al timbre, permaneció frente a la puerta preguntándose, de repente, si debía estar allí siquiera. Llevaban más tiempo separados del que habían estado juntos. Entonces eran críos. Bea sería una persona distinta. Y sin embargo, aquí estaba él, con una bolsa de lona sobre el hombro, como si hubiera venido para una larga visita. Aun así, pulsó el botón; oyó dentro un ruido amortiguado, pero la puerta no se abrió, así que llamó con los nudillos una vez, y luego otra más, recordando aquel código secreto que Gerald había inventado. Inmediatamente se oyó el cerrojo y la puerta se abrió. Allí estaba. Era casi como si ella hubiera esperado encontrarlo allí, en el oscuro pasillo, aguardando a que abriera.

Llevaba una blusa azul y una falda a rayas, y estaba descalza, con las uñas de los pies pintadas de rojo. Se la veía delgada, con las mejillas hundidas y los hombros puntiagudos. No se abrazaron ni se besaron. Se quedaron mirándose fijamente. William no sabía qué decir. Temía echarse a llorar si decía algo.

Tras unos momentos, Bea le hizo pasar al apartamento y le dijo con insistencia que se sentara, que tomara asiento en el sofá. No parecía correcto tocarla, a pesar de que era lo que deseaba. Pero cuando él se hubo sentado, Bea, que aún permanecía en pie, le tocó el hombro y dejó la mano allí largo rato. «Me llamó tu madre».

«Ah —dijo él—. Entonces te lo ha dicho, ¿no?». Desvió la mirada, echando un vistazo en derredor, aliviado por no tener que darle la noticia. Había estado ensayando lo que tendría que decirle y pensando cómo reaccionaría. El apartamento tenía menos de la mitad del tamaño que el suyo.

«No puedo creerlo —dijo Bea—. Nunca se me ocurrió que pudiera morirse. Desde luego no tan pronto».

«Sí», dijo William. No sabía si sería capaz de decir algo más. Nada de todo aquello parecía real. No quería arriesgarse a mirarla a la cara. Bea permaneció a su lado, inmóvil, con la mano en su hombro, y lo único que él quería era rodearle la cintura con sus brazos. En lugar de eso, recordó las flores que tenía en la mano y se las ofreció. «Un ramito —dijo—. Para ti».

«Es precioso —dijo ella, y sonrió por primera vez con aquella sonrisa que él conocía tan bien—. Sencillamente precioso. Voy a ponerlas en un poco de agua».

Desapareció en la cocina, y se oyó un grifo. «¿Café?», gritó, y él respondió que sí. Si se inclinaba un poco, podía verla trajinar allí dentro. Qué extraño era todo. Estar aquí, con ella. Sentirse tan incómodo.

De repente la vio en el umbral, con la nariz arrugada inquisitivamente, tal como hacía siempre. Como si no hubiera pasado el tiempo. «¿Con leche? ¿Solo?».

«Con leche y azúcar, gracias», respondió él de forma automática mientras miraba su pelo, una espesa melena que le llegaba a la cintura. ¿No lo llevaba recogido en una cola hacía un momento?

Ella se encogió de hombros. «Me siento como si tuviera que saberlo, pero es una tontería. Nosotros no tomábamos café entonces. Quiero decir, de niños. —Volvió a desaparecer en la cocina, pero luego añadió desde allí—: Ah, no. ¿Te acuerdas del Chock Full o'Nuts? ¿En Nueva York?».

A él se le había olvidado. «Ah, sí, Gerald —dijo—. Claro». Echó un vistazo a la sala de estar. Muebles gastados. Trastos por todas partes. Una foto de Bea y su madre sobre la mesita que tenía junto a él. Curiosamente, había fotos por el suelo en una sinuosa hilera que partía del vestíbulo, rodeaba un par de sillones y desaparecía en la cocina.

Bea apareció con una bandeja y siguió su mirada.

«Fotos de todos vosotros —dijo—. Simplemente me puse a recordar después de que tu madre llamara. Y ya me conoces, me gusta ordenar las cosas. —Echó un vistazo alrededor y se rio—. Bueno, al menos ciertas cosas».

Depositó la bandeja en la mesita de café, apartando los montones de correspondencia. El ramito en un florero de cristal. Dos tazas de café de porcelana blanca con sus platitos. Un plato de galletas. Dos servilletas de lino de color rosado.

«Qué elegante —dijo él—. Qué adulto».

«Soy una mujer adulta —dijo ella con una sonrisa—. Cumplí veintidós la semana pasada. Pero es mamá la que recibió todos estos regalos al casarse. —Se sentó en el otro extremo del sofá y le pasó una taza—. La boda no fue tan bien».

«Sí, ya lo había oído —dijo él—. ¿Está aquí?».

«Se ha ido de vacaciones con sus amigas. —Señaló la pila de correspondencia de la mesita—. Recibo postales casi todos los días. Me parece que se siente culpable».

Se sonrieron mutuamente, por primera vez.

«Tú aquí», dijo Bea.

«Tú aquí», respondió él.

Ella primero desvió la vista y, cuando volvió a mirarlo, sus ojos estaban oscuros. Era exactamente lo que él recordaba de los comienzos, de aquellos primeros días. Lo asustada que estaba. Cómo se le transparentaba todo en los ojos.

Bea no dijo nada durante unos momentos. Su piel estaba más blanca de lo que él recordaba, con un tono de marfil translúcido que quedaba realzado por el carmín rojo. En aquel entonces no se ponía carmín.

«Creo que él estaría contento de vernos aquí juntos, ¿no te parece?», dijo Bea.

William no supo qué responder. Ella solía hablar de su propio padre también así, de lo que vería, de lo que pensaría, como si estuviera observándola desde lo alto, como si estuviera siempre presente. Él suponía entonces que eso la ayudaba a sobrellevar su pérdida. La oía hablar con su padre, contarle cómo le había ido el día. Era casi como si su muerte no hubiera cambiado la relación que tenían.

En una ocasión discutieron sobre ello.

Están en el cementerio, fumándose un cigarrillo a medias entre las clases, y ella se pone a gritarle por sentarse sobre una lápida. «Están muertos —replica él—, ya solo son un montón de huesos. De huesos y gusanos». Ella lo mira con una mueca. «Eres repugnante, William Gregory. Este es su último lugar de reposo. Ten un poco de respeto».

Él tira la colilla en el estanque. «Te he escuchado hablar con él», dice, y comprende que no debería haberlo dicho. Lo nota en su estómago al pronunciar las palabras. Es como si hubiera cruzado una línea invisible, perturbando algo íntimo que hay entre ella y su padre. Bea, con el cuello hinchado, recoge su mochila. No responde, pero lo mira de esa manera que reserva solo para él. «Tu padre no está aquí —continúa William—. Está muerto». Ella da media vuelta y se aleja sin decir palabra, saltando la valla de la entrada trasera del cementerio.

Luego, durante la cena, él vio que tenía un desgarrón en la falda y una carrera en las medias. No se hablaron durante días, quizá durante semanas. Y más adelante, cuando estuvieron juntos al final, nunca mencionaron esa discusión. Él quería hacerlo, pero no se le ocurría qué decir, cómo retractarse.

William mantuvo los ojos cerrados mientras recordaba aquello. Era consciente de que él se sentía impulsado a hacer o decir lo que no debía. Tenía tendencia a herir. Su padre lo obligó a sentarse en su estudio una tarde, después de que se hubiera burlado de Gerald en la asamblea matinal. «Ya sé que tú crees que no nos parecemos», le dijo, «pero esta es una de las cosas en las que somos iguales. Mi padre también era así. Decimos lo que pensamos. Pero Gerald y madre son diferentes, y debes aprender a guardarte tus pensamientos».

«Sí —respondió ahora, finalmente—. Madre también se alegrará cuando vuelva a casa y le cuente que te he visto».

Bea asintió.

«Me dijo que estabas fuera, pero no que estabas aquí. ¿Por qué no me lo dijo? ¿Ella sabe dónde estás?».

«Estaba en París. Con Nelson. Llevábamos siglos planeando este viaje. Pero ahora me vuelvo a casa».

Asintió de nuevo, y William vio en su expresión que deducía que él no tenía planeado ir a verla. Que el viaje estaba diseñado para evitar pasar por Londres. Nelson se lo había pedido muchas veces, pero él se había negado rotundamente. No quería verla. Después, sin embargo, al enterarse de la muerte de padre, no se le ocurrió otro sitio adonde ir. Ningún otro sitio donde quisiera estar. Se había dicho que era por ella, que ella agradecería su compañía, pero en realidad sabía que eso no era cierto. Era él quien la necesitaba. «Nelson —dijo Bea—. Bobby Nelson. No pensaba en él desde hace una eternidad».

William le habló de Nelson y del viaje. De las cosas increíbles que habían visto. Como llevaban varios años sin escribirse, la puso al día sobre su vida lo mejor que pudo. Su trabajo en el banco. Sus amigos. Finalmente, le habló de Rose. El bebé llegaría en febrero. Y antes, en octubre, dentro de dos meses, se celebraría la boda. Percibió la sorpresa y luego la sombra de decepción que cruzaba el rostro de Bea. Le extrañaba que madre o Gerald no se lo hubieran contado. Ella trató de sonreír. «Un bebé —dijo—. Guau». Fue a la cocina, volvió con una botella de prosecco y sirvió el líquido espumoso en dos copas alargadas. Apenas lo miró a los ojos cuando brindaron.

Él le preguntó por su vida, y Bea le habló de su clase en el parvulario, de las amigas del trabajo, de la difícil relación que tenía con su madre. «Creo que ella esperaba que yo siguiera siendo una niña cuando volví —dijo—. Y Tommy no ayudó precisamente a resolver las cosas». Hablaron de padre, aunque de forma breve; ninguno de los dos estaba preparado para abordar el tema directamente, para admitir la dura realidad. Hubo un momento en el que pareció como si ya no tuvieran nada más que decirse. Como si fueran dos extraños atrapados sin saber cómo en un momento íntimo. Ya era media tarde. Bea se levantó para recoger las copas. Él la observó, y volvió a acordarse de aquellos primeros días, cuando ella estaba tan perdida, cuando él esperaba que Gerald dijera alguna tontería para observarla y ver cómo se transformaba su rostro.

Estaban los dos callados. William se levantó para estirar las piernas y siguió la hilera de fotos, cogiendo alguna de vez en cuando para examinarla de cerca. Luego llevó a la cocina la bandeja con las tazas y las flores. Allí encontró fotografías más recientes, algunas que él ni siquiera había visto. La última era una de su padre, muy sonriente, sujetando la postal de ajedrez y señalándola con el dedo. Parecía tomada hacía poco. Tenía el pelo más dorado que rojizo, con hebras grises en las sienes, y William advirtió lo delgado que se había vuelto. Cómo había envejecido. En persona, no lo había notado. Se preguntó cuándo habría sido la última vez que había mirado realmente a su padre.

«¿Qué es esto? —preguntó—. ¿Por qué señala ese tablero de ajedrez?».

Bea estaba en el umbral. «Le gané —dijo—. Al fin». Luego lo contempló inquisitivamente, arrugando la nariz. «¿Tú no sabías —dijo asombrada, con una leve sonrisa— que hemos estado jugando durante años?».

«¿Al ajedrez? ¿Tú juegas al ajedrez? ¿Jugabas con él?».

«Empezamos a jugar aquel verano, cuando Gerald y tú os fuisteis de campamento. Antes de que me marchara, me enseñó a anotar las jugadas, y hemos estado jugando desde entonces». Entonces empezó a llorar; las lágrimas le caían sobre la blusa. «Eso era lo único que mi madre aprobaba de tu familia cuando volví aquí: las partidas de ajedrez con tu padre. Resulta que tanto ella como mi padre habían jugado con él también. De hecho, recibí una postal el otro día. —La despegó de la nevera para enseñársela—. Me he pasado todo el día pensado qué hacer con ella. No me parece bien no hacer la siguiente jugada. Pero no tengo a quién enviársela».

Entonces, él la abrazó. Parecía distinta ahora, más huesuda, menos confortable en cierto modo. William estaba habituado a Rose, a la curva de sus caderas, a la fragancia de sus cosméticos. Y sin embargo. Le resultaba tan familiar. No quería soltarla.

Bea

Bea fue a su habitación a cambiarse para salir a tomar unas copas y cenar. Cerró la puerta con sigilo y se sentó sobre la cama. William aquí, en su casa. Casi esperaba que hubiera desaparecido cuando volviera a salir, que se tratara de un espejismo, que ella misma hubiera conjurado su presencia al pasar tanto tiempo mirando las fotografías. Parecía algo irreal. Había abierto la puerta del piso, y allí estaba. Cuántas veces había tenido este sueño. Que él vendría aquí, a Londres. Que ingresaría en su mundo. Que volverían a estar juntos.

Y sin embargo, como ocurría con tantos sueños, la realidad fluctuaba con una luz muy distinta. El William de sus sueños no era el que estaba ahora aquí. El de sus sueños era el de hacía seis años. Imprevisible, airado, dulce, forzando los límites, estrellándose contra las paredes. Este William era diferente. Parecía haberse asentado, haberse echado encima el manto de una vida que no le acababa de encajar. Él siempre había sido capaz de moverse con facilidad en aquel mundo; pero ella nunca había creído que acabaría viviendo allí. Era como si el fuego que había en su interior se hubiera apagado. Le vino el recuerdo de aquel baile de Fin de Año, tanto tiempo atrás, en el que todos iban de punta en blanco, actuando como los adultos que querían ser. Él estaba guapísimo esa noche, pero no se parecía al William que ella amaba. Y este William tampoco era el que ella había conocido.

Cuanto más descubría de su vida, más se entristecía. Qué promesas, qué potencial había en él. Ella lo había convencido para que fuera a Harvard, para que hiciera esa experiencia por los dos. Y al principio, así lo había hecho. Sus cartas estaban llenas de observaciones sobre la universidad, transmitían toda la excitación de aquel mundo. Luego las cartas empezaron a espaciarse y, cuando ella las recibía, tenía la impresión de que él ya no sabía qué contarle. A Bea no le interesaba escuchar historias sobre sus antiguos amigos, sobre fiestas y bares nuevos. En cierto modo, se sintió aliviada cuando él dejó de escribirle. Ahora estaba a punto de casarse, de tener un bebé. Sin duda, esa prometida embarazada no dejaba de representar algo del antiguo William. Menudo disgusto debían de haberse llevado sus padres. No era de extrañar, pensándolo bien, que la señora G no lo hubiera mencionado en su última carta.

Se puso un vestido y se trenzó rápidamente el pelo, aplicándose carmín de nuevo. Cuando abrió la puerta de la sala de estar, William estaba de nuevo en el sofá, pero también se había cambiado: una camisa limpia y otra corbata. Se había peinado el pelo, que ahora llevaba muy corto. Ya no quedaba ni un solo rizo. Al verla, se levantó y le hizo una reverencia.

«Milady», dijo.

«Caballero. —Bea se inclinó a su vez, sujetándose el vestido con las dos manos—. ¿Qué te apetece? ¿Un pub del barrio? ¿O quieres bajar al centro y ver algunos monumentos?».

«Quedémonos por aquí —dijo él—. En tu barrio».

Durante la cena, charlaron sobre todo de Londres, de los efectos de la guerra. Él los había visto también en París. Dijo que el norte de Francia, que había contemplado desde el tren, se veía desolado. Quedaban pocos edificios de la época anterior. Ella le explicó que, al principio, cuando llegó, se perdía una y otra vez, incluso estando en su antiguo barrio. Si antes sabía que debía doblar a la izquierda en una iglesia y luego a la derecha en el mercado, entonces caminaba más manzanas de las necesarias porque los puntos de referencia habían desaparecido. Hasta el cielo parecía en gran parte desconocido.

«Bueno, eso por lo menos debía ser precioso —dijo él—. ¿Recuerdas cómo nos tumbábamos sobre la hierba en Maine para mirar al cielo?».

«Este no era el cielo de Maine. Era el cielo de Londres. En gran parte gris. Nada bonito».

William asintió y dio un sorbo de vino, apoyando la cabeza en la partición del reservado y cerrando los ojos. «Yo suelo soñar con Maine —dijo—. El agua. El cielo. Los gritos de las gaviotas. El olor de los pinos. Así como a ti te costó un tiempo volver a aprenderte esta ciudad, a mí me ha costado bastante tiempo tomar conciencia de que la isla ya no es nuestra. Es curioso cómo los lugares se convierten en parte de lo que somos».

«Esa noticia me apenó. Tu madre debía de estar fuera de sí».

«Creo que discutieron mucho tiempo sobre el asunto antes de hacerlo. El dinero para mi matrícula lo consiguieron por otro lado, entre ahorros y privaciones. Pero no había suficiente para la de Gerald».

Un día, Bea había recibido por correo una caja grande enviada por la señora G. En su interior había algunos objetos de la casa de Maine: un cubo de bayas, una enorme piña de pino, la colcha de su cama. Y una notita metida dentro. «Quería que te quedaras estas cosas, querida. Tuvimos que vender la casa. Sé que tú la amabas igual que nosotros. Disfruta de estas cosas. Guarda tus recuerdos en su interior. Con todo mi amor». Ella le escribió de inmediato con un millón de preguntas, pero la señora G nunca le respondió a lo que le había preguntado. Raramente volvió a aludir a Maine. Bea metió otra vez las cosas en la caja y la guardó en el fondo del armario. Le resultaba demasiado difícil ver aquellos objetos a su alrededor.

«Llevé allí a Rose en julio —estaba diciendo William—. Tomé prestado el bote del señor Lasky, remamos hasta la isla y alcanzamos la orilla junto al bosque. Lasky me dijo que los nuevos propietarios son de Nueva York y solo van en agosto. Así que pasamos la noche en la casa para que Rose pudiera conocerla, ¿sabes? Para que pudiera entenderlo».

Al fin, el William que ella conocía. El William dispuesto a arriesgarse. «¿Y? —dijo Bea—. ¿Qué le pareció?».

«Encontró aquello horrible. A ella no le gusta saltarse las normas, dormir en una cama ajena, beberse un vino que no es suyo; y no vio la casa como nosotros la vemos. Yo quería que le encantara, que sintiera lo mismo, pero no fue así».

«Eso es algo que sabemos bien —dijo Bea, consciente de estar situándose con él en una misma perspectiva: una que excluía a la tal Rose—. Cuesta comprender el pasado de otro».

«A ella la casa le pareció fría y húmeda, simplemente. —Se interrumpió y recorrió el pub con la vista—. Yo he estado intentando ahorrar para volver a comprarla —dijo sin mirarla—. Quiero recuperarla. Cuando ella se quedó embarazada y supe que íbamos a tener una familia, aún lo deseé más. Quiero que mi hijo tenga una infancia igual que la nuestra. Pero ella no quiere eso. Quiere comprar una casa en Cape Cod. No creo que tengamos nunca el dinero suficiente. Y a mí tampoco me apetece demasiado ir ahí».

Bea no sabía qué decir. Había olvidado por un instante que él estaba a punto de tener un hijo, que iba a casarse, que estaba empezando una nueva vida, una vida de la que ella no formaba parte. Prefería seguir hablando de Maine. Nuestra infancia, había dicho William. Como si siempre hubieran estado juntos. «Dime, ¿cuál es tu recuerdo preferido de Maine? —dijo—. ¿Cuál es el momento en la isla que aún te acompaña?».

Él sonrió, y entonces reapareció el antiguo William. No tanto por el aspecto de su rostro —qué guapo estaba ahora, tenía pinta de actor de cine, a decir verdad— como por su forma de relajarse en el reservado. «No podría escoger solo uno. Pero estos son los primeros que me vienen a la cabeza: estar tendido en el dique flotante, agotado, después de haberte ganado a ti o a Gerald, o todavía mejor, a ambos, sintiendo el sol en la cara. O asando malvaviscos en la fogata, mientras las chispas se alzaban en el cielo oscuro. O mirando cómo padre sacaba del bote lo que había pescado, con las gafas salpicadas de sal». Hizo una pausa. «Y tú. Aquel último verano».

«Sí —dijo Bea—. Todos esos son buenos recuerdos». Ambos se miraron y, de repente, otra vez estaban allí en cierto modo, en la isla, durante su última noche. Los dos se escabullen cuando todo el mundo se ha ido a dormir y corren por el sendero del bosque. Él va delante, con el brazo extendido hacia atrás para no soltarle la mano. Corren hasta la orilla donde ella aprendió a nadar, donde el agua es algo más cálida, arrojan sus ropas sobre las rocas y empiezan a vadear. Hace mucho frío, y Bea tiene que taparse la boca para sofocar un grito, pero no quiere que él la vea desnuda, así que se apresura a adentrarse en el agua. Avanza hasta que le llega al pecho y entonces inspira hondo, se pellizca la nariz y se sumerge del todo. Enseguida sale a la superficie riendo, con todo el cuerpo temblando de frío. «Vale, ya lo hemos hecho —dice, casi incapaz de hablar, porque le castañetean los dientes—. Ahora, vámonos», y ambos se mueven con las olas hacia la orilla. Ella le echa un vistazo a su cuerpo antes de que ambos se envuelvan en las toallas y empiecen a vestirse cubiertos con ellas.

En el camino de vuelta a través del bosque, ella tropieza con una raíz y ambos caen al suelo, jadeando y riendo. William se sienta, la atrae hacia sí y ella se sube a su regazo, de manera que quedan cara a cara. Pero aquello está muy oscuro, con toda la fronda de los árboles sobre sus cabezas. La niebla es muy densa, no hay luna ni estrellas, y ella no le ve la cara. No sabe si está sonriendo, así que explora con los dedos. Sus pómulos. Sus cejas. Su barbilla. La sorprendente suavidad del vello de sus mejillas. El lunar junto al ojo. Su boca. Está sonriendo. Y entonces él empieza a hacerle lo mismo con mucha delicadeza. Bea nunca habría creído que pudiera ser tan delicado. Un párpado, luego el otro. Una oreja y luego la otra. La nariz. Se besan. Él sabe a sal. Ella le rodea el cuello con los brazos, él la sujeta por la cintura y se quedan así, sin moverse —Bea con la mejilla pegada a su cuello, notando su aliento en el pelo—, y los dos sienten que aquello está bien, que es aquí adonde les han llevado todos estos años juntos. A este momento. A este glorioso momento.

William

Él no había ido allí, a Londres, a acostarse con Bea. Solo quería estar con ella. Pero eso fue lo que sucedió. Volvieron tambaleantes del pub, después de haber bebido mucho vino, de haber hablado demasiado del pasado y compartido demasiados recuerdos. El presente en cierto modo había quedado disuelto y olvidado. El pasado se había alzado entre ambos y se apoderó de ellos. Rose no existía. El padre de William aún seguía vivo. Se transformaron en lo que eran entonces. Adolescentes deseosos de explorar y ser explorados. Él buscó a tientas su sujetador, ella tiró con impaciencia del nudo de su corbata. Él sentía un impulso frenético, luego desesperado, solo quería estar dentro de ella y, cuando lo estuvo, ya simplemente quiso quedarse allí, dormirse sobre su cuerpo. Pero Bea le dio un beso y se escabulló de debajo, apretándole la mano, en una especie de disculpa, y enseguida se quedó dormida. Él permaneció observando cómo respiraba, mirando su cuerpo desnudo iluminado por la claridad de las farolas.

Cuando despertó por la mañana, había un gurruño de sábanas en el otro lado de la cama, y tardó unos momentos en recordar dónde estaba. En aquella habitación solo cabía la cama y un pequeño aparador. Por la diminuta ventana entraba una luz reluciente, demasiado reluciente. Oyó un ruido y, al volverse, vio en el umbral a Bea, vestida, con un trozo de papel en la mano. Parecía nerviosa, como si fuera ella la que estuviera en un apartamento extraño.

«¿Qué es eso?», preguntó él, sintiéndose de pronto expuesto y tapándose con las sábanas. ¿Realmente habían tenido sexo o solo se lo había imaginado?

«Nuestro plan para hoy —dijo ella—. Te voy a enseñar Londres. Mi Londres».

La noche anterior habían hablado de lo difícil que es conocer el pasado de alguien. En América, ella había intentado hablarle de su vida en Londres, pero él nunca había logrado imaginársela y luego, con el tiempo, había sentido que Bea se había desprendido de su pasado. Lo que había hecho era incorporarse a su mundo, al mundo de los Gregory. Pero ahora él estaba aquí, en su apartamento, en su propio mundo. Los papeles se habían invertido.

Bea ya había preparado café y le sirvió una taza antes de emprender la marcha. Sentado a la mesita de la cocina, él la observó mientras sacaba la leche y el azúcar, mientras metía unas rebanadas de pan en la tostadora y las cortaba después en triángulos. La cogió por la cintura y la atrajo hacia sí. Ella le dio un beso en la cabeza y se escabulló antes de que pudiera reaccionar. Se movía con una asombrosa ligereza en aquel espacio diminuto.

Era martes y, afuera, el cielo estaba nublado. Había mucha gente en las calles dirigiéndose al trabajo, apresurándose a hacer recados. Los hombres parecían incómodos con sus trajes, caminaban con la frente cubierta de sudor. Pasaban niños corriendo, riéndose; mujeres con cochecitos. Debía haber llovido mucho durante la noche porque las calzadas y las aceras estaban llenas de charcos.

Después del divorcio, Bea y su madre se habían mudado otra vez al antiguo barrio, y lo primero que hizo ella fue llevarlo al sitio donde había estado su colegio. El edificio había quedado arrasado por una bomba no mucho después de que ella se fuera, y ahora se alzaba allí orgullosamente una nueva escuela. En la pared que miraba al patio, Bea le señaló los ladrillos recuperados del edificio original que habían empleado para construirla, en una suerte de gesto conmemorativo. William recordó la historia que ella le había contado de los niños que correteaban por el patio con máscaras de gas.

Siguieron adelante hasta el supermercado del barrio, el mismo que ella había frecuentado desde niña, para comprar una botella de vino. «Buenos días, Trixie —dijo la mujer de detrás del mostrador con una sonrisa, no sin echarle una larga mirada a William—. ¿Dónde está tu encantadora madre?».

Bea le explicó que estaba de vacaciones. «Volverá a finales de esta semana», dijo, cogiéndolo a él del brazo y arrastrándolo hacia el interior del establecimiento.

«Trixie —repitió William, rodeado de sacos de harina y azúcar. El apelativo le sonaba raro—. ¿Trixie?».

Ella se ruborizó, cosa que él raramente le había visto hacer. «Así es como me llaman aquí. A mamá nunca le gustó Bea. En inglés suena igual que *bee*, abeja. Una abeja pica, decía. Mejor no ser una abeja».

«Pero así es como te llamábamos nosotros. Todo el mundo, de hecho».

«Al principio no. Vosotros me llamabais Beatrix y luego abreviasteis. Ya no recuerdo quién o cuándo. Pero a mí me gustaba. En cierto modo, me parecía bien tener allí un nombre diferente. Ser una persona diferente. Luego, cuando volví, todo el mundo me conocía aquí como Beatrix, y en el colegio me llamaban Trix. Así que ya ves. Trixie».

«Entonces, ¿cómo quieres que te llame?», dijo él, medio molesto; se sentía extrañamente engañado.

«Bea —dijo ella, mirándolo como si fuera idiota—. Ese es mi nombre. Para ti. Así es como me llamas tú. —Le señaló la puerta—. Sal por ahí, ¿vale?, y espérame en la calle. No quiero tener que explicarle quién eres a esa entrometida».

William se encogió de hombros, salió por la puerta, cuya campanilla sonó al abrirse, y, mientras aguardaba apoyado en el edificio de enfrente, encendió un cigarrillo. No veía el interior del supermercado, solo su reflejo. ¿Quién era él? Se le ocurrían muchas respuestas que Bea podía darle a la dependienta.

«Este es William. Viví con su familia durante la guerra».

«¿Recuerda la época que pasé en América? ¿El chico mayor del que le hablé? ¡Pues es él!».

«Durante cinco años este chico fue como mi hermano. Y luego, al final, fue algo más que eso».

«Ah, y anoche nos acostamos».

Aquí estaban, juntos en público por primera vez. Él deseaba cogerla de la mano. Quería que todo el mundo supiera que estaban juntos. Pero ella lo trataba, por el contrario, como si fuera un ciudadano de segunda o un criado, alguien que debía esperarla en la calle. Cuando Bea salió de una vez y cruzó corriendo la calle porque venía un coche, su sonrisa se desvaneció al ver la expresión que William tenía en la cara.

«¿Qué? —dijo, mientras echaba a andar por la acera con paso vivo, obligándola a darle alcance—. ¿Cuál es el problema?».

Él esperó que a pasaran unas personas que iban en dirección contraria. «Tú —dijo—. Tú eres el problema».

Bea giró en la esquina y después se detuvo bruscamente y se volvió para mirarlo a la cara, de manera que él casi se tropezó con ella. «¿Qué quieres que haga?, ¿que le cuente mi vida a cada chismosa? Esa mujer conoce a mi madre, William. Y a mí me conoce desde que era niña». Se le había enrojecido la parte superior de las orejas, un detalle que él había olvidado.

«Me parece que podrías haber hecho algo más que sacarme a la calle».

«¿Qué tendría que haberle dicho? Este es William, viví con su familia en América. Ah, y anoche jodimos un poco».

Él no encontró palabras para responder. Bea siempre había sido dura. Era una de las cosas que le encantaban de ella, que sabía defenderse por sí misma. Pero había algo ahora en su tono que lo sorprendió. Podía parecer ridículo, pero él no creía haber oído hablar así a una chica nunca. Incluso Rose, que no era especialmente sofisticada, hablaba siempre de «hacer el amor», una expresión que William detestaba. Sexo, pensaba él, llámalo como lo que es. Vamos a follar. Y a pesar de que Bea lo había dejado pasmado, aquello lo excitó. Le encantó que hubiera dicho precisamente lo que él pensaba. Con mucha frecuencia las cosas habían sido así entre ellos, como si pensaran exactamente lo mismo sin necesidad de hablar. Esa sensación nunca la había tenido con nadie más. Ni siquiera con Rose. Empujó a Bea contra la pared y la besó. Despacio, sin prisas. Ahora estaban sobrios y lo único que él deseaba era besarla. Ella se resistió al principio, pero luego cedió y lo besó a su vez. «Sí, eso es lo que hicimos —le dijo William al oído—. Y espero que volvamos a hacerlo esta noche».

Bea

Al despertarse por la mañana, cuando apenas empezaba a entrar luz en la habitación, Bea se alegró de que él estuviera dormido. Estudió su rostro largo rato, intentando grabárselo en la memoria, tratando de que fuera esa la cara que recordaría en el futuro. William se iba a la mañana siguiente, y ella no sabía cuándo volvería a verlo. Situó la mano sobre su rostro, sin tocarlo, y repasó en el aire los contornos de sus labios, de sus ojos, de su nariz. Las líneas que empezaban a formarse en torno a su boca y a sus ojos. Ahora era incluso más guapo.

No quería pensar en lo que había ocurrido la noche anterior. Llevaba tanto tiempo pensando en la posibilidad de que aquello sucediera que había estado incluso demasiado consciente mientras sucedía. Ellos no habían tenido sexo antes de que se marchara. Después, a lo largo de los años, se había acostado con algunos chicos, a veces pensando en él más que en ellos, y luego se había quedado con la sensación de que tampoco había para tanto. Parecía un error tener relaciones íntimas con hombres a los que apenas conocía. Eran encuentros torpes y apresurados alimentados solo por el impulso sexual, no por el verdadero deseo. Pero con William no había sido así, y Bea deseaba que fuera algo auténtico, estar con él de verdad. Por un momento había creído que podían convertirse en los que habían sido. Era un error, en muchos sentidos. Él estaba comprometido, por el amor de Dios. Iba a tener un bebé con esa tal Rose. Pero era William. Y ellos juntos siempre tendrían quince y diecisiete años, siempre estarían en el umbral de algo. Qué dulce ese instante, esa fase previa. Cuando la expectativa lo es todo. Cuando todo resulta nuevo. Cuando no hay consecuencias ni existe el después.

Se duchó y se vistió y, mientras hacía café, decidió mantenerlo ocupado durante el día. Apartar de su mente el recuerdo de su padre, evitar hablar de la noche anterior. Trazó un plan y, cuando él se levantó, se pusieron en marcha. Le enseñó todo el barrio, el edificio en el que se había criado, la iglesia. A mediodía empezó a lloviznar y ella estaba agotada, así que se sentaron un rato a descansar en un banco del parque. Bea abrió el paraguas para que se guarecieran de la lluvia. Él extendió las piernas y soltó un gruñido mientras encendía un cigarrillo.

«Me estás agotando, Trixie», dijo.

Ella frunció el ceño y meneó la cabeza. «¿Qué te parece? —dijo—. ¿Es como te lo imaginabas? ¿Recuerdas que te hablé de todos estos sitios?».

«Sí, claro que lo recuerdo —dijo él—. Pero no es lo que creía. Nunca me imaginé que fuese un entorno tan urbano. Tan diferente de nuestro hogar. Qué extraño tiene que haber sido para ti vivir allí con nosotros».

«Sí —dijo ella—. Lo que recuerdo de aquellos primeros días, quizá del primer año, es la diferencia de tamaño. Allí todo era grande comparado con el mundo al que estaba habituada».

«¿Y qué impresión tuviste entonces al volver?».

«Como cabría esperar. Todo parecía sucio, apretujado, gris. Todo el mundo estaba flaco, hambriento. Y sin embargo, había alegría también. Brotaban las flores entre las ruinas. Y era un entorno conocido, algo que llevaba en la sangre. Como si esto por entero formase parte de lo que soy. Como si yo hubiera estado siempre destinada a estar aquí. Como si este fuera mi sitio».

William asintió.

«Es como lo que te decía anoche sobre Maine. No me acabo de imaginar viviendo en otro sitio que no sea Nueva Inglaterra».

«Bueno —dijo ella, desviando la mirada, decepcionada por su falta de curiosidad sobre el resto del mundo. ¿Qué había sido del chico que quería escapar?—. Entonces supongo que los dos hemos acabado en el lugar adecuado. Uno en la vieja Inglaterra y otro en la Nueva».

«Al otro lado del charco —dijo él. Se quedaron callados un momento. Llegó un grupo, un poco más allá, y empezó a prepararse para jugar a críquet—. ¿De dónde vendrá esta expresión?», preguntó William con los ojos cerrados.

«La aprendimos en el colegio —dijo ella—. Es una antigua expresión. Cruzar el charco significaba hacer un viaje pagado por el rey. Una oportunidad para trasladarse a otro lugar. Es de antes de la guerra de la Independencia americana».

William asintió. «Me gusta lo de trasladarse a otro lugar».

«Recuerdo que lo pensé cuando hice la travesía por primera vez. Parecía que el Atlántico nunca se fuera a acabar. Como si no hubiera tierra al otro lado. Como si fuéramos a seguir navegando hasta acabar de nuevo en Inglaterra». Bea no añadió que, cuando hizo la travesía de vuelta en el 45, deseaba que no pudieran fondear. Que tuvieran que volver atrás. Entonces ella viajaría en autostop de Nueva York a Boston y entraría directamente en aquella cocina soleada. «Ya estoy aquí —diría—. ¿Qué hay para cenar?». Y todos correrían a su encuentro y la abrazarían. Estaría de nuevo en casa. No sabía si alguna vez, antes o después, había deseado algo con más intensidad.

«Típico de un británico —dijo ella finalmente—, creer que el mundo empieza y acaba aquí».

«Todos somos así, ¿no crees? —dijo William—. Lealistas, como los colonos americanos que se mantuvieron fieles a la monarquía británica durante la guerra de independencia de los Estados Unidos».

«Sí, bueno, pero es más fácil para unos que para otros».

«¿Qué quieres decir?». William sonaba irritado, como si lo estuviera insultando. Parecía muy sencillo, ahora, conseguir que se enojara; lo cual no le gustaba demasiado.

«No me refería a ti, sino a mí. —Señaló a los que estaban jugando a críquet—. Ni siquiera conozco las reglas».

«¿Y qué? Yo tampoco».

«Pues eso es precisamente lo que digo. ¿Cuál es mi equipo favorito? Los Red Sox. ¿Mi lugar preferido? Maine. ¿Mi comida favorita? Los muffins de tu madre. Y, sin embargo, aquí estoy. Este es mi hogar. Mi madre está aquí. Soy de aquí y, sin embargo, en realidad estoy en un limbo, atrapada entre dos mundos. Como si no encontrara dónde encajar».

William asintió, pero permaneció callado. Ella se preguntó si era capaz de entenderla. Se inclinó y le dio un beso en la mejilla. Él sonrió.

Luego Bea se levantó y le tendió la mano. «Venga, sigamos —dijo—. Hay muchas cosas que ver». Él le cogió la mano y se pusieron en marcha. Juntos y, sin embargo, no del todo.

William

Lo que más recordaba William de aquel día era cómo se desenvolvía Bea en ese mundo suyo. Lo amable y encantadora que era con todos, desde los dependientes hasta los celadores de los museos y los niños de los parques. Esa Bea era distinta de la que él había conocido. Ella siempre había sabido lo que había que hacer —a diferencia de él—, pero ahora había en su actitud una confianza en sí misma que era nueva. Una gracia especial. Y era ella quien llevaba la batuta, la que le indicaba el camino.

Frente a las verjas de Buckingham Palace, se puso a charlar con unos turistas americanos que la acribillaron a preguntas sobre qué debían ver y adónde debían ir. Ella no lo presentó ni dijo que había vivido en América. Actuó como la británica que era. En el salón de té, le preguntó a la camarera por el collar que llevaba y sonrió al mozo. Y en el Victoria and Albert Museum se tropezaron con un alumno suyo del parvulario. El niño la vio desde el otro lado de la galería y se acercó a todo correr para rodearle las caderas con los brazos y apoyar la cabeza en su estómago. Ella le acarició la cabeza y sonrió a los padres inquietos antes de arrodillarse para mirarlo a los ojos.

«¿Te gusta tu trabajo? —preguntó William mientras salían del museo y caminaban de nuevo hacia el metro—. Ese crío parecía realmente fascinado contigo».

«En gran parte, me gusta —dijo ella—. A veces es desesperante, claro. Y casi no puedo moverme cuando llego a casa. Me tumbo en el sofá y me iría a la cama si mamá no me obligara a cenar. Pero es maravilloso formar parte de sus vidas».

«Me gustaría que hubieras podido ir a la universidad —dijo él—. Imagínate lo que podrías estar haciendo».

Bea apretó los labios. «¿Hablas en serio, William? ¿Ser profesora no te parece una ocupación respetable? No sé si tu padre aprobaría esa opinión». La antigua furia brillaba ahora en sus ojos.

«No. No quería decir eso —dijo él, con la sensación de que iba siempre un paso por detrás, de que no parecía capaz de decir lo correcto—. Solo quería transmitir que eres muy inteligente».

«Sí, vale». Ella siguió caminando dejándolo atrás, y William pensó en todas las veces que Bea lo había puesto en su sitio. Un rasgo suyo que amaba y odiaba a la vez.

La sujetó de la mano. «Frena un poco, ¿no? Solo pretendía hacerte un cumplido, por el amor de Dios».

«¿Tú estás sacándole mucho partido a tu título de Harvard? Da la impresión de que estás en una oficina confortable entregando dinero a la gente». Seguía enfadada.

«No —dijo él—. La verdad es que no. Es un trabajo aburrido. Pero me viene bien. Por ahora».

«¿De veras? ¿Y qué me dices de todo lo que querías hacer? ¿De vivir en Nueva York, de viajar? Cómo se te iluminaba la cara cuando hablabas de París. No me creo ni por un momento que estés contento viviendo en Boston. Es solo la versión que te cuentas a ti mismo para convencerte de que has tomado las decisiones acertadas. Para sentir que vas en la dirección correcta. —Ahora se había plantado frente a él, y la gente que iba por la acera los sorteaba, desviando la mirada—. Esos niños, William, tienen la posibilidad de vivir su infancia. Cosa que yo nunca pude hacer realmente. Para mí es un placer estar todos los días con ellos. Disfrutar de esa inocencia, de ese asombro».

«Me alegro por ti —dijo él—. De veras. He sido un idiota. Como siempre. Hay cosas que no cambian, supongo».

«En eso tienes razón», dijo Bea, aunque ahora sonreía, pero William tenía la sensación de que él estaba ensanchando la brecha entre ambos, consiguiendo que ella se alejara con cada palabra que pronunciaba. ¿Por qué demonios se pasaban todo el día discutiendo?

«Cuéntame de G —dijo Bea—. Apenas has dicho nada de él».

«Está bien, creo —dijo él—. Parece contento en Harvard; tiene un buen grupo de amigos».

«Pero ahora —dijo ella, con la voz medio ahogada—, tu madre lo necesitará. Os necesitará a los dos, pero sobre todo a él».

William sabía que Bea tenía razón. Incluso aunque no fuera por el bebé. Gerald estaría ahí. Sería el hijo que madre querría tener a su lado.

Caminaron un trecho en silencio. El tiempo era como cabía esperar de Londres. Nublado, lluvioso, sin que luciera apenas el sol.

«¿Sabes a qué se quiere dedicar?».

«Ni idea. Se está especializando en Psicología, me parece. Ha hablado alguna vez de hacer un postgrado, pero no estoy muy seguro. Pasa mucho tiempo dando clases particulares a niños del North End.

Beatrix sonrió. «Ya veo —dijo—. Tiene el mismo espíritu generoso que tu madre. Y también su paciencia».

«Supongo». William estaba deseando que hablara claro de una vez, que dijera que se sentía decepcionada con él.

«En fin —dijo Bea con excesiva animación—. Tú estás a punto de ser padre. Ahora vas a estar muy ocupado. A tu madre le encantará ser abuela. Seguro que echa de menos tener niños a su alrededor. Eso le proporcionará una ocupación, ahora que tu padre ya no está». Desvió la mirada, parpadeando.

William no quería hablar de padre. Bastante era estar aquí con ella, sabiendo que también se sentía afligida, aun cuando se dedicaran a discutir. Esa era su manera de relacionarse, ¿no? Y esa era la razón de que él estuviera aquí. A aquellas alturas ya se había cansado de caminar y hacer de turista. Quería volver a su apartamento, tenerla para él solo. Su tren saldría a primera hora de la mañana y les quedaba muy poco tiempo.

Bea

Era extraño estar pasando tanto tiempo con William. Al fin y al cabo, ellos raramente habían estado a solas mucho tiempo. Incluso durante los veranos en Maine, cuando trabajaban juntos en el pueblo, se mantenían muy ocupados. Y en casa, estaban los demás. Había una especie de intensidad en él —siempre cuestionando, siempre discutiendo— que era extenuante. La agotaba. También había algo indefinible oculto en su interior, una especie de tristeza que había estado ahí siempre, pensaba, pero que ahora parecía más pronunciada. No era solo la pena por la pérdida de su padre. Tenerlo allí, por lo demás, hacía que ella echara de menos al resto de la familia. Más de una vez se sorprendía pensando en Gerald.

A la mañana siguiente, William se iría, volvería a América, se casaría con Rose, fundaría una familia. Estaba a punto de empezar una vida totalmente distinta. Bea pensó en lo importante que había sido para ella comprender el pasado de aquella familia. Estaban las historias de los Gregory que había oído una y otra vez. Habían ocurrido antes de su llegada y, sin embargo, parecía como si ella también hubiera estado allí. En aquel entonces se había esforzado todo lo posible en trenzar su vida con la de ellos. Nunca había pensado que sus futuros divergirían. Que habría dos líneas apuntando en direcciones diferentes.

Ciertamente no era así como había pensado que acabaría todo. Mientras permanecían juntos en el andén del metro, esperando al tren que los llevaría a casa, se sentía afligida por el señor G, pero también por William. Echaba de menos al chico que había conocido. Nunca había dejado de añorarlo. Si William no hubiera venido, ella podría haber permanecido aferrada al recuerdo que tenía de él. Cuando llegó el tren, entró en el vagón y le tendió la mano para enlazar la suya y atraerlo hacia ella.

De camino a casa, pasaron junto al supermercado y él le preguntó si no necesitaban comprar algo para cenar. Bea se sintió aliviada; no le apetecía volver a salir. En casa había comida de sobra, así que negó con la cabeza y recorrieron las últimas manzanas en silencio, todavía cogidos de la mano. Ella quería cenar, beber vino y acostarse con él. Quizá no en ese orden. No necesariamente para tener sexo, sino para abrazarlo. Para que él la abrazara. Para reconocer sin palabras que esta sería la última vez que estarían juntos así. La próxima vez que lo viese todo habría cambiado.

Ya había oscurecido, pero ella no alzó la vista hacia las ventanas del piso como hacía casi siempre cuando regresaba a casa. Era como un reflejo. Por algún motivo, sin embargo, esa noche no lo hizo. Así que subieron las escaleras, ella abrió la puerta, cruzaron el umbral riendo y acalorados, y allí estaba mamá, en la cocina.

«¿Qué haces aquí? —dijo Bea, soltando la mano de William—. Se suponía que estabas en España».

En lugar de responder, mamá se dirigió a William mientras se secaba las manos en el delantal. «Yo soy Millie, la madre de Beatrix».

William hizo una inclinación y le sonrió.

«Es un placer conocerla en persona, señora Thompson».

«¿En persona? ¿Es que nos conocemos?».

«Mamá —dijo Bea, poniéndole la mano en el brazo—, este es William. William Gregory. Estaba viajando por Europa y ha pasado por aquí de camino a casa. Cogerá el tren a Southampton mañana por la mañana».

«¡Ah, William! —dijo mamá—. Vaya por Dios».

Y luego miró a Bea, quien dedujo por su expresión que había visto las fotos esparcidas por el suelo, el fregadero con las copas de vino y las tazas de café, y su dormitorio con la cama deshecha, las sábanas desordenadas y los envoltorios de los condones en el suelo.

«¡Ojalá lo hubiera sabido! Habría preparado algo rico para cenar. Acabo de hacer unas tortillas, nada especial».

«Por mi perfecto, muchas gracias —dijo William—. No tengo nada de hambre. Estoy cansado, eso sí. Su hija me ha hecho un recorrido acelerado por todo Londres. Hemos ido a… ¿cómo era, Trix?, a un museo, a la Torre de Londres, al palacio de Buckingham». Se sentó en el sofá, en el mismo sitio donde se había sentado la noche anterior, con los pies sobre el banquito, fingiendo no notar la mirada gélida de mamá. Bea sabía que sí se había dado cuenta; por eso la había llamado Trix. Él siguió contándole lo que habían hecho durante el día. Mamá asentía y sonreía, él hablaba y hablaba, y Bea lo único que deseaba era desaparecer. Nunca había querido que mamá conociera a William. Parecía algo fuera de lugar.

Durante el primer año tras su regreso de América, ella había conocido a algunas chicas que también habían estado allí —una en Virginia y otra en Nueva York—, y descubrió que sus madres se las habían arreglado para visitarlas. Ella se preguntó durante semanas por qué mamá nunca había mencionado esa posibilidad. Una noche, mientras cenaban, le preguntó si no había considerado la idea de visitarla.

«No —dice mamá con su estilo directo—. Nunca lo pensé. Ya sé que otros padres fueron, pero era caro y difícil. Tu padre y yo estuvimos de acuerdo. —Desvía la vista—. Además —prosigue, mirando por la ventana—, no tenía interés en verte allí, en América. Tu sitio está aquí, conmigo. Yo me habría sentido desplazada, como fisgoneando. No me interesaba hacer eso».

«Tu madre —dice Tommy, extendiendo el brazo para cogerle la mano a mamá— te mandó allí para ponerte a salvo. Es una madre increíble, mucho mejor que esa mujer de América». Bea lo mira furiosa, pero no dice nada. «Yo sentía que nos miraba por encima del hombro —añade mamá—. Se apresuraba a escribirnos cuando te enseñaban a nadar o cuando te compraban ropa elegante. ¡Y esas fotos que solía enviar, por Dios! ¿Eran para demostrarnos que ellos tenían mucho más que nosotros?». Torció la boca. «Nosotros estábamos en mitad de una guerra. Ella tomaba el sol y preparaba galletas».

Bea se levanta con tanta brusquedad que la silla cae al suelo con estrépito. «Tú no tienes ni idea —replica—. Lo has entendido todo mal. Ella es maravillosa. ¿Cómo te atreves a hablar así de mi familia en América?».

«¿Tu familia? —dice mamá—. ¿Tu familia? —Se levanta y se le planta delante. Se miran a los ojos, llenas de furia—. Esta es tu familia. Este es tu hogar. Allí estuviste viviendo unos años. Nada más».

Bea sale precipitadamente, echa el cerrojo de su habitación, esparce todas las fotografías sobre la cama y empieza a escribirle una carta a la señora G, preguntándole si puede volver, si por favor pueden acogerla. Su madre aporrea la puerta hasta que Tommy se la lleva. Más tarde, una noche a última hora, Bea quema la carta en el patio aplicando una cerilla a sus palabras airadas.

Sus dos mundos, colisionando. Estrellándose el uno contra el otro. Ella no podía entender entonces la lógica de su madre: se tomó como algo personal que no hubiera querido ir a verla. La rabia y el desprecio que mostraba ante los Gregory le resultaba desconcertante. Pero ahora, mientras observaba cómo madre y William se toreaban mutuamente, sin actuar ninguno de los dos como eran de verdad, lo entendía mejor. La señora G solía decir que le gustaría que ambas familias se reunieran en Maine cuando todo hubiera acabado, que las dos se convertirían mágicamente en una sola familia. Bea lo había creído entonces. El maravilloso optimismo americano de la señora G. Pero mamá tenía razón. Ella se habría sentido desplazada allí. Tal como William se sentía desplazado aquí. Él y mamá no deberían haberse conocido. No estaban hechos para estar juntos.

William

La cena de esa noche fue una pesadilla. En lugar de lo que él había imaginado —los dos en la cama, desnudos, comiendo pan con queso, derramando vino en las sábanas—, se sentaron los tres allí, en torno a la mesita de la cocina, mirándose a duras penas a los ojos. William nunca había visto a Bea tan tensa; parecía como si le palpitaran todas las venas del cuello y su boca se había convertido en una apretada línea recta. Casi no dijo una palabra. Él se sentía obligado a hablar, a alimentar la conversación, pasando por encima de la incomodidad que ella sentía. La noche anterior, Bea le había hablado de la tirante relación con su madre, pero él no había imaginado la animosidad que había entre ellas, o más exactamente, no había entendido que su madre había tratado de borrar todo rastro de su estancia en América. Ahora lo percibía en la expresión con que la mujer lo miraba, en la forma que tenía de taladrarlo con sus ojos. Unos ojos que se parecían mucho a los de Bea.

«¿Cuánto tiempo has estado de viaje?», preguntó la señora Thompson. Aquella mesa era para dos, y cada vez que William chocaba con las rodillas de Bea, apartaba las piernas. Un desvencijado ventilador de ventana removía el aire de la cocina.

«Unas semanas. Estoy acortando el viaje porque… —miró a

Bea y, al ver que asentía, prosiguió— porque mi padre ha fallecido. Inesperadamente».

«Oh, no —dijo la señora Thompson, y por primera vez él entrevió a la persona por detrás del barniz más superficial. Notó que realmente lo sentía—. Ay, cielos. ¿Qué ha ocurrido?».

«Un ataque al corazón», dijo William.

Ella desvió la mirada, asintiendo. «Igual que Reg —dijo para sí—. ¿Qué le pasa al corazón de estos hombres? —Volvió a mirarlo—. Igual que el padre de Beatrix». Preguntó por el funeral y se interesó por cómo estaba su madre. Luego demandó información sobre su viaje y él le habló de París. También de su trabajo. No le explicó lo de Rose y lo del bebé. Ella no preguntó por Gerald. Apenas parecía escuchar. Finalmente, se les agotaron los temas de que hablar. Se oían los ruidos que subían de la calle.

William comprendió que no podía pasar allí la noche. Después de cenar, mientras Bea lavaba los platos, entró discretamente en el dormitorio para recoger su bolsa. Cuando volvió a la sala de estar, la señora Thompson lo miró desde el sofá.

«Ha sido un placer, William —dijo—. Vuelve a visitarnos algún día. Quizá con mejores noticias». No se levantó, pero le tendió la mano para estrechársela.

«Sí, así lo haré», dijo él.

«Dale recuerdos a tu madre. Lamento muchísimo lo de tu padre».

Él asintió.

«Se los daré, gracias».

Bea señaló la puerta.

«Voy a acompañarlo —le dijo a su madre, sin mirarla a la cara—. Enseguida vuelvo».

No hablaron ni se tocaron mientras bajaban por la escalera, una escalera tan angosta que la bolsa de lona de William golpeaba las esquinas cuando giraban en cada rellano. Él se sentía como un niño rechazado. Afuera, el sol se había puesto y el aire era gélido. Bea lo cogió de la mano, lo llevó calle abajo y, bruscamente, dobló por un callejón a mano derecha.

«Lo siento —dijo, volviéndose para mirarlo—. No era esto lo que quería».

Él asintió, sintiéndose impotente y desesperado. «¿No puedes venir conmigo?», dijo.

«William —dijo Bea—. Vas a casarte».

«Ya lo sé. Me refiero a esta noche».

Ella suspiró.

«No, me lo recordará toda la vida. No puedo».

«¿Así que se acabó? ¿Nos despedimos aquí?».

«Me escabulliré por la mañana. Nos vemos en la estación».

Él asintió. No era lo que buscaba, pero tendría que conformarse con eso.

«Te esperaré bajo el gran reloj de la estación Victoria, junto a la entrada de Grosvenor. ¿A qué hora sale tu tren?».

«A las nueve y media».

«Quedemos a las siete y media entonces».

Él volvió a asentir.

«Vale, es un plan». Dejó la bolsa en el suelo y cogió su rostro con ambas manos.

«Te quiero, William Gregory —dijo ella—. Quiero que lo sepas».

«Yo también te quiero, Beatrix Thompson».

Se abrazaron con fuerza y luego se besaron, pero en cierto modo todo había cambiado. Era un beso entre dos viejos amigos. Bea se separó primero. Tras salir del callejón a la calle, le puso la mano en el pecho antes de dar media vuelta y dirigirse a su edificio. Él echó a andar en la dirección contraria, hacia el metro, sin mirar atrás.

Volvió al hotel que había junto a la estación y cogió una habitación para pasar la noche. Abrió la puerta, tiró la bolsa en un rincón y se tumbó en una cama muy dura. Se quedó un buen rato observando la bombilla del techo; al fin, se incorporó y abrió la botella de vino que habían comprado unas horas antes. Solo durmió una hora o dos. El baño estaba en el pasillo y oía ruido cada vez que alguien entraba a orinar.

No era así como había deseado que acabara aquello. Habría querido pasar más tiempo con Bea, preguntarle cosas que aún no le había preguntado, alargar cada uno de sus últimos instantes juntos. Ahora comprendía que había algo definitivo en este momento. Él volvería a casa y se casaría con Rose. Seguiría en su soporífero empleo. Mantendría a su familia. Bea se quedaría aquí, trabajando en el parvulario, y también se casaría un día y sentaría la cabeza. Ambos hacían lo que se suponía que debían hacer. Él había entendido desde hacía mucho que no estaban destinados a acabar juntos. Por eso había dejado de escribirle. Había sentido la necesidad de dejarla atrás. De ahí que no hubiera querido verla en este viaje. Quería conservarla simplemente en su memoria. Pero no podía negarse lo que sentían el uno por el otro. Él la amaba de un modo único, completamente diferente a lo que había experimentado en cualquier otro amor. Este fin de semana, sin embargo, le había demostrado que Bea había seguido su camino. Ya no era la chica de antes.

Mientras permanecía tendido, se preguntó qué debía decirle a Rose. Ella conocía la existencia de Bea, pero casi nada más. Sabía que era una chica que había vivido en su casa durante cinco años. A Rose le había parecido increíble la generosidad de sus padres por abrirle las puertas de su casa, cosa que William nunca había cuestionado.

«Quién haría algo así —dice—. O sea, es muy noble y tal, pero, figúrate, podrían haber acogido a alguien con una enfermedad, incluso a alguien que os robara». «No —dice él, sorprendido por no ser él, por una vez, quien adopte el papel escéptico—. Eran niños, niños necesitados. Nosotros habríamos hecho lo mismo». Aunque no está seguro de que eso sea cierto.

Decidió que no le explicaría gran cosa. Desde luego no iba a contarle que se habían acostado. Ella no tenía ninguna necesidad de saberlo. Simplemente dos amigos reviviendo antiguos recuerdos. Podía decirle que había visto a Bea, que le sobraban unos días, que la había llamado y ella le había enseñado la ciudad. ¿Qué era lo que decía siempre Nelson? Las mejores mentiras son siempre medias verdades.

Bea

Si por lo menos leyeras mis postales —le dijo mamá cuando volvió al piso—. Te avisé. Te expliqué que habíamos acortado el viaje». Alzó las cejas, terminó de secar los platos, se quitó el delantal y lo colgó del gancho.

No dijeron nada más sobre William o sobre lo que su madre había descubierto. Su cama estaba hecha, el suelo barrido. La ropa de la noche anterior, colgada en el armario. Las fotos ya no estaban en el suelo, sino apiladas en pulcros montones sobre su aparador. Bea las volvió a repasar esa noche, mientras permanecía despierta en la cama, furiosa con su madre por haber vuelto antes, pero también confusa por haber estado con William. Quizá había cometido un grave error. El presente había desaparecido bajo el peso del pasado.

En cuanto empezó a clarear, se vistió y salió con sigilo del piso. En la calle hacía frío y reinaba el silencio, interrumpido de vez en cuando por el motor del camión de un lechero. Llegó a la estación a las siete, compró un café y esperó junto al reloj. Sabía que William llegaría puntual, y allí estaba, abriéndose paso entre los viajeros madrugadores. Él la cogió de la mano y la llevó a un banco junto al mostrador de reclamación de equipajes. Se sentó a su lado y le pasó el brazo por los hombros; luego la besó en la mejilla y la atrajo hacia sí.

«¿Has dormido bien? —preguntó, y ambos sonrieron, conscientes de que la respuesta era idéntica para ambos—. ¿No me hablaste una vez de este reloj? —dijo alzando la vista—. Había una historia de un reloj».

Ella asintió. «Lo que recuerdas, me parece, es lo que te expliqué del reloj de Paddington. Fue de allí de donde salí. Recuerdo que yo miraba las manecillas del reloj mientras la luz de las ventanas se iba apagando y todos esperábamos al tren, sin saber adónde íbamos».

Ambos miraron el techo de la estación. La luz se fragmentaba a través de la intrincada estructura de hierro.

«Qué combinación de ligereza y solidez —dijo William—. Las curvas fantasiosas, la bóveda del techo. El metal, el traqueteo de los trenes».

«Aquellos victorianos —dijo Bea—. Las catedrales de la Revolución Industrial».

«Sí —dijo él—. Casi igual de inspiradoras».

«No me lo has dicho, pero… ¿Rose es católica?».

«Sí —dijo William—. Nos casaremos en su iglesia».

«Tu madre se morirá del disgusto».

«Supongo. Pero sobrevivirá».

Se miraron un momento, incómodos por haber usado esas palabras. «Perdona», dijeron ambos al unísono; enseguida se echaron a reír.

«Pero no vas a convertirte, ¿no?».

«No, por Dios. Soy un mal protestante. Como católico, aún sería peor.

«Pero ¿en qué crees?».

Él le sujetó la mano con más fuerza.

«Ah, no lo sé. No pienso mucho en eso, me da dolor de cabeza. ¿Y tú? Tú eras más creyente que yo».

«Siempre he querido creer que existe el cielo. Y que tu padre y el mío están allí, juntos, conociéndose por fin. A lo mejor están jugando al ajedrez».

William sonrió. «Vaya visión. —Luego se volvió hacia ella—. ¿Por qué no me lo contaste?».

«¿Lo del ajedrez? No lo sé. No me parecía importante».

«¿Por qué seguiste escribiéndole a Gerald?».

Bea se quedó callada un momento. No estaba segura de que él fuera capaz de entenderlo. «Estaba preocupada por él —dijo finalmente—. Quería asegurarme de que estaba bien».

«Yo debería haber seguido escribiéndote. Si hubiéramos seguido en contacto…». Su voz se apagó, y desvió la mirada.

«¿Qué? ¿No habrías conocido a Rose? ¿No habríais salido? ¿Ella no se habría quedado embarazada? Venga ya. La vida siguió su curso. Para los dos. Entonces éramos unos críos».

«¿Cómo reaccionó tu madre cuando me fui?», preguntó William, mirando a la gente que pasaba, negándose a iniciar una discusión.

«Como cabría esperar —dijo Bea—. Como si no hubieras estado allí».

«Ag», dijo él, y ambos se rieron, liberándose de la tensión.

Ella había ido prestando atención a los confusos anuncios de megafonía y, de pronto, ahí estaba: «Tren a Southampton, andén diez». Se puso en pie y le tendió la mano. «Será mejor que vayamos para allá. Probablemente estará repleto en esta época del año».

Él permaneció sentado, alzando la mirada hacia ella. «No me hagas ir —dijo—. Por favor».

«No seas tonto», dijo Bea, pero mientras lo decía, intentó vislumbrar el futuro que suponía que él deseaba. Ella ya no podía imaginar que ellos acabarían juntos. Aquella fantasía que había acariciado durante años. Aquello que tanto había deseado. Ya no era posible. Y estaba segura de que él también lo sabía.

«Quédate aquí conmigo, ¿vale? Subiré al tren en el último segundo, si hace falta».

Ella volvió a sentarse en el banco y William la atrajo de nuevo hacia así. Resultaba agradable estar con él, y apoyó la cabeza en su pecho. Ya no quedaba nada más que decir.

William

A él nunca se le habían dado bien las despedidas. Siempre prefería escabullirse. Pero allí, en la estación Victoria, no podía hacer eso. Bea lo acompañó al andén, se dieron un último abrazo y luego William subió al tren. Encontró un asiento libre, no en la ventanilla, sino en el pasillo, al lado de una señora mayor con sombrero, de manera que Bea no podía verlo, aunque él sí la veía. Ella lo buscaba estirando el cuello, pero fue él quien pudo observarla, grabarse los rasgos de su rostro, el pelo en torno a su cuello, la gracia con la que movía las manos.

Luego el tren empezó a moverse y William se inclinó en el asiento, por delante de la señora sentada a su lado, y puso la palma en la ventanilla. Bea lo vio y agitó la mano, y enseguida el tren aceleró y el vagón se inundó de luz mientras salían de la estación. Cuando la perdió de vista, él volvió a arrellanarse en su asiento y cerró los ojos.

Más tarde, el barco abandonó el puerto tan despacio al principio que William casi no notó que se estaban moviendo. Permaneció en la cubierta, mirando las caras de la gente del muelle que hacía señas frenéticamente a sus seres queridos. Le habría gustado que Bea hubiera estado allí, que hubieran reproducido el episodio de su partida de los Estados Unidos. Habría sido lo lógico. Pero entre aquella gente no había nadie conocido. Se le ocurrió que podía saludar con la mano, fingir que había alguien despidiéndole, pero no se animó a hacerlo. Sabía que estaba solo.

Al caer la noche, se envolvió en una manta de la cubierta y miró las estrellas. Aquella visita a Londres, decidió, sería un secreto que nunca contaría. A nadie. Se guardaría el recuerdo solo para él. Así podría permanecer con Bea en aquel momento durante el resto de su vida. Algunos secretos constituyen un peso. Otros son un don, un pedacito de calor que se puede revisitar una y otra vez. Nadie más tenía que saberlo. Nadie tenía derecho a saberlo. Era algo de ellos, solo de ellos.

En la penumbra de color azul marino, le dedicó un saludo mirando al este.

Bea

Miró cómo se alejaba el tren de William hasta que desapareció por la curva. No quería volver a casa y tener que enfrentarse a su madre y al sentimiento de decepción que flotaba en el ambiente, así que salió de la estación y se dirigió a Saint James's Park. Hacía un día agradable, el sol asomaba entre las nubes de vez en cuando y no llegaba a llover.

Tres días antes, todo era diferente. El señor G aún seguía vivo. William estaba en América. Su madre estaba en España. Ahora todo había cambiado. La llamada telefónica. Los golpes en la puerta. No lamentaba haber visto a William, ni tampoco haberse acostado con él. Todavía le parecía que era lo que había que hacer, el modo adecuado de concluir la historia. Resultaba difícil separar su dolor por la muerte del señor G y el dolor de perder a William. Ambas cosas parecían estar conectadas y ser irrevocables, como si el hecho de haber sucedido al mismo tiempo fuese algo en cierto modo necesario, un muro entre el pasado y el presente. Mientras permanecía allí sentada, mirando a la gente que pasaba a toda prisa, comprendió que aquel había sido un momento inevitable de su historia. Se habían reencontrado para poder separarse.

Con los ojos cerrados, aún podía oír al señor G cantar aquel himno que tanto le gustaba mientras lavaba los platos después de cenar, con la camisa arremangada y un delantal atado a la cintura. Oye a Gerald bajando a todo correr las escaleras para preguntarle: «Pero ¿las montañas son verdes? ¿Y los pastos agradables? ¿Y qué son los "oscuros molinos satánicos"?» dice burlándose de la letra del himno *Jerusalem*, de William Blake, que canta su padre. «Vete a paseo», dice ella, riendo. Pero en realidad no quiere que se vaya, quiere que estén juntos durante este instante con el señor G, que canta esas preciosas notas con su maravillosa voz de tenor. Ella misma se suma al canto en la segunda estrofa, situándose a su lado en el fregadero, ambos blandiendo un cubierto mojado y cantando a pleno pulmón:

¡Traedme mi arco de oro ardiente!
¡Traedme mis flechas de deseo!
¡Traedme mi lanza! ¡Oh, nubes, abríos!
¡Traedme mi carro de fuego!

Él canta solo la última estrofa, y ella lo escucha llevando el compás con un tenedor y un cuchillo. La señora G —que dice que no sabe cantar, pero es de todos ellos la que canta con más energía los domingos en la capilla— se apoya en el umbral del comedor sonriendo, con los brazos alrededor de los hombros de Gerald. William no estaba allí. ¿Había salido de casa? ¿Estaba en su habitación, poniendo los ojos en blanco?

Bea sacó la postal de su bolso. Se había decidido por fin por una jugada que permitiría que la partida continuara. No se vislumbraba un final. Caminó hasta el Támesis, según había planeado. Dobló la postal formando un barquito, tal como le había enseñado su padre, y bajó los peldaños hasta el río. Una noche, ya muy tarde, había venido aquí con un hombre al que había conocido en un baile. Él le había dicho que podían acceder al río y ella no lo creyó. Esto no es París, dijo, y él tuvo que demostrarle que se equivocaba. No se quedaron mucho tiempo, pero se bebieron media botella de tinto y después ella volvió tambaleante a casa, con la ropa oliendo a vino y a río.

Se agachó y puso el barquito en la superficie del agua, que estaba muy mansa, pues apenas había viento, y observó cómo permanecía allí unos instantes, casi sin moverse, hasta que lentamente empezó a deslizarse corriente abajo.

Sin importarle quién pudiera oírla, gritó: «Buen viaje, señor G. Ahora navega hacia el mar del Norte. He pensado que le gustaría conocerlo. Luego puede decidir adónde quiere ir. A Francia, a Bélgica, a Holanda. O bien seguir hacia el norte y visitar Escocia, si quiere. Usted siempre decía que quería conocer la tierra de donde procedían sus antepasados».

Se levantó y se sacudió el vestido y, mientras encendía un cigarrillo, miró cómo el barquito serpenteaba por el agua, totalmente a merced de la corriente. «Buen viaje», dijo, «echaré de menos la sensación de saber que está en este mundo».

En el trayecto de vuelta al metro, recordó cómo había conocido al señor G, aquella remota mañana en el muelle. Primero ve a William, luego a Gerald y luego a la señora G. El señor G lidia con aquella mujer horrible encargada del papeleo y después se acerca a ellos. Es un hombre alto y muy delgado, con los pantalones ceñidos muy arriba. Tiene el pelo cobrizo, como Gerald, y camina con determinación y la cabeza gacha, balanceando los brazos. «Ah, Ethan —le dice la señora G, cogiéndole del brazo—. Esta niña encantadora es Beatrix. ¡La han encontrado los chicos!». Él le hace una inclinación, un gesto muy formal, a decir verdad, y le tiende la mano. Bea nunca le había estrechado la mano a nadie hasta entonces, así que le tiende la suya y, sin pensarlo siquiera, le hace una leve reverencia, bajando la cabeza. «Encantada de conocerlo, señor», dice.

«Bienvenida a Boston —responde él—. Estamos muy contentos de tenerte con nosotros. —Echa un vistazo alrededor—. ¿Y tu equipaje?». Beatrix lo señala con un gesto. «Solo una maleta pequeña. Es marrón, está allá». «William —dice él, indicándosela—, ve a buscar la maleta de Beatrix. Te esperamos en el coche». La señora G la coge del brazo y empieza a cotorrear de un montón de cosas, de Maine, del tráfico, de los preparativos para el colegio, de una caja de juguetes de los primos. Beatrix sonríe y asiente sin apenas responder. Llegan al coche, junto al que William ya está esperando, y el señor G lo rodea para sentarse delante; William y Gerald se sientan detrás, después de izar la maleta y colocarla en el maletero. El señor G abre la puerta trasera del otro lado. «Beatrix —dice en voz baja, antes de que suba—, te acostumbrarás a su cotorreo». «Ah, no importa», dice ella. «Te acostumbrarás —le repite él—. Tiene un corazón de oro». «Sí, señor», dice ella. En el coche, Gerald no puede parar de sonreírle.

El señor G estaba muerto. William se había ido. Ya era hora de que ella siguiera también su camino. Volvió a recordar los golpes en la puerta, solo hace dos días. El viejo código que Gerald había inventado. Ella nunca había llegado a aprendérselo bien. Durante una fracción de segundo, se había sentido decepcionada. Al abrir la puerta, esperaba ver a Gerald.

Tercera parte

1960-1965

Gerald

Qué extraño le resulta a Gerald estar de vuelta en la Costa Este. Cuando lo llamó el rector y le dijo que estaban buscando a alguien para dirigir el nuevo centro de orientación y tutoría y que no se les ocurría nadie mejor para ocupar el puesto, Gerald, de entrada, rechazó la oferta. Pero no podía dejar de pensar en ello y entonces lo llamó madre, que se había enterado de todo. «Por favor —le dijo—, por favor, vuelve a casa». A ella no podía decirle que no. La verdad era que durante los siete años que había pasado en el oeste —primero en la escuela de posgrado, luego trabajando como orientador— se había sentido como si le faltara algo. Cuando finalmente aceptó el puesto, fue como si se hubiera quitado un peso de encima. Sus amigos de Berkeley no podían entenderlo. Él tenía casi treinta años y todos los demás estaban casándose, teniendo hijos, empezando su propia vida. Gerald había tratado de explicarlo diciendo que madre estaba sola, y que los hijos de William, ahora de seis y ocho años, estaban criándose sin él. Esa era una parte de sus motivos, pero la verdad, sobre todo, era que añoraba la sensación de sentirse en casa.

William se había quedado consternado. Lo telefoneó en cuanto madre le dio la noticia. «G —dijo—, no lo hagas. Tú conseguiste largarte. No vuelvas». Pero cuando Gerald dejó claro que ya lo tenía decidido, William no insistió. Aunque la facultad le había comunicado gentilmente a madre que podía quedarse en la casa todo el tiempo que quisiera, considerando el largo vínculo de la familia de padre con la institución, Gerald no quería vivir allí. Se mudó a otra vivienda de la facultad, en el lado opuesto del campus, aunque se pasó los meses de junio y julio haciendo arreglos en la de su madre y cenaba cada noche con ella.

Al pasar a verla una mañana de finales de agosto, la encuentra en la cocina haciendo la lista de la compra. «Van a venir los niños —le dice sonriendo—. William acaba de llamar».

Gerald se sirve una taza de café y se sienta. William se pasa la vida dejando a los niños y desapareciendo. A madre le encanta quedárselos —eso la mantiene ocupada, haciendo planes, otra vez inmersa en la excitación de antes—, pero a él aún lo molesta la situación. No tenía ni idea de que esto sucediera con tanta frecuencia. Gerald también quiere a los niños y disfruta su compañía, pero no soporta la actitud que adopta William, dando todo por supuesto. ¿Y si madre tuviera otros planes? Aunque la verdad es que casi nunca tiene ninguno, y, cuando los tiene, los anula o los pospone en un momento. Cosa que William sabe de sobra.

Madre abre la nevera y empieza a sacar cosas. «Nunca consigo acordarme —dice, dándole la espalda—. ¿A Kathleen le gustan las frambuesas y a Jack los arándanos o al revés?». Gerald suspira. Es imposible no dejarse arrastrar por su entusiasmo. Cómo quiere a esos niños. «Jack solo come arándanos si están enteros —dice—. A trozos no los quiere». «Exacto —dice madre—. Sabía que tú te acordarías».

Más tarde, después de la cena, Gerald se sienta en la cama de Kathleen, con la niña en un lado y Jack en el otro, ambos bañados y en pijama, y les lee *Alicia en el País de las Maravillas*. A Kathleen le encanta. «Oh, vuelve a leer esa parte», dice. Su hermano se inclina para mirar las ilustraciones de Alicia alongada y delgada. «Es como si estuviera en un espejo de feria —dice—. ¿Te acuerdas, Kat, cuando fuimos al parque de atracciones con papá? ¿Que tu parecías tan flaca y yo tan gordo?». Kathleen le enseña la lengua. «Cierra el pico, Jack —dice—. Deja que tío Gerald siga leyendo».

Kathleen se ha apropiado de la habitación de Bea. Cuando esta se fue, madre no cambió absolutamente nada. Al principio, Gerald se la había encontrado allí dentro a menudo, mirando por la ventana o sentada en la silla del escritorio. Ella se azoraba cuando la sorprendía así y decía que solo estaba limpiando, pero Gerald deducía que lo hacía también para sentirse cerca de Bea. Y él mismo, en más de una ocasión, sobre todo una vez que William se fue a Harvard, se colaba aquí a hurtadillas y dormía en su cama, buscando la huella de su cuerpo en el colchón y abrazando la almohada como si fuera Bea. Ahora Kathleen ocupa siempre esta habitación y Jack la que era de William. A los dos los fascina tener su propia habitación; en su casa comparten un cuarto pequeño, con las camas separadas solo por un par de palmos. Y cuando se quedan a pasar la noche, Gerald suele dormir aquí también, y los dos críos lo despiertan por la mañana mirándolo con ojos relucientes.

Resulta curioso estar aquí ahora, sentado sobre la cama de Bea, viendo lo que ella veía cuando se iba a dormir y cuando se despertaba: una preciosa vista de los jardines, ahora en pleno apogeo de finales de verano. Las paredes están cubiertas de un papel pintado salpicado de diminutas violetas que amarillea y empieza a desconcharse. A Gerald siempre le ha gustado esta cama, tan alzada sobre el suelo que requiere un taburete, y a los niños también les encanta. Por muy enfadado que se sienta con William, estar aquí con Kathleen y Jack es una auténtica bendición. Por eso ha vuelto a casa. No entiende por qué William dedica tanto tiempo a tratar de escapar.

Rose

Rose le dijo a William que ella y las chicas se iban a pasar el fin de semana a New Hampshire, pero ahora mismo está en el asiento delantero del descapotable de Sheila, acelerando por la autopista hacia Cape Cod. Las cuatro —amigas íntimas desde la primaria— están casadas y tienen hijos en edad escolar. Es el cumpleaños de Sheila. Falta solo una semana para el jaleo del Día de los Trabajadores y del comienzo de curso. Urdieron este plan hace un mes. «Yo sé adónde quiere ir Rose», dijo Sheila, lanzándole una mirada. Ella hizo una mueca. «Bueno, claro —dijo—. ¿Y quién no quiere ir a Hyannis en verano?».

Rose es consciente de que su obsesión por los Kennedy es un poco ridícula*. Las chicas se burlan de ella continuamente. William ya se niega a hablar del tema. «Pero tú los conoces —le ha suplicado Rose más de una vez—. ¿No podrías organizarlo para tomarnos una copa?». «Yo no conozco al senador —le responde él siempre—. Ya te lo he dicho. Solo conozco un poco a Teddy. Él iba un curso por detrás de Gerald en Harvard. No somos amigos».

* N. del T.: Los Kennedy poseían un complejo de tres casas en Cape Cod, en el puerto de Hyannis, que John F. Kennedy utilizó como base para su campaña a la presidencia de 1960 y, más tarde, como residencia de verano presidencial.

Rose montó una fiesta en su casa durante la convención demócrata, decorando el porche con serpentinas y globos rojos, blancos y azules. Cuando Jack resultó ser el ganador de la nominación, Rose fue de grupo en grupo sirviendo más champán a todo el mundo. Luego, durante su discurso entero, permaneció en el fondo del salón con la cara cubierta de lágrimas, mientras él hablaba del inconveniente de ser un católico, mientras definía la política de la nueva frontera y decía lo que le pediría a cada americano que hiciera por su país. «Dadme vuestra ayuda, vuestra mano, vuestra voz, vuestro voto», dijo. Esa frase le encantó a Rose y se la enseñó a los niños, añadiéndola a sus oraciones de cada noche.

Se sintió decepcionada cuando Jackie no subió al escenario con él. Más tarde se enteró de que tenía un embarazo difícil y que iba a quedarse en Hyannis hasta que naciera el bebé. Qué afortunados son por estar esperando otro hijo. Un aborto en el 55, en el mismo mes en el que Rose tuvo también uno, y el bebé que nació muerto en el 56. Pero después nació Caroline. Rose reza cada noche para que este embarazo de los Kennedy vaya bien y Jackie llegue al final de la gestación.

Ella sabe perfectamente que no conocerán ni verán siquiera a Jackie o a Jack. Pero quizá se tropiecen con algún otro Kennedy en un bar o en un restaurante del pueblo. Echa un vistazo en el coche a sus amigas. Ahora, de repente, todas tienen treinta años, y Sheila cumplirá los treinta y uno este fin de semana. Todas están estupendas, han perdido los kilos del embarazo (las demás tienen un bebé cada dos años, con una precisión de relojería, pero ellas ya han terminado, o eso esperan) y están perfectamente bronceadas tras el verano. A estas alturas han aprendido a disimular cualquier decepción que sientan. Y Rose sabe que todas las cabezas se girarán cuando entren juntas en un bar. Echa de menos que la miren así.

«Está empezando a mejorar un poquito en las encuestas —les dice ahora, gritando por encima del viento—. Tengo esperanzas». Mary menea la cabeza. «Michael dice que es imposible que gane —responde, también gritando—. Que es imposible que este país vote por un católico». «Yo creo que ganará —dice Rose, cansada de esta discusión que ya ha mantenido un montón de veces durante todo el verano—. Creo que no estamos confiando en el resto del país». Pese al pesimismo imperante, toda la gente que conocen no solo es partidaria de Jack, sino que hace campaña activamente. Rose se ha pasado el verano yendo de puerta en puerta en Quincy. «Estás predicando a los convencidos —le decía William una y otra vez, cuando ella salía con sus carteles y sus panfletos—. Por supuesto que todos los católicos irlandeses de Boston votarán por él».

Una vez en Hyannis, Rose le da indicaciones a Sheila. «Sigue todo recto y reduce la marcha cuando nos acerquemos al mar». «Ay, por el amor de Dios», dice Sheila al cabo de unos minutos, y las tres miran boquiabiertas el complejo: la cerca de postes blancos, las enormes construcciones de tablilla gris, el prado verde extendiéndose hasta el mar. «¡Cómo debe ser vivir aquí!», dice Mary, y Rose sabe que todas están pensando en sus propias casas adosadas, cada una pegada a la siguiente, con sus viejas tuberías y sus escaleras estrechas, donde se oyen las discusiones de los vecinos. «Os lo dije —comenta—. Ya os dije que era impresionante».

Ella ha estado allí muchas veces. Al principio de su matrimonio, cuando a William le iba bien en el trabajo y Kathleen apenas empezaba a caminar, habían hablado de comprar una casa en Cape Cod. Él andaba siempre explayándose sobre aquel sitio de Maine. Incluso la obligó a ir allí una vez. Una isla, por el amor de Dios, con una sola casa. ¿Quién querría vivir allí? Así pues, habían venido a Cape Cod y mirado algunas casas en las inmediaciones. En cada ocasión, ella le indicaba a William que vinieran a esta parte del pueblo.

Pero ahora no les sobra el dinero. Ya se han mudado tres veces desde que se casaron. A Rose no le encanta precisamente haber vuelto a Quincy. Es agradable tener cerca a sus padres y sus antiguas amigas, pero todo resulta demasiado familiar. Ir a la iglesia donde la bautizaron, hacer las compras donde en su día se subía al carrito. Es como si nunca se hubiera ido. Como si todavía fuera una niña.

«Quizá Jackie esté en una de esas habitaciones —dice—, cuidando a la pequeña Caroline. Leyéndole su libro favorito». «Por favor», dice Sheila. «Ellos tienen gente para eso. Ojalá yo tuviera a alguien que me hiciera esas cosas —comenta Susan—. Lo más probable es que ella se pase el día en la cama, comiendo bombones y leyendo, o haciendo lo que hagan los ricos en la cama». Todas se ríen. «A mí me gustaría hacer lo que ella hace en la cama con Jack», dice Sheila. «Ay, Sheila —cuchichea Rose—. ¡Eso es asqueroso! Él va a ser el presidente».

Un coche viene hacia ellas, después de salir marcha atrás de uno de los senderos de acceso. Todas estiran el cuello para ver si reconocen al conductor, pero no es nadie conocido. «Un lacayo —dice Mary—. Seguramente va a hacerles los recados». «Venga, chicas —dice Sheila, dando media vuelta con el coche—. Vamos a registrarnos al motel y a cambiarnos de ropa. Dentro de una hora quiero estar sentada en una terraza, con una copa en una mano y un cigarrillo en la otra, mirando al cielo rosado y a esos hombres tan guapos». Rose echa un vistazo por el retrovisor lateral, sujetándose el pañuelo que lleva en la cabeza, mientras se alejan a toda velocidad hacia el motel. Esa es la vida con la que ella había soñado: la que está desapareciendo a su espalda.

Millie

Millie está subida a una silla, envolviendo las barras de las cortinas con cintas de papel crespón azul. Va a celebrar esta noche una fiesta en su honor. Cincuenta y cinco. Increíblemente vieja. Le dio un berrinche cuando George incluyó su edad en el borrador de la invitación. La mayoría de los días, cuando se mira al espejo, piensa que podría pasar por cincuenta, sobre todo si alza la nariz. Se ríe con sus amigas diciendo que ella no tiene que mentir sobre su edad, sino sobre la edad de Beatrix. Su hija ha cumplido treinta y uno este verano. ¡Treinta y uno! Cuando Millie tenía esa edad, Beatrix ya tenía siete.

Oye el coche, y enseguida entra George a trompicones cargado de paquetes. «Dime, por favor, que ahí está la bebida —dice ella—. Me muero por una copa». Él le sonríe. «Voy a dejar las cosas y te sirvo una —dice—. Pero quizá deberíamos terminar antes con los adornos, ¿no? ¡No vaya a ser que queden del revés!». «Casi he acabado —dice ella—. Solo falta cruzar la cinta de lado a lado. Ayúdame, ¿quieres?». Se baja de la silla, despliega el rollo de papel, y después se sube otra vez a la silla en el centro de la habitación. George la sujeta por la cintura mientras ella se pone de puntillas para pegar un trozo de cinta adhesiva en el techo. «Perfecto —dice George—. Precioso». Millie apoya la mano en su calva y él la levanta en brazos y la deposita con cuidado en el suelo. Ella arrastra la silla a la otra esquina para fijar el último trozo; luego corta el papel y examina la habitación. «Tendrá que bastar con esto», dice. «No, qué va —responde él—. Está impresionante. Digno de una reina». «Beatrix traerá flores dentro de un rato, y también ha preparado un pastel». «Guau —dice George, dándose unas palmaditas en la barriga—. Debería haber hecho régimen». «Para nada —dice Millie, rodeándolo por la cintura y notando que sus manos apenas llegan a tocarse—. Tienes un aspecto estupendo. No has de preocuparte por tu peso». Luego va al vestíbulo a recoger algunos de los paquetes que él ha traído; sujeta uno en cada brazo. Una vez en la cocina, vacía las bolsas y empieza a ordenar las verduras para los entrantes. Después de la fiesta, le dirá a Beatrix que se lleve a su casa lo que quede del pastel. No es cuestión de dejar tentaciones a mano.

George es un buen hombre, se recuerda a sí misma, mientras corta los tallos de apio en finas rodajas. Un buen hombre. Maravillosamente solícito. Justo entonces llama Beatrix desde fuera, pidiendo que le eche una mano. Cuando Millie sale por la puerta trasera, Beatrix viene del coche con una enorme brazada de flores. «Ay, hija, la verdad —dice Millie—, esto es demasiado». «Tonterías —dice ella—. Solo se cumplen cincuenta y cinco una vez». La homenajeada coge todas las flores que puede del asiento trasero y la sigue al interior de la casa. La cocina cobra vida de repente con todas esas flores, en un auténtico estallido de color. Millie se sienta a la mesa y sigue cortando vegetales mientras Beatrix dispone primorosamente las flores sobre la encimera. «¿Dónde aprendiste a hacer eso? —pregunta Millie—. Yo nunca consigo que queden bonitas». Beatrix lleva una falda roja que le llega justo por encima de la rodilla, con zapatos planos a juego, y la maldita chaqueta de Reg, esa de las coderas de cuero que parece que no se quita nunca. Al volverse para responder, Beatrix nota que está mirándole los zapatos y la apunta con las tijeras de podar. «No lo digas —dice—. No digas nada de mi ropa. Me he traído algo más aceptable para la fiesta. Sabía que, si no, te daría un patatús».

«No, no —dice Millie—. Está bien. Desde luego tienes el tipo adecuado para ir así». Y es cierto. Beatrix es alta y delgada, y una falda tan corta como esa le permite lucir esas esbeltas piernas tan bonitas. «Ya sé que eso es lo que se lleva ahora». Beatrix le da la espalda sin decir nada. Ambas siguen con lo suyo en silencio, Millie cortando verduras y Beatrix recortando los tallos de las flores en ángulo. «Pero ¿sin medias?», pregunta Millie al cabo de un minuto, con la cabeza inclinada sobre las zanahorias. «Mamá —dice Beatrix sin volverse, con un suspiro deliberadamente audible—. Te acabo de decir que me he traído ropa para la fiesta».

«¿No es la encantadora Trix quien está ahí?», dice George desde la parte de delante, donde ha estado preparando la mesa de las bebidas. «Así es —dice ella—. Aquí estoy, discutiendo con mamá». George aparece en el umbral y se acerca para darle un beso en la frente. Hacen buenas migas, piensa Millie. Realmente parecen llevarse bien. Eso ha resultado positivo. Él actúa como un puente entre ambas. «¿De qué discutíais, preciosas? —dice George, sin estar verdaderamente interesado—. Vamos a dejarlo por hoy, ¿no?». «De nada importante —le dice Beatrix con una sonrisa—. Solo lo de costumbre».

Ella termina de arreglar las flores y empieza a sacar los jarrones de la cocina. «¿Ese novio tuyo viene esta noche?», pregunta George cuando vuelve. «Nos gustaría contar con él». «Uy, no —dice Beatrix—. Esta noche, no. Celebramos el cumpleaños de mamá con sus amigos. No es la ocasión adecuada para él». «¿Por qué no? —dice Millie—. Por qué no decirle a Sam que venga. Hasta ahora solo hemos podido saludarlo una vez, aquel día que os encontramos a los dos en la calle». Es guapo ese hombre con el que está saliendo, pero ella parece querer mantenerlo a distancia por alguna razón que Millie no comprende. En realidad, ella solo conoce a algunas de sus amigas. Sabe muy poca cosa de su vida. «Mamá —dice Beatrix, con ese tonillo, agitando una mano—, George nos ha pedido que nos comportemos. O sea que no empieces».

Millie espera a que Beatrix se gire y agita la mano en el aire del mismo modo. George se lleva un dedo a los labios y luego le da una palmadita en la espalda a Beatrix. «Vale, otro día, pero pronto, ¿eh? —dice—. Solo queremos tener la oportunidad de conocerlo, nada más. Bueno, señoras, necesito consejo. ¿Pajarita? ¿Chaleco? ¿Con chaqueta o sin chaqueta?».

Beatrix se dirige hacia arriba con George para ayudarlo a escoger la ropa. Ella se ha convertido en ese tipo de persona en quien todo el mundo confía. A Millie le gustaría verla en el trabajo: ahora es la subdirectora de la escuela, y ella está segura de que también cumple esa función sin el menor esfuerzo. Se siente orgullosa de su hija, pero al mismo tiempo tiene la sensación de que ella ha tenido poco que ver con la mujer en la que Beatrix se ha convertido.

Millie termina de preparar los entrantes y pone una bandeja sobre la encimera. No puede evitar la tentación de atisbar en el interior de la caja del pastel. Un precioso pastel de Madeira, con glaseado de limón y margaritas blancas esparcidas por encima. «¡Feliz cumpleaños!», dicen unas letras encantadoras. Beatrix se ha vuelto una maravillosa repostera. «Reg —susurra—, nuestra pequeña me ha hecho un pastel de cumpleaños. ¿Te imaginas? ¡Cómo han girado las tornas!».

Se acuerda del cumpleaños que celebraron antes de que Beatrix se marchara a Estados Unidos, cuando tuvo que pedirle azúcar a una vecina. No tenía huevos suficientes, ni glaseado. Era un pastel casi incomible, y tenía una pinta horrible. Ella lloró aquella noche, abrazada a Reg. «Así es como me recordará nuestra pequeña —susurró—. La peor fiesta de cumpleaños de su vida». «Tonterías —respondió él—. Tú lo has hecho lo mejor posible. Eso es lo que importa. Y ella lo sabe. O se dará cuenta algún día».

Millie se pregunta si eso será cierto. Aquí están ahora, tantos años después, y ella a menudo siente que Beatrix está más lejos incluso que cuando se encontraba en América. Es consciente de que ha cometido errores —casarse con Tommy ocupa seguramente el primer puesto de esa lista—, pero lo cierto es que ella y Beatrix no han dado con el modo de volver a estar unidas. Ahora no sabe si llegarán a estarlo nunca. Cierra la caja del pastel y se desata el delantal. «Beatrix —dice por el hueco de la escalera—, deja que ese hombre se las arregle solo. Soy yo la que te necesita».

William

William está en la cocina, ya vestido, con la cuarta taza de café entre las manos. Los niños se han levantado antes del alba, excitados por la Navidad. A las siete han mirado en los calcetines y abierto y esparcido todos los regalos. El día ya parece demasiado largo. La misa, la comida navideña con la familia de Rose y, por la tarde, a casa de su madre, donde se quedarán a cenar. No ve cómo va a llegar al final de este día. Considera la idea de añadir un poco de whisky al café, pero parece demasiado temprano. Habrá sobradas ocasiones más tarde.

Kathleen baja corriendo las escaleras e irrumpe en la cocina. La puerta batiente oscila adelante y atrás. «Papi, yo no quiero llevar medias —dice—. Y ella dice que tengo que ponérmelas. Son rasposas y horribles». Se planta en medio de la pequeña cocina con los brazos en jarras y las piernas separadas. Cuando se enfurece, la cara se le pone muy blanca, resaltando las pecas que le cubren la nariz y las mejillas. Él le indica con un gesto que se acerque y le coloca las manos sobre los hombros. «Bichito —dice—, afuera hace cuatro grados bajo cero. Es Navidad. Has de hacer lo que dice mami». «Pero, papi —gime ella—, ¿no puedo llevar pantalones? ¿Por qué Jack no tiene que llevar medias?». «Tú ya sabes por qué —dice él—. Además, Jack tendrá que ir con chaqueta y corbata.

—William coge su corbata y la sostiene como una soga, ladeando la cabeza y sacando la lengua—. Créeme, eso es peor aún».

Una leve sonrisa aparece en la cara de la niña. Casi siempre es así. A veces se parece tanto a Gerald que lo deja pasmado. Es una Gregory. No tiene ni una pizca de Rose. Jack, en cambio, es un Kelly de pies a cabeza: pelo negro, ojos azules, complexión menuda. Cuando los doce nietos posan para una foto, Kathleen es la que más resalta con su pelo rojizo y su elevada estatura. Ha de colocarse en la fila de detrás, con los mayores, a pesar de que solo tiene ocho. Rose está siempre preocupándose por su peso. «Se volverá como tu madre, si no se anda con cuidado —dice cuando él le pide que la deje en paz—. Y Dios no quiera que llegue a ser tan alta como tu padre». William busca en el bolsillo de su chaqueta, saca un chocolate envuelto en papel de plata y se lo ofrece con la mano abierta. «No se lo digas a mami —dice, llevándose un dedo a los labios—. Cómetelo deprisa. Y después ve a ponerte esas medias. Ya casi es hora de salir».

Durante la cena, él está sentado junto al padre de Rose; ella y los niños están en el otro extremo de la larga mesa. Esta casa se ha convertido en otro hogar para William. En algunos aspectos, esta es la familia que siempre ha deseado. Nadie se siente nunca decepcionado con él. Nadie espera que sea más de lo que es. Pero, como Kathleen, resalta entre los demás. A él no lo tratan igual que a los otros maridos. Nadie más se ha graduado en Harvard. Nadie más trabaja en un banco. El padre de Rose está en el sector inmobiliario. El único hermano varón es sacerdote y las otras tres hermanas están casadas con hombres que tienen empleos más tradicionales: uno regenta un bar, otro una empresa de construcción y el tercero es bombero. Todos lo tratan con más respeto del que merece. William les ha dicho muchas veces que tienen mejores trabajos que él, pero sabe que no le creen.

Hoy toda la conversación se centra en el presidente electo. Michael, el bombero, se dirige a él desde el otro extremo de la mesa y le pregunta por Gerald. «Tu hermano conoce a Teddy, ¿verdad? ¿Nos puede conseguir entradas para la toma de posesión?». William se encoge de hombros. «Estaban juntos en la facultad —dice—. Pero en realidad no lo conoce mucho». No menciona que él se encontró a Jack varias veces en Harvard, cuando solo era un representante estatal y estaba abriéndose camino. Un tipo inteligente, suponía, aunque no le cayó muy bien. Astuto, nada fiable, pensó en su momento. Votó por él, desde luego, pero es lo bastante sensato como para mantener la boca cerrada en esta mesa, donde todos estos hombres se ven reflejados en Kennedy y creen que ahora todo es posible. La esperanza que flota en el ambiente es casi tangible.

Incluso Christopher, el sacerdote, dirige un brindis por Kennedy. Él es la persona preferida de William en la familia, un tipo serio que parece hecho para la vida eclesial. William disfruta de las conversaciones que mantienen cuando logran librarse de los demás y puede hacerle preguntas sobre religión, sobre filosofía, sobre sus creencias. Han ido juntos a la ópera una o dos veces, y con frecuencia consigue atraer a Chris para ir a un museo. Rose estaba antes más interesada en estas cosas. La última vez que le propuso contratar a una canguro un sábado para ver la nueva exposición en el Gardner, ella se rio en sus narices. «¿Estás loco? —dijo—. Kathleen tiene su clase de ballet el sábado por la tarde. Jack tiene una fiesta de cumpleaños. Y si contrato a una canguro es para salir por la noche, cenar con unos amigos y pasármelo bien, no para deambular por un falso *palazzo* italiano en plena tarde». «No importa —dijo William, lamentando haberlo propuesto—. Puedo ir yo durante la pausa del almuerzo».

Las despedidas son eternas en esta familia, pero finalmente vuelven a estar en el coche, en camino a la casa de su madre. Camino de casa. Es así como lo piensa, aunque sabe que no es correcto. Rose se burlaría de él si lo dijera en voz alta. Los niños se han quedado dormidos casi de inmediato, Jack con la cabeza apoyada en el hombro de Kathleen. Rose se ciñe el abrigo alrededor de los hombros. «Qué frío —dice—. Ojalá ya se hubiera acabado el día. La casa de tu madre no estará mucho más caliente. ¿Y cómo vamos a comer algo más?». «Tenemos que hacerlo —dice William—.

Llevan todo el día esperándonos. Y ya sabes que ha cocinado un montón de cosas». Rose suspira. «Eso es lo que me preocupa —dice—. Estoy cansadísima. Solo quiero meterme en la cama». Vuelve la cabeza hacia la ventanilla y cierra los ojos.

Kathleen se despierta cuando llegan, pero Jack sigue completamente dormido, así que William lo lleva en brazos adentro y lo sube por la escalera, saludando con la mano a su madre y a Gerald, para que eche una siesta. Poco ha cambiado aquí con los años. En su habitación aún hay dos camas gemelas con colchas blancas y un cojín con un tren bordado en cada una. La infancia de William sigue presente aquí, en los estantes de libros y el escritorio. Viejos y gastados guantes de béisbol de varios tamaños. Sus premios deportivos de secundaria. Una caja que hizo él mismo en el taller de carpintería para guardar sus utensilios para lustrar los zapatos. Se sienta junto a Jack y lo envuelve con la manta que hay al pie de la cama. Rose tiene razón. Esta casa está helada.

Abajo, encuentra a Gerald con madre y Kathleen en la cocina. «¿Y Rose?», pregunta. Madre señala hacia la sala de estar. «Ha ido a recostarse —dice—. Está agotada, la pobre». William sabe que ella se alegra de que Rose no esté presente; y él también. Es extenuante observar cómo fingen las dos que se caen bien, cómo dicen una cosa cuando en realidad quieren decir otra. Él había creído que a estas alturas ya serían sinceras la una con la otra, y cada una consigo misma. Ahora se da cuenta de que eso no sucederá nunca.

«Siéntate, siéntate —dice madre, señalándole su silla—. Kathleen nos estaba explicando los maravillosos regalos que ha traído Papa Noel». La niña está sentada en el regazo de Gerald, rociando de azúcar rojo y verde una bandeja de galletas con forma de estrellas todavía no horneadas. «He esperado para meterlas en el horno —dice madre—. Kathleen sabe decorar las galletas mejor que nadie». La cría le sonríe, con una expresión abierta y candorosa. William todavía se siente lleno y se desploma en la silla, mirando para otro lado y encendiendo un cigarrillo. «Menudo día», dice. «No es un día, papi —dice Kathleen—, ¡es Navidad! El mejor día del año». «Así es —dice Gerald, estrechándola con sus brazos—. ¡Y nosotros estamos contentísimos de poder celebrarlo contigo!».

Cuando Kathleen ha terminado de decorar las galletas, madre la lleva al comedor para poner la mesa. William apoya los pies en la silla de padre y se desata la corbata. «La verdad, G —dice—. ¿Por qué nadie me había advertido de los horrores de este día? Debe de ser el día más largo del mundo». «¡G! —dice Gerald, sonriendo—. Ya nadie me llama así».

Kathleen vuelve a entrar corriendo. «Mira lo que he encontrado en el aparador. Nana quiere saber si las reconocéis», dice, poniendo un montón de tarjetas sobre la mesa. «Son tarjetas de mesa —dice Gerald, mirándolas—. Sirven para saber dónde has de sentarte en la mesa». «Ya sé lo que son —dice Kathleen, frunciendo el ceño—. Pero Nana no las recuerda». William se acerca, las coge y las va colocando sobre la mesa mientras las lee en voz alta: «Señor G, Señora G, William, Gerald, Bea». Claro que madre sabe que fue Bea quien hizo estas tarjetas. Sospecha que no quería explicarle a Kathleen quién es Bea. «Las hizo una niña —dice William—. Una niña que vivió aquí con nosotros, cuando éramos pequeños. —Coge la tarjeta de Bea y se la muestra a Kathleen—. Se llamaba Bea». Kathleen la atrapa. «¿Aquí vivió una niña? ¿Contigo y con tío Gerald?». «Sí —dice Gerald—. Tuvo que vivir aquí porque había una guerra en su país». «Oh, no», gime ella, y William vuelve a mirar para otro lado. Tiene un gran corazón, piensa. Lo inquieta que sienta tanto las cosas. «¿Y ahora ella está bien?», pregunta Kathleen.

William no lo sabe. No ha tenido noticias suyas desde hace mucho. Se escribieron unas cuantas veces cuando él volvió de Europa. Pero después se casó, tuvieron a Kathleen y la vida se complicó. Fue él, de nuevo, quien dejó de responder.

«Está muy bien —dice Gerald, y William alza la mirada, sorprendido—. Dirige un parvulario en Londres». «¿Cómo? —pregunta William—. ¿Estás en contacto con ella?». «Ya ves que sí», responde Gerald, y a continuación abre la puerta batiente y desaparece por el pasillo. William se vuelve hacia Kathleen. «Ella viene a ser como el director Stevens», dice. La niña sonríe. «Es un señor muy amable —dice—. Pero… ¿Bea estaba aquí sola?». «Sí», dice madre, entrando en la cocina, y William deduce que estaba al otro lado de la puerta escuchando, esperando a ver cómo se desarrollaba la conversación. «Era muy valiente —continúa madre—. Viajó hasta aquí ella sola. ¿Te imaginas, Kathleen, tomar un gran transatlántico tú sola?». «¡No!», dice ella, y entonces reaparece Gerald con una fotografía enmarcada en la mano. «Esta es Bea —dice, pasándosela a Kathleen—, con tu papá y conmigo. Es del día en el que ganó a tu papá en una carrera a nado». «¿Una niña ganó a papi?», dice Kathleen con unos ojos como platos, pero luego le devuelve la foto a Gerald y se pone a rebuscar en el cajón de la mesa.

«Voy a hacer unas tarjetas nuevas —anuncia—. Para los que estamos ahora». Y se instala en la mesa para confeccionar un juego nuevo de seis tarjetas. «Hay una felicitación navideña —dice Gerald, mirando a William—. En la sala de estar». Él asiente. La conversación pasa a otros temas. William recorre con el dedo las letras de las tarjetas, esa caligrafía tan familiar, y entonces Jack se despierta y baja por la escalera y Rose aparece en el umbral de la cocina, con una manta sobre los hombros. Cuando nadie está mirando, William se mete las tarjetas en el bolsillo de la chaqueta. Más tarde, dobla la de Bea y la guarda en la cartera, detrás de la foto de Kathleen y Jack.

Beatrix

Beatrix ofrece una cena en su nuevo piso. Se mudó en verano, antes de empezar las clases, a un barrio alejado de la escuela. Ya estaba cansada de encontrarse con alumnos cuando iba con un pañuelo en el pelo o unos tejanos. Y aunque nunca había ocurrido, siempre le había inquietado tropezarse con algún padre al volver a casa muy tarde de un bar o, peor aún, en el propio bar con unas copas de más. Ahora también está más lejos de su madre, lo cual significa que no tiene que verla tan a menudo. Por las noches, muchas veces no coge el teléfono. Sabe que es mamá, que llama para quejarse de George. Tarde o temprano ese matrimonio también llegará a su fin.

Ha tardado un poco en acostumbrarse a hacer ese trayecto diario, pero vale la pena. Varios amigos suyos viven cerca, y se reúnen con frecuencia para cenar o tomar algo. Una vez al mes alguien ofrece una cena informal, y esta noche le ha tocado por fin a ella. Es un frío y lluvioso sábado de febrero, una época ideal para reunirse todos. Serán solo unos pocos: su novio, Sam, y otras dos parejas. El piso tiene una bonita y espaciosa cocina, una chimenea y un jardincito detrás. Es el primer piso que siente realmente como un hogar.

Se pasa la mañana limpiando y pasando el aspirador. Pone la mesa, se apura con los preparativos y luego lo examina todo con ojo crítico. George la ayudó a colgar algunos cuadros cuando se mudó, pero todos eran de mamá y nunca le han gustado demasiado. En el fondo del armario del pasillo hay una caja que le envió la señora G. Después de mudarse, ella le mandó una tarjeta de cambio de dirección y, al cabo de unas semanas, llegó la caja. Últimamente, Beatrix no le ha escrito tanto como cree que debería; tiene una vida ajetreada y nunca le sobra el tiempo. Tras la muerte del señor G, le escribió los domingos por la noche durante casi un año. Pero con el tiempo, fue dejando de lado esa rutina; las noches del domingo las reservaba para planificar la semana y, como la escuela había crecido y, con ella, también sus responsabilidades, las cartas se volvieron menos frecuentes. En los últimos años solo ha enviado felicitaciones navideñas y alguna carta ocasional.

Cuando llegó la caja y la abrió, vio que contenía unos cuadros enmarcados y una breve nota. «Querida Bea —escribía la señora G—, estuve limpiando el garaje y pensé que te gustaría tener estos cuadros. Disfrútalos, cariño. Espero que vaya todo bien». Beatrix guardó la caja sin más; quería y no quería ver lo que había dentro. Se ha esforzado mucho por dejar atrás a los Gregory. Ahora saca dos grandes cuadros y los reconoce de inmediato. La firma del señor G aparece cuidadosamente rubricada en la esquina inferior derecha. Estaban colgados en la sala de estar de Maine. El primero es una vista del pueblo desde la isla, en pleno crepúsculo, con las rocas y el bosque enmarcando toda la panorámica. Aparece el bote anaranjado, el bote de remos del dueño del supermercado, que siempre estaba amarrado junto al muelle y que aquí refleja los últimos rayos de sol. Parece casi como si estuviera en llamas.

En el otro cuadro, el sol está en lo alto de un cielo despejado y completamente azul, y el dique flotante aparece a lo lejos, a la izquierda. Beatrix alza el cuadro frente a la luz gris de la ventana delantera para ver bien las tres figuras que hay en el dique: una tumbada y dos sentadas juntas, con las piernas en el agua. Y también está King: su cabeza asoma entre las olas. Cuántas veces estuvieron sentados así, Gerald y ella, moviendo los pies adelante y atrás. Cuelga ambos cuadros por encima del sofá de la sala de estar, pero en esa ubicación parecen como fuera de lugar. Su mobiliario es moderno, y su gusto bastante limitado. Los colores no están bien conjuntados.

Coge la caja para tirarla en el cubo de basura y se da cuenta de que hay una pequeña pintura escondida en el fondo, bajo un papel de periódico arrugado. Tiene el tamaño de un libro y no le resulta conocida. El cuadrito está rodeado por un delgado marco de madera. Se sienta a la mesa de la cocina y lo examina con más atención. No es una acuarela, sino un óleo, y las toscas pinceladas añaden riqueza a los colores. Los bordes están más definidos también. Es una pareja dando vueltas en un salón de baile. El hombre lleva esmoquin; la mujer un vestido azul claro cuyo plisado se despliega mientras se mueve con la mano del hombre en la espalda. Detrás, hay una gran orquesta, con unas trompetas de destellos dorados. Beatrix casi oye la música mientras mira el cuadro, y se pregunta cuándo lo pintó el señor G. Deduce que es antiguo, incluso de antes de que naciera William. ¿Era eso lo que hacían entonces, ir a bailar a los clubs? Observa más atentamente a la pareja. No pueden ser los Gregory. Demasiado conjuntados. Y sin embargo, son ellos. Lo sabe por la manera que tiene ella de alzar la cara para mirarlo, por el modo que tiene él de girar la cabeza ligeramente hacia ella. Este cuadro sí le gusta, y lo cuelga en el vestíbulo, frente al espejo.

Aún se está preparando cuando llega Sam. Oye cómo gira la llave en la cerradura. «Hola —grita Beatrix—. Estoy enseguida». Cuando entra en la sala de estar, Sam está apilando leña en la chimenea y ella se inclina para darle un beso. «¿Qué son esos cuadros? —dice él señalando por encima del sofá—. ¿Los había visto antes?». Ella los contempla otra vez. «¿Qué te parecen?», dice. «Están bien —dice él—. Un poquito de principiantes quizá, pero están mejor que los de antes. ¿De dónde han salido?».

Ella se encoge de hombros. «Me los envió la señora Gregory —dice—. Ya sabes, la familia con la que viví en América. Creo recordar haberlos visto allí, en su casa. —No quiere contarle nada más. No quiere mirarlos, hablar de ellos, pensar en lo que representan—. ¿Sabes qué? No me gustan. Mientras yo termino en la cocina, ¿puedes descolgarlos y volver a poner los otros?». «Claro», dice Sam.

Al día siguiente el cielo está despejado y luce el sol. Por la tarde, Beatrix y Sam se detienen en una galería de arte que queda a solo unas manzanas, en la que están exponiendo obras de fotógrafos locales. Escogen dos fotografías en blanco y negro, dos vistas actuales de Londres, y Sam se empeña en pagarlas a medias. «Algún día, pronto —dice él—, tendremos un piso juntos». Beatrix las cuelga por encima del sofá. Quedan perfectas. Le escribe a la señora G dándole las gracias por los cuadros y pregunta por la pequeña pintura de la pareja bailando. «¿Hace muchos años que lo pintó el señor G? ¿Son ustedes dos? No recuerdo haberlo visto en la casa».

Aguarda a que le responda. Finalmente, llega una carta, pero sin respuestas a sus preguntas. La señora G le escribe sobre los planes que tiene este año para su jardín, e incluye una frase o dos sobre Gerald y William. No menciona a Rose ni a los niños. Pero sí incluye su receta de los muffins de arándanos. «La verdad es que las mejores, querida, son con arándanos silvestres de Maine. Pero tú seguramente no tengas nada parecido. Utiliza la misma cantidad de arándanos normales, pero tenlo en cuenta: no serán como las que tú recuerdas». Y tiene razón, como siempre. Beatrix lo intenta una y otra vez, pero sus muffins nunca tienen el mismo sabor.

Nancy

Dentro de un mes, hará diez años que Ethan murió. A Nancy le cuesta creerlo. Ella va a visitarlo todos los días al cementerio, haga el tiempo que haga. Últimamente le cuesta un poquito más, pero, aun así, el día no le parece completo si no lo hace. Es la única ventaja de no ir más a Maine.

A los chicos no les gusta. Sabe que lo comentan a sus espaldas. Nancy no soporta que se preocupen por ella, que piensen que pueden cuidarla mejor de lo que ella puede cuidar de sí misma. ¿Por qué le pidió a Gerald que volviera? El invierno pasado, una mañana de ventisca en la que vino a despejar el sendero de nieve, él le cerró el paso en la puerta. «Pero ¿qué haces, madre? —dijo—. No puedes salir con este tiempo». «Ay, no seas absurdo —dijo ella—. Es solo un poco de nieve. —Nancy se puso el gorro que más le abrigaba—. Tenemos la piel dura los de Nueva Inglaterra». (Ella dio un patinazo aquel día, y bastante aparatoso, aunque nunca se lo contó a Gerald, y tuvo cardenales en el lado derecho del cuerpo durante un mes largo. Después de caerse, se quedó tumbada sobre la nieve un rato, mirando cómo descendían los copos y le cubrían el cuerpo y la cara). No quiere que Ethan se sienta solo, simplemente. A él le gustaría estar al tanto de todo lo que pasa. No pudo ver cómo se convertían los chicos en adultos, ni tampoco cómo se abrían paso.

Incluso ahora, el dolor puede paralizarla. Aparece como surgido de la nada, con frecuencia en el momento álgido de algo agradable. Alguien puede comentar de pasada un domingo en la iglesia cómo echa de menos oírle cantar los himnos. O Kathleen puede hacer una pregunta sobre el abuelo al que no conoció. O Gerald puede asentir de ese modo tan peculiar, como asienten todos: William, Ethan y él. Y entonces ella se siente tan apenada como se sintió cuando se lo encontró en el jardín, con la mano todavía sujetando la palita y los ojos abiertos mirando hacia el cielo. Mirándola a ella, pero sin ver nada.

No ha olvidado la capacidad que él tenía para hacerla sentir pequeña e insignificante, su manera de interrumpirla cuando estaba hablando. Pero tampoco es idiota. Cuando observa a sus amigas con sus maridos, se da cuenta de que tuvo bastante suerte. Ethan era un hombre amable que ponía todo lo posible de su parte, que estaba tan satisfecho como ella llevando una vida modesta y tranquila. ¿Qué más se puede pedir? Todavía se sorprende a sí misma atisbando en su estudio, casi con la esperanza de verlo allí corrigiendo exámenes, jugando al ajedrez, leyendo. Él la mira un instante por encima de las gafas, con el pelo brillando bajo la luz de la lámpara. «Todo bien», dice, y ella le devuelve la sonrisa.

Hoy, sin embargo, va a ir al cementerio con Jack. El crío no ha estado aún allí, y le parece que ya va siendo hora de que lo haga. Tiene siete años y medio, es un chico mayor, y debe saber más acerca de su abuelo. Nancy sospecha que Rose no le cuenta prácticamente nada. Es como si a William y los niños los hubieran absorbido la familia Kelly, como si el apellido y los genes Gregory apenas significaran nada. «A ver —dice a sus amigas, agitando la mano—, lo entiendo, claro que lo entiendo. Quiero decir, aquí solo estoy yo, trajinando por una casa grande y vieja. En cambio, allí, en Quincy, hay primos, tíos, tías y todo tipo de distracciones. Kathleen incluso ha montado en un camión de bomberos, por el amor de Dios, con un tío suyo que es bombero, no me preguntes cuál». Ella no consigue distinguirlos bien. Esos chicos se parecen todos, y hace años que ha dejado de intentar recordar quién es quién. Con la excepción de Christopher, el sacerdote.

Pero Nancy quiere que Jack oiga hablar de su abuelo. Kathleen lo tiene más presente, piensa, porque Rose estaba embarazada de ella cuando Ethan murió. La niña le preguntó una vez si Ethan la había tocado antes de que naciera. «Bueno, cielo —le respondió—. No habría podido. Ya sabes que tú naciste después de que él falleciera». «No —insistió Kathleen—. Digo si el abuelo tocó la barriga de mamá para sentirme, para ver si daba patadas». «Válgame Dios, criatura —respondió Nancy, volviéndose hacia ella en la cocina—. ¡Menuda pregunta! Yo diría que no. ¡Tu abuelo no andaba por ahí tocando la barriga de las mujeres!». «Ah —dijo Kathleen—. Pues la tía Anna está embarazada y el abuelito siempre está dándole palmaditas y hablándole al bebé». Nancy se quedó horrorizada, pero procuró disimular. «Sobre gustos… —dijo—. Pero lo importante es que tu abuelo lo sabía todo de ti y sabía que ibas a nacer. Eso es lo que debes recordar siempre».

Pero eso no puede decírselo a Jack, nacido más de dos años después del fallecimiento de Ethan. Hoy el niño ha venido solo porque Kathleen se ha ido de campamento. Nancy ha preparado un pícnic para almorzar, después de preguntarle a Gerald qué debe llevar: sándwiches de jalea y de mantequilla de cacahuete y bocaditos de galleta con chocolate. Una vez que han salido por la puerta trasera, lo coge de la mano para cruzar la calle. En el cementerio, Jack sigue aferrado a su mano, cosa que no es propia de él. Normalmente, es el primero en salir corriendo, estén donde estén. Nancy no sabe de qué hablar con él. Se siente más ligada a Kathleen. Disfruta teniendo otra vez a una niña a su lado. Es una pena, la verdad, que ellos no tuvieran una. Nunca sabe muy bien si puede incluir a Bea.

Caminan en silencio unos minutos. El sendero, flanqueado de tumbas, sube y baja por las pequeñas lomas. Hace un precioso día de julio, no demasiado caluroso aún ni demasiado húmedo; una maravilla. Ese tipo de día que habría resultado perfecto en Maine. «¿No te da un poco de miedo estar aquí? —pregunta Jack al fin—.

«Quiero decir, con todas estas personas muertas». «Ah, no, cariño —dice Nancy, apretándole un poquito más la mano—. Este es un sitio de reposo. Yo lo encuentro apacible, de hecho». «Pero están muertos —cuchichea Jack—. Hay personas muertas aquí. Aquí mismo, bajo nuestros pies».

Nancy se vuelve para mirar a su nieto. Hay inquietud en sus ojos de color azul oscuro. Ella se ha preguntado a veces, no sin una sensación de culpa, si Jack es un Gregory siquiera. Lo tiene todo de Rose. «¿Qué crees que sucede cuando alguien se muere?», le pregunta al crío. «Que su alma va al cielo, al infierno o al purgatorio», dice Jack. «Muy bien», dice ella, resistiendo la tentación de añadir que el purgatorio no existe, pero tomando una nota mental para hablar luego de ello con William. El dogma tradicional puede adaptarse para dejar margen al pensamiento racional.

«Y entonces, ¿qué queda?», pregunta. «¿Su cuerpo?», dice el niño. Ella asiente y sigue caminando. Se pregunta si va a meterse en un lío por lo que está a punto de decir. «El cuerpo —dice— se descompone lentamente, muy lentamente». «Vuelve a la tierra», dice Jack. Ella abre los ojos con sorpresa. «Muy bien —dice—, así es. O sea que la mayoría de estas personas ya no están aquí físicamente, ¿entiendes? Para algunos, ya han pasado más de cien años». «Pero tú vienes aquí —dice Jack—. Mi padre dijo… Dijo que vienes aquí todos los días para hablar con el abuelo». «Sí, es verdad —dice Nancy—, pero yo le hablo a su espíritu, no a su cuerpo. Este es simplemente un sitio donde sé que estará. Donde puedo encontrarlo». «Vale», dice su nieto, aunque no suena muy convencido.

«Venga —dice ella—, a ver si encuentras la tumba del abuelo. Está ahí al fondo, junto al estanque y el sauce. En la lápida pone: Ethan Putnam Gregory. Mil novecientos, mil novecientos cincuenta y uno». Jack baja corriendo la cuesta, usando sus brazos como si fueran alas y siguiendo una línea sinuosa. «Dadme vuestra ayuda, vuestra mano, vuestra voz, vuestro voto», dice una y otra vez, alzando la voz a cada repetición. Nancy lo sigue, ahora más relajada. Qué maravilloso es ser un niño. Estar tan inquieto y, al cabo de un momento, librarse de toda preocupación. Es como una especie de magia.

Cuando lo alcanza ante la tumba, saca una manta y el almuerzo. Jack parece contento mientras se come un sándwich y pregunta cuántos bocaditos de chocolate le tocarán. Hola, Ethan, dice Nancy para sí. Este es Jack, tu nieto. Ya era hora de que os conocierais. «Tu abuelo —empieza— era un hombre maravilloso. Ojalá lo hubieras conocido. —Y maldita sea, ahí están de repente esas lágrimas que le salen en los momentos más inoportunos y la dejan sin palabras. Se seca los ojos con el dorso de la mano—. Hagamos una cosa, ¿por qué no me haces preguntas sobre él? Yo te contaré lo que quieras saber».

«Ya lo sé todo del abuelo —dice Jack—. Papá nos cuenta historias sobre él casi cada noche. Nos explica que era un gran pescador, que le gustaba cantar, que consiguió que él y tío Gerald fueran muy buenos en mates». Nancy sonríe. No tenía ni idea de que William transmitiera a los niños todas las cosas buenas de Ethan. Su nieto la mira con inquietud. Esas malditas lágrimas. «Estoy bien, cariño —dice—. No tienes que preocuparte por mí». Ella es la que cuida de los demás. No soporta que la gente quiera cuidarla a ella.

William

Después de doce años en plantilla, William ha descubierto cómo sacarle el máximo partido a un trabajo soporífero. Al principio, en los primeros años después de graduarse, dejaba que lo devorase el aburrimiento de la rutina. Se sentía maniatado, aprisionado, y estaba a las órdenes de supervisores que lo exasperaban por su incompetencia. Consiguió que lo despidieran de sus primeros dos empleos al proponer cambios y manifestar lo que pensaba en realidad. En este empleo, en cambio, hizo todo un esfuerzo para dejar de interesarse, para distanciarse del trabajo. Empezó a hacer cada vez menos, a pasar más tiempo fuera de la oficina que dentro. Para su sorpresa, nadie pareció darse cuenta. Las ventajas, advirtió, del pelo rubio y los ojos verdes. Del título de Harvard. Era muy sencillo, en realidad: cuando ya no te importaba, cuando dejabas la ambición de lado, todo discurría mucho más fácilmente.

Muchas veces, a mediodía, le decía a su secretaria que tenía un almuerzo y se escabullía unas horas en el Museo de Arte Moderno o en el Gardner para sentarse en un banco y contemplar un cuadro, para refugiarse en ese mundo. Una vez, en un precioso día de verano, tomó un barco turístico por el puerto de Boston, simplemente para estar en el agua. Con su traje y su cortaba, se sintió algo extraño allí, rodeado de adolescentes con shorts y camisetas que no obedecían a sus padres, que apenas miraban el océano y fumaban a hurtadillas en la popa, detrás del motor. A él le entraban ganas de darles la mano, de dársela al chico que había sido, cuando se tumbaba en un dique flotante de la costa de Maine. Disfrutad, quería decirles. Procurad vivir el momento. Le habría gustado ser uno de ellos, seguir aún en ese lugar en el que todo parecía posible.

Esta noche va a ir al hotel Revere, al nuevo salón de baile Wonderland, que abrió a principios de año. Está justo al lado del agua y es mucho más bonito que los demás salones de baile de la ciudad. Lleva toda la semana esperándolo. Ocupará una mesa junto a la ventana, con una copa en la mano, y lo observará todo: las trompetas sonando, las parejas girando y haciendo piruetas, la música tan fuerte que lo inunda por completo. La última vez que fue, oía el rumor de las olas cuando la banda hacía una pausa y, al volver al coche, contempló toda la extensión del firmamento desde la playa curvada. Se quedó allí casi una hora, mirando hacia el este, con la música todavía palpitando en su interior.

Pero aquello queda muy lejos de Quincy, y las dos últimas veces tuvo que irse más temprano, antes de que terminase la velada. Ojalá vivieran todavía en la costa norte. Esta noche, sin embargo, puede quedarse hasta que cierren, ser el último en salir. Quizá incluso duerma en el coche, contemplando el océano oscuro, con el asiento reclinado en posición horizontal.

Entra marcha atrás en el sendero, después de dejar a los niños con madre. Se cambiará deprisa y saldrá para allá. Rose está maquillándose en su tocador. Tiene fotos de Jackie Kennedy pegadas en el espejo. Él ha notado que las mira mientras se peina. El mes pasado se hizo cortar el flequillo para imitar el último peinado de Jackie. «¿Adónde vais vosotras esta noche?», pregunta, sentándose en la cama y quitándose la corbata. «A casa de Sheila —dice ella, inclinándose hacia el espejo para ponerse rímel—. Quizá luego salgamos a tomar una copa», añade. Se levanta y lo mira, con la mano en la cadera. Lleva un vestido rojo muy ceñido que acaba justo por debajo de la rodilla. No cabe duda, saldrán tomar una copa. «¿Y tú? —dice Rose—, ¿qué planes tienes?».

Unos meses atrás, sentados frente a frente a la mesa de la cocina, ambos más infelices de lo que jamás habrían podido imaginar, acordaron que cada dos sábados por la noche saldrían cada uno por su cuenta para hacer lo que les apeteciera. Fue William quien lo propuso, y Rose aceptó a regañadientes. Sus familias respectivas se turnan para cuidar de los niños: un sábado la de Rose y el siguiente, quince días después, su madre. Todo el mundo sale ganando, cree William. Sus familias no saben que salen por separado. Creen que es para poder disfrutar de una noche romántica. Y lo gracioso es que a menudo tienen sexo en esas noches, cuando William consigue volver antes de que amanezca. Entonces se desliza en casa medio borracho, mucho después de que Rose haya llegado, y se mete desnudo en su cama. Pero ella siempre se vuelve para recibirlo, como si le hubiera estado esperando, como si pasar un tiempo separados fuese el único modo de estar juntos.

«No lo sé aún —dice ahora—. Quizá vaya a casa de Nelson. Veremos. Algunos chicos del trabajo van reunirse en el centro, así que quizá haga eso. Todavía no me he decidido». Rose asiente, y William sabe que ella tampoco le cree. ¿No sería más sencillo que se dijeran la verdad? ¿Por qué no puede él contarle adónde va? Se pregunta si el plan de Rose es tan inocente como el suyo, pero solo lo piensa de pasada, no es algo sobre lo que se dedique a dar vueltas mucho tiempo.

«Tienes una pinta espectacular, muñeca», dice, y ella sonríe, mientras examina su vestido en el espejo de cuerpo entero. No miente. Ahora está incluso más guapa que cuando se conocieron. Todos sus amigos se lo dicen. En parte es así, le consta, porque ella no pudo volver a quedarse embarazada después de Jack. Tras el tercer aborto, le dijeron que debía hacerse una ligadura de trompas. Las otras esposas han seguido adelante hasta tener cuatro hijos o más. Sheila y Michael tienen siete.

William la observa mientras se pone los pendientes. En aquel momento Rose se quedó desconsolada ante la idea de no tener más hijos. Él se sintió secretamente aliviado. Quiere a los dos hijos que tiene, pero ¿por qué pasarse de la raya? A duras penas se las arreglan ahora con su salario. Él, de todas formas, no soportaba verla tan alicaída, un mes tras otro. Ahora parece más contenta, aunque William sospecha que él disfruta más estos sábados que ella. Le gustaría que Rose se relajara un poco. Que dejara de preocuparse tanto por lo que piensan los demás. Estos sábados son un regalo que él le ha hecho. Una válvula de escape, se dice a sí mismo. Un sistema para que ambos se sientan aún queridos y deseados. Vivos.

Rose rocía el aire de Chanel n.º 5 y pasa a través de esa nube varias veces antes de ponerse los zapatos. «Tengo que irme pitando —dice, cogiendo la estola de encima de la cama—. Las chicas me están esperando. —Lo saluda desde la puerta—. Volveré con los niños a mediodía», dice él, agitando también la mano. Luego se queda inmóvil, escuchando cómo baja poco a poco las escaleras con sus tacones y sale por la puerta.

Menos de media hora después, también él está en marcha, en dirección norte. Esta noche tocan los G-Clefs y no quiere perderse ni una nota.

Gerald

Madre se pasó el fin de semana anterior a Acción de Gracias haciendo tartas y ahora las tres están sobre el aparador, ligeramente tostadas y crujientes en los bordes, con la fruta rezumando por las pequeñas grietas. Kathleen y Jack no se apartan de ellas, oliendo y señalando, discutiendo por cuál quieren empezar. «Arándanos», dice Kathleen, «¿estás loca?», dice Jack. «Calabaza y luego manzana. Arándanos al final».

Linda se ríe mientras los observa con Gerald desde el umbral. «Parece que los hermanitos nunca se pueden poner de acuerdo», dice. Le da un apretón en el brazo y vuelve a la cocina para ayudar a madre. William está en la sala de estar, en el sofá junto a la chimenea, y Gerald se sienta a su lado, en el sillón de padre, poniendo los pies en el viejo banquito bordado.

«Es fantástica», dice William alzando las cejas y ofreciéndole la botella de whisky. Gerald la rechaza con un gesto. «Sí —dice—. Lo sé». Lo que William quiere decir realmente, sospecha, es que Linda no es lo que esperaba. Demasiado mona. Demasiado rubia. Demasiado llena de vida. Esta es la primera vez que William la ha visto, y Gerald sabía que se llevaría una sorpresa. Ella también trabaja en la facultad; enseña latín y ejerce de supervisora en una de las residencias de chicas. Gerald no lo reconocería ante su hermano, pero a él también lo sorprende —todos los días— que Linda quiera estar con él.

William frunce el ceño. «Has de largarte de esta ciudad, G. ¿Cómo vas a salir con alguien que vive en una residencia femenina? Por Dios». «Nos las arreglamos —dice Gerald, que no quiere que su hermano le diga lo que ya sabe—. Simplemente deseamos llevarlo con discreción». «Pues eso es imposible —dice William—. Ese tipo de relaciones nunca funciona».

Se inclina un poco más hacia él, de manera que Gerald nota el olor a alcohol de su aliento. «Un amigo mío de Harvard quiere alquilar su casa de Cambridge. Le voy a decir que podría interesarte». Gerald niega con la cabeza. ¿Por qué pretende William saber cómo tiene que vivir su vida? Le dan ganas de decir: háblame de tu trabajo, William; de ese trabajo del que no soportas hablar siquiera. Háblame de esa esposa tuya que nunca aparece. Pero lo que dice es: «Gracias por pensar en mí, pero estoy bastante contento aquí. A la larga me buscaré un apartamento en la ciudad, pero por ahora la vivienda de la facultad ya me viene bien».

Gerald recoloca los troncos de la chimenea y el fuego empieza a arder de nuevo. «¿Y dónde está Rose? —le pregunta a William mientras vuelve a sentarse, alzando las cejas—. ¿Ya no celebra Acción de Gracias? ¿No tiene nada que agradecer?». «Es su madre —dice William con tanta naturalidad que Gerald deduce que es una respuesta ensayada; sabe que su hermano quiere evitar una discusión—. No está demasiado bien. La necesitaban allí». «Qué pena —dice Gerald—. Creo que ella y Linda se llevarían de maravilla».

Ambos permanecen callados unos momentos, contemplando las llamas. «Añoro los días de Acción de Gracias de antes —dice William—, con todos los primos». Gerald asiente. La leña cruje y crepita. «Era mi festividad preferida cuando era pequeño», responde. «Aun más que la Navidad. La comida es mejor. Y ahora todo está muy bien, pero a mí me gustaba el jaleo de aquellos días de Acción de Gracias. Madre corriendo de aquí para allá, padre escondido en su estudio». La palabra «jaleo» no es la adecuada, pero no sabe cómo explicar lo que siente. Es como un vacío, como un anhelo, pero no sabe bien qué es.

«¿No te gustaría poder volver atrás? —dice William, casi como si supiera lo que Gerald está pensando—. ¿Vivir en aquella época, cuando todo era tan sencillo?». «No —dice Gerald—, no me gustaría. Soy mucho más feliz ahora. Ahora sé lo que soy; sé lo que es importante para mí». Lo cual es verdad. William quizá se ha visto metido en una vida que no le interesa, pero para él no es así. Su vida apenas acaba de empezar.

Linda viene de la cocina con una bandeja de galletitas y queso. «Más entrantes —dice alegremente—. Me parece que vuestra madre ha hecho preparativos para un millar de personas». «Siempre hace lo mismo —dice William, incorporándose un poco en el sofá para mirarla—. Antes teníamos mucha más gente que ahora». «Sí, Gerald me lo ha contado —dice Linda—. Parece que era muy divertido. Yo nunca tuve una gran celebración de Acción de Gracias en casa. Éramos solo mis padres y yo. Como cualquier otro día, pero con pavo y tarta».

«¿Te acuerdas del primer día de Acción de Gracias con Bea? —dice William, echándose hacia delante y mirando a Gerald. Él nota ahora lo borracho que está—. ¿Recuerdas que no sabía absolutamente nada de la fiesta? ¿Que tuvimos que explicarle en la mesa lo de los Peregrinos? ¿Que encontró horrible la cazuela de boniato?». Gerald no recuerda nada de todo eso, pero asiente. Se pregunta adónde va a parar esta conversación. William se vuelve hacia Linda. «Gerald te habrá hablado de Bea, ¿no?», dice, mirándolo a él de soslayo. «La niña —le dice Gerald a Linda—, la niña británica que vivió con nosotros». «Ah, sí —dice ella—. Claro. Qué gesto tan bonito de vuestros padres, acoger a una persona así».

«¿Qué te ha contado mi hermano de ella?», pregunta William, como si Gerald no estuviera presente. Él se arrellana en el sillón de padre. Mejor dejar que la cosa siga su curso. Linda se encoge de hombros. «Me dio la impresión de que ella fue un maravilloso complemento para la familia. Vuestra madre también me ha hablado de ella. Dice que ve a Bea en Kathleen». Gerald reprime una sonrisa. Muy astuto por parte de Linda desviar la conversación de nuevo hacia William. Ese es el tipo de respuesta que a él nunca se le ocurre en el momento. «Bueno —dice William, aturullándose—. Eso no lo sé. Kathleen no se parece en nada a Bea». «Sí, ya lo creo —dice Gerald—. ¿Te has fijado en su expresión cuando se pone furiosa? ¿Y en cómo se defiende por sí misma?». William se encoge de hombros y luego se inclina hacia Linda. «Pero te digo una cosa, en todo caso. Nuestro Gerald estaba chiflado por ella». Linda se ríe y Gerald, en un insólito instante de rabia ciega, está a punto de estamparle la cara a su hermano contra el ladrillo de la chimenea. En vez de eso, mira a Linda y niega con la cabeza.

«¡La cena!», grita Jack, y los tres se levantan y se dirigen al comedor. William retiene a Gerald, pasándole el brazo por los hombros y dejando que Linda se adelante. «Me gustaría que ella estuviera aquí —dice—. ¿A ti no?». Gerald está cansado de pensar en el pasado. Se zafa del brazo de su hermano, alcanza a Linda y le rodea la cintura. Ella lo mira con una sonrisa y él se inclina para darle un beso.

Millie

Mamá —dice Beatrix con ese tono de advertencia—. No empieces». «¿Qué? —dice ella—. No he dicho nada». Han quedado para una cena temprana. Entre los horarios de Beatrix y el hecho de que viva en la otra punta de la ciudad, es la única manera que Millie tiene de verla. Nunca salen demasiado bien estas cenas. Beatrix está cansada e irritable, siempre mirando el reloj. Su madre le hace una pregunta tras otra. La brecha entre ambas sigue pareciendo demasiado grande.

Pero al menos así se ven. Durante más de un año, después de que Millie dejara a George, apenas se vieron. Beatrix siempre tenía una excusa, otra cosa que hacer. Millie mentía a sus amigas. Les contaba detalladas historias de cenas semanales y de vacaciones madre-hija. La verdad era que la llamaba y el teléfono sonaba y sonaba, y sabía que Beatrix estaba ahí pero se negaba a responder, aunque tal vez así perdiera la llamada de un amigo. «Lo único que digo —dice ahora, enderezando los cubiertos en la mesa— es que no quiero que se te pase el momento. Mira a todas tus amigas, ya casadas y con hijos». Millie da un trago de vino y se seca los labios con la servilleta. Intenta reducir la ingesta de bebida cuando está con Beatrix. Solo una copa de vino. Cruza las piernas y vuelve a ponerse la servilleta en el regazo, pero sigue sin mirar a su hija a los ojos. «Es que daba la impresión de que Sam era de los buenos. Lo que no quiero es que aguardes demasiado». Alza entonces la mirada y ve lo que se esperaba. La cara de Beatrix sombría y gélida, cerrada. Esa cara preciosa. Pero ella sentía que debía decir algo. Está intentando ser más franca con su hija, decirle lo que piensa. Bueno, ella siempre ha dicho lo que piensa. Pero quiere que la relación entre ambas sea más abierta.

Qué difícil resulta, sin embargo, cuando se trata de tu propia hija, cambiar las pautas ya establecidas, crear un nuevo modo de relacionarse. Se acuerda de ese sendero que la gente ha abierto a través del parque, cerca de su casa, de tal modo que la hierba va desapareciendo lentamente. Una senda natural, ha oído que se llama. La mejor forma de ir de aquí allá. ¿Por qué no consigue ella hacer lo mismo para llegar a su propia hija? Piensa en la hija de Julia, Louisa, ahora de catorce años, y en lo bien que lo pasan juntas. A ella le encanta llevar a Louisa de compras. Justo el mes anterior, cuando Joe y Julia estaban fuera, la niña pasó en su casa un fin de semana. ¿Cómo es que ella y Beatrix han acabado así, sentadas frente a frente pero sintiéndose a una distancia sideral? Como extrañas, prácticamente. Ahora al menos vuelven a verse. Pero en cierto modo eso ha hecho que se sienta incluso más desesperada.

Millie se inclina sobre la mesa y le estrecha la mano. «Cielo —dice—. Yo te eché mucho de menos en tu infancia. Quiero que pasemos más tiempo juntas. ¿No puedes hacerme un sitio en tu vida?». «Por Dios, mamá —dice Beatrix, apartando la mano y pasándosela por el pelo—. Tú finges que se trata de mí, pero en realidad se trata exclusivamente de ti. Como tantas otras veces». Coge la carta y la estudia. Tras un momento, Millie hace lo mismo. Es como si nunca acertara con lo que dice, incluso cuando se trata de lo que más desea decir. Ambas examinan la carta demasiado tiempo. El silencio se vuelve insoportable.

«Bueno, dime. —Millie vuelve a intentarlo—. Cuéntame cómo te va en el trabajo». «Bien —dice Beatrix, aún sin levantar la vista—. Mucho ajetreo. Hemos cerrado un acuerdo para trasladarnos a un sitio nuevo, para disponer de más espacio y añadir otra clase. Nos mudamos este verano». «Ah —dice Millie, asintiendo—, qué bien. ¿Aun así tendrás tiempo para unas vacaciones?». Ella quiere que vayan a algún sitio juntas, las dos solas. Beatrix se encoge de hombros. «No estoy segura. Tal vez». Da un sorbo de agua.

Millie realmente no entiende por qué Beatrix está tan enfadada con ella. Sabe que se puso furiosa porque dejó a George. Ella siguió con él más tiempo de lo que habría querido, con la esperanza de convencerse a sí misma de que era una persona aceptable, de que valía la pena preservar el matrimonio. Y George era, es, un hombre agradable. Pero ella quería estar sola. Quería arreglárselas por sí misma. No como después de Reg, cuando no le quedó otro remedio. «Nunca más —le dijo a Beatrix cuando la ayudó a mudarse—. No me casaré nunca más. A la tercera va la vencida». Su hija la miró con una expresión que traslucía muchas cosas —decepción, rabia, incredulidad—, pero no dijo ni una palabra.

Llega la cena. Millie marea la comida por el plato. «¿Tienes noticias de los Gregory?», pregunta cuando el silencio se ha prolongado demasiado. Beatrix levanta la vista. «Casi nunca —dice—. Felicitaciones navideñas, sobre todo». «¿Qué decía la de este año? —pregunta Millie—. ¿Cómo les va a todos?». Hay una pequeña pausa y luego Beatrix responde, todavía con el tenedor en la mano. «La señora Gregory está bien, creo. Gerald se va a quedar en el este unos años; trabaja en la facultad». «¿Y William? —dice Millie con un tono lo más informal posible. No ha mencionado su nombre desde aquella visita suya de hace tanto—. ¿Qué ha sido de él?». Beatrix recorre el restaurante con la vista, se vuelve hacia Millie y después mira para otro lado. «Está casado, tiene dos hijos. —Bruscamente, le sostiene la mirada a Millie—. ¿Qué pasa, mamá? ¿A qué viene este repentino interés por los Gregory?».

Millie se clava las uñas en la palma. «Era solo por saber —dice—. Sé lo importantes que son para ti». Beatrix se encoge de hombros. «Lo eran —dice—. Ya no tanto». Vuelve a hacerse el silencio. «¿Nancy no volvió a casarse —pregunta Millie— después de la muerte de Ethan?». Beatrix niega con la cabeza y casi sonríe.

«No me lo puedo ni imaginar —dice—. Ella jamás volvería a casarse». «Pero ¿no se siente sola?», pregunta Millie, consciente de que ha sido la soledad lo que la ha impulsado a tomar muchas de sus decisiones. «¿Si se siente terriblemente sola? No sé —dice Beatrix—. Tiene a Gerald cerca para hacerle compañía. Y a sus nietos no muy lejos».

Beatrix deja el tenedor y aparta el plato. Apenas ha comido. «¿Sabes, mamá? —dice—. La señora G tenía un elevado concepto de ti». «¿De mí? —Millie está realmente sorprendida—. Si ni siquiera me conocía». «Pero sabía de ti —dice Beatrix—. Yo le hablaba de ti constantemente. Creo que incluso se sentía un poco celosa. Por el hecho de que tenías un empleo, conducías la ambulancia y cuidabas de papá. Se sintió fatal cuando murió papá. Durante un mes, me trajo galletas a la hora del almuerzo. Aparecía en el comedor con aquellas galletas aún calentitas, recién sacadas del horno. Gastaba casi toda la ración semanal de azúcar en esas galletas. Yo creía que iba a morirme de vergüenza. Quiero decir, a todo el mundo le encantaba, pero, la verdad, hacía que me sintiera como una niña».

Millie no sabe cómo reaccionar. Hacía años que Beatrix no hablaba tanto de los Gregory. «Bueno, lo encuentro encantador —dice—. Me alegro de que cuidara tan bien de ti». Millie sabe que no habría visto eso con buenos ojos si lo hubiera sabido en su momento. Qué absurdo llevarle galletas al comedor, habría pensado. ¿Qué pretende demostrar esa mujer? Ahora es capaz de verlo como lo que es: como un genuino acto de amor. Esa mujer quería a Beatrix tanto como ella. Lo comprende ahora, cosa que habría resultado impensable antes.

Su hija la observa atentamente. «¿Qué te parece...? —dice Millie, dándole vueltas a una idea—. ¿Qué te parece si vamos a América tú y yo este verano? Podríamos ir a Nueva York y luego subir a Boston para visitar a los Gregory. He ahorrado para hacer un viaje como ese contigo». La cara de Beatrix se cierra de nuevo, de ese modo característico. «No —dice, con el cuello tenso, y Millie siente que la puerta que se había entornado un poquito, se ha cerrado otra vez en sus narices—. Quiero decir —añade Beatrix, suavizando algo su tono—, podemos ir a Nueva York, mamá. Ya sé que tú nunca has estado allí. Pero no quiero ir a Boston. Esa ya no es mi vida. Mi vida está aquí». Millie asiente. Pide la cuenta con un gesto, firmando en el aire, mientras la esperanza florece en su pecho.

Rose

Rose besa Kathleen en la mejilla y le acaricia el pelo a Jack antes de salir de la cocina de su madre. Los niños corren por el pasillo hacia la sala de estar. Rose sospecha que se lo pasan mejor aquí que en casa. Su madre la acompaña hasta la puerta y se asoma al porche. «Vosotros salid y disfrutad de la cena del Día de los Enamorados», dice. «Así lo haremos —dice Rose; detesta mentir a su madre, pero no le queda otro remedio—. No dejes que los niños se acuesten muy tarde. Y llévalos mañana al colegio puntualmente, por favor». Su madre asiente.

En el trayecto a pie a casa, ve un restaurante tras otro y decide finalmente que le dirá a su madre que fueron a cenar al Chowder House. Ha visto por la ventana que han cambiado los manteles rojos por otros blancos y que hay una rosa roja en cada mesa; así ya tiene suficientes detalles para que el relato resulte creíble. El pescado siempre es bueno aquí, y dirá que se saltó el postre y pidió directamente un café, o tal vez que compartieron una mousse de chocolate.

Ya en casa, se quita las botas y se pone las zapatillas. Le ha dicho a William esta mañana, antes de que saliera, que lo había arreglado para que los niños se quedaran a dormir en casa de su madre. Él ha asentido, pero no ha dicho gran cosa. Rose no sabe si volverá a casa después del trabajo o simplemente desaparecerá. Ignora adónde va en estas noches, cuando regresa y se desploma en la cama, con frecuencia muy tarde, a veces tan tarde que el dormitorio ya no está oscuro. Suele oler a whisky y cigarrillos.

A Rose le gustaría poder odiarlo. Eso lo haría todo mucho más fácil. Tiene todo el derecho a odiarlo. Él no para casi nunca en casa. Apenas ha conseguido un aumento de sueldo en años. Nunca cumple lo que promete. Raramente hablan ya de otra cosa que no sean los niños. Ellos lo adoran, sin embargo, y desde luego es un padre maravilloso. Cuando aparece, cuando no decepciona. Ella añora la época en que la miraba como mira a los niños. En su día estuvieron enamorados.

Rose intenta divertirse los sábados por la noche. Al principio resultaba excitante: vestirse de punta en blanco, coquetear con alguien en un bar. Sentir cómo un desconocido le deslizaba la mano por la espalda. Cómo la atraía hacia sí mientras bailaban. Pero ella no ha pasado de darle un beso a alguien. No estaría bien. Y últimamente, cuando William se va, se queda en casa. Prueba una nueva receta. Se da un largo baño rodeada de sus revistas. Se pone un camisón de encaje. Y espera a que él vuelva a casa. William se desviste a la luz del alba y ella lo observa, sintiendo casi que vuelve a enamorarse de él, a pesar de decirse a sí misma que no debería. A veces está tan borracho que se queda dormido encima de ella, y entonces le da la vuelta y se coloca a horcajadas sobre él, apoyando la cabeza sobre su pecho, extendiendo las piernas sobre la suyas, escuchando cómo palpita lentamente su corazón. Cuando aparece a la mañana siguiente, tambaleante y gris, para tomarse un café, es como si no hubiera pasado nada. Rose duda que sea consciente siquiera de que tienen relaciones sexuales. Resulta obvio que todo esto no es como ella creía que debería ser un matrimonio, y se hace preguntas acerca de los demás matrimonios que ha conocido. ¿Es normal lo que pasa entre ella y William?

A veces ha pensado en dejarlo. Pero Rose ya ha visto cómo son las cosas en ese caso. Su amiga Mary se divorció el año pasado. Ella también tendría que volver a casa de sus padres. Su padre se pondría furioso. Su madre estaría avergonzada. Incluso su hermano, Chris, se sentiría decepcionado. En sus revistas, además, ha leído que el divorcio no es bueno para los niños. Y lo peor de todo, tal vez, es que ella parece incapaz de dejar de amar a William, aun cuando sospecha que él dejo de amarla hace mucho.

Pero esta noche... esta noche todo el plan es Jackie. La CBS emitirá su tour por la Casa Blanca. Rose quería sacar a los niños de casa para poder concentrarse, para escuchar cada palabra que pronuncie Jackie, para enterarse de todo lo que ha hecho Jackie. Para poder sentarse cerca la televisión y verlo todo. No había estado tan excitada desde hace mucho tiempo. Recalienta los restos del estofado de la noche anterior, se sirve una copa de vino tinto y se instala en el sillón para mirar a Walter Cronkite*, con una manta en el regazo y las rodillas pegadas al pecho.

A las siete y cuarto, oye ruido en el porche delantero y se gira hacia la entrada. La puerta se abre con una ráfaga de aire frío y aparece William con el cuello del abrigo alzado y el sombrero calado sobre la frente. Ella lo saluda desde la silla, pero se vuelve enseguida hacia la tele con irritación. Es su casa, vale, pero aun así... Él sabía que quería mirar este programa. ¿No podía haberla dejado sola? «Buenas noches», dice William, y saca un ramo de rosas amarillas que llevaba oculto detrás. Sus preferidas. Qué encandilada se sentía ella con su habilidad para saber siempre lo que había que hacer, para conseguir que lo perdonara una y otra vez. Solo que ya no funciona como antes. «Ay, William —dice—, no deberías haberte molestado». Y preferiría que no lo hubiera hecho. Ahora tiene que buscar un jarrón, ponerlas en agua —huelen de maravilla— y prepararle algo de cenar. Pero ¿y si se pierde el principio del programa?

«Yo me encargo», dice él, y le vuelve a coger las flores de las manos. «Gracias», dice ella, mirándolo, y él sonríe. Esa maldita sonrisa. «¿Has cenado? —le grita al oír el grifo de la cocina—. Te puedo calentar algunas sobras». «Estoy bien —dice él—. He to-

* N. del T.: Célebre presentador de la CBS durante los años sesenta y setenta.

mado un bocado al salir del trabajo». Vuelve a traer las flores, junto con una copa de vino, y lo coloca todo en la mesita auxiliar, entre el sillón de Rose y el sofá. Se sienta en el sofá, se desata la corbata y se quita los zapatos, apoyando los pies en la mesita de café. Cronkite se despide y Rose se pone en pie. «No me riñas —dice—, pero voy a sentarme en el suelo. Para verlo y oírlo todo lo más claramente posible».

William asiente, y ella se ruboriza. Se siente como una idiota. ¿Por qué habrá tenido que volver a casa esta noche? Precisamente esta noche. Se sienta donde suelen sentarse Kathleen y Jack para mirar *Mr. Ed*, dándole la espalda a William. «Ya sé que te estás riendo de mí», dice, sin volverse, manteniendo la espalda erguida. «No —dice él—, no me río».

Durante la hora siguiente, lo único que se oye en la sala de estar es la suave voz de Jackie respondiendo a las preguntas de Charles Collingwood. Tiene un aspecto encantador, por supuesto, y sabe un montón sobre la historia de la Casa Blanca y de todos los objetos. Al final, el presidente habla unos minutos, centrándose en la labor de Jackie para mantener vivo el recuerdo de los hombres que han residido en la Casa Blanca. Bueno, piensa Rose, también de las mujeres, de los niños. La Casa Blanca no se reduce a los presidentes. Y entonces él dice que si los niños ven la Casa Blanca como historia viva, tal vez quieran venir también a vivir aquí. Incluso las chicas, añade, con esa sonrisa suya.

Al terminar el programa, Rose apaga la televisión y se termina su copa de vino, todavía dándole la espalda a William. No se han dicho una palabra durante todo el rato. «¿Qué te ha parecido?», dice William, y Rose oye cómo le crujen las rodillas al extender las piernas. Arruga el ceño, pensativa. «No me gusta esa actitud —dice—. Su actitud despectiva con las chicas. —Se vuelve hacia William—. ¿Por qué no debería pensar Kathleen que algún día podría ser presidenta? De la forma que habla, es como si solo pudiera llegar allí como primera dama». «Ya te lo dije —dice él—. Siempre ha sido un tanto gilipollas». «William —dice Rose—, es el presidente». Se levanta y recoge la botella de vino vacía.

«Lo pasado es un prólogo», dice William, con los ojos cerrados, repitiendo algo que el presidente dijo en alguna ocasión. «¿De dónde sale esa frase? —le pregunta Rose, mirándolo con el ceño fruncido—. Me suena». «De Shakespeare —dice él. Ella estaba segura de que lo sabría—. De *La Tempestad.* Antes de que dos hombres decidan cometer un asesinato, la dice uno de ellos. O sea, lo que los ha llevado a ese punto, ha creado su destino». Rose asiente. Es toda esa historia del libre albedrío y de la predestinación de la que habla la Iglesia. Ella nunca lo ha entendido demasiado. Sed buenas personas, les dice a los niños, y todo saldrá bien. Pero Rose se pregunta: ¿está siendo castigada por las decisiones que tomó en el pasado? ¿Qué piensa Dios de William y de ella?

Él se arrellana en el sofá y bosteza. «Subiré dentro de un rato», dice mientras Rose se lleva las copas vacías. Ella sabe que cuando se levante por la mañana, lo encontrará tirado en el sofá, completamente dormido. Desde la cocina, le grita: «Gracias por las flores». Hubo una época, al principio, en la que traía flores a casa todos los viernes por la noche. La fragancia inundaba la pequeña vivienda. En alguna parte, Rose tiene guardados diarios llenos de flores prensadas. Pero supone que los pétalos ya se habrán convertido en polvo.

Beatrix

Beatrix espera en el bar que está al lado de su casa, con un vodka con tónica en la mano. Ve a Robert en la puerta y le hace una seña. Él se abre paso entre la gente y le da un beso en la mejilla. «Buenas noches», dice, quitándose el sombrero y dejándolo sobre la barra; luego da un largo trago a la bebida que ella ha pedido para él. Al dejar el vaso, suspira y le sonríe. «No hay nada mejor que el primer trago», dice. Él siempre está cansado al final de la semana; trabaja en publicidad para la cadena ITV. Beatrix no entiende bien lo que hace, pero sabe que es bueno. Siempre parece tener un montón de reuniones y almuerzos.

Ella también se siente agotada. Está deseando trasladarse al nuevo edificio de una vez. Planos, esquemas de la red eléctrica y las tuberías, operarios y funcionarios municipales. Es todo muy importante, lo sabe, pero la aburre. Echa de menos pensar solo en los niños.

«He recibido una carta de la señora Chisholm —dice Robert—. Han hecho sus planes para el mes de julio. Pasarán aquí tres días, justo cuando tú estés en Nueva York, así que las fechas son ideales». A Robert también lo mandaron a América durante la guerra. Vivió un año con los Chisholm en las afueras de Nueva York y después lo enviaron a un internado de New Hampshire. «¿Te enviaron a un internado?», le preguntó ella en su primera cita. «Parece algo innecesario, ¿no? —Él se encogió de hombros—. Estuvo bien, el colegio me gustaba. De todos modos, tampoco los veía mucho a ellos. Tenían niñeras y demás. Una casa impresionante, eso sí. Y en el colegio era muy divertido estar con chicos de mi edad día y noche».

Los presentó una amiga común que se había entusiasmado con la idea de emparejarlos. «Oh, Trixie —había dicho—. Es perfecto para ti. De veras. ¡Tenéis mucho en común!». En general, Beatrix rehuía conocer a otras personas a las que hubieran enviado fuera durante la guerra. Las experiencias solían ser muy diferentes, y a ella raramente le apetecía revisitar el pasado. Al principio, daba por supuesto que todo el mundo había vivido algo similar. La experiencia de Robert, sin embargo, era más normal. Él era mayor en aquel entonces. En su caso, había sido algo que había ocurrido por pura necesidad, unos años que no habían transcurrido como él había previsto, simplemente; un mero incidente. No estaba especialmente interesado en hablar de ello, cosa que a ella le parecía perfecta. Pero aun así, le hacía ilusión mostrarles la ciudad a los Chisholm, llevarlos a sus restaurantes preferidos.

Robert le gusta. Ya llevan juntos casi un año, y es un hombre divertido. Salen a cenar, a tomar una copa, a bailar. Juegan al tenis regularmente —ella no había cogido una raqueta desde que volvió de América— y ahora, por influencia de él, Beatrix ha empezado a seguir el béisbol otra vez. Incluso está intentando aprender las reglas del críquet. Robert es una persona sin complicaciones; no la presiona sobre el futuro, como hacía Sam, quien, según ha oído, ya está casado y con un hijo en camino. Robert parece vivir el momento, lo cual resulta refrescante. No obstante, a Beatrix le cuesta imaginar que vayan a seguir juntos para siempre. Se pregunta si tal vez es poco realista, si está buscando algo imposible de encontrar, si se está esforzando tanto en no ser como su madre que va a acabar sola. Sus amigas le dicen que es demasiado exigente. Ella ni siquiera sabe lo que está buscando. Simplemente tiene claro lo que no la acaba de convencer.

«Un té en Harrods, ¿no te parece? —dice Robert ahora—. A los americanos les encantan esas cosas». Beatrix asiente. «Y quizá un espectáculo —sugiere—. ¿Algo en el Aldwych?». «Sí, sí —dice él—. Claro. Es justo su estilo. —Hace una pausa—. Yo sigo imaginándomelos tal como eran. ¿No te parece curioso? Congelados en el tiempo, como si no hubieran envejecido. Pero por supuesto que habrán envejecido. Ya deben andar al menos por los sesenta. O incluso más».

Beatrix piensa en la señora G. Gerald le escribió inesperadamente para contarle que su madre se había caído por las escaleras de detrás. Durante cinco horas permaneció tendida en la cocina, sin poder alcanzar el teléfono. «Allí estaba —escribía Gerald—, tumbada boca arriba, leyendo una de sus novelas románticas. Ha sido un milagro que solo se rompiera el tobillo. Y pura suerte que yo me pasara por allí esa tarde». Beatrix no supo qué responder. En realidad, no se había imaginado que él estuviera allí para cuidar de su madre, y habría preferido que no fuera así. Le daban ganas de decirle que se largara, que se casara con aquella profesora con la que estaba saliendo, que pusiera tierra de por medio. Pero sabía que él nunca haría tal cosa. Se imaginaba a la señora G lloriqueando por su novela, diciéndole a Gerald que no era nada, que solo había resbalado. Mira que soy tonta, diría, rematadamente tonta.

«Han cambiado, claro —le dice Beatrix a Robert—. Ha pasado una eternidad. Ya estamos a mitad de 1962. Veinte años desde que estuvimos allí». Y es cierto: sus recuerdos de América se han vuelto algo borrosos. «He estado pensando en tu viaje, Trixie —dice Robert—. Los Yankees están jugando de maravilla este año. ¿No quieres aprovechar para ir a un partido cuando estés allí? Deja a tu madre en el hotel y vete al Bronx. ¡Podrías ver a Mickey Mantle! ¡Y pillar una pelota bateada fuera del campo!».

Beatrix sonríe. «Sí, buena idea», dice. «Esa es mi chica», dice Robert. A ella le encantaría ver un partido de béisbol. Ni siquiera se le había ocurrido esa posibilidad.

William

William está junto al fregadero de la cocina, terminándose el café, mientras espera a que se vistan los niños. Rose está vaciando el congelador para descongelarlo y va apilando su contenido sobre la encimera, de manera que el hielo fundido acaba goteando en el suelo. Él va a llevar a los niños a Gloucester para almorzar y pasar el día en el mar. Se inclina hacia delante para atisbar el cielo, que solo se ve por encima de la casa del vecino, situada a poco más de dos metros. Hace un precioso día de agosto y el cielo está de un azul reluciente.

«No dejes que Kathleen tome ningún helado —dice Rose, tirando a la basura varios tarros consumidos a medias—. Juraría que ha engordado cuatro kilos este verano». William se encoge de hombros sin volverse, pero no responde.

Kathleen baja por la escalera en camisón y le rodea la cintura con los brazos. Él se vuelve para abrazarla. Apenas la ha visto esta semana. Tiene una cara preciosa: un millón de pecas alrededor de unos ojos de asombroso color azul y una boca generosa que manifiesta todos sus estados de ánimo. «¿Al final vamos a Gloucester, papi?». William asiente, con una opresión en el pecho. La niña ya sabe a estas alturas que no puede dar nada por supuesto. Él es el rey de los cambios de última hora. Jack aún no lo ha aprendido, pero lo hará pronto. «Claro que sí, bichito. Vamos a desayunar y a vestirnos, y nos marchamos». «Ponte una camisa de manga larga —dice Rose, con la cabeza en el congelador—. No quiero que te quemes». «¿Tú vienes con nosotros, mami?», pregunta Kathleen. Rose menea la cabeza. «Ya sabes que no me gusta la langosta —dice—. Esa peste horrible».

Kathleen sonríe. Bailotea de puntillas en torno a la mesa de la cocina y el camisón se arremolina alrededor de sus tobillos. «Es la voz de la langosta; la he oído declarar», dice, recitando sus líneas favoritas de *Alicia en el País de las Maravillas*. William le coge la mano y, mientras ella gira bajo su brazo, dice: «Muy morena me has tostado, debo mi pelo endulzar». Kathleen, con expresión risueña, junta los talones y separa sus pies descalzos. «Lo que el pato con los párpados, hace la langosta con la nariz: ajustarse los botones y también el cinturón, mientras retuerce los dedos de los pies». William agita los brazos y habla con voz entrecortada. «Cuando la arena está seca, ella está feliz como un pinzón y habla con desprecio del tiburón». Kathleen se agacha y, lentamente, se va levantando. Ahora recita apenas en un susurro. «Pero cuando la marea sube y está cerca el tiburón, su voz tiene un tímido y trémulo son».

Y entonces cae sobre su padre y él la abraza. Rose menea la cabeza. «Vaya pareja —dice—. Deberíais actuar en un escenario. Me parece que te has equivocado de profesión, William». Él sabe que ella no soporta ver que hace el tonto con los niños. Los dejas alborotados, dice siempre. Y qué tiene de malo, quisiera responder, pero nunca lo hace. Es mejor esto que un padre atrincherado en su estudio. «Venga —le dice en voz baja a Kathleen, con un ligero cachete en el trasero—, a vestirse».

Más tarde, recorren las tiendas de Main Street y el puerto, y le hacen una visita al viejo pescador esculpido en bronce. «Me encanta esta estatua —dice Kathleen—. Siempre que pienso en un pescador, pienso en ella». «Aquellos que se aventuran en barco por el mar», dice Jack leyendo la placa. «Parece aterrador, dicho así», comenta Kathleen. «Lo es —dice William—. Es un oficio peligroso. Muchos hombres han perdido la vida».

En el restaurante, Jack se acerca al acuario y pega la nariz al cristal, observando cómo se mueven las langostas por el agua turbia. William se pregunta si el crío comprende que esas langostas están a solo un paso de la muerte, aprisionadas en un calabozo antes de ser sumergidas en agua hirviendo. Él enciende un cigarrillo, exhala el humo en suaves volutas grises y mira cómo se disipan a medida que ascienden. «Papi —grita Jack—. ¡Mira esta! ¡Le falta una pinza de delante!». William asiente desde el otro lado del comedor, donde se ha sentado con Kathleen en un reservado de madera oscura que mira al muelle. El restaurante está desierto, en ese lapso aletargado entre el almuerzo y la cena, con todas las ventanas abiertas para que circule el aire.

Kathleen está ocupada construyendo una casa con sobres de azúcar. William se queda asombrado con su paciencia; la frágil y liviana casita ha acabado derribada, por su propia mano o por la brisa del mar, una y otra vez, pero ella recoge los sobres y vuelve a empezar. «Háblame de la casa de Maine —dice—. ¿Cuántas habitaciones hay en el segundo piso? Quiero construir esta igual». «Veinticinco», dice él, y la niña sonríe, aunque sin levantar la vista de su trabajo. «Venga, papi —dice—. ¿Cuántas?». «Cuatro —dice él—. Hay cuatro habitaciones arriba».

Llega la comida y Jack viene corriendo. Los tres se atan los baberos de plástico blanco y se inclinan sobre las langostas, que ahora tienen un precioso color rojo. Empiezan a partir los caparazones con los utensilios plateados, William ayudando a Jack y Kathleen chillando de placer cuando el jugo de la langosta sale disparado directamente a la cara de William. «¿En Maine había langostas, papi?», pregunta el niño. «Claro —dice él—. Allí son incluso mejores. A veces las comprábamos en el pueblo y las llevábamos a la isla con el bote de remos. Una vez —prosigue—, una de las langostas no estaba bien atada y se salió de la bolsa. A Nana casi le da un ataque». «Alguien tuvo que cogerla, ¿no?», pregunta Kathleen, arrugando la nariz. William asiente. Lo recuerda como si fuera hoy. Fue Bea quien lo hizo. Extendió el brazo, la cogió por en medio y la sostuvo en el aire, mientras la langosta movía las pinzas enloquecida. «Me dan pena —dijo—. Deben de intuir lo cerca que están del agua. Quieren volver al mar. Seguramente fuiste tú —dice Kathleen—. Tío Gerald no cogería una langosta viva». «Sí, fui yo —dice William—. Sujeté con fuerza aquella langosta durante todo el trayecto de vuelta a la isla». Se seca la cara con la servilleta, notando cómo le huelen los dedos. La imagen de Bea en el bote es lo único que ve ahora mismo.

Nancy

Gerald viene a cenar esta noche y Nancy ha pasado una parte de la mañana sacando todas las cajas del pequeño armario que hay junto a su habitación, donde tiene guardadas todas las joyas de la familia. No había mirado esas cajas desde hace años. Hicieron el reparto cuando falleció su madre, y a ella le tenía sin cuidado lo que le tocara y dejó que escogieran las demás. «Vosotras, con la vida que lleváis, necesitáis estas cosas —dijo—. A mí no me sirven de nada en el jardín».

Cuando William se prometió, dijo que no le apetecía mirar las joyas que ella tenía. Rose quería un anillo y él fue a Long's, en Summer Street, y le compró ese diamante extravagante que Nancy siempre ha encontrado más bien chabacano. Ella prefiere las gemas —zafiros, esmeraldas, rubíes— a los diamantes.

Ahora se pregunta qué será de todas estas joyas. Cadenas de oro, largos pendientes e incluso una tiara de diamantes. Recuerda una historia sobre los pendientes: cuando su madre era pequeña, la casa se incendió y una sirvienta tiró por la ventana gran parte de las joyas. La casa quedó arrasada. Los criados se pasaron el día siguiente rastreando a gatas la hierba quemada para buscar las joyas, en especial los pendientes. Fueron una de las pocas cosas que se salvaron.

Al fin, encuentra el anillo de esmeralda en un pequeño estuche forrado de terciopelo. Intenta deslizárselo en el anular de la mano derecha, pero le aprieta mucho, así que se lo pone en el meñique y extiende la mano para admirarlo. Un óvalo espectacular, rodeado de diminutos diamantes. Lo bastante grande para que se vea, pero sin resultar ostentoso. Su propio anillo tiene un zafiro. Ethan cogió el anillo de su abuela e hizo que lo volvieran a engastar. Lo ha llevado tanto tiempo que no puede imaginar su mano sin él. Ni siquiera puede quitárselo. El dedo le ha crecido alrededor. Qué cosa más curiosa un anillo de compromiso, un anillo de boda. Un modo de proclamar públicamente quién eres. Ethan siempre llevó alianza, una a juego con su anillo. Nancy se sentía orgullosa de ello. Muchos de los maridos de sus amigas y hermanas nunca han llevado anillo.

Durante la cena, se saca del delantal el estuche y lo pone sobre la mesa, empujándolo hacia Gerald con el dedo índice. «He pensado que quizá quieras esto», dice. Gerald mira el estuche, pero no lo abre, ni siquiera lo coge. «Madre», dice, y ella conoce bien ese tono. Lo utilizan tanto William como él. Nunca había creído que se cansaría de oír esa palabra, pero la verdad es que resulta muy irritante pronunciada de esa forma. «Nosotros no vamos...», dice, pero se interrumpe de repente y baja la vista al plato. Luego la mira a los ojos. Cómo ama ese rostro. Cuanto mayor se hace, más se parece a Ethan. Incluso se ha habituado a llevar algunas de las pajaritas de su padre. Nancy teme confundirse un día y llamarlo con su nombre.

«Ella es fantástica, madre —dice al fin. La amo, de veras. Y creo que ella también a mí. Pero aún no estoy preparado. Y no sé si ella lo está tampoco». «Pero Gerald —dice Nancy, procurando mantener una voz normal y no elevarla hasta convertirla en un gemido—, tienes treinta y un años. Has de seguir adelante. ¿No quieres tener una familia?». Él deja el tenedor y se seca la boca con la servilleta. «Sí —dice—, pero aún no».

Gerald da otro bocado de pollo. Nancy suspira. Qué sencillo resultaba todo cuando eran pequeños. Es la parte de la maternidad que más le gustó: solventar todos los problemas. Si alguien se hace daño, preparas unas galletas con trocitos de chocolate y asunto arreglado. Cómo cambian las cosas cuando se hacen mayores. «Solo quiero que no te lo pierdas», dice.

«Madre —dice él, otra vez en ese tono—. Déjalo, por favor. Si decido pedirle que se case conmigo, te lo diré, ¿vale? —Ella abre la boca y él se inclina sobre la mesa y le pone un dedo sobre los labios—. Ya basta. Hagamos una cosa. Me llevaré el anillo y lo guardaré. Cuando llegue el momento, ya lo tendré preparado. ¿Qué te parece?». Bueno, no es lo que ella pretendía, pero tendrá que conformarse con esto. Asiente. «Aun así, ¿no quieres verlo para comprobar que te gusta?». Él abre el estuche. «Claro —dice—. Es precioso, supongo».

Gerald cierra el estuche con un chasquido, poniendo fin a la conversación, y ambos se quedan un rato callados, terminándose la cena. Afuera sopla el viento y uno de los postigos da golpes una y otra vez. «Tengo que arreglar eso —dice Gerald—. Y vaciar todos los desagües este fin de semana. La primera nevada caerá pronto». Nancy le sonríe y le da unas palmaditas en la mano. ¿Cómo ha permitido que su relación se convierta en esto? Él no debería cuidarla. Lo que ella tiene que hacer es contratar a un manitas. Y dejar que Gerald viva su propia vida. «Soy muy afortunada —dice—. ¿Qué haría yo sin ti?».

Beatrix

Las primeras Navidades después de su regreso, las del 45, Beatrix compró regalos para todos los Gregory y envió la caja a América a principios de diciembre, creyendo que lo hacía con tiempo de sobra. Sin embargo, el señor G le escribió que la caja había llegado a mediados de febrero, como si hubiera estado viajando alrededor del mundo. La mitad de los regalos habían desaparecido, pues habían abierto y vuelto a sellar la caja múltiples veces. A las siguientes Navidades, ella pensó en los regalos e incluso compró varias cosas, pero acabó enviando solo una felicitación.

Esta vez, diecisiete años después, los incluye en su lista de compras navideñas. Ahora recibe noticias de Gerald cada pocos meses. Últimamente, le escribió que la señora G aún tenía molestias en el tobillo, después de su caída, y Beatrix encuentra en una tienda un bastón antiguo, con flores silvestres primorosamente pintadas. Y para Gerald, un pequeño tablero de ajedrez para su oficina de la facultad. Ahora ha montado un club de ajedrez, y su objetivo es que los chicos puedan acudir al espacio que hay junto a su oficina para jugar cuando quieran.

El regalo de William es el que más desea enviar y, sin embargo, le está costando escribir la nota que debe acompañarlo. Cuando estuvo en Nueva York con mamá, en el mes de julio, fueron a ver un partido de béisbol, el primero de una jornada doble. Había hecho que el agente de viajes mirase las fechas con meses de antelación, cuando Robert le sugirió la idea, sin estar segura de si realmente quería ir a ver un partido de los Yankees; pero después, cuando supo que los Red Sox iban a jugar en la ciudad a finales de julio, en un partido de día, planeó todo el viaje alrededor de aquella fecha. Incluso convenció a mamá para que la acompañara. Hacía un bonito día de julio, además, y cuando llegaron allí, cuando emergieron del oscuro pasillo y la luz y el fragor del estadio se abrieron en torno a ellas, con el cielo azul en lo alto, hasta su madre se quedó muda.

No fue un viaje fácil. A mamá, aunque lo intentó, no le gustó Nueva York. Lo encontró sucio y ruidoso; la gente le pareció prepotente y difícil de entender. Cuando estaban de puertas adentro —en un museo, en un teatro, en el hotel— todo iba relativamente bien, pero trasladarse o estar en la calle resultaba un horror. Y lo único que Beatrix quería era salir y patearse las calles. No quería estar encerrada en el metro, en un taxi o un autobús. Quería caminar y caminar hasta formar parte de la ciudad, hasta que sus pies se dieran por vencidos.

Encontraron sus asientos en la grada superior y se acomodaron. «¿Un perrito caliente?», preguntó Beatrix y mamá arrugó el ceño. «Qué asco», dijo, pero después se comió la mitad del de Beatrix. «No está mal», dijo a regañadientes. Los Red Sox derrotaron a los Yankees, para desolación del público, pero Beatrix dio vítores por lo bajini cada vez que bateaban otra bola, cada vez que alcanzaban otra base o hacían otra carrera. Pudieron ver a Mantle marcando un *home run*, cosa que resultaba realmente espectacular, y a ella le encantó la nueva estrella de los Sox, que jugaba en la defensa izquierda del campo. Se le había olvidado la sensación de estar en las gradas, mientras el partido se desarrollaba abajo y las nubes se deslizaban por el cielo; con el sol marcando el transcurso del tiempo, de manera que pasaron de la sombra al sol y luego otra vez a la sombra; con aquel olor a cerveza y mostaza. Y con el griterío de la multitud. «¿Qué te ha parecido?», le preguntó a mamá cuando ya volvían al centro en metro, sintiéndose más ligera de lo que se había sentido en muchos meses. «Bueno —dijo ella—, no ha sido tan largo como creía».

Más tarde, sin mamá, se detuvo en una tienda de regalos y vio un muñeco de Mantle cuya cabeza oscilaba al tocarla. Beatrix se rio a carcajadas y no pudo parar de sacudirlo. Compró dos: uno para ella y otro para William. Una especie de chiste privado. Ella sabía que él odiaría cualquier cosa relacionada con los Yankees. Pero sabía también que le encantaría. Que secretamente debía disfrutar viendo jugar a Mantle. Él había adorado a Doerr en su momento y forrado la habitación de fotos suyas arrancadas de periódicos y revistas. William escuchaba el partido por la radio con un bate en la mano y, cuando Doerr estaba a punto de batear, bateaba al mismo tiempo, imitando su postura, que conocía por las fotografías y los partidos, y girando el pie posterior del mismo modo. «William Gregory —gritaba su madre cuando lo veía—, ¿cuántas veces tengo que decírtelo? Nada de bates dentro de casa».

Pero ¿cómo podía decirle que había estado en América y no había ido a Boston? En el enorme espacio abierto de Grand Central Terminal, con el inmenso reloj suspendido junto a la ventanilla de venta de billetes, Beatrix había oído anunciar el tren de Boston. «Igual que el Big Ben —comentó mamá—. ¿Es que estos americanos no saben crear nada por sí mismos?». Beatrix no le hizo caso. Una parte de ella quería alejarse corriendo de su madre, subir a ese tren, contemplar la costa cambiante en el trayecto hacia el norte, llegar a South Station e irrumpir en aquella cocina justo a tiempo para la cena. Tal como había deseado hacer muchos años atrás. «Vamos, mamá —dijo, en cambio—. Tenemos entradas para el teatro esta noche, y quiero cambiarme antes».

«Querido William —escribe al fin—. No pude resistirme. Es una maravilla, ¿no? Mantle, quiero decir. Compré también uno para mí. Me gustó pensar: estos dos Mantle de cabeza oscilante, a cada lado del Atlántico, saludándose el uno al otro a través del charco. (¿Te acuerdas?). O sea que, sí, estuve allí, en Nueva York. No me lo reproches. Tú estuviste a punto de hacer lo mismo. Te echo de menos, amigo mío. Te quiero a ti y a tu familia. Que tengas una Navidad muy feliz. Bea».

Envuelve los regalos, atando cuidadosamente cada uno con una cinta, y luego recubriéndolos con papel de periódico estrujado. No tiene la dirección de William, así que los mete todos en una caja grande dirigida a la señora G y la lleva a la oficina de correos. «Estados Unidos —dice el empleado, pasando el índice por la dirección—. ¿Tiene familia allí?». «No —empieza a decir ella, pero luego cambia de idea—: Sí —dice—, sí la tengo».

Gerald

Una mañana nevosa de domingo, Gerald para temprano junto a la casa para despejar el sendero de delante y que madre pueda salir e ir a la iglesia. El mundo es hermoso en medio de este silencio. Esta es una de las cosas que echaba de menos en California: la quietud de una mañana como esta, la sensación de pertenecer a este lugar. Coge el periódico y lo lleva adentro, dejando sus botas mojadas sobre la esterilla y poniéndose sus viejas zapatillas, que aún siguen junto a la puerta trasera. Hace una cafetera y separa las secciones del periódico. El orden en que lo lee no ha cambiado desde que estaba en la secundaria.

Cuánta agitación en todo el mundo. Linda es una apasionada defensora de los derechos civiles. El verano pasado, durante las vacaciones, se fue a casa a Baltimore y se pasó los días trabajando con algunos políticos locales en la comunidad negra. Ella le preguntó si quería acompañarla, pero Gerald le dijo que no podía. Debía quedarse, por si madre lo necesitaba. Linda sabía que esa no era la verdad. Él sospecha que se sintió decepcionada, aunque nunca se lo haya dicho. No era que no le importara o que no considerase importante lo que ella hacía. La verdad es que ha aprendido mucho de ella. Linda ha ensanchado su visión del mundo. Pero una cosa es leer y hablar de estas cuestiones y otra muy distinta estar allí, en las calles.

Luego, sin embargo, cuando no había transcurrido ni un mes, la echó de menos más de lo que había supuesto. El trabajo que ella estaba haciendo parecía difícil y, sin embargo, sus cartas estaban llenas de una energía que lo contagió. Llenas de pasión. Quería estar con ella. Quería estar a su lado. Así que despejó su agenda y tomó un tren hacia el sur. En la estación de Baltimore, al sentir cómo lo besaba y abrazaba Linda, comprendió que había tomado la decisión acertada.

Aquellas seis semanas en Baltimore le sirvieron para pensar más a fondo en los derechos civiles. Resultó que le encantó estar en los barrios llamando a las puertas, hablando con la gente. A veces, tenía la sensación de haber entrado en otro mundo. Y cuando volvieron al norte, empezó a hacer planes para ver cómo continuar el trabajo que habían estado desarrollando allí. Cuando él estudiaba, no había alumnos negros en la facultad. Ahora hay unos pocos y ese verano le hizo tomar conciencia de lo difícil que debe resultar para ellos. Gerald sabe de sobra lo difícil que es ser diferente, salirse de la norma. Dos de los alumnos vienen a la facultad desde Roxbury, y él se pregunta qué piensan cuando suben la cuesta desde el metro, cuando ven la marea de caras blancas en la asamblea matinal.

Suena la puerta de un coche en el sendero, y Gerald se levanta para mirar por la ventana. William. ¿Qué está haciendo aquí? Se abre la puerta trasera y William entra y patea con sus botas sobre la esterilla. «Buenos días —dice Gerald—. No te esperaba por aquí». «Se me ha ocurrido pasarme un momento —dice él—. Yo tampoco esperaba encontrarte aquí». Gerald le señala la cafetera de la mesa y le busca una taza. William va vestido como para salir de noche, con la corbata un poco torcida y el pelo despeinado. Gerald se siente incómodo con sus zapatillas. ¿Por qué será que William siempre hace que se sienta como un niño?

Vuelve a sentarse y lo observa con atención. «Parece como si no hubieras vuelto a casa esta noche», dice. «Sí, bueno —dice William—. Puede ser». Gerald lo presiona: «¿Demasiado pronto para volver a casa? ¿O demasiado tarde?». William se encoge de hombros. «Voy hacia casa —dice—, pero pasaba por aquí. —Da un sorbo de café—. ¿Y tú por qué estás aquí? ¿No tienes tu propia casa?». Permanecen callados unos momentos, Gerald tratando en vano de leer el periódico, William soplando sobre su café antes de beberlo. «No está tan caliente, por Dios», dice Gerald al fin.

William pone los pies sobre la silla, echa la cabeza hacia atrás y cierra los ojos. «Resulta difícil estar en esta cocina sin pensar en Bea —dice—. ¿Has tenido noticias suyas? Quiero decir, desde los regalos de Navidades».

Gerald lo mira largamente antes de responder. Se da cuenta de que William sigue enamorado de ella. Después de tantos años. Siempre ha sospechado que algo pasó en Londres después de la muerte de padre. «No, ninguna —dice—. ¿Y tú?».

William niega con la cabeza.

«Oye —dice Gerald—, siempre me lo he preguntado: cuando estuviste aquella vez en Europa, ¿la viste?».

William hace una mueca y se mira las manos. «¿Cómo? No, no se me ocurrió —dice y bebe un poco de café—. Vosotros estabais más unidos. Deberías ir a verla alguna vez. A ella seguramente le gustaría».

Gerald empieza a reírse. «¿Me tomas por idiota, William? En Maine os ibais los dos al bosque a besuquearos». Es algo que se ha guardado durante años. «¿De qué estás hablando?», dice William, levantándose y mirando por la ventana. Gerald menea la cabeza. «Tal vez padre y madre no lo sabían, pero yo desde luego que sí». Casi sonríe al ver la incomodidad de William, la línea rígida de su espalda. ¿Cómo podía pensar que él no lo sabía? Los dos cruzando el pasillo por la noche, muy tarde, tanto aquí como en Maine... Aquella última noche en Maine, él no podía dormir, tan alterado estaba ante la idea de la marcha de Bea, y los siguió por el bosque. Los vio nadar en el mar, desnudos; los vio besarse, tocarse, llorar. Después de que ellos volvieran a la casa, él permaneció en el bosque hasta que el sol salió del todo, sin saber qué hacer con la rabia y la sensación de pérdida que le oprimía el pecho. Ese sentimiento nunca ha desparecido del todo, en realidad.

«No sé de qué me hablas —dice William—. O sea, me parece que ella quizá estaba encaprichada conmigo o algo sí, pero nunca pasó nada entre nosotros. Eras tú el que estaba colado por ella». Gerald se echa a reír, aunque tiene ganas de llorar, pero es una risa perniciosa. Quizá sí es un Gregory, al fin y al cabo. «Ni siquiera eres capaz de decir la verdad sobre ella», dice. Está seguro de que William la vio en Londres. Cuando volvió, se mostraba evasivo, respondía con vaguedades, y había algunos días en blanco en su relato.

Madre aparece en el umbral y William se vuelve, sonriendo, y le da un beso en la mejilla. Ella besa a Gerald en la coronilla, dejando las manos sobre sus hombros. «¿A qué debo esta maravillosa sorpresa? —pregunta—. ¡No uno, sino mis dos chicos preciosos!». William se encoge de hombros. «Simplemente pasaba por aquí —dice—, como le he dicho a Gerald». «Bueno —dice ella, sacándose un clínex de la manga para sonarse—. Es todo un detalle».

Sus manos se tensan sobre los hombros de Gerald. «Ya que estás aquí, William —dice—, quiero pediros algo». «Claro», dice William. Siempre tan lisonjero, tan servicial, piensa Gerald. No digas que sí hasta que sepas qué desea. «Quiero ir a la iglesia con mis chicos —dice, y Gerald percibe la ilusión que hay en su voz—. Por favor. La mayoría de las semanas voy sola. A veces —da unas palmaditas en los hombros de Gerald—, a veces convenzo a este para que me acompañe. Pero ir con vosotros dos… Bueno, es algo que no he hecho desde el funeral de vuestro padre, me parece. Y de eso hace once años y medio».

Para sorpresa de Gerald, William dice que con mucho gusto. Van a la capilla en el coche de William, madre charlando delante, Gerald callado en el asiento trasero. Una vez en el templo, recorren la nave central. Gerald va delante. Madre camina despacio, dando los buenos días a una persona tras otra. Gerald saluda, pero no se detiene a conversar con nadie. Nota las miradas de los alumnos sobre él. No viene a la capilla muy a menudo. Ellos conocen a madre, desde luego, pero no a William. Mañana deberá responder a las preguntas que le harán en la facultad. Escoge el cuarto banco de la izquierda, donde solían sentarse siempre, un domingo tras otro. Madre se sienta junto a él y William al otro lado. «Mis chicos —dice ella en voz baja—. Ya no recuerdo cuándo he sido tan feliz». Se limpia las lágrimas con el pañuelo.

Gerald ha hecho amistad con el nuevo pastor, y se queda impresionado por su forma de dirigir el servicio, hablando de cosas que deberían ser importantes para los estudiantes. Aunque se pregunta hasta qué punto escuchan cuando vienen aquí. Él no lo hacía cuando tenía su edad. Su mente siempre estaba en otra parte: organizando la próxima recogida de chatarra, trazando el mapa de los ejércitos a través de Bélgica. Observa el banco de delante: un chico está doblando hacia dentro cada página de su cantoral para formar una especie de abanico; otro está dormido; un tercero, uno de sus alumnos de ajedrez, está pasando al banco de delante una nota (una hoja arrancada del cantoral), empujándola con el pie. Él recuerda la noche en la que vinieron aquí los tres, cuando murió el padre de Bea. Recuerda el funeral de padre, y los domingos siguientes, cuando levantaba la vista del cantoral y se quedaba consternado al descubrir que él no estaba.

Todo el mundo se pone en pie para cantar el último himno. Gerald mira el tablón de anuncios y luego encuentra el himno en el cantoral: Jerusalén. Era el preferido de Bea. Y de padre también. Empieza a sonar el órgano y parece como si las palabras bailaran en la página. Madre canta levantando la voz; un poquito desafinada, como siempre. Gerald mira a William, al otro lado de madre. No oye su voz, pero le ve mover los labios, pronunciar las palabras. No necesitan mirar el cantoral. Se lo saben de memoria. William capta su mirada y sonríe; no con la sonrisa burlona habitual, sino con una sonrisa tan triste que Gerald mira para otro lado un instante. Luego extiende el brazo por detrás de su madre y le pone a William la mano en el hombro. Este alza la mano derecha para estrecharla a su vez. Los tres continúan así, cantando, y sus voces cobran fuerza a medida que el himno asciende hasta sus dulces notas finales.

Millie

Millie reconoce la letra de la carta, aunque no la ha visto desde hace casi veinte años. Es esa letra redonda de Nancy, a medio camino entre las mayúsculas y una típica cursiva angulosa. Le da vueltas a la carta una y otra vez, sin querer abrirla. No sabe muy bien qué es lo que la asusta. ¿Quizá que Nancy se muestre algo fría por no haber tenido noticias suyas durante todos estos años? Sabe que no será así. Esa mujer sería amable, auténticamente amable, con su peor enemigo, o al menos eso es lo que ella sospecha.

Desliza el abrecartas por la parte superior y saca la carta, escrita en un papel que lleva impreso en lo alto el nombre de Nancy y esa dirección tan conocida. «Mi querida Millie», empieza la carta, y ella cierra un momento los ojos antes de seguir leyendo. ¿Cómo debe de ser, se pregunta, tener un corazón tan grande? Sigue adelante. La carta habla básicamente de Gerald y William, y de los hijos de William. Algunas noticias sobre cómo va su pie —al parecer se rompió el tobillo hace un tiempo— y sobre el estado de su jardín. «Pero, mi querida Millie —escribe Nancy—, quiero saber más de ti. Yo soy tan aburrida… Escríbeme y cuéntamelo todo. Y muchísimas gracias por romper el hielo después de todos estos años».

Millie no ha podido dejar de pensar en Nancy desde que Beatrix y ella volvieron de Nueva York. Hubo algo en el hecho de estar allí, en América, que la ayudó a ver a Nancy como nunca la había visto hasta entonces. Su actitud abierta era un rasgo típicamente americano: un rasgo que ella nunca se había creído del todo. Y, sin embargo, allí estaban todos aquellos norteamericanos comportándose de forma ruidosa y amigable, dispuestos a hablar contigo de casi cualquier cosa. Una noche fueron al teatro y la mujer sentada junto a Beatrix le estuvo hablando todo el tiempo. Antes de que finalizara la función, intercambiaron las direcciones y los teléfonos. Para Millie era inimaginable que en Londres pudiera suceder algo semejante. Antes, ella siempre había desdeñado esa cualidad de los americanos. Pero en ese momento le entraron dudas. Empezó a pensar que tenías que ser así para abrirle tu casa a un desconocido, para querer como si fuera tuyo al hijo de otras personas. Ahora comprende, como nunca lo había comprendido, que si la situación se hubiera dado al revés, ella no habría hecho lo mismo.

Millie intentó escribirle a Nancy varias veces, pero la carta nunca le parecía acertada y acababa tirando cada versión. Una vez incluso puso el sello en el sobre antes de arrojarlo a la basura. Finalmente, una noche, incapaz de dormir, se puso la bata y las zapatillas, fue al escritorio y escribió la carta de un tirón. Sin correcciones, sin vacilaciones. Lo único que quería en realidad era abrir una vía de comunicación.

Más tarde, se reúne con Beatrix en un parque a medio camino entre sus pisos respectivos para dar un paseo alrededor del estanque. Empezaron a hacerlo este año, cuando los días se fueron volviendo más largos, y ha funcionado bien. Está claro que hablar mientras se camina resulta beneficioso. No tienes que mirar a la otra persona. Puedes mantener la vista en el camino, en tus zapatos, en el paisaje. Y así, por alguna razón, se acaban diciendo más cosas.

«Hoy he recibido una carta de Nancy», dice Millie cuando ya llevan recorrido la mitad del estanque y se presenta una pausa en la conversación. «Nancy —dice Beatrix, alargando el nombre—. ¿Mi Nancy? ¿La señora G?». «Sí —dice Millie, y asiente, pensando que, en otra época, habría bastado que Beatrix dijera «Mi Nancy» para sacarla de quicio—. Yo le escribí hace un tiempo. Después de que volviéramos de Nueva York». «¿Y?», dice Beatrix con ese tono que Millie conoce a la perfección. Ella también lo utiliza. Es una manera de fingir que no estás interesada cuando, de hecho, lo estás muchísimo. «Ella está bien, también los chicos. Deduzco que se rompió el tobillo, ¿no?». «Sí —dice Beatrix—. Hace bastante. No sabía que aún le dolía».

Y siguen hablando de todos, de Nancy, de Gerald, e incluso de William. Millie le cuenta a Beatrix que los niños fueron a casa de Nancy a pasar el fin semana del Día de los Caídos, que Kathleen la ayudó a plantar algunas de las últimas lechugas. «O sea que tienen un huerto grande, ¿no?», pregunta Millie, y Beatrix se echa a reír. «Mamá —dice—, es prácticamente tan grande como este parque. Ya tenían uno cuando yo llegué, pero ella lo fue ampliando cada año. Y luego, con la guerra, cuando los Huertos de la Victoria se convirtieron en un fenómeno, el huerto se apoderó de todo. No me sorprendería saber que ya no queda nada del prado. Está todo cubierto de hortalizas. Bueno, y de flores. A ella le encantan las flores también».

Caminan en silencio un trecho. «Cuéntame —dice Millie, con los ojos fijos en el sendero— algún recuerdo de allí. Para que me lo pueda imaginar mejor». Beatrix se queda callada un instante. «Detrás del huerto —dice— hay un camino que lleva al bosque. Cuando estás allí, entre los árboles, es como si estuvieras lejos de todo. Cuesta creer que te encuentres a solo unos segundos de la casa, del colegio, o del cementerio. Yo solía ir allí en todas las estaciones. Había un árbol caído que había quedado atravesado en el camino, y ahí era donde solía sentarme. Allí leía tus cartas, mamá. Iba cuando estaba todo nevado, siguiendo las huellas del perro o tal vez de un conejo. Iba en otoño, cuando las hojas estaban cambiando y tenían un reluciente color amarillo frente a un cielo completamente azul. En verano, cuando hacía calor en todas partes, allí hacía fresco. Y en primavera, bueno, esa era mi época favorita. Veía cómo cambiaba todo día a día. Las hojas desplegándose, las plantas surgiendo de la tierra».

Cuando se interrumpe, ya casi están en el punto de partida. Esto es más de lo que Beatrix le ha contado en muchos años. Y aún sigue hablando, con la cara vuelta hacia el otro lado. «Lo mejor de todo, mamá, y me siento mal al decirlo, era que allí podía olvidarme de la guerra. Olvidarme de papá y de ti. Podía olvidar que papá estaba muerto y que tú estabas muy lejos. Allí solo estaba yo y el bosque. La isla también era así».

«Tengo que decirte algo —dice Millie, y le pone las manos en los hombros para que se vuelva hacia ella—. Yo no fui la que te mandó allá. Tu padre se empeñó. —Beatrix va a decir algo, pero Millie alza una mano—. No lo culpo. Él tenía razón. Tú estabas a salvo allí. Eras feliz. ¿Qué más podríamos haber deseado?».

Aquellos cinco años fueron un salvavidas. Aquel lugar formó a la Beatrix de ahora. Esa es la parte que ella nunca ha entendido realmente.

«El objetivo era que tú pudieras olvidar».

Dan media vuelta y salen del parque, cogidas del brazo. Millie está deseando responder a Nancy.

Rose

Un domingo por la mañana, suena el timbre y, cuando Rose baja las escaleras, Kathleen ya ha abierto la puerta. La niña se vuelve asustada a mirarla y Rose ve el uniforme de policía antes de darse cuenta de que es Jimmy Maguire, uno de los chicos con los que se crio y que ahora está en el cuerpo. «Sube —le dice a Kathleen, señalando la escalera—. Vuelve arriba y quédate ahí con Jack». Kathleen asiente y desaparece mientras ella sale al estrecho porche y cierra la puerta a su espalda.

«¿Qué pasa?», le pregunta a Jimmy. Está desencajado, y se quita la gorra y la sujeta sobre su pecho. Rose recuerda que, cuando Jimmy tenía seis o siete años, les pisoteó los narcisos del patio y sus padres lo obligaron a venir a disculparse. La expresión que ponía entonces, plantado en el porche, se parecía mucho a la que adopta ahora. «Rosie —dice—, lo siento muchísimo». «¿Qué pasa? —repite ella, aunque ya sabe la respuesta mientras lo pregunta. La cama de William estaba vacía, todavía intacta—. Es William, ¿no? ¿Qué le ha pasado? Simplemente dímelo, Jimmy». Él levanta la cabeza para mirarla a los ojos. «Un accidente —dice—. Su coche ha volcado en una curva. En la playa. Le faltaba poco para llegar a casa, Rosie». «¿Dónde está?», pregunta ella. «En el hospital —dice él—, pero ha muerto». «Lo sé —dice Rose—. Eso ya lo sé». Por un momento se quedan los dos callados. «Tu hermano —dice Jimmy—. ¿Quieres que lleve a Chris allí?». «Sí, por favor —dice ella—. Pero no se lo digas a nadie más».

Una vez dentro, Rose cierra la puerta y se apoya en ella. Todas esas noches que se alargaban hasta el amanecer. William volviendo en coche de un salón de baile de North Shore. «Voy a escuchar música —le dijo hace poco, un domingo por la mañana, en la mesa de la cocina, todavía algo borracho—. A mirar cómo baila la gente, con esos pasos tan elegantes. A escuchar el rumor de las olas cuando se interrumpe la música».

Esperará para que sea Chris quien se lo diga a los niños. Él sabrá hacerlo mejor que nadie. La ayudará a organizarlo todo. Se desliza por la puerta hasta quedar sentada en el suelo. Debería haber intuido que la muerte de Patrick Kennedy, hace solo dos semanas, era un mal presagio. Sus diminutos pulmones eran incapaces de mantenerlo con vida. Solo vivió treinta y nueve horas. Ella lloró y lloró cuando se enteró de la noticia. Ahora, sentada aquí, en el sucio vestíbulo, con las chancletas y las zapatillas de los niños esparcidas por el suelo, siente una extraña calma. No hay lágrimas. Como si siempre hubiera sabido que sería así como terminaría todo.

Todavía es temprano y reina el silencio. Entonces oye que pasa por la calle el repartidor de periódicos: las ruedas de su bicicleta chapoteando por los charcos, el periódico dominical aterrizando con un golpe seco en un porche tras otro.

Gerald

Cuando un vehículo desconocido entra en el sendero, Gerald está fuera, cargando el coche de madre. Le ha pedido prestado el coche para ir al DC con Linda toda la semana, reunirse con varios amigos de Berkeley y asistir a la Marcha sobre Washington del miércoles para desfilar con toda la gente. Apenas ha dormido esta noche. Se la ha pasado dando vueltas en la cama como le ocurría siempre de niño en la víspera de Acción de Gracias.

Saca la cabeza del maletero para mirar el vehículo que se acerca. Es el hermano de Rose, el sacerdote. Chris se baja del coche y camina hacia él con la mano tendida. No, piensa Gerald. No, Dios mío, por favor. Tiene que hacer un esfuerzo para quedarse donde está, para no moverse ni salir corriendo en la dirección opuesta. Mientras le estrecha la mano, mira a los ojos a Chris, que deposita la otra mano sobre la suya. «Sí —dice Chris, asintiendo—, un accidente de coche». «¿Todos?», dice Gerald, con un repentino hueco en el estómago. «No —se apresura a decir Chris, negando con la cabeza y estrechándole la mano con más fuerza—. No, Rose y los niños estaban en casa». «Gracias a Dios», dice Gerald, y enseguida se avergüenza del alivio que siente. «Sí, gracias a Dios». Gerald mira al suelo y después a Chris. «¿Crees que ha sido rápido?». Él asiente. «Sí —dice—, no creo que haya sufrido mucho tiempo». «¿Dónde?». «En Quincy Shore», dice Chris. Junto al mar, piensa Gerald. El sitio que más amaba.

«Te agradezco que hayas venido hasta aquí —dice, recorriendo con la vista el sendero y luego el jardín—. ¿Cómo está Rose?», pregunta. «Está bien —responde Chris—. Ya la conoces. Es una mujer de hierro. Y como bien sabemos, lo más difícil no es esto, sino las semanas, los meses y los años que le esperan». Gerald asiente. Sabe que es así. «¿Y los niños?». «Como puedes imaginarte —dice Chris—. Llevará su tiempo». Gerald no es capaz de pensar en ellos, de imaginar la boca de Kathleen, los ojos oscuros de Jack. Chris alza la mirada al cielo. «Qué día más precioso —dice—. Nunca estoy seguro: ¿es mejor o peor cuando el mundo tiene este aspecto? ¿Mitiga el dolor que el mundo se empeñe en ser tan hermoso?».

Gerald permanece fuera hasta que desaparece el coche de Chris. ¿Cómo va a entrar en la casa y decírselo a madre? Se queda frente al coche aparcado todo el tiempo que puede. Hay muchas cosas que hacer. Debe decírselo a madre; debe decírselo a Linda; debe rehacer sus planes; tienen que organizarlo todo. Debe llamar a los amigos y a la familia. Finalmente, se vuelve hacia la casa, y ve que madre está asomada a la ventana de la cocina. Él le hace una seña y, por su modo de devolvérsela, comprende que ya lo sabe.

Más tarde, empiezan a hacer llamadas. Se turnan para dar la noticia, pasándose el teléfono por encima de la mesa de la cocina. Gerald le prepara una taza de té y, cuando la deposita a su lado, ella alza la mirada con ojos cansados y enrojecidos. «Hay que decírselo a Bea —dice—. Y hemos de hacerlo pronto, porque allí está anocheciendo. —Él asiente—. Pero, Gerald, ¿puedes llamarla tú, por favor? Ya no creo que sea capaz de decírselo a nadie más». Así que una hora después, cuando ella se queda dormida en el sofá, cierra la puerta batiente de la cocina y encuentra el número de Bea en la agenda. Madre siempre ha anotado las entradas a lápiz, y él observa que ha borrado y cambiado su dirección y su número varias veces.

Hace solo una semana recibió una carta de Bea, después de que él le escribiera para hablarle de la Marcha. Ella estaba muy contenta de que asistiera y le pedía que volviera a escribir para contárselo todo. Marca el número y, tras unos timbrazos, su voz, esa voz tan conocida, suena en la línea. «Hola», dice ella, y Gerald siente con sorpresa una palpitación en la garganta. «Hola, Bea —dice con dificultad—. Soy G».

Beatrix

Beatrix cuelga el teléfono después de hablar con Gerald y sale a su pequeño jardín. Ha plantado verduras y hierbas este año, además de las flores, y sujeta un tomate cherri un momento antes de arrancarlo de la planta; su aroma impregna el aire y después estalla en su boca. Está caliente por el sol. Frota con los dedos una hoja de albahaca y a continuación se los lleva a la nariz. El señor G siempre tenía albahaca en sus huertos. Se sienta en la tumbona y mira al cielo. Un cielo azul precioso, en pleno crepúsculo, antes de que se vuelva violeta. Un cielo de Maine, habría dicho William.

William, muerto. Se ha quedado consternada, pero no del todo sorprendida, cuando Gerald la ha llamado. William y ella se habían mandado algunas cartas en los últimos meses, desde que le envió aquel absurdo muñeco de cabeza oscilante. Él nunca le contaba nada en concreto, pero ella captaba entre líneas su malestar. No era desdicha propiamente, sino una sensación de que nada estaba en su sitio; de que la vida que había deseado, que había previsto, no había llegado. Era como si aquel fuego que había habido en su pecho —su deseo de estar en el mundo— se hubiera extinguido de algún modo. Ella se preguntaba si había sido verdaderamente feliz alguna vez. Un insatisfecho, lo había llamado una vez en su propia cara. Con los niños parecía haber encontrado algo, sin embargo. Le consta que los quería, que lo llenaban de alegría.

No quiere pensar en las últimas horas de su vida y, no obstante, no puede dejar de verlo en el coche. Junto al océano, ha dicho Gerald. Por supuesto. El coche volcó y, por algún motivo, Gerald no sabía cómo, lo encontraron a cierta distancia, tendido boca arriba. Bronceándose en la playa iluminada por la luna, cuando el sol apenas asomaba por la línea del mar. Espera que no haya sufrido, que haya sido rápido. «Yo solo quería, todos queríamos, que fueras feliz», dice en voz alta, hablando al cielo azul. ¿Por qué para muchas personas es tan difícil conseguirlo?

Qué extraño ha sido oír a Gerald después de tantos años. Todavía tan serio y tan directo. La voz se le quebraba un poco cuando le ha dado la noticia. Pero luego, más tarde, se ha reído por algo —ya no recuerda por qué— y de pronto le ha venido una imagen suya a la cabeza. Gerald en el muelle, el primer día, con toda su excitación, con su sonrisa torcida. Ella, que estaba sentada en la silla de la cocina, con el teléfono entre el hombro y el oído, ha sonreído a su vez.

Nancy

Nancy se pasa todo el día en la sala de estar con Gerald y Linda mirando la cobertura de la Marcha sobre Washington. No consigue concentrarse en la televisión; no puede parar de llorar. El calor le cubre de sudoración el labio superior y ella se lo seca una y otra vez. El ventilador apenas remueve el aire dentro de la casa. Por la forma que tiene Gerald de echarse hacia delante frente al televisor, sin hacerle mucho caso, deduce que le gustaría estar allí. ¿Debería haberle dicho que se fuera?

Ella ha procurado alentar su interés en los derechos civiles. Desde pequeño, Gerald ha trabajado por alguna causa, siempre convencido de la parte buena de los demás. Cuando era un crío, ella se enorgullecía de su generosidad, de su actitud abierta, de su optimismo. Ahora se da cuenta de que envidia la pasión que Linda y él comparten, su convicción de que pueden contribuir a que este mundo sea mejor. ¿Qué hicieron Ethan y ella? Al menos Ethan era profesor y un modelo de conducta. Ella crio a dos chicos, uno de los cuales ha fallecido ahora. Muerto. Nunca volverá a aparecer sin previo aviso por la puerta trasera para dejarle los niños durante el fin de semana. Nunca volverá a tontear con ella, inclinándose para darle un beso en la mejilla. Y ella nunca volverá a ver ese rostro hermoso. Es una herida muy reciente, que se abre una y otra vez. Olvida que ha muerto y debe recordarlo todo de nuevo.

Anoche, mientras cenaban con Linda, contaron historias sobre William y, después del postre, hojearon algunos de los álbumes de fotos. Gerald le explicó a Linda que cuando él era pequeño le daba celos que dijeran que William iba a ser como padre. «Pero ahora —dijo, mirando a Nancy—, me alegro de parecerme más a madre». Nancy asintió, dándole unas palmaditas en la rodilla. Qué dulce es. «Somos parecidos, ¿verdad? —dijo—. Tú y yo». Luego pasó las páginas del álbum, buscando una que ella recordaba de sus dos hijos juntos, ambos mirando muy serios a la cámara. «Cierta melancolía —dijo—. Eso lo tenían en común, sin duda».

El doctor King está hablando ahora. Qué deprisa cambia todo. ¿Qué pensaría su madre de este mundo de ahora? Nancy cierra los ojos y se arrellana en el sofá. Sabe que las disposiciones que estará tomando Rose para el funeral, cualesquiera que sean, no serán las que tomaría ella. Todas esas bobadas católicas. Ella quiere celebrarlo en la capilla, igual que el de Ethan. Quiere que a William lo entierren en el cementerio, cerca de casa y justo al lado de Ethan, para poder visitarlo cada día. Para que estén juntos. «No —le ha dicho Gerald antes—. Eso lo tiene que decidir Rose. No te corresponde a ti». Y ella sabe que su hijo tiene razón. Busca en su delantal para sacar el pañuelo de Ethan y se seca el sudor y las lágrimas de la cara.

Millie

Millie empuja un grueso sobre por encima de la mesa de la cocina. «Es una curiosa historia —dice, encendiendo un cigarrillo y soplando el humo hacia el techo. Le gustaría tener entre las manos una bebida bien fría—. Mi madre me dio esto hace un montón de años. Quería que fuera a verte cuanto tú estabas en América». Beatrix alza la mirada hacia ella, desconcertada. Millie se pregunta si habrá dormido desde que recibió la noticia. «Pero si tú me dijiste… Me dijiste que nunca consideraste la idea». «Llegamos a la conclusión de que no iríamos —dice ella, sin responder propiamente—. A tu padre no le parecía seguro. Ni que tú volvieras antes ni que yo fuera a visitarte». Beatrix frunce ceño, pero no dice nada más. Millie sabe que en cualquier otro momento insistiría, haría preguntas, exigiría saber más. Pero hoy no. No cree haberla visto nunca tan triste.

«En todo caso —continúa—, eso es agua pasada. Ahora es otro momento. Guardé este sobre entonces por si venían mal dadas. Y he ido añadiendo más dinero con los años. Un dinero para emergencias. Ha esperado ahí a que llegara la ocasión adecuada. Y es esta, sin duda». Empuja un poco más el sobre hacia Beatrix. «Hay más que de sobra para un billete de ida y vuelta». Millie se siente llena de satisfacción.

«No puedo, mamá —dice Beatrix débilmente, mirando el sobre, pero sin abrirlo—. Las clases empiezan dentro de dos semanas. Hoy es jueves, y el funeral se celebra el sábado. Es imposible». «No hay nada imposible —dice Millie—. Quiero que cojas el dinero y vayas a la agencia de viajes a comprar un billete para el vuelo de mañana. Alguien puede sustituirte en el colegio. Eres necesaria, querida, pero puedes desaparecer un poquito. Necesitas desaparecer unos días».

Millie ve que Beatrix está dudando. Sabe que desea ir. Ella lamenta muchas de las cosas que han pasado entre ambas, aunque haga todo lo posible para no pensarlo. No debería haberse casado con Tommy antes de que Beatrix regresara. Debería haberse esforzado más con George. No tendría que haber sido tan negativa sobre los Gregory. Ahora no aceptará un no por respuesta. «¿Qué puedo hacer para convencerte? —dice—. Esto es importante».

Su hija desvía la mirada. «Me revienta reconocerlo —dice, recorriendo con la vista la cocina—, pero me parece que tienes razón». Millie está a punto de gritar del alivio. «Tengo que ir —dice Beatrix. Coge el sobre y mira dentro—. Dios mío, mamá, aquí hay centenares de libras. ¿O miles?». Millie sonríe. «No lo he contado desde hace una eternidad —dice—. He seguido metiendo dinero siempre que tenía algún extra. Así que ve allí. Cómprate uno o dos vestidos bonitos. Tómate un tiempo extra, ya que vas a hacer un viaje tan largo. Date la oportunidad de decirle adiós a William. Te servirá para seguir adelante».

«Gracias», dice Beatrix. Y le dirige una media sonrisa. «Venga, vete —le dice Millie—. Tienes mucho que hacer. Vamos. Y cuéntamelo todo cuando vuelvas». Finalmente, piensa Millie, finalmente ha hecho lo que debía.

Bea

Beatrix pidió un asiento de ventanilla para ver el océano, pero, naturalmente, la capa de nubes lo oculta. Aquí arriba, el cielo siempre está azul y el horizonte, despejado. Aquel primer viaje que hizo, el que duró dos largas semanas, ahora queda reducido a un día en avión. Realmente, es asombroso. Mañana verá a Gerald y a la señora G. Y se despedirá de William.

Ahora desearía haberles dicho que iba para allá. Gerald la llamó para decirle la fecha a principios de semana, antes de que ella hubiera decidido viajar. Antes de que mamá lo hiciera posible. Antes de que la subdirectora del colegio se mostrara más que comprensiva. «Por supuesto —le dijo Susan—. No te has tomado unos días en todos estos años». «Una semana —dijo ella—. Volveré dentro de una semana». «Las clases ni siquiera habrán empezado —respondió Susan—. Pero no pienses en nosotras. Tómate más tiempo si te hace falta». Su plan es pasar esta noche en un hotel cerca del aeropuerto y coger un taxi hasta Quincy por la mañana. El servicio empieza a las diez. Pero tiene que llamar a la casa esta noche, para avisarlos de que asistirá. No puede presentarse sin más ni más. Ella no puede ser la protagonista.

Cuando descienden, se disipan las nubes y se ve el mar azul allá abajo. Bea apoya la cabeza en el frío cristal. Aparece tierra a la vista, con el destello dorado de la playa marcando la transición entre el mar y lo que queda más allá. El lugar donde murió William. «Adiós —susurra—. Adiós». El avión se ladea hacia la derecha, y ya lo único que ve es el cielo.

Nancy

Gerald llama a la puerta cuando Nancy está probándose el último de sus vestidos negros, cada uno de los cuales le sienta peor que el anterior. «Ay, Gerald —dice, al borde de las lágrimas—, ¿qué voy a hacer?, ¿qué me pondré?». Él abre la puerta y la mira con atención. «Está bien, madre —dice—, de veras». «No me puedo subir del todo la cremallera —dice ella con desesperación, alzando la voz—. ¡No puedo asistir al funeral de mi hijo con la cremallera del vestido abierta!». Él le indica con un gesto que levante el brazo. «Apenas se nota —dice—. ¿No tienes una chaqueta de punto o algo así para taparla?». Ella se vuelve hacia el espejo, con el brazo firmemente pegado al costado, ocultando la cremallera. «Supongo —dice—. Pero con la suerte que yo tengo, todo el vestido reventará y se abrirá allí en medio, en esa iglesia chabacana».

Gerald empieza a reírse y se seca los ojos mientras se sienta sobre la cama. «Ay, madre —dice—. Has de olvidarte de eso». «Lo sé —dice ella—. Solo me estoy desahogando ahora para comportarme mañana. Cuando empiecen a sacudir ese absurdo incensario». «Bien hecho», dice Gerald. Luego la mira con expresión alegre. Ella no entiende nada. Algo va a anunciarle, aunque no sabe qué, así que se sienta a su lado sobre la cama. Nota que el vestido se tensa en torno a su estómago y se baja la cremallera del todo. «Acabo de hablar por teléfono —dice él— ahora mismo. —Sonríe—. No vas a creer quién estará aquí mañana. Quién acaba de llegar a Boston». «¿Quién?», pregunta Nancy, repasando mentalmente la lista de sus hermanas, con los maridos e hijos respectivos. No falta nadie.

«Bea», dice él simplemente. Bea, piensa ella, y se acuerda de aquella mañana tan lejana. La niña sola en el muelle, con el vestido rojo de cuello blanco y las piernas delgaduchas asomando de unas pesadas botas negras. «¿Crees que la reconoceremos?», pregunta, y Gerald se echa a reír. Cómo le gusta oír esa risa. «Pues claro, madre —dice—. ¿Cómo no íbamos a reconocerla?». Nancy supone que tiene razón. Ella ve esa cara tan querida en sus sueños.

Rose

De vuelta en casa de sus padres, después del servicio, Rose se derrumba en una silla de la atestada cocina. Sus hermanas corren de aquí para allá, llevando comida a la mesa, sirviendo bebidas. Kathleen y Jack están abajo, en el cuarto de juegos, con los primos. Rose sabe que debe salir a la sala de estar, pero permanece sentada un momento. «¿Estás bien?», pregunta Chris, poniéndole la mano en el hombro. Ella asiente. «Tómate tu tiempo —dice él—. No tienes que hacer nada».

Rose recuerda el servicio de un modo nebuloso. Han hablado Gerald, Bobby Nelson y Chris. Kathleen y Jack han leído un pasaje de *Alicia en el País de las Maravillas*. Sheila le ha pasado a hurtadillas unos calmantes antes de salir de casa y ella ha logrado resistirlo todo con unas pocas lágrimas. Lo peor ha sido salir de la iglesia detrás del ataúd de William, mirando todas esas caras, oyendo sollozar a Gerald mientras ayudaba a subir el féretro en el coche fúnebre. En el cementerio, todos han arrojado en la tumba un puñado de arena, no de tierra. Nancy se empeñó en ese detalle. «Enviémoslo con un trocito de Maine», dijo, aunque esa arena, naturalmente, fueron a recogerla sus cuñados a Wollaston Beach. Han pasado de mano en mano una cesta de conchas marinas. Algunos se han llevado la suya a casa; otros la han depositado delicadamente sobre el ataúd antes de que lo bajaran a la fosa.

Jack entra corriendo en la cocina y le tira de la mano. «Ven a ver toda la comida —dice—. ¡Hay un montón de cosas!». Rose sonríe. Sus hermanas se han excedido. Deja que su hijo la arrastre al comedor. Le llena un plato y luego deambula por las habitaciones procurando sonreír, deteniéndose a hablar con cada corrillo. Las dos familias se han separado como ella preveía: la suya en la sala de estar y los Gregory en el estudio. Gerald capta su mirada, le indica con una seña que se acerque y le da un beso en la mejilla. «Un servicio precioso», dice. «Sí —dice ella—, y tu panegírico ha sido perfecto. Perfecto. A él le habría encantado». Es cierto. Gerald ha contado una historia tras otra sobre William, retratándolo como el hermano mayor perfecto (siempre seguido a todas partes por ese bobo compinche que era él). Gerald asiente. «¿Y tu madre? —dice Rose, viéndola con Linda en el otro extremo—. ¿Cómo está? ¿Cómo lo lleva?». «Está bien —dice Gerald—. Sorprendentemente bien. Pero aquí —abarca la habitación con un gesto— se encuentra en su salsa. A ella le encanta estar rodeada de familiares y amigos. Para mí es todo lo contrario —dice, bajando la voz—. Yo lo único que quiero es irme a casa».

Rose sonríe y se apoya en él, en ese cuerpo que le resulta tan familiar. Por un momento cree que es William. «Es toda esta amabilidad lo que me saca de quicio», susurra ella. Una mujer aparece al lado de Gerald, rozándole el brazo con el hombro. Ella no la reconoce. «Ah, Rose —dice Gerald, irguiéndose y separándose de ella—, ¿conoces a Beatrix? ¿Beatrix Thompson?». «No —dice Rose, extendiendo la mano—. Soy Rose Gregory». «Encantada de conocerte», dice la mujer, con un acento británico. Esta debe de ser aquella niña, comprende Rose con un sobresalto. La niña que acogieron cuando ellos eran pequeños. «¿Eres tú —pregunta— la que vivió con los Gregory durante la guerra?». «Sí —dice Beatrix, sonriendo—. Así es. Hace mucho tiempo». Es bastante guapa. Tiene un pelo oscuro y tupido, peinado con la raya al lado y recogido en un moño francés. Ojos oscuros. Un impresionante vestido negro de manga larga con cuello de encaje. Alta y muy delgada. «Lamento muchísimo tu pérdida», dice. «Gracias —responde Rose, y añade bruscamente—: ¿Has venido desde Inglaterra para esto? ¿Para el funeral de William?».

Beatrix asiente. «No pude venir al funeral de su padre». Rose no está segura de que esa sea una respuesta a su pregunta. Ve a Kathleen al otro lado, le dice que se acerque y le da un beso en la mejilla. Se pregunta cuándo ha crecido tanto.

«Kat —dice Gerald. Cómo detesta Rose ese apodo—. Kat, ¿conoces a la señora Thompson?». Kathleen mira a Beatrix. «No», dice, y Rose ve un destello de la mujer en la que se convertirá. Directa, sincera, sin complicaciones. «Encantada de conocerla», dice Kathleen. «Igualmente —dice Beatrix—. Me han hablado un montón de ti». La niña la mira perpleja. «¿De veras? —dice—. ¿Quién?». «Bueno…», dice Beatrix a la ligera.

Por el tono de esa sola palabra Rose comprende que William le habló de Kathleen. ¿Hablaban por teléfono? ¿Él le escribía cartas? ¿Había algo entre ellos?

«Tu abuela —dice Beatrix—. Ella está muy orgullosa de ti». «¿Nana? —pregunta Kathleen, y Beatrix asiente—. Ah, mamá —dice volviéndose hacia ella, y Rose se da cuenta de que ya ha pasado a otra cosa, de que ya se ha olvidado de esa mujer—. Nana ha traído cuadraditos de limón. ¿Puedo comerme uno?».

Rose le sonríe y pasa la mano por su pelo rebelde. Les costó muchísimo tiempo encontrar un vestido que le viniera bien, pero la niña se merece un capricho. «Venga, vamos —dice, y, antes de dirigirse al comedor, se vuelve hacia Gerald y Beatrix—. Ha sido un placer conocerte», le dice a Beatrix, adoptando un tono suave y sedoso. Se siente como separada de su cuerpo y no se identifica con una sola palabra de lo que está diciendo. Mientras cruza la habitación y entra en el comedor rebosante de comida, se sorprende buscando a William con la vista, convencida de que lo verá sentado en la esquina junto a Chris, con una cerveza en una mano y un cigarrillo en la otra.

Gerald

Ya en casa, en la cocina, Gerald no puede apartar los ojos de Bea. Todo el día, desde que se han encontrado frente a la iglesia, ha estado esperando que llegara este momento. Que todos los demás desaparecieran. Que Linda se fuera a casa. Tener a Bea para él solo. Y aquí la tiene, sentada en su silla de siempre, sujetando una taza de té con sus dedos esbeltos. Es como si nunca se hubiera ido. Y sin embargo... No sabe qué decir. Le cuesta mirarla a la cara. Le resulta tan familiar y tan diferente al mismo tiempo... Madre, en cambio, no puede parar de tocarla. «Eres tú», repite, y Bea sonríe. «Soy yo, señora G. Estoy aquí. He vuelto». «No vayas a ese hotel, por favor. Podemos ir a recoger tus cosas mañana. Tu habitación está tal como la dejaste. Kathleen duerme allí, pero está todo igual».

«La niña se parece a ti, G —dice Bea—. No podía creerlo. La he visto caminando por la nave central y he adivinado en el acto quién era. Jack, en cambio, se parece más a Rose». «Son unos niños muy buenos —dice madre—. Quizá puedas pasar algún rato con ellos mientras estés aquí. Para conocerlos un poco. —Le aprieta la mano—. William era un buen padre. Yo no estaba segura, ¿sabes?, de cómo sería en ese sentido. Siempre he sabido que este —señala con la cabeza a Gerald— sería, ¡será!, un padre maravilloso. No estaba tan segura en el caso de William. Pero hay que ver cómo quería a esos niños».

Bea asiente. «No me sorprende», dice. Se quedan callados un instante y luego Bea bosteza, tapándose la boca con la mano, y menea la cabeza. «Perdón —dice—, estoy exhausta. Podemos seguir hablando mañana, ¿vale? —Se levanta y pone las manos sobre los hombros de madre—. Voy a aceptar su amable propuesta, al menos por esta noche». Madre camina con ella hacia la puerta, cogiéndola del brazo. «Vamos a buscarte alguna ropa para que te cambies», dice. Ya en la puerta, Bea se vuelve y saluda con la mano. «Buenas noches, G —dice—. Nos vemos mañana».

Gerald se queda sentado, escuchando cómo suben las escaleras. Las tablas de los peldaños crujen a medida que ascienden. Él sabe que debería volver a su propia casa. Linda lo está esperando. Pero Bea está aquí, y William ha muerto. Apaga la luz y se queda en la cálida penumbra de la cocina, con los pies apoyados en la silla de su hermano.

Bea

Bea se levanta temprano y se desliza por la puerta trasera procurando no hacer ruido y recordando demasiado tarde que la puerta mosquitera dará un golpe a su espalda. Hay muchísimas cosas que han acudido a su memoria como una marea. El campo entre la casa y el colegio está cubierto de flores silvestres. El sendero que seguían cada día para ir a clase ya no existe. En el bosque, la fronda de los árboles sobre su cabeza es muy densa, y ella vaga por las pistas todavía familiares antes de cruzar la calle y entrar en el cementerio.

Tiene una idea aproximada de dónde está la tumba del señor G: hacia el fondo, junto al estanque y el sauce. Nunca se le ocurrió pensar, cuando se colaban aquí para fumar un cigarrillo, que este sitio era precioso: lomas onduladas, flores plantadas en las bifurcaciones de las sendas, viejos y majestuosos árboles guareciendo las tumbas con sus ramas. Encuentra la del señor G y deja sobre la lápida las flores silvestres que ha recogido en el campo. Todo este trecho está muy bien cuidado; tanto Gerald como William le explicaron en sus cartas que la señora G viene aquí regularmente.

Ella comprende esa necesidad. Se sienta sobre la hierba, lo bastante cerca como para recorrer con los dedos las letras de la lápida. Le habla al señor G del funeral, de la sensación de estar aquí otra vez. De la sensación de estar en esa cocina anoche con Gerald y la señora G. De la extraña y reconfortante impresión de dormir en su antigua cama. De cómo ha echado un vistazo en su estudio al pasar por delante, esperando verlo levantar la vista de sus papeles y saludarla con la mano de ese modo peculiar, moviendo todos los dedos a la vez, con el pulgar asomando por el lado. De cómo ha aguzado el oído para escuchar los pasos de William en la escalera y esperado verlo cruzar la cocina, lanzando una sonrisa.

Le dio miedo mirarse en el espejo del baño, casi temiendo ver aún a la niña que fue en su momento. No se lo dice al señor G, pero la dejó impresionada el aspecto de la señora G. Ahora ya no se tiñe el pelo, y se mueve lentamente, con la espalda encorvada, como si toda aquella energía se hubiera desvanecido. Gerald está diferente también, pero en su caso se trata de una maravillosa transformación. Parece más sereno, más tranquilo, más seguro de sí mismo. «Me esperaba encontrar a un chico —le dice al señor G—. ¿En qué estaría yo pensando?». Se pregunta, a su vez, qué pensarán de ella G y la señora G. ¿Cómo ha cambiado desde que se fue?

Oye pasos y, al volverse, ve que se acerca Gerald y que le dirige un saludo militar, tal como William hacía. «¿Cómo sabías que estaría aquí?», pregunta, y él sonríe y se sienta a su lado. «Es como en el escondite —dice—. Tú siempre eras fácil de encontrar. —Bea asiente—. Un lugar precioso para padre», dice él, enrollando una brizna de hierba entre sus dedos. Ahora es tremendamente alto, casi tanto como el señor G. «¿Tú eras más alto que William?», pregunta Bea sin más ni más, y él sonríe con aire burlón, como lo hacía William. «Creo que casi iguales —dice—, aunque él nunca lo creyó así. Me parece que dependía de quién estuviera más erguido».

«¿Cuándo fue la última que lo viste?», pregunta ella, sin mirarlo, observando cómo se inclinan las ramas del sauce sobre la tumba del señor G. «Trajo a los niños hace un par de fines de semana —dice Gerald—. Aunque ahora parece que haya pasado una eternidad. —Suspira—. No paro de verlo conduciendo aquella noche. Seguramente estaba borracho y cansado, y no vio cómo sigue la carretera en esa curva. —Arranca un puñado de hierbas y deja que se escurran entre sus dedos—. Son los niños los que me preocupan. Yo lo superaré, tú lo superarás y madre también. Y Rose igual. Pero ¿lo superarán Kathleen y Jack? Yo sé lo duro que fue para mí en el caso de padre, y era mucho mayor que ellos».

A Bea la sorprende que le costara sobrellevar la muerte del señor G. No tenía ni idea; nunca había pensado que estuvieran especialmente unidos. «Así que fue duro para ti», dice, pensando que debería haberlo sabido. Él asiente. «Fue por eso en parte por lo que me fui a Berkeley —dice—. Quiero decir, terminé en Harvard y estuve aquí por mi madre durante aquellos dos años. Pero luego lo único que deseaba era marcharme lejos. Lo veía a él por todas partes». Bea asiente. «Entiendo —dice—. Pero yo no me preocuparía por los niños. A veces pienso que ellos afrontan la muerte mejor que los adultos».

Gerald menea la cabeza. «Qué idiota soy —dice—. Estoy aquí lamentándome y ni siquiera recordaba que tú perdiste a tu padre cuando eras apenas un poco mayor que Kathleen. ¿No es así?». Bea asiente. «Y ya me ves —dice—. Estoy bien. Pero en gran parte porque os tenía a todos vosotros. Los niños de William lo superarán —vuelve a decir, casi como para sí misma—. Lo superarán».

Se quedan callados unos minutos. Qué fácil es estar en silencio con Gerald. Con él nunca ha tenido que fingir. «Tengo un cuadro de Maine —dice Bea al fin— en el que aparecemos los tres en el dique. ¿Lo recuerdas?». «Creo que sí —dice Gerald—. ¿Estaba en la sala de estar?». Ella asiente. «Me encanta ese cuadro —afirma—. William está tumbado, con las manos en la nuca, mirando al cielo. Así es como quiero recordarlo».

«Había empezado a pintar», dice Gerald. «¿Lo sabías?». Bea niega con la cabeza. «Me cuesta imaginarlo —dice—. Me cuesta imaginar que tuviera la paciencia para eso». «Los niños le hicieron cambiar —dice él—. Me parece que con ellos aprendió a tener paciencia. Se llevó a su casa todos los viejos utensilios de padre (caballetes, pinturas, pinceles y demás) y se montó el estudio en el garaje. Yo nunca vi gran cosa de lo que pintaba. A madre sí le enseñó algunos cuadros. Pero no sé lo que hará Rose con todo aquello. Estaba pensando que igual podría volver a traerlo aquí, ¿no te parece, Bea?», añade, volviéndose finalmente hacia ella.

Este es el Gerald que conoce: esa seriedad, esa tranquila sinceridad.

«¿No crees que esas cosas deberían estar aquí? Me inquieta que ella vaya a tirarlas». «Sí —dice Bea—, estoy de acuerdo. Creo que deberías hacerlo». Traerlo todo a casa, piensa. Mantener a William lo más cerca posible. Gerald apoya las manos sobre la hierba, y ella se sorprende de lo familiares que le resultan. Esa cicatriz en el dedo índice. Las pecas. Lo mira a la cara y sonríe.

Nancy

Nancy está sentada a la mesa de la cocina haciendo la lista de la compra. Le gustaría acordarse de algunas de las comidas favoritas de Bea, pero no lo consigue, la verdad. Aun así, está segura de que le gusta el pastel de manzana, ¿acaso no le gusta a todo el mundo? Preparará eso de postre, con algunas de las Granny Smith de los manzanos del huerto. Y quizá un pastel de carne con puré de patatas.

Ha visto que Bea salía al jardín temprano y luego, un poco más tarde, ha oído otra vez la puerta y ha visto que Gerald cruzaba el campo hacia el bosque. Muy bien, ha pensado. Necesitan pasar un poco de tiempo juntos para conectar otra vez. Debe resultarles extraño a los dos. No solo estar juntos de nuevo, sino juntos sin William. Aquellos veranos en Maine, aquellos pocos veranos deliciosos cuando los tres eran como uña y carne… Aquellos días que pasaron demasiado deprisa y de los que ella ahora solo recuerda algunos retazos. Los tres haciendo carreras a nado al dique, seguidos por King; recogiendo arándanos en el monte; acampando en el bosque. De noche, ya muy tarde, aquel silencio que los rodeaba, mientras las luces de la casa se reflejaban en el mar oscuro… Ay, ¿por qué no puede detenerse el tiempo en esos instantes? ¿Por qué cuesta tanto entender lo fugaces que son todas las cosas?

Nancy siente ahora la misma desesperación que sintió después de la muerte de Ethan. Una necesidad de retroceder en el tiempo, de recuperar viejos recuerdos, de lamentar ciertas palabras, de recrear momentos perdidos. Gerald le ha dicho que la última vez que vieron a William fue hace dos semanas. ¿De qué habló con él? ¿Se acordó de darle un beso al despedirse? ¿Le regañó por algún motivo? Intenta recordar. Los niños entraron corriendo en la cocina, como siempre. Ella había preparado la masa para la corteza de la tarta; ya la tenía lista para que Jack la desplegara, para que Kathleen la colocara en un molde. La niña se puso a hablar de un libro que estaba leyendo, Jack le estaba contando a Gerald el partido de béisbol que acababa de jugar. Exacto, todavía llevaba su uniforme, porque ella lo lavó aquella noche, restregándolo con fuerza para quitar las manchas de tierra de las rodillas.

Pero William…, ¿por qué no puede recordarlo ese día? ¿Acaso no llegó a entrar en la casa? Nancy se da un golpe en un lado de la cabeza. Maldita memoria. Cuando era joven, ella era la persona de su familia a la que todos recurrían cuando querían recordar algo. Ella lo sabía todo. Se acordaba de los nombres y los sitios, de los más ínfimos detalles. Pero ahora, bueno, es como si las cosas solo existieran en el momento presente. Le lleva bastante tiempo rescatar un nombre o un detalle concreto de las cosas más recientes. Los recuerdos de su infancia sigue conservándolos, eso sí, con más claridad que nunca. Las recetas. La distribución del huerto. No parece justo que no pueda recordar la última conversación que mantuvo con su hijo y sí, en cambio, la letra de una cancioncilla absurda que cantaban en la escuela primaria.

Bea y Gerald entran por la puerta trasera y ella deduce, por la expresión de sus rostros, que se lo están pasando bien juntos. Les sirve una taza de café y ellos se sientan a la mesa de la cocina, el uno junto al otro. Bea mira a Nancy y pone la mano sobre la suya. «He ido a ver al señor G —dice—. Ha sido bonito hablar con él». «Ah —dice Nancy—, me alegro mucho». Ella ahora ya no va con tanta frecuencia. Le dice a Gerald que es porque le cuesta llegar allí, con las molestias del tobillo y demás, pero no es cierto. La verdad es que se le han agotado las cosas que contarle. Al cabo de un tiempo, le parecía un poco tonto explicarle todo lo que iba pasando. Tampoco es que pasara gran cosa. Además, se le ocurrió que quizá él lo veía todo, de manera que tenía poco sentido volver a decírselo. Eso sí, va allí a contarle las cosas importantes. Fue a verlo cuando supieron lo de William, pero ya no va todos los días.

«¿Cómo lo has encontrado?», pregunta. Bea palidece un poco. «Parecía estar bien», dice al fin. Nancy se echa a reír. «No, querida —dice—. Me refería al sitio. ¿Recordabas dónde estaba la tumba? ¿Te lo ha enseñado Gerald?». Bea sonríe. Su cara ha cambiado, se ha vuelto más angulosa y, a la vez, más dulce. El temor ha desaparecido, dando paso a una especie de grácil elegancia. «Ah —dice—, ya la entiendo. Me lo había dicho William. Él me hizo un pequeño esquema del cementerio, con el sauce y el estanque. Por eso lo sabía. Luego Gerald ha venido a buscarme y hemos vuelto juntos».

«Perfecto —dice Nancy—. Es una delicia veros a los dos juntos, oíros reír. He echado mucho de menos esa sensación —continúa—. Gerald y yo nos lo pasamos bien cuando él viene a cenar o a tomar el té, pero no nos reímos tanto como deberíamos. Hemos de hacerlo mejor, hijo, tú y yo». «Sí, madre —dice él, y Nancy sabe por su tono que le está siguiendo la corriente—. Procuraremos reírnos más. Aunque yo no soy tan gracioso, en realidad. A lo mejor deberíamos mirar más la televisión, simplemente. Podríamos mirarla incluso mientras cenamos», dice con una sonrisa burlona.

Nancy quisiera fulminarlo con la mirada, pero no puede. Cómo se parece a William cuando le toma el pelo. Esa era una discusión que ella había tenido con William una y otra vez. Los niños siempre quieren cenar en la sala de estar, por el amor de Dios, para poder ver algún programa. En casa lo hacemos siempre, dicen. Pero Nancy se niega. La hora de la cena es para mantener una agradable conversación, les dice, para estar un rato con tu familia, ¡no para mirar un estúpido programa de televisión! Una y otra vez había hablado de esto con William, pero luego venían de nuevo y vuelta a empezar.

«Yo hago eso —dice Bea—. Me compré una de esas bandejas para mirar la tele. Pero, claro —se apresura a añadir—, vivo sola. Lo cual es distinto». «Por supuesto —dice Nancy—, eso es otra cosa». Ella no va a reconocerlo, pero hace lo mismo. «Bueno —dice—, ¿dónde está esa lista que estaba haciendo? Quiero preparar una cena especial esta noche, dedicada a ti, Bea. Te quedarás cono nosotros un poco más, ¿no? —Alza la mirada al calendario de la pared—. Dios mío, ya estamos en septiembre. Septiembre de 1963. ¿Cómo es posible?».

Bea le sonríe. «Mi vuelo sale el miércoles —dice—, o sea que, si no hay problema, me quedaré aquí hasta entonces». Gerald la mira y alza las cejas. «¿Vamos? —dice poniéndose de pie—. Nos vamos a Quincy —le explica a su madre— para que vea a los niños». «Ah, fantástico —dice esta—. Me encanta la idea». Esas pobres criaturas. Se pregunta si olvidará algún día la carita que tenía Kathleen en la iglesia. Tendrán que mantener vivo el espíritu de William. Por los niños. Y por todos ellos también.

Rose

Rose oye las puertas del coche y, al apartar las cortinas, ve que Gerald y esa mujer británica se acercan a la casa. Se pasa los dedos por el pelo y se pellizca las mejillas. Sabe que está hecha un adefesio, pero solo se trata de Gerald al fin y al cabo. «Niños —grita desde la escalera—, tío Gerald viene a vernos». Jack baja las escaleras de dos en dos, seguido por Kathleen, y abren la puerta justo cuando Gerald está a punto de llamar al timbre. Ambos salen al porche a abrazarlo, y él los balancea por los aires a los dos antes de dejarlos en el suelo.

«Buenos días —le dice Rose a la mujer británica, confiando en que Gerald diga su nombre—. Encantada de volver a verte». «Lo mismo digo». Ella no está hecha un adefesio. Aún lleva el pelo recogido en ese moño francés. ¿Se lo hace cada mañana? Hoy va con un vestido azul claro que le llega justo por encima de las rodillas. «Bea y yo hemos pensado que podríamos llevar a los niños a North Shore —dice Gerald—. Si a ti te parece bien». A Rose le entran ganas abrazarlo. Él siempre sabe lo que hay que hacer. «Sería perfecto, Gerald —dice—. Gracias». Bea la mira sonriendo. «¿Vienes con nosotros?».

Gerald se echa a reír. «Eso no va demasiado con Rose —dice—. Nosotros te relevamos unas horas con mucho gusto».

«En realidad —dice ella—, me gustaría acompañaros. Si no os importa». En el coche, se sienta detrás con un niño a cada lado, cogiéndoles de las manos. Se pregunta si algún día será capaz de soltarlos.

Bea

En Gloucester, Bea y Gerald caminan juntos por Main Street hacia el mar. El sol funde el helado de sus cucuruchos más deprisa de lo que quisieran. Kathleen y Jack se han adelantado con su madre. «Me gusta Rose —dice Bea—. No creía que fuera a gustarme. Pero hay algo de William en ella, ¿no crees? Un fuego interior, una intensidad».

Gerald asiente. «Tiene mucha pasión por las cosas que le interesan, eso seguro». Sonríe de un modo burlón y Bea se ve obligada a desviar la mirada. Hay momentos, ahora, en los que se parece mucho a William. «Tiene una obsesión por los Kennedy —dice él—. A William lo sacaba de quicio. Pero ella hizo campaña por JFK incansablemente. No es una simple ama de casa. Me gustará ver qué hace ahora. Quiero decir, en qué va a trabajar». «Es fantástico, ¿no crees? —dice Bea—, que haya tantas mujeres incorporándose al mundo del trabajo».

Hace un precioso día de principios de otoño. El océano tiene un aterciopelado tono azul oscuro, con las crestas blancas de las olas rizando la superficie. Bea inspira hondo. «Yo raramente voy al mar —dice—. Esto no es Maine, pero se acerca bastante». Gerald asiente. «William traía continuamente a los niños aquí —dice—. Supongo que sentía que era lo más parecido que podía encontrar a aquello».

Los niños se han ido corriendo hasta la estatua de un pescador y Rose espera a que Bea y Gerald lleguen a su altura. «Estábamos hablando de Maine», le dice Gerald. «Yo creo que él venía aquí porque era un poco como ir a Maine». «Él amaba aquel lugar —dice Rose—. A veces me parecía que lamentaba esa pérdida casi tanto como la pérdida de vuestro padre».

«¿Te llevó alguna vez allí?», pregunta Bea, que sabe la respuesta, pero siente curiosidad por ver cómo responde. «Una vez —dice Rose—, hace mucho tiempo. Birlamos un bote, entramos sin permiso en la casa y, por el amor de Dios, nos bebimos el whisky de los dueños. Nos comimos el helado que había en el congelador. ¡Dormimos en sus camas!». Gerald se ríe. «Típico de William —dice—. Me alegro de que no se lo contara nunca a mi madre. Aun así, me da envidia que hayáis estado allí. A mí se me empieza a olvidar la casa. A veces me despierto por la noche y no consigo recordar cómo era la sala de estar o qué sendero llevaba al bosque».

Rose hace una mueca. «A mí no me gustó demasiado, Gerald. Y tú ya me conoces, se lo dejé claro a William. Él quería volver a comprarla y yo le dije que era una idea estúpida. Pero quién sabe. —Se vuelve y mira a Gerald, ignorando a Bea por completo—. ¿Tú crees que habría sido más feliz si hubiera tenido aún la casa de Maine?». Hay algo desgarrado en su voz, una especie de desesperación. Bea quisiera decirle que no, que William era sencillamente una de esas personas que nunca logran ser felices del todo, pase lo que pase. Pero espera a que responda Gerald. Siente curiosidad por lo que va a decir.

Él le pone las manos en los hombros a Rose y la mira a los ojos «Mira, Rose —dice en voz baja—. William andaba siempre buscando otra cosa, ya lo sabes. Maine no le hubiera ayudado en ese sentido. Los niños sí, en cambio. Le sirvieron para mantenerlo en el presente. No tienes que echarte la culpa. No debes. Tuvo una buena vida». Rose asiente. «Ya lo sé —dice—, pero cuesta no hacerse estas preguntas».

Se vuelve hacia Bea. «¿Cuándo fue la última vez que lo viste?».

Y ella se da cuenta de que ha estado esperando la ocasión para preguntárselo, para saber qué era ella para William.

«¿Cuando te fuiste al terminar la guerra?». Bea nota que le está subiendo un rubor. Mira de soslayo a Gerald, porque tampoco está segura de lo que él sabe.

«No —se apresura a decir, consciente de que acabará mintiendo si espera más—. Vi a William en Londres, justo después de que muriera vuestro padre». Gerald menea la cabeza, con los labios apretados, y, bajando la vista al suelo, da una patada a una colilla con una energía que sorprende a Bea. «Lo sabía —dice con frialdad—. Se lo pregunté después y me dijo que no, pero yo sabía que sí te había visto. Estaba seguro de que no podía haber ido a Europa sin hacerte una visita». «Sí —dice Bea—, pero él no lo tenía planeado. De hecho, tenía totalmente decidido no venir a verme. Pero entonces murió tu padre y le quedaban unos días antes de que zarpara el barco, así que vino a Londres». Nota que Rose está pensando y recordando.

«Yo entonces estaba embarazada de Kathleen», dice Rose, y Bea asiente. «Sí —dice—. Me lo contó. Me habló de ti, de lo entusiasmado que estaba con la idea de casarse, de lo nervioso que le ponía el hecho de ser padre. —Señala a Kathleen y Jack, que están esperando junto a la estatua—. Y yo diría —añade— que los dos acabasteis haciéndolo muy bien».

Les hacen señas a los niños y ambos echan a andar hacia ellos. Rose sujeta a Bea del brazo. «¿Y desde entonces? —pregunta—. ¿Lo volviste a ver?». Ella percibe de nuevo su ansiedad. «No —responde—. Nos escribimos algunas veces a lo largo de los años, pero yo tenía más a menudo noticias de Gerald y de la señora G».

Más tarde, de vuelta en casa de William, Gerald, Rose y Bea van al pequeño garaje para recoger los utensilios de pintura y los lienzos y cargarlos en el coche. Bea no quiere mirar los cuadros, así que se dedica a guardar los utensilios en cajas. Bajo un estuche de óleos, encuentra un boceto de un hombre y una mujer bailando y se da cuenta de que es la misma pareja del cuadro que tiene en su casa: el cuadro sin firma que le envió la señora G unos años atrás. Pues claro que no lo había pintado el señor G. También encuentra un dibujo de un reloj en una estación de tren y, con un sobresalto, comprende que es la estación Victoria, el último sitio donde vio a William. «Me alegro de poder disponer del garaje otra vez —dice Rose—. Pero si encontráis retratos de los niños, traedlos aquí, ¿vale? Esos me gustaría conservarlos. Puedo pasarme sin toda esa cantidad de cuadros de un mar azul».

Antes de marcharse, Kathleen lleva a Bea arriba para mostrarle la habitación que comparte con su hermano. «Esta es mi cama —dice—, y Jack duerme aquí». Entre las dos camas hay una alfombrita de trapo de tonos rojos y azules. «¿Habláis los dos cada noche? —pregunta Bea—. ¿Os contáis historias?». «A veces —dice Kathleen—. Otras tengo que tirarle cosas para que deje de roncar. —Se echa a reír. Tiene la misma actitud abierta que Gerald—. Pero lo mejor de todo eran las veces que papá entraba, ya muy tarde, cuando nosotros llevábamos dormidos muchísimo tiempo, y nos daba un beso de buenas noches en la frente. Yo siempre fingía dormir hasta que me daba el beso. Entonces él se tumbaba en el suelo, aquí, entre las camas, nos contaba un cuento y luego se quedaba dormido también. Yo le daba mi otra almohada».

Bea asiente, sin atreverse a decir nada. No sabe si sería capaz de hablar. Recorre la habitación con la mirada. Sobre el aparador ve el muñeco de cabeza oscilante. «¡Oh, es Mickey Mantle! —dice sorprendida. Se vuelve hacia Kathleen, alzando las cejas—. ¿De dónde salió ese muñeco? ¿Está permitido en la casa de unos fans de los Red Sox?». Kathleen sonríe. Esa sonrisa típica de los Gregory. «Papá se lo dio a Jack. Dijo que hemos de aprender a querer a nuestros enemigos». «Tu padre —dice Bea, sin mirarla— era un hombre muy sabio». Toca el muñeco ligeramente, lo justo para que su cabeza empiece a oscilar adelante y atrás.

Gerald

Gerald se empeña en llevar a Bea al aeropuerto. Quiere estar un rato a solas con ella. Bea no le ha contado gran cosa sobre su vida. Han hablado de su profesión como educadores —qué gracioso que ambos hayan acabado trabajando con niños— y ella le habló un poco de su madre, pero Gerald no tiene la sensación de haber descubierto casi nada sobre cómo vive, sobre quiénes son sus amigos. Sobre la persona que es ahora. Madre estuvo lanzándole indirectas anoche durante la cena, pero Bea cambiaba de tema cada vez. Es algo que se le da muy bien, por lo que había podido comprobar Gerald. Con qué habilidad se escabulló cuando Rose estaba preguntándole cuándo había visto a William por última vez. Él sabía que se habían visto aquel verano y ahora vuelve a sentir ese peso en su pecho. Se pregunta qué sucedió entre ellos. Ella no se lo dirá, seguro. Ni siquiera vale la pena preguntar.

Bea sube al coche con una lata redonda en las manos. «Galletas —dice—. ¿Qué voy a hacer con tres docenas de galletas?». Está riendo y llorando al mismo tiempo, y entonces madre llama con los nudillos a la ventanilla. Bea baja el cristal. «La receta», dice madre, dándole una vieja tarjeta llena de manchas de mantequilla. «Pero ¿qué hará usted sin ella?», dice Bea, secándose las lágrimas de la cara. «Ay, cariño —dice madre—. La tengo en la cabeza. Lo tengo todo aquí. Ya no la necesito». Madre se besa los dedos y sopla hacia ella. «Buen viaje, querida. Vuelve pronto, por favor».

Ni Bea ni Gerald dicen nada hasta que han salido del sendero y toman la avenida hacia el aeropuerto. «Detesto las despedidas —dice ella finalmente, mirando por la ventanilla—. Preferiría desaparecer». «Despedirte a la francesa —dice Gerald—. Todos los preferiríamos». «William era un maestro en eso —dice Bea—. Yo lo aprendí de él». Gerald es consciente de que William nunca está lejos en sus propios pensamientos. Y es evidente que a ella le sucede lo mismo. Siempre lo tiene en la punta de la lengua.

Bea se gira hacia él. «No hace falta que entres en el aeropuerto, ¿vale? Déjame en la entrada. Será mucho más fácil para los dos». Él asiente. «Como quieras —dice—. Tus deseos son órdenes para mí». Como siempre. Se dirige hacia la rampa de acceso y acelera al entrar en la autopista, en dirección norte. «Oye, Gerald —dice Bea—. Cuéntame más cosas de Linda. Da la impresión de ser una persona que me gustaría conocer».

Él no quiere hablar de Linda. Cuando ella y Bea se conocieron después del funeral, había en los ojos de Linda una fría expresión que a él lo llenó de una furia sorprendente. En los días siguientes procuró que no se cruzaran. No quería verlas juntas. Quería reservarse a Bea para él. «Es fantástica», dice. Luego su voz se apaga. «¿Es la definitiva, entonces?», pregunta Bea. Él aparta un momento la mirada de la carretera. Ojalá pudiera decir que sí. «No lo sé —dice—. ¿Cómo se puede saber?». Ella se encoge de hombros. «Ojalá lo supiera, G», dice. Contempla el mar por la ventanilla. «¿Y tú?», pregunta él, sin querer presionarla, pero deseando con toda su alma saberlo.

«Bueno —dice ella—. Estuve saliendo con un hombre llamado Robert un tiempo, pero rompimos hace unos meses. Estaba bien, pero no era mi Príncipe Azul y yo no era su Cenicienta. —Se queda callada mucho tiempo, y él desearía no estar conduciendo a cien kilómetros por hora para poder volverse y mirarla a la cara; esa cara preciosa—. Yo amaba a William —dice Bea finalmente—. Ya lo sabes».

Más tarde, Gerald vuelve a casa por el camino más largo, tomando Quincy Shore Drive, que discurre pegada al sinuoso contorno de la costa. En el aeropuerto, le ha dado a Bea la foto enmarcada de los tres que él había conservado durante todos estos años. «Te lo prometí —le ha dicho—. Te prometí que te la devolvería la próxima vez que nos viéramos». Bea le ha dado un beso en la mejilla, incapaz de hablar, y él la ha abrazado fuerte, con los ojos cerrados, sin querer soltarla. Ahora se detiene en el sitio donde encontraron el coche de William y su cuerpo. Se quita los zapatos, se enrolla las perneras de los pantalones y camina por la arena dura y húmeda para contemplar el mar. Claro que él sabía lo que Bea sentía por William. Simplemente no esperaba que lo dijera en voz alta.

Millie

Millie no ha llegado a saber gran cosa del viaje a los Estados Unidos. Beatrix ha estado callada y retraída desde que volvió. Pero no le ha hecho preguntas. Ahora entiende lo reservada que es, lo mucho que detesta que ella se empeñe en formar parte de su vida, en especial de su vida con los Gregory. Estaba tan preocupada por su hija, sin embargo, que le sugirió una escapada de fin de semana a Escocia, sin decir en ningún momento que fueran juntas, aunque eso era lo que deseaba realmente. Beatrix se fue sola y más tarde le contó que era un sitio precioso. Millie no la ha visto desde que regresó. Pero anoche, Beatrix la llamó y le pidió que la acompañara a hacer las compras navideñas. «Quiero comprar regalos para los hijos de William», le dijo, y ella está encantada de que se lo pidiera.

Se deciden por unos libros del Oso Paddington para el niño y un kit de bordado para la niña. «¿Nada para los demás?», pregunta Millie, adoptando un tono informal. «Creo que no —dice Beatrix—. No sabría qué comprarles. —Luego la mira con lágrimas en los ojos—. Hay demasiado dolor, mamá. No creo que nadie esté para regalos». Millie asiente. «Lo entiendo —dice—. Las primeras Navidades después de la muerte de tu padre yo me sentía furiosa por toda la alegría que veía a mi alrededor».

Después, mientras caminan por las calles abarrotadas, Bea le habla de Rose y de su pasión por los Kennedy. «Cuando me enteré del asesinato —dice—, me pregunté inmediatamente cómo lo llevaría ella». «Tú estabas fascinada con la princesa Margaret —dice Millie—. ¿Te acuerdas?». Beatrix sonríe. «Claro. El primer año que estuve en América, la señora G me invitó a una fiesta elegante. Y el único vestido que yo quise fue uno que era igual que el que había lucido la princesa Margaret el año anterior».

«¿Disfrutaste del tiempo que pasaste con Gerald cuando estuviste allí?», pregunta Millie, sabiendo que está infringiendo su propia norma, pero sin poder contenerse. «Sí —dice Beatrix—. Sentí como si tuviera un nuevo amigo. Un nuevo antiguo amigo. Y tengo que darte las gracias por ello, mamá. Ir al funeral de William era lo que había que hacer. No me daba cuenta de lo importante que sería».

Millie sonríe, volviendo la cara para que Beatrix no la vea. No puede desandar sus pasos, ni rehacer las cosas de las que se arrepiente, pero tal vez, solo tal vez, Beatrix y ella puedan acabar llevándose bien.

Gerald

Cuando el tiempo se vuelve más cálido en primavera, Gerald decide ir a Maine, diciéndole a madre y Linda que va a ver a unos amigos de Connecticut. No ha vuelto allí desde que vendieron la casa, y no ha podido dejar de pensar en la visita que hicieron Rose y William a la isla. Le da rabia que William no se lo contara.

En todos aquellos años, durante aquellos viajes, él siempre se sentaba detrás. Ahora echa de menos la sensación de mirar el mar por la ventanilla, a mano derecha, observando las gasolineras, los campanarios y los restaurantes de langosta que hay a lo largo del camino. Aparca en el pueblo y se dirige al supermercado. «Señora Lasky», le dice a la mujer del mostrador, que está muy flaca y sorprendentemente envejecida. Ella lo mira sin reconocerle. «Perdón —dice—, ¿lo conozco?». «Sí, soy Gerald Gregory», dice él, irguiéndose. «Ay, Dios mío —exclama la mujer, llevándose las manos a las mejillas—. Claro, eres tú. ¡Hecho todo un hombre!». «Sí —dice él—. Ya ve». «Os echamos de menos, te lo aseguro —dice ella—. ¿Cuánto tiempo ha pasado?». «Diecisiete años —dice Gerald—. Vendimos en el 47, justo después de la guerra. —La mira sonriendo—. Me gustaría ir a ver la casa. ¿Cree que podría tomar prestado un bote?». «Bueno, yo creo que sí —dice la mujer—. Ahora no hay nadie allí. John se ocupa del mantenimiento, así que puede darte la llave para que eches un vistazo». «Fantástico —dice él—. Me parece perfecto». Una llave, piensa. Ellos nunca tuvieron llave, ¿para qué?

El señor Lasky lo acompaña al muelle. «Acabo de preparar los botes para este año —dice—. A tu padre siempre le gustó el color de aquel». Gerald mira los botes amarrados que tienen delante y ve el bote de remos anaranjado, el que padre pintó una y otra vez en sus cuadros. Él tiene uno de esos cuadros en su habitación y lo mira cada mañana mientras se ata la corbata. «Fantástico —dice—. Es bonito ver lo poco que han cambiado las cosas». Lasky le entrega la llave. «Podrías pasar allí la noche —dice—, pero la casa se queda casi congelada. Más te vale volver al pueblo». Gerald asiente y le estrecha la mano antes de subir al bote.

Hace mucho que no ha remado, y tarda unos minutos hasta que sus brazos encuentran el ritmo. A medio camino, suelta los remos y deja que la corriente empuje al bote, que lo arrastra hacia el sur. Está un poco nublado y, con el viento que sopla, las nubes se deslizan rápidamente por el cielo. Vira hacia la isla y se pone a remar otra vez con brío. Al llegar a la playa, baja del bote y se interna en el bosque. Las sendas que abrieron y que usaban en aquella época siguen ahí. Sendas naturales, las llamaba padre. La manera más rápida de ir de aquí allí. Están empezando a salir las hojas en los árboles. La primavera llega más tarde a la isla. Sin el nuevo follaje, el bosque parece como vacío. Y sin embargo, es como si cobrara vida a medida que él lo va recorriendo. Da la impresión de que, si se parase a observar, vería cómo las plantas brotaban por sí solas de la tierra, buscando la luz del sol.

La casa aparece después de la curva, y Gerald aviva el paso. Asombrosamente, está igual: la tablilla marrón, la pintura gris descolorida de los peldaños, el porche alrededor de la casa. Lo va rodeando y se sienta en una silla. Casi puede ver a padre aquí, con un vaso de whisky en la mano y la pipa en la otra; aguardando a que se ponga el sol, contemplando el mar.

No quiere entrar dentro. Aquí, la vista es la misma, pero sabe que todo será distinto en el interior de la casa. Habrá otras tazas colgadas de los ganchos de la cocina. Las colecciones de rocas, conchas y plumas habrán desaparecido. La hilera de piñas de pino, de mayor a menor, que discurría a lo largo de los alféizares de las ventanas del comedor, habrá sido reemplazada por otra cosa. Aunque... para eso ha venido, ¿no? Para estar otra vez en la casa. Para olerla, para acariciar la barandilla, para tumbarse en el suelo junto a la ventana panorámica. Para recordar al chico que era entonces, para intentar entender cómo aquel chico está conectado con el hombre que es ahora.

Cuando por fin se siente dispuesto, el sol está bajo en el cielo. Abre la puerta y entra en la casa, cerrando los ojos y aspirando el aire revenido del interior. Al abrir los ojos, todo es diferente, sí, en cierto modo más reluciente. Pero está la vieja nevera, con su manivela alargada, y el congelador encima. En el asiento de la ventana, ve los mismos cojines florales descoloridos. Los estantes de libros a lo largo de la pared del fondo. Deambula por el segundo piso y se asoma a cada habitación. Se alegra de que los dueños no hayan cambiado gran cosa, aunque el conjunto dista de ser como entonces. Ya no se siente como en casa.

Sabe que debe dejar todo esto atrás. Vuelve al porche y espera a que se ponga el sol. Nunca entendió la necesidad que tenía padre de hacer eso cada tarde, de sentarse aquí y esperar. Él no tenía entonces la paciencia necesaria. Ve cómo el sol se acerca a tierra firme; casi puede calibrar su movimiento en el cielo. Las nubes oscuras de antes se han desplazado hacia el mar. El cielo está despejado y azul y, cuando el sol desaparece, adquiere matices rosados y morados hasta donde alcanza la vista. Los colores van cambiando y ganando intensidad. Permanece sentado, inmóvil, absorbiéndolo todo.

Nancy

Durante casi un año, Nancy ha planeado remodelar la habitación de William. Debería haberlo hecho hace años, y ya ha vaciado los armarios y los cajones. Pero ella quiere que esa sea la habitación de Jack, para que sienta que tiene aquí un hogar. Y el niño no debería vivir a la sombra de su padre.

Aún no puede soportar la idea de tirar las cosas de William, por lo que sube a la habitación con unas cajas que le dieron en la licorería. En algún momento, piensa, Kat y Jack querrán saber más sobre su padre, y todos estos objetos de su infancia estarán guardados para que ellos puedan descubrirlos: fotos enmarcadas, guantes de béisbol, un banderín del colegio, sus diplomas, un viejo bate de madera.

Gerald se asoma en el umbral. Linda y él se van esta mañana al sur, primero a Baltimore durante una semana y luego a Mississippi a pasar el mes de julio. Nancy ha insistido en que se lleven su coche nuevo, que cuenta con un espacioso maletero y un sofisticado sistema de aire acondicionado. Ella creía que iban a trabajar con otros para contribuir a la integración en los colegios, pero lo que van a hacer es dar clases en una escuela de verano. «Creía que estabais interesados en la política educativa —dijo anoche, durante la cena—. Si queréis dar clases, ¿por qué no hacerlo aquí?». «Me interesa la política educativa —dijo Gerald—, pero este también es un modo de ser útiles. Trabajar en una clase, con niños que necesitan ayuda. Enseñarles cosas como sus derechos constitucionales». Nancy frunció el ceño. No le gusta imaginárselo en una clase que no conoce. Donde todos los niños serán de color. Quería preguntarlo, pero se abstuvo. Ella nunca ha estado en Mississippi. No sabe cómo será, en realidad; solo que hará calor. «¿Seguro que estaréis a salvo?», dijo finalmente, volviéndose hacia Linda, y ellos se echaron a reír. «¿Seguro que tú lo estarás, madre? —dijo Gerald—. No te preocupes por nosotros».

Pero ella se preocupa. Lo mira con aire crítico, intentando verlo como es ahora. Qué difícil es hacer eso con tu propio hijo, no mirarlo siempre como el chico que fue. El pelo se le está oscureciendo un poco, ha observado últimamente, y tiende a encovarse, igual que Ethan, pero ¡qué buen aspecto tiene! Desde que terminaron las clases, se ha pasado el tiempo al aire libre ayudando a construir varias estructuras nuevas en el campus. Ahora se le ve lleno de vigor. Linda ha sido un complemento maravilloso para su vida, pero, la verdad, ¿hace falta que se vayan hasta Mississippi para promover el cambio? Ella va a echarlo mucho de menos. Y no le gusta que viajen juntos así, sin estar casados. A sus amigas les ha dicho que se va solo. La verdad, ¿a qué está esperando ese chico?

Por la mañana, les prepara una cesta de pícnic y, cuando él no mira, mete tres latas de galletas y muffins en el maletero, diciéndoselo en voz baja a Linda para que sepa dónde están. Es un largo trayecto. Gerald y Linda salen juntos por la puerta trasera, cargados de libros y mantas, sudando ya, pero sonrientes. Él le abre la puerta del coche a Linda y le hace una reverencia, con el brazo pegado al cuerpo, una vez que ella ha subido. Todo un caballero. Debería estar contenta al verlo así, convertido en un hombre, tan seguro de sí mismo, y lo está, pero también, inexplicablemente, le entran ganas de llorar. Se contiene, sin embargo, y se pone de puntillas para darle un beso de despedida. Retrocediendo a la sombra de la puerta trasera, agita la mano hasta que el coche se pierde de vista.

Mientras se pone los guantes para lavar los platos del desayuno, se vuelve a preguntar por qué no se han casado. Ella supo de inmediato que Ethan era el hombre adecuado. Oh, sí, tuvieron sus altibajos, y él podía llegar a ser un aguafiestas, pero ella nunca ha pensado siquiera en ningún otro. Eso también lo supo cuando lo vio en aquel baile, hace tantos años, sentado a una mesa. Cuando ella abrió la mano y cogió la suya, y sus pieles se rozaron por primera vez.

Bea

Durante el mes de julio, Bea se ha sentado todos los domingos por la tarde ante su escritorio para escribirle a Gerald. Él ha estado mandándole largas cartas desde Mississippi, una cada semana desde que se fue allí, explicándole todo lo que está haciendo. A ella esas cartas le han encantado. Las descripciones de su aula, de los niños y de los demás voluntarios están llenas de entusiasmo y pasión. Freedom School, se llama. Ella se alegra de que se dedique a dar clases porque parece estar más a salvo que quienes se dedican a registrar votantes. Se inquietó cuando le llegó la noticia de los hombres a los que habían asesinado, pero Gerald le aseguró que no corría ningún peligro. «Todo lo que he aprendido y experimentado —le escribió en su última carta— hará que sea un mejor tutor. Estoy impaciente por aplicar en la facultad todo lo que he aprendido aquí».

Bea lee varias veces cada carta y las ha guardado todas en su escritorio, por orden. Ya casi están a final de mes y él pronto volverá a casa. La carta que está escribiéndole hoy será la última que envíe a Mississippi. En cada ocasión, le ha costado contestar porque su vida ahora mismo es muy insulsa. Lo único que le apetece es hacerle preguntas, saber más sobre lo que está haciendo. Quién habría dicho, piensa una y otra vez, que sería Gerald el que llevara una vida emocionante. William, pese a toda su cháchara, jamás se habría atrevido con algo así. Se pregunta si Gerald habría hecho esto si él siguiera vivo. Ahora comprende que la muerte puede resultar liberadora para otros.

«Querido G —escribe—, me apena pensar que tu temporada allí esté llegando a su fin. He disfrutado mucho leyendo estas cartas. Me siento como si también yo estuviera ahí. Qué gran oportunidad ha sido esto para ti». Bea recuerda que cuando ella escribía a sus padres, hace ya tantos años, pensaba primero lo que podía contarles y lo que no. Lo que los alegraría y lo que tal vez los apenaría. Relatar una vida con piezas fragmentarias. Ahora se pregunta qué deja Gerald de lado, qué es lo que no le cuenta. Rara vez se refiere a Linda, aunque a ella le consta que Linda también está allí. ¿Viven juntos? ¿Le ha propuesto él que se casen? Cogiendo la fotografía enmarcada de su escritorio, la que Gerald le dio cuando fue al funeral, sonríe al contemplar aquellas tres caras tan jóvenes. Qué segura se sentía con uno de ellos a cada lado.

Rose

Rose entra con el coche en el sendero de los Gregory. Durante las dos últimas semanas ha venido cada tarde, con o sin los niños. Nancy ha estado muy alterada. Kathleen le contó a Rose que cuando pasaron un fin de semana con ella, Nancy ponía la radio a primera hora y no la apagaba hasta que se iba a la cama. Leía el periódico cada mañana y cada tarde, recortaba artículos, los pegaba en un cuaderno de recortes. Incluso permitía que cenaran en la sala de estar para poder mirar las noticias de la noche.

Cuando los niños volvieron de aquel fin de semana, Jack dijo que no quería ir más allí hasta que Gerald hubiera regresado. Kathleen tampoco está muy dispuesta, pero hay una parte de ella, piensa Rose, que lo entiende. Que se identifica con su abuela. La niña siempre ha sido así, es capaz de ponerse en la piel de otro, de entender su sufrimiento. A William eso lo inquietaba. «Siente demasiado —decía—. Hemos de enseñarle a endurecerse. Se va volver igual que Gerald». Rose sonríe y cierra la puerta del coche. Si William viera ahora a Gerald. No sabe si se sentiría consternado u orgulloso. Seguramente un poco de cada. Una semana más y Gerald estará de vuelta.

Pero por el momento quiere vigilar a Nancy, así que esta visita de media tarde se ha convertido en una parte de su rutina diaria.

Tampoco ha estado tan mal, de hecho. Hay algo sedante en esta casa, incluso en medio de los temores de Nancy. Esta la saluda desde la ventana de la cocina y Rose nota al entrar que el interior está sorprendentemente fresco. Ha hecho un verano muy caluroso.

«¿Has visto? —dice Nancy, sin molestarse en decirle hola—. Más disturbios. Más perros policiales. Más gases lacrimógenos». «Él está bien —dice Rose, sirviéndose ella misma una taza de café y sentándose a la mesa—. Gerald sabe cuidar de sí mismo. Pronto estará de vuelta». «Ya lo sé —dice Nancy—. Me estoy comportando como una tonta. —Mira hacia la puerta—. ¿Has traído a los niños?». Rose menea la cabeza. «Hoy no. Quizá mañana». Nancy lleva el mismo vestido que ayer. No ha ido a la peluquería desde hace semanas.

«¿Qué tal un paseo? —dice Rose—. ¿Por qué no damos un paseo por el cementerio y visitamos la tumba de Ethan?». Nancy hace una mueca. «¿No hace un calor horroroso? —dice—. Me parece demasiado ahora mismo». «No está tan lejos, Nancy —dice Rose—. Antes ibas allí cada día sin falta». «Lo sé —dice Nancy, suspirando—. Lo sé». Rose se levanta y la coge de la mano. «Pues vamos».

Es un cementerio precioso, a Rose ya se le había olvidado. Cuando murió William, hubo una disputa sobre dónde debían enterrarlo. Nancy quería que estuviera con Ethan e insistió en que usaran la parcela reservada para ella. El padre de Rose propuso que usaran la parcela de la familia, de manera que cuando esta falleciera pudieran estar los dos juntos. Rose no sabía qué hacer, no sabía qué habría querido William. No estaba segura de que él deseara estar con ella durante toda la eternidad, de que quisiera estar con alguien tanto tiempo. Seguramente habría deseado que lo incinerasen, que esparcieran sus cenizas en Maine, o al menos en el mar. Mientras caminan por el cementerio, sin embargo, se pregunta si no cometió un error. Este parece ser el sitio que le corresponde.

«Allí está —dice Nancy, señalando el final de la pendiente—. Ahí está Ethan». «Es curioso —dice Rose—. Yo no llegué a conocerlo muy bien, ¿sabes? Solo lo vi unas cuantas veces. Pero tengo la sensación que lo conocí por todas las historias que le oí contar a William. Y ahora a los niños. Es como si todavía estuviera con nosotros». «Qué maravilla», dice Nancy, sonriendo, y Rose siente que por primera vez en semanas se ha olvidado de Gerald al menos durante un momento. Caminan en silencio hasta la tumba.

«Espero —dice Nancy— que podamos hacer lo mismo con William. Pero es más difícil, ¿no?, cuando alguien muere tan joven». Rose se encoge de hombros. «No lo sé —dice—. Yo lo intento con los niños, todo lo que puedo. Les hablo de él, les cuento historias para que lo tengan presente». «Sí, sé que lo haces —dice Nancy—. Y te lo agradezco mucho. Pero aun así… Es una vida más corta. Con menos momentos que recordar».

Se sientan en el banco que hay cerca de la tumba. «Adoro este banco —dice Nancy—. De veras, ¡qué golpe de suerte que alguien decidiera poner un banco aquí!». Rose mira para otro lado para que Nancy no vea que está sonriendo. Gerald hizo que lo instalaran aquí hace unos años, cuando descubrió que ella iba menos al cementerio y pensó que quizá era porque le resultaba incómodo sentarse en el suelo. Pero no quiso decirle a Nancy que había sido él. «No le gusta cuando soy yo quien cuida de ella —le explicó a Rose—. Así que procuro guardar las distancias y cuidarla de forma encubierta».

Rose se vuelve de nuevo y mira a Nancy. «Debería haber enterrado a William aquí —dice—. Lo siento. Aquello fue un error». Nancy hace un gesto, quitándole importancia. «Tonterías —dice—. Tonterías. Él amaba a tu familia, sentía que era un miembro de ella, quizá incluso más que de su propia familia. Eso es agua pasada. —Echa un vistazo a su reloj—. Nos vamos, ¿no? No me quiero perder las noticias de la noche». Recorren de nuevo el cementerio por los sinuosos senderos. De vez en cuando sopla una brisa que solo agita las ramas más altas de los árboles.

Millie

Millie conoció a Alan a través de unos amigos comunes y, cuando después de seis citas, le pide que se case con él, lo manda al cuerno. «No te conviene casarte conmigo —le dice, agitando el vino en su copa—. Ya me he casado tres veces. Y mi promedio bateando no es bueno. O al menos eso es lo que dice mi hija, que se crio en parte en América». «Oh, pero yo quiero que nos casemos», dice él, extendiendo el brazo por encima de la mesa para cogerle la mano. Es un hombre encantador, algo mayor que ella; acaba de cumplir sesenta y cinco este mes. Ella cumple los sesenta el año que viene. «Quiero pasar contigo el resto de mi vida, Mil. Podemos viajar, sentarnos junto a la chimenea, pasear por la calle cogidos del brazo hasta que seamos viejos y canosos. Eso es lo que quiero. Lo único que quiero. Por favor, di que sí».

Ella le dice que se lo pensará y, cuando vuelve a su piso esa noche, deambula de aquí para allá con una taza de té en la mano, preguntándose por qué demonios no debe hacerlo. Se lo pasan bien juntos. Él es una agradable compañía. Está forrado. No es guapo como Tony. Ni sólido como George. Y no es como Reg. Nadie será como Reg. Pero ahora, al menos, eso lo sabe. Es Alan.

«¿Por qué no? —pregunta en voz alta a las paredes—. ¿Por qué no?», pregunta a la foto de Beatrix, una reciente tomada en la boda de una amiga, en la que aparece riendo, con el pelo maravillosamente recogido en lo alto—. ¿Por qué no? —le pregunta al retrato enmarcado de Reg que tiene junto a la cama—. Parece un buen partido. Creo que seremos felices juntos. ¿No basta con eso? ¿No es lo que todos queremos?».

Nunca se ha considerado una optimista, pero ha llegado a comprender que lo es, al menos en cuanto al amor.

Gerald

Las cenas en casa de Gerald raramente son puntuales. Tienen unos horarios colgados en la pared de la cocina —quién prepara la comida, quién limpia—, pero con frecuencia están todavía en la sala de estar mucho después de la hora fijada para cenar, hablando de política o cotilleando sobre los tejemanejes de la facultad, con la mesita de café cubierta de botellas de vino y ceniceros hasta los topes, y los pies apoyados sobre ella. Aquí viven cuatro hombres y dos chicas. Están Stephen y Joy, que llevan saliendo muchos años: Gerald los oye pasar de una habitación a otra por la noche. Ben está en el departamento de Historia y Mike es profesor de arte dramático. Y luego está Annie, que es nueva este curso. Terminó hace poco la universidad y enseña francés. Gerald desearía haber prestado más atención cuando estudiaba francés. Solo se acuerda de los verbos en presente y ella se burla de él por su torpeza. Han coqueteado un poco, incluso se liaron una vez al final de una larga noche de borrachera. Gerald se despertó en el sofá de la sala de estar, con los brazos alrededor de su cintura. Pero aún no está preparado para seguir adelante.

Echa de menos a Linda, que aceptó repentinamente un empleo en una facultad de Baltimore. Él no esperaba que fuese ella la que se marchara. Hizo la entrevista para el puesto cuando se dirigían a Mississippi y recibió la oferta mientras estaban allí. Cuando Linda alzó la mirada, con la carta en la mano, él supo perfectamente lo que se suponía que debía hacer: decirle que no aceptara la oferta, que se casara con él, que permaneciera siempre a su lado. Pero no fue capaz de hacerlo. Ni siquiera lo intentó. Gerald nunca había sentido que estuvieran al mismo nivel, en cierto modo: Linda siempre iba un paso por delante. Todavía siguieron juntos durante aquel mes, acostándose incluso, pero ambos sabían que se había acabado. No había mucho que decir. Al regresar, cuando él la dejó en casa, Linda le acarició la cara antes de dar media vuelta y alejarse. Gerald se sintió profundamente avergonzado. Durante toda su vida ha hecho siempre lo correcto.

Se lo contó a madre, pero luego procuró mantenerse alejado en la medida de lo posible. Es consciente de que la noticia fue una enorme decepción para ella, y no le apetecía tener que ver eso todos los días. Ella y Linda habían mantenido una relación bastante estrecha. Curiosamente, ese alejamiento resultó ser la solución perfecta. «¡Qué idiota he sido!», le escribió a Bea. Es como si su ausencia hubiera hecho que el tiempo retrocediera, permitiendo que su madre volviera a florecer. «Debería haberlo hecho hace años». Cuando se pasa por allí de vez en cuando, descubre que no está, que se ha ido almorzar con sus amigas o a hacer recados a la ciudad. El otro día la estuvo buscando por toda la casa y finalmente la encontró arrodillada en el jardín, desenterrando las últimas patatas, con las mejillas encendidas por el frío.

Esta noche, sin embargo, ella viene a cenar por primera vez en mucho tiempo, y Gerald está junto a la ventana de delante, esperando. Finalmente, la ve acercarse por la acera. Ya no usa el bastón, y observa que ha perdido peso. Abre la puerta de par en par. «Bienvenida a nuestra humilde morada», dice. Todo el mundo se agolpa a su alrededor para saludarla. Stephen y Joy se ocupan esta noche de la cena y la saludan desde la cocina. «Hemos empezado un poco tarde —dice Joy—, pero póngase cómoda. Prepararemos algo lo más aprisa posible».

Madre se sienta en el sillón junto a la chimenea y acepta con gusto una copa de vino. «Qué bonito es esto», dice, aunque Gerald sabe que no lo es. La casa está amueblada con piezas desparejadas que les han dado o que han encontrado en subastas de garaje. Aun así, es cómoda. Muchas noches, después de cenar, se sientan todos en la sala de estar para corregir exámenes o planificar las clases del día siguiente. Más de una vez él ha tenido que limpiar las manchas que ha dejado con su copa de vino en un memorando o en un informe.

Annie se sienta al lado de madre. «Cuéntenos historias de Gerald. Nos morimos de ganas de oírlas». Gerald cierra los ojos. Por Dios. Invitarla a cenar ha sido mala idea. ¿Qué historia embarazosa va a contarles? ¿Lo de sus soldaditos? ¿Lo de su colección de sellos? Él preferiría hablar de las próximas elecciones, que parece que Johnson va a ganar de forma aplastante. De hecho, cualquier tema sería mejor que esto. Madre lo mira desde el sillón y él ve con alivio que lo entiende. «Era un chico encantador —dice en voz baja—, igual que ahora. Ha sido mi punto de apoyo desde que falleció mi marido, ya que mi otro hijo, su hermano, también falleció». «¿Y de niño? —insiste Annie, y Gerald decide que ya no está interesado en ella—. Queremos saber cómo era de niño». «Estaba lleno de energía —dice madre—. Le encantaban los juegos. Bea y él se pasaban horas y horas jugando al Monopoly».

«¿Bea? —pregunta Annie, mirando a Gerald—. ¿Era su asistenta?». Él mira a madre y ambos se ríen. «No —dice Gerald—. Bea era una niña que vivió con nosotros durante la guerra. Era de Londres». «Estaban muy unidos —dice madre—. Yo diría que más unidos de lo que Gerald lo estaba con su propio hermano. ¿No estás de acuerdo?», añade mirándolo a los ojos. Él asiente, pero no dice nada. «¿Y qué fue de ella? —pregunta Annie—. ¿Aún siguen en contacto?».

«Oh, sí —dice madre—. Vive en Londres, y vino al funeral de William. Fue fantástico volver a verla». «Qué cosa más extraña —dice Ben—. Una hermana que no lo era realmente. Que formó parte de la familia y después ya no. ¿Tú también sigues en contacto con ella?», le pregunta a Gerald. Él no sabe qué decir. «Yo diría que sí —apunta Annie, y Gerald la mira sorprendido—. He visto esas cartas de Londres. Me preguntaba de qué iba la cosa». Él se ruboriza y todos se echan a reír. «La cena —dice Joy—. Estoy deseando saber de qué os reís tanto».

Más tarde, una vez que Gerald ha acompañado a madre y regresado a casa, cuando se ha quitado los zapatos y sacado su agenda, Joy viene a sentarse a su lado, metiendo los pies bajo una manta. A él le cae bien. Joy asistió con Stephen al funeral de William, y desde entonces siempre lo ha animado.

Ahora ella le toca el brazo suavemente. «Parece estar bien, Gerald —dice—. Como si hubiera empezado una nueva etapa quizá». Él sonríe. «Lo sé», dice. «Si no conociera toda la historia —dice Joy—, pensaría que se está volviendo más joven. —Le da un apretón en el brazo—. Debe haber sido duro para ti perder a tu padre y luego a tu hermano. Pero nunca se sabe, amigo mío —añade—. Tú eres el más estable de todos nosotros». Él le da un abrazo. No está tan seguro de que eso sea cierto. Cómo anhela lo que Stephen y ella han encontrado.

Bea

Bea mete la carta en el buzón antes de que pueda volver a pensárselo. Le ha pedido a Gerald que venga a Londres en diciembre para asistir a la boda de su madre. Ha estado dándole vueltas a la idea durante semanas. Tiene ganas de verlo. Durante los últimos meses han pasado mucho tiempo juntos a través de sus cartas, escribiéndose el uno al otro. No hay nada que le cause más alegría que regresar del trabajo, abrir la puerta y encontrar una carta suya en el suelo, deslizada por la ranura del buzón. Entonces se cambia, cena algo y luego se acurruca en el sofá con la carta en la mano. Su letra redonda, sus pensamientos bien formulados, su sinceridad. Esa actitud abierta de Gerald le ha permitido responder del mismo modo. Siempre le contesta esa misma noche.

Le gustaría viajar a América, pero no tiene el dinero necesario, así que le preguntó a mamá si podía invitarlo a la boda. La sola idea de estar allí sola, sin pareja, le resulta apabullante. Sabe que se sentirá como un bicho raro. Está harta de sentirse así. Es como si ella se hubiera quedado inmóvil y todos los demás hubieran pasado de largo y llegado a un nuevo destino. Sus amigas no solo tienen bebés a estas alturas; tienen niñas que van al colegio, que organizan meriendas e incluso empiezan a pensar en los chicos.

Ahora ya ni siquiera intentan buscarle un novio. Es una causa perdida. «Bueno —dicen—, tú tienes una carrera maravillosa, Trix. Diriges una escuela, por el amor de Dios. ¡Eso es un logro impresionante!». Y ella sabe que es cierto. Lo sabe. Pero por la noche, sentada en su piso, mira sus libros, sus cuadros, sus ollas y sartenes, y se pregunta para qué sirve todo eso. No es en este punto donde pensaba que estaría a estas alturas de su vida.

Mamá y ella, sin embargo, se llevan mucho mejor. Hablan casi todos los días, y se han disculpado mutuamente por muchos de sus errores pasados. A Bea le costó años darse cuenta de que ella también estaba en falta. Durante años culpó a su madre de infinidad de cosas, y ahora comprende que le causó así mucho dolor innecesario. El muro que había entre ambas ha empezado lentamente a desmoronarse. Aún tienen sus momentos, claro. Se pelearon una noche en un restaurante cuando mamá le dijo que iba a volver a casarse. Pero cuando salieron de allí, antes de separarse, se dieron un abrazo; y por primera vez, que Bea pueda recordar, ella no quiso soltarse.

El domingo por la noche, suena el teléfono. Como en tantas ocasiones. Algún profesor que está enfermo, que no podrá ir al colegio el lunes por la mañana. «¿Diga?», dice al aparato. Hay un silencio. «¿Bea? —dice Gerald—. ¿Eres tú?». Esa voz tan dulce, tan familiar. «Gerald —dice ella—. Perdona. Creía que era alguien del trabajo. No esperaba que me llamaras. ¿Va todo bien? ¿Cómo está tu madre?».

«Sí, sí —dice él—. Estamos todos bien. Es que… —se interrumpe—. He recibido tu carta —dice, comenzando de nuevo—. Y bueno, me encantaría asistir». «Fantástico», se apresura a decir ella. «Yo nunca he estado en el extranjero, ¿sabes?», dice Gerald. «Entonces haremos más cosas, aparte de ir a la boda —responde Bea—. Veremos o haremos lo que te apetezca». No quiere sonar demasiado entusiasmada. «Mamá se llevará una gran alegría —le dice—. Te enviará una invitación como es debido, seguro». «¿Crees que este es el definitivo para ella?», pregunta Gerald, y Bea se echa a reír. «Por favor, Dios mío —dice—. No creo que yo pueda resistir una boda más». Después de colgar, se levanta para mirar el cuadro de William colgado por encima de la cómoda, las dos figuras moviéndose al compás de la música, moviéndose como si fueran una sola.

Nancy

Nancy agita el sobre en el aire cuando Gerald entra por la puerta trasera y patea la esterilla con sus botas. Ella lo ha llamado y le ha pedido que se pasara. No ha podido poner en su sitio todas las contraventanas, y mañana por la noche las temperaturas van a descender por debajo de cero. Están solo a principios de noviembre; este podría ser un invierno complicado.

«¿Qué es eso?», pregunta Gerald mientras se desenrolla la bufanda del cuello. Tiene la nariz roja del frío. «Te voy a preparar un té —dice Nancy—. Y sírvete unas galletas». Se vuelve hacia el horno después de encender el fogón para calentar el agua. «Es una invitación de boda —dice, maravillada—. De Millie. ¡Se vuelve a casar!» Gerald sonríe. «Sí —dice—, ya me he enterado. ¿Pero ella te ha invitado a ti, madre? Es tremendamente amable de su parte». «Lo sé», dice Nancy, y es cierto, ha estado en una nube desde que la ha recibido esta mañana. Una tontería sentirse así. Claro que ella no puede ir, pero aun así. Qué gesto tan encantador.

Gerald se sienta a la mesa. Ella le pone delante la taza de té y un plato de galletas, coge la invitación y la abre. «El veinte de diciembre», dice Nancy. Tan cerca de Navidades. «Vas a ir, ¿no?», dice Gerald. «Oh, cielos, no. Hacer un viaje tan largo para una pequeña boda. De alguien que apenas conozco. No tiene sentido».

Ella prácticamente no ha viajado desde que murió Ethan; solo alguna escapada a Nueva York de vez en cuando para ver a Sarah. No ha estado en el extranjero desde antes de casarse. Nunca ha subido a un avión. Pero una ciudad como Londres, en diciembre, con toda la decoración navideña... Qué precioso debe ser. «Madre —dice Gerald, con ese tono peculiar—. Te ha invitado. Es una ocasión especial. Nunca la has conocido. Podrías ver a Bea».

«No, no puedo —dice ella, mientras se pregunta qué se pondría—. Es demasiado. Ya solo el billete de avión». Pero el dinero de la casa de Maine ha ido creciendo después de todos estos años, o al menos eso es lo que le dice ese amable señor O'Connor del banco. Quizá podría comprarse incluso un vestido nuevo. O hacer que el sastre le adaptara uno de los antiguos. ¿Qué hay que llevar en una boda de media tarde, en todo caso?, ¿en una boda sofisticada en Londres? «Podrías alojarte en casa de Bea —dice Gerald—, o bien podríamos reservar unas habitaciones en un hotel cercano. ¡A ella le encantaría enseñarnos la ciudad!».

«Bueno —dice Nancy, y de pronto alza la vista—. ¿A nosotros? ¿Tú también estás invitado?». Gerald sonríe. «Sí —dice—. Recibí ayer la invitación». «Ay, cielos», dice Nancy. En ese caso, está decidido. Un viaje a Londres con su hijo. «Menuda pareja de viajeros estamos hechos, ¿verdad? Los aeronautas, siempre subidos a un avión», dice Gerald.

Nancy alza la taza y la choca contra la suya. «Por nosotros», dice.

Más tarde, en su habitación, con todos sus vestidos más bonitos extendidos sobre la cama, se maravilla de esta vida que se han construido juntos. La verdad es que no es la situación en la que habría imaginado que se encontraría si le hubieran preguntado años atrás. Perder a Ethan, perder a William. Pero aquí están, Gerald y ella, al otro lado. Han logrado salir adelante. ¿Por qué no deberían divertirse un poco? Se pone el vestido de terciopelo escarlata que se compró hace décadas para una fiesta en Harvard. La cremallera se desliza sin problemas, y ella sonríe al verse en el espejo; luego empieza a dar vueltas por la habitación, sostenida por los brazos de Ethan.

Rose

La segunda Navidad sin William casi ha concluido para alivio de Rose. Las festividades, como bien sabe, hacen presente el pasado de formas inesperadas y ella estaba inquieta sobre todo por Kathleen. Sabe que siente profundamente la ausencia de William. La oye llorar en la ducha, percibe su tristeza en el rictus de su boca. Ha tenido dificultades en el colegio. Pero hoy ha estado apacible. Ellos tres solos por la mañana, más tarde con su familia por la tarde y ahora con la de William para una cena tardía. Igual que siempre.

Nancy ha traído de Londres regalos para los niños. Incluido un puzle del Big Ben, que ellos han volcado sobre la mesa de la cocina y en el que ahora están concentrados, intentando completar los bordes antes de irse. A ella le ha traído una preciosa tela Liberty. «Bueno, cuéntame —dice Rose, desplegando la tela sobre la mesa ya despejada del comedor y preguntándose qué puede hacer con ella. ¿Una falda quizá? ¿Algo para Kathleen?—. Cuéntame cómo fue la boda».

«Sencillamente preciosa —le dice Nancy—. Yo no sabía bien qué esperar, claro, y nunca había visto a esa mujer, ¿sabes?, pero fue una maravilla, de veras. Espero que el matrimonio dure». Rose asiente. Antes de emprender el viaje, Nancy no paraba de hablar de lo absurdo que era que esa mujer volviera a casarse. Ahora parece verlo de otro modo. «¿Cómo era ella? —pregunta Rose—. ¿Era como te esperabas?».

Nancy reflexiona un momento. «Sí y no —dice—. Es raro encontrarse en persona con alguien que solo has conocido por carta. Era agradable pero dura. Más dura de lo que me habría imaginado. Algo vulgar, quizá». Gerald se ríe. «¿Qué te esperabas? —dice—, ¿Acaso no viviste aquí con Bea todos aquellos años? ¿De dónde creías que le venía eso?». «Bueno, ya lo sé —dice Nancy—. Pero Bea es más sofisticada, creo yo. Más elegante». «Todos aquellos años... —repite Gerald, pensativo—. Debe haber sido tu influencia». Rose se echa a reír y Nancy le saca la lengua a Gerald. «Basta —le dice—. No está bien burlarse de una señora mayor».

«¿Esa boda te ha hecho pensar que tú también podrías volver a casarte?», le pregunta Gerald, mirando a Rose con una sonrisa. «Ay, cielos, Gerald. ¡Menuda idea! —dice Nancy—. Desde luego que no». Rose sabe que dice la verdad. No puede imaginarse a Nancy casándose otra vez. Bastante le cuesta pensarlo en su propio caso, aunque eso es lo que sus amigas y su familia parecen esperar. Le han buscado pareja una y otra vez, siempre en vano. No está interesada. Parece demasiado complicado, con los niños y demás.

«¿Y tú? —pregunta Rose, volviéndose hacia Gerald—. ¿Te lo pasaste bien?». «Sí», dice él, con la vista fija en la mesa, empezando a ruborizarse. Luego la mira a los ojos y ella lo deduce en el acto. Está enamorado de Bea. «La próxima vez te tocará a ti», dice Nancy, ajena a la mirada que han intercambiado los dos. «Oh —responde Rose—, no creo». Y solo entonces se da cuenta de que Nancy se estaba refiriendo a viajar. «Yo nunca he estado en ninguna parte, de hecho. A lo mejor cuando los niños sean mayores. Me gustaría ir algún día a París. A William le encantó».

«¿Cómo va el trabajo?», pregunta Gerald, y Rose advierte que está deseando hablar de cualquier otra cosa. «Me gusta», dice ella, y es cierto. Está trabajando en las oficinas de un senador del estado. Queda cerca de casa y del colegio de los niños. Al principio, no sabía si sería capaz de manejarlo todo. ¿Y si los niños se ponían enfermos? ¿Y si tenía que ir a buscarlos más temprano? Las primeras semanas fueron estresantes. La cena terminaba a menudo con los tres llorando. Pero después todo se ha vuelto más fácil. Es un trabajo trepidante, y ahora que le ha cogido el tranquillo, se siente bien haciéndolo. La gente confía en ella. Saben que cumplirá su cometido. El senador McIntyre incluso le dio unas palmaditas el otro día, diciéndole que está haciendo un gran trabajo. ¡Un gran trabajo! Luego, de camino a casa, se sorprendió a sí misma sonriendo.

«Quiero saber más de vuestro viaje. ¿Salisteis de Londres?». «No —dice Nancy—. No nos movimos de allí. A mí gustó toda la pompa y circunstancia, el cambio de guardia y todo eso. Pero Gerald y Bea caminaron y caminaron sin parar. ¿Y cuál era ese museo que te gustó tanto, Gerald? ¿El museo de la guerra?». Él asiente. «El Museo Imperial de la Guerra —dice—. Sencillamente fascinante».

Rose se ríe. «Típico de Gerald que le gustara un sitio así —dice—. En serio. ¿Te imaginas cómo se burlaría William de ti ahora mismo si lo supiera?». Gerald tuerce un poco el gesto, y Rose se encoge por dentro, pero luego él se ríe también, echándose hacia atrás en la silla. «Sí —dice—. Sería implacable. No entendería cómo podía pasarme todo el tiempo en la Tate o en el Victoria and Albert Museum». «Gustos diferentes —dice Nancy—. Vosotros dos erais el agua y el aceite. Yo sabía que si a uno le gustaba una cosa, el otro la detestaría. Era totalmente predecible».

«Con frecuencia me pregunto qué habría sucedido —dice Gerald— si hubiéramos podido envejecer juntos. ¿Habríamos encontrado un terreno común o nos habríamos peleado hasta el final?». «La gente no cambia realmente», dice Nancy, y Rose, aunque no está de acuerdo, no dice nada. Claro que cambia la gente. Cuando ella era adolescente, no podría haberse imaginado que acabaría llevando esta vida. Incluso después de que William muriera, no habría podido prever que ella seguiría tan unida a esta familia al cabo de unos años. O que tendría un empleo de verdad. Y sin embargo, así es. Cuando echas la vista atrás, resulta muy fácil distinguir el camino que has recorrido. Pero cuando miras hacia delante, no hay más que sueños y temores.

Alza la mirada y ve que Gerald se está secando unas lágrimas de los ojos. «Incluso con sus burlas —dice—, lo echo de menos. Me gustaría que estuviera aquí». «A mí también —dice Rose, levantándose para darle un abrazo—. A mí también». Hay tantas cosas que habría hecho de otra forma. El arrepentimiento, ha descubierto, es lo más estridente que queda.

Millie

Millie y Alan han quedado a cenar con Beatrix en un restaurante del centro. Es algo que hacen regularmente ahora, una o dos veces al mes. «Cuéntame qué has sabido de Nancy y Gerald», dice Millie. Qué maravilla fue conocerlos, contar con su presencia en la boda. «Es un chico muy agradable —le dijo a Beatrix la tarde de la boda, cuando esta la estaba ayudando con el vestido—. De veras. Se parece a Nancy por su actitud tan abierta, tan simpática». «Así es Gerald —dijo Beatrix, abotonando cada uno de los botoncitos de la espalda—. La señora G siempre ha dicho que Gerald salió a ella. Aunque yo creo que era más cierto entonces, cuando éramos pequeños. Ahora hay momentos en los que veo en él al señor G, por su manera de levantar la vista cuando está leyendo, por ejemplo, o de esperar antes de responder, para ordenar sus pensamientos».

Millie se siente intrigada sobre esta renovada amistad. Surgió a partir del viaje de Beatrix a Estados Unidos al morir William. Cuando esta le dijo que quería invitar a Gerald a la boda, ella sintió curiosidad. Beatrix lo justificó diciendo que era imposible que Nancy viniera sin Gerald, pero Millie sabía que ese no era el motivo. El motivo era que su hija quería verlo.

No obstante, parecían ser más bien buenos amigos, como hermanos. Ella siempre había supuesto que eso es lo que son. Con William fue otra cosa. Pero después, en la boda, Millie reconsideró la cuestión. Estaban bailando los dos juntos, y Beatrix apoyaba la cabeza en su hombro. Él bajo la vista hacia ella de un modo que le hizo pensar en Reg, en cómo la miraba cuando estaban juntos. Había en esa imagen un bienestar, una ternura, que hizo que se le llenaran los ojos de lágrimas.

«Todo va bien —dice Beatrix ahora, en el restaurante—. Lo de siempre, supongo. Pero...». Su voz se apaga. «Pero qué —dice Millie—. Desembucha». «Es una tontería —dice Beatrix, jugueteando con su servilleta—, pero me han invitado a que vaya en Pascua. Nosotros tenemos entonces vacaciones, o sea que en teoría podría ir. Pero el vuelo es carísimo». «Tonterías. —dice Alan—. ¿Qué importa un poco de dinero cuando te apetece estar con tus amigos? Considéralo un regalo de cumpleaños anticipado de parte de los dos. —Se echa a reír y le da unas palmaditas en el brazo—. Pero ¿quieres volver a recordarme cuándo es tu cumpleaños, querida?». Qué encanto de hombre, piensa Millie, y le da un apretón en la mano por debajo de la mesa.

Más tarde, en el baño, Millie mira a Beatrix en el espejo. «Le vas tomar la palabra, ¿no?», dice. «Sí, mamá. Sería idiota si no lo hiciera». Beatrix le lanza una sonrisa. «Me parece que con este tal vez te ha tocado el premio gordo». «Ya iba siendo hora», dice Millie. Se vuelve hacia su hija y la mira a los ojos. «Amamos a las personas por todo tipo de motivos distintos y de muchas formas diferentes —dice—. Recuérdalo. Y la cosa no hace más que mejorar cuanto mayor te haces. El amor juvenil no necesariamente es el mejor». Beatrix asiente, y Millie sabe que ambas están pensando en aquella noche de hace tantos años, cuando ella llegó y encontró las copas de vino en el fregadero y la cama deshecha. Ya es hora de que olvide a William. Se pone otra capa de carmín y se seca los labios con un pañuelo de papel; luego sonríe a Beatrix en el espejo.

Bea

Es el Día Inaugural y Bea está sentada en un asiento de tribuna del estadio de Fenway. Hace un poco de frío, pero es un placer estar allí de nuevo. Ella recuerda su última primavera en América, cuando vinieron en grupo al partido del Día Inaugural. Era un viernes, recuerda, con algo de niebla y de llovizna, pero bastante cálido. Se saltaron las clases de la tarde y bajaron corriendo la cuesta para coger el tranvía. Ya no recuerda con quiénes estaba ni ningún detalle del partido, pero sí el olor de la primavera, la sensación de libertad, la inusual excitación de estar haciendo algo prohibido. Ella había sido una buena chica demasiado tiempo.

Gerald vuelve a sus asientos con perritos calientes y cervezas, y Bea le da un mordisco al suyo y se limpia la mostaza del labio con la servilleta. «Allá no hay nada parecido —dice—. Me alegro mucho de haberme decidido a venir». «Yo también», dice Gerald. «Veinte años —dice ella—. Han pasado veinte años desde la última vez que vine a Fenway. ¿Tú también estabas aquí aquel día?». Gerald se encoge de hombros. «No lo sé —dice él—. No creo. ¿No has dicho que os saltasteis las clases para venir? Eso no era propio de mí». Bea se ríe. «Estamos de acuerdo —dice—. Tampoco era propio de mí. Fue la única vez que lo hice, pero resultó divertido. Ya no recuerdo si nos metimos en un aprieto por haber venido.

Seguramente tu padre me habló con severidad de la importancia de las normas». Ambos sonríen y aplauden al jugador que corre a la primera base.

«Probablemente William estaba aquí también», dice Gerald. «Quizá —contesta Bea—, pero no lo recuerdo». Ella sabe que sí estaba, en realidad. Gerald asiente. «Aquella primavera fue muy complicada para él —dice—. Todas aquellas discusiones sobre la universidad». Bea asiente, pero no dice nada.

«¿Qué pasó entre vosotros dos? —dice Gerald tras una pausa, sin mirarla. Sus ojos entornados están fijos en el campo de juego—. ¿Qué pasó en Londres?». Bea sabe que él ha estado deseando hacerle esta pregunta. Estuvo a punto de hacérsela una y otra vez cuando asistió a la boda en Londres. Ella notaba que quería abordar el tema, que trababa de encontrar las palabras. Y se ha preguntado una y otra vez cómo responder. Cuál es realmente la respuesta correcta. «¿A qué te refieres? —dice para ganar tiempo—. Él tenía unos días, estaba afligido por lo de tu padre y vino a verme». «Bea —dice Gerald—, soy yo el que te lo pregunta. No tu madre, ni mi madre, ni desde luego Rose. Yo. ¿Qué pasó? Es importante».

Ahora Gerald se vuelve para mirarla. Todavía tiene la nariz salpicada de pecas. Su mirada sincera sigue siendo la misma. «Nada —dice ella—. No pasó nada». Él mira otra vez el campo. «Tú me dijiste que lo amabas cuando viniste al funeral», dice, mientras estallan aplausos a su alrededor porque los Sox han igualado el marcador. «Lo amaba —dice ella—. Lo amo. Fue mi primer amor, Gerald, ya lo sabes. Pero en Londres, en 1951, éramos personas distintas, aunque solo hubieran pasado seis años. Él iba a casarse. Rose estaba embarazada. Ya no éramos adolescentes. Era imposible que hubiéramos podido acabar juntos, incluso si lo hubiéramos deseado». Hace una pausa, da un sorbo de cerveza y se vuelve hacia el campo. No puede decirle la verdad. Conservar aquel episodio es la única manera que tiene de conservar a William. No quiere compartirlo con nadie más, ni siquiera con Gerald. «Cuando él vino a Londres —dice—, ya había pasado el momento».

«¿De verdad? —pregunta él, mirándola otra vez, y ahora se parece al Gerald de aquella primera época, tan sincero, tan abierto—. ¿De verdad no pasó nada?». Bea menea la cabeza, obligándose a mirarlo a los ojos. «¿Te lo digo francamente? Nos pasamos la mayor parte del tiempo discutiendo. Ya sabes cómo era —dice. Ve cómo Gerald trata de sonreír—. Lo pasamos bien juntos, sí. Cuando no estábamos discutiendo. Pero él estaba triste y yo también, y además tuvimos que lidiar con mi madre».

«Un momento —dice Gerald—. ¿Tu madre estaba allí?». Bea asiente. «Ella se había ido de vacaciones a Italia o España con unas amigas, pero volvió antes de lo previsto, justo cuando William se presentó. Así que estuvimos los tres juntos». «Eso no lo sabía —dice Gerald—. Suponía que estabais los dos solos». «Hubo una cena bastante incómoda en la cocina —dice Bea—. Ella no se lo puso fácil a William». «¿Y luego se fue?», pregunta Gerald. Bea asiente. «Cogió el tren a Southampton. Nos despedimos en la puerta. Y nada más. Cuesta creer que hayan pasado casi catorce años».

Bea ve cómo la mandíbula de Gerald se relaja. El hecho de no contárselo no tiene nada que ver con lo que siente por él. Es simplemente un modo de proteger lo que hubo entre William y ella. Y entonces ambos se ponen de pie. Han anotado una carrera, rompiendo el empate, y al fin están ganando.

Gerald

Cuando Rose y los niños se van, y los platos están lavados, madre recoge las cosas antes de acostarse. «Ya sé que aún no ha anochecido —dice—, pero estoy derrengada. Ha sido un día estupendo». «Ya lo creo —dice Bea, alzando los brazos para darle un abrazo desde la silla de la mesa de la cocina en la que está sentada—. Y qué delicioso estaba el pastel de merengue de limón. Esta vez se ha superado». «Gracias, querida —dice madre, apoyando las manos en los hombros de Gerald y dándole un beso en la coronilla—. Hasta mañana —le dice a Bea—. Y tú, Gerald, ¿vendrás para acompañarla al aeropuerto?». «Por supuesto —dice él—. Vendré sin falta».

«Vamos a sentarnos a la sala de estar», dice Bea. Gerald asiente y coge un par de cervezas de la nevera antes de seguirla por el pasillo. Empieza a oscurecer, y desde los dos sillones situados junto a los ventanales se ven las ramas altas de los árboles destacándose contra el cielo. «Me encanta esta vista —dice Bea, acomodándose en el sillón, con las piernas flexionadas debajo—. No ha cambiado nada todo esto. A mí me encanta el jardín que tengo en casa, pero no tiene ni punto de comparación. No da esta sensación de amplitud. —Se vuelve hacia Gerald—. Me gustaría que vieras mi jardín en plena floración. Me he vuelto un poco obsesiva en cierto modo. Quizá podrías venir este verano, ¿no?».

«Me encantaría —dice él—, aunque estoy planeando volver a Mississippi». «Fantástico —dice Bea—. En serio. Tu padre estaría orgulloso». «¿Tú crees? —dice Gerald—. No estoy tan seguro. Él era como madre. De otra generación. Creo que ella piensa que esto es solo una fase más, que el año que viene me pondré a jugar al golf o algo así, y pasaré a otra cosa». «Creo que no la valoras lo suficiente —dice Bea—. Recuerda de dónde procedía. Y mira lo bien que se las arregla. Este no es el tipo de vida que ella creía que llevaría, pero se las ha apañado, se ha adaptado, ha aprendido a desenvolverse. ¿La has visto bailar con Kat después de la cena?».

Ambos sonríen. «Kathleen —prosigue Bea— tiene el cerebro de tu padre. Hemos estado jugando al ajedrez por correo, ¿te lo había dicho? Sus jugadas son increíbles, muy parecidas a las que hacía tu padre. Pero se parece a ti, y actúa como tú. Jack, en cambio, me recuerda a William. Le he dicho a Rose esta tarde que va a tener mucho trabajo dentro de pocos años». Gerald sonríe. «¿Qué te ha respondido?», pregunta. «Se ha reído y ha dicho que ya lo sabía. Que ya le da trabajo».

Ambos toman un trago de cerveza. Bea se echa el suéter sobre los hombros y bosteza. «¿Quieres irte a dormir?», pregunta él. Bea niega con la cabeza. «Quiero aprovechar lo máximo posible —dice—. No quiero perderme ni un minuto». Gerald asiente. «¿A quién crees que te pareces tú? —pregunta tras unos momentos—. ¿A cuál de tus padres?». «No lo sé —dice Bea—. La verdad es que no lo sé. Para mí no está tan claro. Es mucho más complejo en mi caso».

«¿Por qué? —pregunta Gerald—. ¿Qué quieres decir?». «Yo tuve cuatro padres —dice ella—. Creo que, de una forma u otra, hay en mí algo de cada uno. Pero es una idea bonita, ¿no? —añade, dándole la espalda al cielo oscurecido y volviéndose hacia él—. Muertas o vivas, llevamos con nosotros a esas personas. Tu padre siempre está a mi lado». «Eso es maravilloso —dice Gerald—. Me hace feliz saberlo».

Bea se queda callada un momento. «Aquí es donde me siento en casa —dice—, por mucho que trate de decirme otra cosa a mí misma, por mucho que me esfuerce allí para sentirme en casa. Fue aquí donde me convertí en lo que soy. Y me alegro mucho de haber podido volver. Lamento que fuera necesaria la muerte de William para que eso ocurriera, pero así fue».

Gerald se gira hacia ella. Quisiera sujetar entre sus manos esa cara tan querida y familiar. No han encendido las lámparas y ahora ya ha oscurecido lo bastante como para que ambos estén cubiertos de sombras. No distingue del todo los contornos de su rostro. Se saca del bolsillo la cajita del anillo, la que madre le dio unos años atrás. La ha llevado encima desde la noche anterior, pero no ha encontrado hasta ahora las palabras adecuadas. La sostiene en sus manos, una debajo y otra encima, aún no del todo preparado para abrirla. «Bea —dice, notando que se le enrojecen las mejillas, pero consciente de que este tiene que ser el momento, de que debe hacerlo ahora, si es que piensa hacerlo—, ¿estarías dispuesta a quedarte aquí?, ¿a convertir esto de verdad en tu hogar?». Ella se inclina hacia él, y ahora, bajo la claridad de la luna, Gerald distingue sus pómulos, su amplia sonrisa. Bea se levanta y le tiende la mano. Él la coge, siente en la palma el contacto de la suya. «Vamos a dar un paseo —dice ella—. Demos un paseo juntos».

EPÍLOGO

Agosto de 1977

Gerald

Hoy el océano está calmado. Desde donde Gerald está sentado, en el porche de la casa de Maine, contempla cómo se deslizan lentamente unas nubes esponjosas hacia el horizonte. Se sienta aquí casi cada tarde para contemplar el mar y el cielo, para inhalar el aire. Ha hecho un verano caluroso y, sin embargo, siempre sopla la brisa. Aún no puede creer que hayan regresado, que la casa sea de ellos de nuevo.

La compraron en primavera, tras enterarse por los Lasky de que estaba en venta. La señora Lasky llamó y, al día siguiente, Gerald vino en coche para hacer una oferta y pagar la fianza. Fue como si el destino lo hubiera decidido así. Hay mucho que hacer para conseguir que la casa vuelva a ser tal como la recuerda. Y sin padre, sin William, nunca llegará a serlo del todo. Pero qué alegría le produce estar aquí, sentarse en el porche, oír cómo rompen las olas contra las rocas. Piensa en padre mientras permanece sentado en la silla que él usaba siempre; recuerda con qué paciencia esperaba que se pusiera el sol, que terminara el día. Resulta extraño pensar que ahora él tiene más años de los que padre tenía entonces.

Hoy es el cincuenta cumpleaños de William. Ha transcurrido medio siglo desde que nació. Él está muy presente en este lugar. El primer día que volvieron, cuando el señor Lasky los trajo en un bote, Gerald miró cómo se iba aproximando la isla, cómo la masa de árboles se volvía más definida a medida que se acercaban. Mientras ayudaba al señor Lasky a arrastrar el bote a la playa rocosa, casi esperaba encontrar allí a William, oculto tras un árbol. «Una carrera hasta la casa», le gritaría, corriendo por delante, volviendo la cabeza con esa media sonrisa suya, y él lo seguiría. Como casi siempre. Pero ahora es él quien abre camino. Es él el que ha quedado. Dejó la facultad hace diez años para abrir un centro de tutoría y asesoramiento en Dorchester, y ahora tiene siete sucursales y un equipo de empleados jóvenes y entusiastas. Su trabajo es difícil, frustrante, agotador… y le encanta.

Madre está en la cocina, preparando una tarta de frambuesa. A Gerald le llega el olor de la mantequilla y el azúcar mientras se hornea la masa. Ella canturrea mientras trajina. Qué contenta está de haber vuelto. Planeando comidas, cuidando el jardín, sentándose al sol con los tirantes del bañador bajados. Quiere acondicionar la casa para el invierno y vivir aquí durante todo el año. «Hogar… —dijo en aquel primer trayecto en bote, tan bajito que él apenas la oyó, mientras se sujetaba del costado del bote—, dulce hogar».

Hoy, a primera hora, Gerald ha salido a pescar un pez azul para la cena. El agua estaba calmada también, como una fresca lámina gris. No ha tardado en encontrar un buen ejemplar. Al volver, el sol naciente iluminaba la casa y él ha remado con brío, deseando estar otra vez dentro, sentir el calor del sol a través de las ventanas. Después de poner el pescado en hielo y rociarse las manos con limón, ha ido a ver cómo estaba Nell. Luego se ha metido otra vez en la cama, rodeando con sus brazos el cuerpo tan familiar de Bea. Dulce hogar, en efecto.

Bea

Bea saluda con la mano a Gerald desde su silla de la playa, con el cuerpo envuelto en una toalla, mientras los dos miran cómo Nell nada hasta el dique flotante. La semana que viene cumplirá once años. Nació justo un año después de que ellos se casaran. Es una Gregory, no hay duda, con el pelo cobrizo y pecas, con esa gran sonrisa abierta. Nell ya ha convertido esto en su hogar. El pasado aquí está más presente, y ella empieza a preguntar por los que no están, se interesa por las cosas que sucedieron antes.

Volver a Maine fue un sueño, uno de los pocos que William y Gerald compartían. Después de que se casaran y de que ella empezara a dirigir la escuela primaria, se pusieron a ahorrar cada mes con la esperanza de recuperar algún día la casa. Entonces eso parecía mucho desear. Ahora que están aquí, que han vuelto, Bea comprende que la compraron para ellos, pero también para los que se fueron. De alguna forma, ahora están aquí todos juntos. William, en particular, nunca está muy lejos en sus pensamientos. La acompaña cuando nada cada mañana, cuando rema hasta el pueblo, cuando vaga por el bosque. El señor G también está aquí. Y a su propio modo, también es su padre. Pero no es solo que la isla esté poblada por el pasado. Regresar aquí permite que lo antiguo se mezcle con lo nuevo.

Rose y Frank vinieron a pasar un fin de semana a principios del verano. Están viviendo en Back Bay y van a pie a trabajar a la Casa de Gobierno. «¿Cómo es que yo no sabía que era toda una profesional?», le preguntó a Bea una noche. Se ha convertido en una buena amiga suya. A menudo se pregunta con una sonrisa qué pensará William de eso. A Rose le gustó estar aquí, pasar unos días en un sitio que significa tanto para todos. Un sitio donde William sigue viviendo. Como regalo de estreno de la casa, trajo un cartel con una frase de Shakespeare: LO PASADO ES UN PRÓLOGO. Dijo que William lo entendería. Ahora está colgado sobre la puerta principal para dar la bienvenida a todos los visitantes. Bea confía en poder persuadir el año que viene a su madre para que venga con Alan.

Kathleen y Jack acudirán hoy, en parte para celebrar el cumpleaños de William. Jamás han estado aquí, claro, pero se saben de memoria todas las historias. Kathleen le dijo la otra noche a Bea por teléfono que se siente como si ella, también, volviera a casa. Jack está deseando circunnavegar la isla y ganar a Kathleen. Los dos viven en Nueva York, a tres manzanas el uno del otro, en el Upper West Side. ¿Cómo se les ocurrió ir allí? Bea se pregunta si son conscientes de que están viviendo uno de los sueños de William.

Nell está haciéndole señas desde el dique y Bea, aunque el viento se lleva sus palabras, agita también la mano. Mañana Kathleen estará con Nell en el dique, las dos tumbadas en la plancha de madera con sus bikinis, con el pelo húmedo y enredado, haciéndose confidencias y tronchándose de risa. Parecen como hermanas. Se llevan catorce años y, sin embargo, son amigas íntimas. Nell vuelve a hacerle señas y luego se zambulle de cabeza. Bea la mira nadar hacia la orilla con brazadas regulares y seguras y, como siempre, irá a echarle sobre los hombros la toalla grande a rayas. Luego subirán al segundo piso y Bea la bañará en la antigua bañera con patas de garra. Primero pondrá la mano bajo el chorro de agua hasta que esté a la temperatura adecuada. Nell entrará en la bañera y se tumbará boca arriba, cerrando los ojos.

El pequeño cuarto de baño se llenará de vapor caliente y de la fragancia a jabón de limón. Y ella se sentará a su lado, sobre el gastado taburete de madera, mientras hacen planes para la visita de Kathleen y Jack, mientras hablan de todo lo que los aguarda en el futuro.

Agradecimientos

Gracias enormes a Gail Hochman, mi agente, a Deb Futter, mi editor, y a Randi Kramer, mi editor adjunto, por amar este libro, por darle un hogar y ayudarme a que fuera lo mejor posible. A Rachel Chou, Jennifer Jackson, Sandra Moore, Christine Mykityshyn, Jaime Noven, Rebecca Ritchey y Karen Xia, gracias por vuestra incansable defensa de mi trabajo. A Anne Twomey y Erin Cahill, gracias por crear una cubierta tan preciosa. Y gracias a Morgan Mitchell y a todos los que cuidaron tanto todas mis palabras. Gracias a todo el mundo de Brandt & Hochman y Celadon Books por su dedicación, su duro trabajo y su entusiasmo.

Mi andadura como escritora se inició en la conferencia «One Story» de 2013. Will Allison y Hannah Tinti: no estaría aquí sin vosotros. Jon Durbin: me alegro mucho de haber hecho juntos este camino. A Maribeth Batcha, Kerry Cullen, Ann Napolitano, Patrick Ryan, Lena Valencia, y a todos los demás integrantes de «One Story», pasados y presentes: gracias por publicar mi primer relato y por vuestro amor y apoyo. Es un placer formar parte de vuestra familia. No veo la hora de convertirme en una debutante.

Rutgers-Newark fue un sitio maravilloso para conseguir mi máster en Bella Artes. Muchas gracias a los miembros de la facultad, incluidos Jayne Anne Phillips, Rigoberto González, James

Goodman, A. Van Jordan, John Keene, Akhil Sharma y Brenda Shaughnessy. Muchísimas gracias y muchos abrazos a Alice Elliott Dark, mi querida profesora y directora de tesis. Gracias especiales a Megan Cummins, Michelle Hart, Leslie Jones, Mel King, Aarti Monteiro, Anisa Rahim, Evan Gill Smith, Laura Villareal, Matt B. Weir y Angela Workoff por su amistad y amor literario.

Esta novela no habría llegado a terminarse sin la ayuda del curso de un año Novel Generator en Catapult. Gracias a Julie Buntin por crear el curso y a Lynn Steger Strong por ser todo lo que eres. Gracias a mis maravillosos compañeros de clase por su aliento y apoyo. Meghan Daniels y Rebecca Flint Marx, sois las mejores. Me siento afortunada por haber trabajado con vosotras.

Debo mucho a los numerosos profesores de los que he tenido la fortuna de aprender a lo largo de los años, incluidos Robin Black, Andrea Chapin, Elizabeth Gaffney, Lauren Groff, Bret Anthony Johnston, Meghan Kenny, Ada Limón, Claire Messud, Ann Packer, Jim Shepard, Claire Vaye Watkins y Meg Wolitzer. Gracias a los escritores que me inspiran, incluidos James Brinkley, Claire Keegan, Jhumpa Lahiri, Yiyun Li, Susan Minot, Elizabeth Strout, Colm Tóibín y William Trevor.

El libro de memorias de Michael Henderson, *See You After the Duration*, es un maravilloso relato de su experiencia como evacuado británico en los Estados Unidos durante la guerra y me proporcionó la chispa inicial de esta novela. El Museo Imperial de la Guerra de Londres y el archivo histórico de la BBC constituyeron un auténtico tesoro de detalles e inspiración.

Gracias a las organizaciones que me proporcionaron apoyo económico y un lugar donde escribir y aprender: Rutgers University-Newark, Catapult, Kimmel Harding Nelson Center for the Arts, Sewanee Writer's Conference, Virginia Center for the Creative Arts y VQR Writer's Conference. Gracias a las revistas que publicaron mi trabajo: *One Story*, *New England Review*, *Crazy-horse* y el blog *Ploughshares*.

A todos los escritores con los que he participado en talleres de escritura a lo largo de los años: ha sido un placer leer vuestro trabajo, y vuestros comentarios han resultado inestimables. Gracias, también, a mis alumnos, de quienes he aprendido mucho. A todos mis amigos y familiares: vuestra fe y apoyo han sido maravillosos. Gracias a la familia del Sunday afternoon Zoom por escuchar el nacimiento paso a paso de este libro. Y gracias especialmente a Lorna Strassler por ser mi mayor animadora. Sé que su espíritu estaba presente cuando Gail leyó la novela por primera vez.

Mis padres, Mary y Donald Spence, murieron antes de que mi camino literario comenzara de verdad. Cómo me gustaría haber podido compartir esta parte de mi vida con ellos. Cuánto desearía darles un ejemplar de este libro: oír los gritos de alegría de mi madre al ver la portada; ver a mi padre sonriendo, asintiendo y empezando a leer. Esta novela es tanto para ellos como de ellos: están presentes en cada página.

A Hannah y Nate: sois mi mundo. A Adam: gracias por más de cuarenta años de incesante apoyo y amor.

Y a ti, querido lector: gracias, gracias, gracias.

Índice

Prólogo. Octubre de 1963 11

Primera parte. 1940-1945 17

Segunda parte. Agosto de 1951 169

Tercera parte. 1960-1965 223

Epílogo. Agosto de 1977 367

Agradecimientos 375

«Para viajar lejos no hay mejor nave que un libro».

EMILY DICKINSON